Himmelstürmer Verlag

Wolfgang Brosche, freier Hörfunk- und Fernsehautor (WDR, DeutschlandRadioKultur), beschäftigt sich als Kolumnist (u.a. bei der Internetplatform TheEuropean) und Blogger (https://wolfgangbrosche.wordpress.com/) besonders mit dem fanatischen Kampf gegen Homosexuelle, den Gruppen wie die „besorgten Eltern" und andere, zumeist christlich geprägte Organisationen führen. Für seine literarischen Arbeiten über Homosexuelle im KZ und prägende Jugenderlebnisse des Filmregisseurs F.W. Murnau erhielt er den Literaturpreis der Stadt Düsseldorf und den Nordhessischen Literaturpreis.

Himmelstürmer Verlag, 31619 Binnen
www.himmelstuermer.de
E-mail: info@himmelstuermer.de
Originalausgabe, Februar 2016

Nachdruck, auch auszugsweise, nur mit Genehmigung des Verlages
Rechtschreibung nach Duden, 24. Auflage.

Coverfoto: istockphoto.com
Umschlaggestaltung: Olaf Welling, Grafik-Designer AGD, Hamburg.
www.olafwelling.de

ISBN print 978-3-86361-521-5
ISBN epub 978-3-86361-522-2
ISBN pdf: 978-3-86361-523-9

Wolfgang Brosche

TÖDLICHER ROSENKRANZ

Kriminalroman

Himmelstürmer Verlag

Finster wie die Verdammnis

Der Hinterhof ist finster wie die Verdammnis. Bloß die schmuddelige, uralte Kugelleuchte über dem Hintereingang gibt ein funzeliges Licht. Die geizigen fünfundzwanzig Watt beleuchten gerade drei Stufen und den Treppenabsatz zum Geschäft, alles andere liegt im Nachtschatten: die kümmerliche Eberesche, die schon fast ihr ganzes Laub verloren hat, und die Müllcontainer an der Brandmauer zum Nachbarhaus.

Es ist fünf, erst ab sieben wird es dämmern. Jetzt kann es nicht mehr lange dauern, bis Gregor Feinschmidt mit seinem Van auf den Hof fährt, um die Blumen auszuladen, die er vom Großmarkt geholt hat. Früher lebten Feinschmidts vom Blumenschmuck für die Messen im Dom, von Beerdigungskränzen und Grabgestecken für den benachbarten Friedhof. Mooskreuze fertigte Else Feinschmidt mit ihren rauen Gärtnerhänden - Trockenblumen, Tannenzweige und Zapfen - die hielten lange; dazu Schärpen für die Kränze: Gebete, Bibelsprüche und letzte Grüße aufgedruckt. Tulpen zu Ostern und Christrosen zu Weihnachten. Das war ein anständiges Geschäft gewesen; Kirchengemeinden, Krankenhäuser und Altenheime bestellten hier ihren Blumenschmuck. Aber seit Gregor Feinschmidt nach dem Tod des Vaters das Geschäft von seinen Eltern übernommen hatte, war daraus ein affektierter Schwulenladen geworden. Vorn an der Straße hatte er den leerstehenden ehemaligen Tabakkiosk zur Blumenhandlung dazu gemietet und einen Durchbruch schlagen lassen. Aus dem Verkaufsraum war so ein langgestreckter Saal geworden mit üppigen Blumenarrangements, Palmen und Orchideen, fast eine Tropenhalle. Über drei große Schaufenster zog sich jetzt eine stylische Lichtreklame: *Blumen und Deko Feinschmidt*.

Italienische Lampen und Vasen, Rattanmöbel, goldene Bilderrahmen und echte Wachskerzen und an den großen Festen - Weihnachten, Ostern, Pfingsten - ausgesuchter Baumschmuck aus Lauscha, handbemalte Enteneier aus Polen und Unmengen sündhaft teurer seidener Pfingstrosen und Gladiolen aus Marseille importiert. Aus dem bodenständigen Laden für Friedhofsbedarf - Erika, Begonien, Stiefmütterchen und Pflanzerde - war ein neureiches Geschäft geworden, mit Chichi-

Artikeln und zwei Schwuchteln hinterm Tresen: Feinschmidt und seinem Freund.

Bis der Sodomit kommt, kann er noch einmal beten, die Ave-Maria und die Vaterunser des Rosenkranzes, den er aus der Tasche zieht. Die Kette mit den Perlen aus Amethyst rinnt durch seine Finger, bis er die Hände ums silberne Kreuz schließt. *Du bist gebenedeiet unter den Weibern* flüstert er auf seine gefalteten Finger vor seinem Mund. Er spricht *Weiber*, denn nichts anderes sind Frauen, die Gefäße der Unkeuschheit: *Weiber, Kebsen*. So hat der Pater im Religionsunterricht die Frauen genannt und vor ihnen gewarnt. Er zeigte der Klasse ein anatomisches Klappbild: außen der schöne Körper, aber wenn man die Fenster öffnete war darinnen ein Gewalk und Gewirr von kotigen Därmen und unreinen Fortpflanzungsorganen. Es sei eine himmelschreiende Schweinerei, dass die Frauen ohne Kopftuch in die Messe kämen, ja sogar an ihren unreinen Tagen die Kommunion empfangen dürften. Konziliare Schmutzigkeiten! Das müsse sich wieder ändern, hatte ihnen der Pater erklärt, es gäbe keine reinen Töchter Evas. Durch die Frau sei doch die Sünde in die Welt gekommen. Einzig die Mutter Maria ist wirklich unbefleckt.

Ein Schatten, hockt er, der große, kräftige Mann, hinter dem Papiercontainer und klopft sachte wie zur Beruhigung auf den Deckel des Plastikeimers neben sich. Sicher verwahrt darin der weiße, feine Sand mit dem Duft nach Anis - und das Bügeleisen. Damit wird er Zeugnis geben von der Größe des strafenden Herrn. Es müssen Exempel statuiert werden. Es kann nicht mehr so weitergehen mit der grassierenden Widernatürlichkeit. Es muss doch gesagt werden dürfen, dass die Sodomiten ein Leben gegen Gottes Willen führen! Und jetzt nehmen sie sich auch noch die gleichen Rechte heraus wie die normalen Menschen und wollen heiraten. Die sind nicht gleich und nicht normal. Und wenn das nicht mehr gesagt werden darf, obwohl es doch zum Glauben gehört, dann muss man eben verzweifelt dagegen ankämpfen und Zeichen setzen. Jetzt werden wieder Christen verfolgt, weil sie die Wahrheit über die Sodomiten sagen, die sich überall ausbreiten. Märtyrer haben jetzt wieder ihre Zeit!

Er hatte Gregor Feinschmidt und seinen unzüchtigen Bettgespielen in den letzten beiden Wochen viele Stunden beobachtet, dieses abstoßende Paar, das sich nicht einmal schämte, offen Zärtlichkeiten auszutauschen. Die hatten sogar geheiratet, Feinschmidt und sein Bürschchen, die äfften eine Ehe nach und entweihten das Sakrament. Das bedroht doch jede normale, gesegnete Ehe. Das vernichtet jede natürliche Ordnung.

Er murmelt seinen Rosenkranz, ist von den Gebeten und Anrufungen ganz eingehüllt und wärmt das Silber und die Halbedelsteine in seiner Hand. Die Jungfrau wird ihm Stärke gewähren, damit er das Werk des Herrn durchführen kann. Er tastet noch einmal in die Manteltasche, muss sich der Pistole vergewissern. Die liegt kalt in seiner Hand. Aber wenn er die Hände faltet und die Stirn darauf stützt, dann werden sie wieder warm beim Beten, seine kalten Hände. Die zittern auch nicht mehr wie beim ersten Mal. Rosenkranz und Gebet helfen. Er ist sich gewiss, er vollendet den Willen des Herrn.

Es muss ein Ende sein mit der Unzucht und den widernatürlichen Kotstechern. Die sind dem Satan verfallen. Die wird keiner mehr von ihren Sünden abhalten können, Umkehr kennen die nicht, die wollen nicht gehorchen, die haben sich entschlossen, den Weg der Unzucht anstatt den Höhenweg der Liebe zu gehen und damit Gottes Liebe anzunehmen. Die ziehen alle mit hinab in den Schmutz und deshalb müssen sie vernichtet werden. Die Todesstrafe ist erlaubt, das sagt sogar der Katechismus, wenn es außerordentliche Bedrohungen für die Menschen gibt. Und die Sodomiten, die sich anschicken, die Menschheit zu verweichlichen, zu verschwulen, bedrohen mit ihrer Widernatur vor allem die Kinder. Die muss man besonders schützen. Die Homosexuellen sind Sendboten des Todes. Sie verbreiten die Kultur des Todes, wie der Heilige Vater warnt. Wenn die Schwulen den normalen Menschen gleichgestellt werden, dann ist das das Ende der christlichen Kultur. Deshalb muss man sich wehren, und darum ist es ein gutes Werk, sie zu vernichten. Dann landen sie sofort in der Hölle, noch früher als wenn sie eines natürlichen Todes sterben – aber was ist bei denen schon natürlich?! Sie sind widernatürlich!

Kaum hat er mit einem neuen Vaterunser begonnen, fällt Scheinwerferlicht durch die Hofeinfahrt. Feinschmidt biegt von der Straße ein und hält vor der Treppe, so dass er die Blumeneimer aus dem Van direkt aufs Betonpodest hieven kann.

Der Blumenhändler steigt aus, schiebt die Seitentür auf und greift sich zwei lange Kartons mit je zwei Dutzend weißen Lilien vom Boden des Wagens. Daneben dicht an dicht, damit sie beim Transport nicht umfallen, die Zinkeimer; in ihnen große Bünde Nelken, klassisch weiß und rot und Rosen: malvenfarben, karmesin und orange mit kupferroten Säumen. Die langstieligen, blutroten für die Verliebten ruhen wie die Lilien für die Toten umhüllt mit Seidenpapier in großen Kartons. Die Blumen haben Anmut und Unschuld; sie gefallen dem geduckten Mann in den Schatten; nicht, dass er für Schönheit unempfänglich wäre. Aber es ist der Händler, der diese Anmut und Unschuld missbraucht und verdirbt. Eine Christrose in dessen Händen müsste doch verdorren.

Mit drei geschwinden Schritten steigt Feinschmidt die Stufen des Podestes hinauf und zieht den Schlüssel für die Eisentür aus der Hosentasche. Der Schriftzug auf dieser Tür ist noch immer der alte. Den hat er nicht erneuert wie den zur Straße über dem Geschäftseingang. Hier ist noch der Namenszug seines Vaters zu lesen.

Wenn der wüsste, dass zwei Tunten sein Geschäft führen, denen Blumenarrangements für Schwulenhochzeiten wichtiger sind als Sträuße für die Messe, der würde sich im Grabe umdrehen. Warum lässt Gott das Unnatürliche zu, wenn er es doch so verachtet? An dieser Frage verzweifelt der Geduckte in der Dunkelheit des Hofes.

Feinschmidt schiebt mit dem Fuß die Tür auf und tastet an der linken Wand nach dem Lichtschalter.

„Das Licht bleibt aus!" halblaut spuckt der Mann aus dem Schatten dem Blumenhändler seinen Befehl in den Nacken. Erschrocken will Feinschmidt sich umdrehen, aber spürt, kaum dass er sich bewegt, etwas Kaltes und Hartes im Rücken, eine Waffe.

„Dreh dich bloß nicht um, sonst schieße ich dir ins Gesicht!"

„Ich hab kein Geld im Laden. Vielleicht zwei-, dreihundert Euro Wechselgeld. Das können Sie gerne haben!"

„Dein schmutziges Geld interessiert mich einen Dreck. Vorwärts, rein in dein Geschäft!"

Gregor Feinschmidt begreift nicht, was der Mann will. Der stößt ihm die Waffe nochmal hart zwischen die Schulterblätter. Feinschmidt stolpert nach vorn. Trotzdem hält er noch immer die Lilienkartons unter den Armen fest. Die eiserne Tür fällt hinter ihnen ins Schloss.

„Leg deine Blumen da auf den Tisch, aber dreh dich nicht um!"

Gregor Feinschmidt plaziert die beiden Kartons auf dem Arbeitstisch des Hinterzimmers. Die Neonröhre blinkt ein paar Mal auf, bevor ihr blau-weißes Licht den Raum erhellt, ein kaltes Licht in dem allerdings die Blumen in den schönsten Farben strahlen. Auf dem Boden stehen noch die Zinkeimer von gestern mit einigen Gerbera, Fresien und Asperagus.

„Und jetzt ziehst du deine Schuhe aus!"

„Die Schuhe? Wieso denn die Schuhe?"

„Du sollst nicht fragen! Die Schuhe aus und die Strümpfe auch!"

Ein Stoß mit dem Revolver in die Seite gibt dem geraunzten Befehl Nachdruck. Feinschmidt bückt sich, um die Schnürsenkel zu lösen und schlüpft aus seinen Schuhen.

Noch ein Stoß mit der Waffe in die Rippen: „Die Strümpfe auch, hab ich gesagt!"

Jeweils auf einem Bein balancierend, zieht sich Feinschmidt die Socken aus.

„Und jetzt knie dich hin! Und falte die Hände!"

Feinschmidt zögert und zieht den Kopf zwischen die Schultern.

„Hinknien hab ich gesagt. Du weißt wohl nicht, wie ein bußfertiger Sünder kniet, was?", nochmal ein Hieb mit der Waffe ins Kreuz und der Blumenhändler sinkt ächzend auf die Knie. Er begreift gar nicht, wie ihm geschieht. Wieder spürt er die Mündung der Waffe im Nacken.

„Solche Dreckschweine wie du können einfach nicht gehorchen! Ihr habt wirklich nichts anderes verdient als den Tod! Du betest jetzt das Vaterunser! Das hast du doch wohl nicht vergessen? Und laut, ich will das hören!"

Der Blumenhändler faltet seine zitternden Hände vor der Brust. Das ist kein Scherz, der Kerl meint es todernst.

„Vater unser, der du bist ...", da versagt ihm schon die Stimme, er kriegt keine Luft mehr und hustet.

„Du kannst ja noch nicht mal mehr beten, was? Egal – das zählt bei deinen himmelschreienden Sünden sowieso nicht mehr!"

Ganz langsam kriecht die kalte Mündung der Waffe vom Nacken auf den Hinterkopf.

„So was wie du, das lehnt sich gegen die Schöpfung auf." Der Mann kickt wütend Feinschmidts Schuhe durch den Raum, die poltern gegen die Eimer.

9

„Ihr müsst endlich wieder wissen, wo euer Platz ist! Ihr seid keine Menschen, ihr seid Tiere! Woanders werdet ihr an Baukräne gehängt. Es wird Zeit, dass jemand auch hier in unserer Stadt Gottes Werk verrichtet!"

„Die Stimme, ich kenn doch deine Stimme", keucht der Blumenhändler plötzlich und will sich umdrehen, um seinem Angreifer ins Gesicht zu schauen. Aber noch bevor er den Oberkörper ganz wenden kann, hört er das Letzte: ein Geräusch wie ein blechernes Niesen. Sein Schädel zerplatzt, sein Hirn spritzt, sein linkes Auge schießt als Brei aus der Höhle, er kippt nach vorne auf den Boden. Seine letzten Herzschläge sorgen noch für einen Blutstrom auf den weißen Kacheln. Dann ist er tot.

„Du sollst dich nicht umdrehen, du sollst gehorchen", speit der Mann wie eine enttäuschte Mutter die Worte über den Toten.

„Jetzt ist alles verdorben."

Er haut mit der Faust auf den Tisch. Dann betrachtet er den Toten.

Das Zeichen muss ich trotzdem setzen, auch wenn er tot ist, denkt er und dreht sich zur Tür, schlüpft hinaus, greift den metallenen Bügel des Eimers, den er draußen im Schatten verborgen hatte und ist schon wieder im Arbeitsraum. Den Malereimer stellt er neben die Blumenkartons auf den Tisch, löst den Deckel und hebt ein mit dem Kabel umwickeltes altmodisches Bügeleisen heraus; keine Öffnungen für den Dampf im Boden, nur eine glatte Hitzefläche, ein schweres Gerät. Unter dem Lichtschalter am Eingang, die nächstgelegene Steckdose. Er schiebt den Stecker hinein, stellt das Bügeleisen aufrecht auf den Tisch und greift mit der großen, sehnigen Linken in den weißen, blitzenden Sand im Eimer. Die Sandkörner lässt er auf die nackten Fußsohlen des Toten rieseln. Wie sie flirrend im Licht hinabrinnen bis zwischen die Zehen.

Das Eisen ist heiß, die Bügelfläche glüht fast, er drückt sie auf die Sohlen des Toten. Das eben noch lebendige Fleisch verbrennt, die Haut versengt, die Adern mit dem noch warmen Blut platzen, der weiße Sand wird in den Fuß gebrannt. Wie das riecht: das verkohlende Fleisch und der Sand und das zischende Blut – das ist die Reinigung und die Strafe. Deo Gratias!

Jetzt reißt er sich los vom Anblick der schwarzgebrannten Füße. Er muss fort, bald wird die Putzfrau kommen und ihren Chef finden. Aus der Manteltasche zieht er den Rosenkranz mit dem er vorhin noch gebetet hat und windet ihn um zwei silberne Bilderrahmen auf dem Schreibtisch. Mein Gott, die Fotos darin zeigen die Schwulen, wie sie sich schamlos umarmen. Da also hängt der Rosenkranz ganz recht! Er bekreuzigt sich, schlüpft wieder ein Schatten aus der Eisentür in den Hinterhof hinaus, rennt in der Deckung der Mauer zum Hofausgang, sieht sich nicht einmal mehr um, hechtet in seinen Wagen, den er vor dem Geschäft geparkt hat und fährt los.

Er muss sich beherrschen, nicht zu rasen. Bloß nicht auffallen. Man kann nie wissen, ob eine frühe Streife um die Ecke biegt. Er lässt das Fenster herunter. Die kalte Morgenluft dringt herein.

Luft, ja Luft – das tut gut. Schon geht es besser, die Brust ist nicht mehr so schwer wie noch eben. Er lenkt den Wagen hinaus aus der Stadt nach Osten an den Thommykasernen vorbei. Da brennt nur noch wenig Licht; bloß das Wachhäuschen mit der Schranke an der Einfahrt auf das Gelände ist beleuchtet. Die anderen Gebäude sind kaum noch belegt. In ein paar Monaten wird die Rhinearmy endgültig abgezogen sein.

Vor zwanzig Jahren strömten am Freitag- und am Samstagabend ganze Trupps junger Soldaten aus den Kasernen in die Stadt. Die marschierten – immer hatten die einen strammen Marschschritt drauf – von hier den Fußweg, den noch heute dicke Kastanien säumen, die Bundesstraße entlang einen Kilometer bis zur Stadtgrenze. Dann ging es vorbei am Friedhof und den städtischen Gymnasien für Jungen und Mädchen über den Stadtwall ins Kneipenviertel. Schon Ende Februar trugen die Thommies nichts weiter als Jeans und T-Shirts, die froren wohl nie. Die kurzen Ärmel strammten um die muskulösen Oberarme, tätowiert mit Drachen und Frauenköpfen. Die T-Shirts waren viel zu kurz, so dass ein schmaler Streifen Haut und ein Gekräusel Schamhaar über dem Hosenbund sichtbar wurden. Unter die Ärmel übern Bizeps hatten sie ihre Zigarettenschachteln geschoben, die Soldaten aus Birmingham, York oder Blackpool. Die gingen ins *Red House*, die schmuddelige Disco, die erste in der Stadt, wo es Hasch gab, und sie rissen Mädchen auf in den Kneipen ganz nah beim Dom; ausgerechnet. Und auf dem Rückweg zur Kaserne holten sie sich am damals einzigen griechischen Imbiss der Stadt ihren Gyros.

Er schüttelt den Kopf. Das ist schon lange her. Er darf nicht mehr daran denken an die Soldaten.

11

Die Anhöhe der Bundesstraße hinauf, dann biegt er rechts in einen Feldweg und hält unter einem Windrad. Das Geräusch des Rotors summt ihm durch den Kopf. Dieses stetige Summen beruhigt.

Es ist vollbracht. Tagelang hatte er Feinschmidt beobachtet, um die beste Gelegenheit auszuspähen. Das bedeutete kaum Schlaf, denn bis er rausgekriegt hatte, dass sich die beiden Schwuchteln regelmäßig bei der Fahrt zum Großmarkt abwechselten, dauerte es. Doch seine Ausdauer hatte sich gelohnt. Diesmal lief es besser als davor in Köln. Da hatte er nur einen Fuß versengen können, dann regte sich was im Haus und er musste überstürzt hinaushetzen.

Durch die Frontscheibe blickt er hinab auf die Stadt. Straßenlampen wie Lichterketten in einer Mulde und in der Mitte angestrahlt von Scheinwerfern das Grünspandach des Domes. Ein wuchtiger Turm, nicht wie bei anderen Kathedralen zwei. Ein Turm aus Findlingen gemauert, mächtig und hoch im Zentrum der Stadt. Da war einmal das christliche Europa gegründet worden! Das ist immer eine fromme Stadt gewesen. Aber der Respekt vor der Kirche und ihren Priestern und dem Glauben bröckelt selbst hier. Und dass sich sogar hier die Kotstecher aus dem Zwielicht wagen, wohin sie eigentlich gehören, schmerzt besonders.

Er greift sich vom Beifahrersitz einen Laptop, klappt ihn auf, stellt ihn an, öffnet eine Word-Datei und überfliegt einen vorbereiteten Text:

Jetzt richten sich die Homos endlich selber.

Zum zweiten Mal ein Homomord mit perversem Fußfetischismus in einer Bischofsstadt. Wenn schon der Staat nichts tut gegen die grassierende Homoseuche, die sich selbst in katholischen Zentren ausbreitet, dann müssten die Rechtgläubigen zur Selbsthilfe greifen. Die tapferen Aktionen an Baukränen im Iran sollten uns Ansporn sein. Da sind sogar die Mohammedaner uns voraus. Auch auf Russland kann man hoffnungsvoll blicken, denn da werden die Schwulen in die Schranken gewiesen.

Aber Gott sei Dank richten sich die Sodomiter bei uns selber: während die Polizei in Köln noch nach dem Täter im Homomilieu sucht, der einen Rektalunhold umbrachte und bei einem tödlichen Sadomasospiel brandmarkte, hat er bereits wieder zugeschlagen und diesmal sogar einen stadtbekannten tuntigen Blumenhändler zur Strecke gebracht.

Was Syphilis und AIDS nicht geschafft haben, besorgen die Analver-

brecher nun selber und schicken sich gegenseitig ins ewige Höllenfeuer!
Laudetur Jesus Christus! Deo gratias!

Kein Tippfehler. Der Artikel kann an die Redaktion gesendet werden. Noch heute wird er auf *Crux.com* zu lesen sein. Er zögert nicht einen Augenblick und drückt zufrieden auf den Button *Senden*.

Hinrichtung mit Fussfolter

Bartstoppeln zerkratzen ihm den Nacken. Über die Schultern keucht warmer Atem. Durchs Zimmer kraucht der Rauch der Zigarre und die Standuhr tickt so widerwärtig laut. Hin und her schwingt das Pendel hinter der Glasscheibe, hin und her, hin und her. Gleich muss es doch halb schlagen. Wie er das Big-Ben-Geläut herbeisehnt, dann ist es vorbei und er kann wieder zum Klassenraum hinüberlaufen. Aber es läutet und läutet nicht, der Zeiger kommt nicht voran, als hielte ihn etwas auf der Stelle. Wenn doch die Pranken des Paters nicht mehr so fest zupackten. Die Schultern schmerzen in diesem Klammergriff und der Hintern brennt und die Standuhr schlägt nicht. Nur das sinnlose, nicht vergehende Ticken und das Keuchen des Mannes. Er darf nicht weinen – wenn er weint, dann schlägt ihn der Pater in den Nacken. Weinen darf er nicht, schon gar nicht betteln, dass der Pater aufhört. Dann stößt der nur noch fester zu. Er muss aushalten im Herrn. Der Herr Jesus hat ja schließlich auch gelitten am Kreuz, empört sich der Pater, viel mehr als so ein greinender Lausejunge.

Das Läuten des Telefons riss Thomas Grund aus dem Schlaf. Hatte er denn geschlafen? Er war doch bis eben noch wach gewesen. Die Leuchtzeiger des Weckers waren anderthalb Stunden weitergerückt: halb fünf. Er war tatsächlich eingeschlafen und hatte wieder geträumt von kaltem Zigarrenrauch, Weihrauch und altem Schweiß. Das Telefon läutete beharrlich und schrill. Er griff danach, räusperte sich schwer und grunzte nur ein heiseres „Ja?!"

„Mönsch, du bist ja gar nicht aus dem Schlaf zu kriegen. Hast du vergessen, dass du Bereitschaft hast?", raunzte ihn Wehsal an.

„Ja, ist ja gut. Ich war endlich mal eingenickt und jetzt reißt du mich aus dem Tiefschlaf!"

„Mach dich auf die Socken", raunzte Wehsal ungerührt weiter. „Hermannstraße 45, das ist so'n edler Blumen- und Designladen beim Ostfriedhof. Der Besitzer liegt im Geschäft. Kopfschuss, keine Dreiviertelstunde tot. Die Putzfrau kommt nichts Böses ahnend und findet den Chef im Arbeitsraum. Ganz schöne Schweinerei – und dann ist da noch was: verbrannte Füße, völlig irre, und die Wunden voll mit Vogelsand! Also, jetzt beeil dich. Die KTU ist auch schon da."

Ohne Gruß beendete Wehsal das Gespräch. Thomas Grund legte sein Mobiltelefon auf den Nachttisch zurück und rieb sich das müde Gesicht. Immerhin, anderthalb Stunden am Stück geschlafen, das war mehr als in den Nächten davor. Wenn die Nächte länger wurden, ab Ende September, fiel es ihm immer schwerer, in den Schlaf zu kommen. Die Tabletten, die man ohne Rezept kaufen konnte, *Baldriparan* oder *Hoggar Night*, taugten sowieso nichts, er hatte schon vor Jahren aufgegeben, sie zu schlucken. Als der Arzt ihm keine stärkeren Sachen verschreiben, sondern ihn in ein Schlaflabor schicken wollte, hatte er den Kerl nicht mehr aufgesucht. Und auf die einschläfernde Wirkung des Rotweins war auch kein Verlass mehr.

Mühselig hob er sich vom Bettrand. Er hatte Fett angesetzt in letzter Zeit. Das kam bestimmt vom Saufen, denn Appetit hatte er eigentlich nie. Jeden Abend eine Flasche Rotwein oder anderthalb, oder ein halbes Dutzend doppelte Brandys, mit weniger kam er nicht in den dünnen Schlaf. Ohne ging es gar nicht mehr.

Im Bad hielt er sein Gesicht in den Strahl kalten Wassers, das machte wach. Er hatte keine Lust, sich zu rasieren. Aber die Zähne zu putzen und mit Mundwasser zu spülen, war wohl angebracht. Denn falls ihn auf der Fahrt zum Tatort eine Streife anhielte, dann würden sie sofort seine Fahne bemerken. Samstag vor zwei Wochen hatten sie ihn erwischt, nachts um zwei, als er nach einer schier end- und ziellosen Fahrt durchs Eggegebirge - wie so viele Nächte davor - vor dem Haus ankam und einparkte. Punkte, Strafe und Führerscheinentzug hatte er am Montag darauf abwenden können. Ein zweites Mal würde Lüders von der Verkehrspolizei ihm aber nicht mehr helfen und die Meldung verschwinden lassen. Ganz abgesehen von der Fahrerei, er durfte natürlich auch nicht saufen, wenn er Bereitschaft hatte; aber die Nächte waren mit Cognac,

Medoc oder St. Emilion besser zu ertragen als ganz allein.

Hatte er noch ein gebügeltes Hemd im Schrank oder musste er das von gestern wieder anziehen? Immerhin, da hing noch ein blaues auf seinem Drahtbügel. Das roch sogar frisch nach irgendeinem Weichspüler, den sie in der Reinigung benutzten. Drei Euro fünfzig pro Hemd, Waschen und Bügeln, das machte für fünf Arbeitstage – Bereitschaftsnächte nicht mitgerechnet – siebzehnfünfzig die Woche. Teures Vergnügen. Dafür konnte man eine halbe Flasche *Carlos Primero* kriegen; drunter tat er es nicht. Wenn er schon auf dem besten Wege zum Alkoholiker war, dann sollte dieser Weg mit Etiketten von besseren Marken gepflastert sein.

Als er das Haus verließ, gingen bei den Nachbarn in Bad und Küche die ersten Lichter an. Wie gut, dass er nicht täglich um diese Zeit raus musste. Es war Mittwoch und deshalb waren wohl nur wenige, die sich jetzt aus dem Bett quälten, so übernächtigt und halbverkatert wie er, die konnten sich das nicht erlauben. Naja, er eigentlich auch nicht. Aber irgendwie musste er doch wenigstens mit Alkohol an ein paar Stunden Schlaf kommen. Die braven Bürobürger nebenan wurden sicher nicht von diesen Scheißträumen gequält und aus dem Schlaf geworfen.

Die Träume waren wie ein Tritt in die Seite, er stürzte regelrecht aus dem Schlaf, meistens schrie er dabei auf. Wie gut, dass er im dritten Stock unterm Dach wohnte. Die Wohnung darunter stand schon ein halbes Jahr leer. Viel zu teure Miete für die Bruchbude. So allein da oben konnte er keinen aufwecken, wenn er mit einem Schrei aus dem Traum fiel ... Kein Mensch im Haus hörte ihn nachts schreien. Es wäre ihm auch peinlich gewesen.

Er drehte den Zündschlüssel und Motor und Radio sprangen zugleich an. Das Radio schaltete er sofort aus. Bloß keine Guten-Morgen-Sendung. Es war noch Nacht, ein verstockter Himmel, wolkenverhangen und ohne Sterne. Kaum dass er losfuhr, fing es an zu nieseln.

„Na, Regen fehlt gerade noch", brummte er und bog auf die Ringstraße. Die Kastanien am Wall hatten schon fast all ihre Prankenblätter abgeworfen. Links das Mädchengymnasium, der mächtige rote Backsteinbau. Daneben das Jungengymnasium mit dem riesigen gekreuzigten Christus davor: Grünspan und hervorragende Rippen, ein Knochenmann, der da angenagelt hing. Der zehn Meter hohe Christus mit obligatorischem Dornenkranz und leblosem Antlitz war schon in den 50er Jahren, als er aufgestellt worden war, verspäteter Expressionismus gewesen, aber dennoch gewaltig umstritten in der frommen Stadt wegen seiner groben Züge, nichts Verklärtes. Der war wirklich tot, durchgehangen und verreckt. Das sahen die Schüler der Gymnasien jeden Morgen, wenn sie zum Unterricht kamen und die Kreuzung passierten. Dem Hingerichteten konnte man nicht entgehen. Der war gestorben für ihre Sünden, das erklärten die Patres und Priester in den Schulen beim Religionsunterricht, und sie hatten das auch den Schülern im Kasten eingetrichtert, dem Knabeninternat, draußen vor der Stadt, am Fuße der Egge, auf das Grund gegangen war.

Er bog auf der Christuskreuzung nach links ab, fuhr bis zur nächsten Ampel vorbei an den Gebäudetrakten des Knabengymnasiums; alle zehn Jahre kam ein neuer dazu. Zur Rechten lag die psychiatrische Klinik, in katholischer Hand wie alle Krankenhäuser der Stadt: das Marienstift, das Brüderkrankenhaus, das Vincenzkrankenhaus. Überall Ordensschwestern; es wimmelte in den Krankenhäusern und der Innenstadt nur so von Pinguinen und Patres.

Am Ostfriedhof noch einmal abgebogen in die Hermannstraße. Das Blumengeschäft war nicht zu übersehen: über die ganze Ladenlänge mit den drei großen Schaufenstern zog sich ein hellgrüner Neonschriftzug auf rosafarbenem Grund: *Blumen und Deko Feinschmidt*. Den Laden hatte es schon gegeben als Grund noch ein Kind war – damals aber nicht so aufgetakelt, sondern kleiner, nur in einer Hälfte des Hauses. Seine Mutter hatte dort den Kranz für seinen Vater bestellt. Zu der Zeit existierte das Geschäft von den Beerdigungen auf dem nahegelegenen Friedhof; dort war auch sein Vater begraben. Vor drei Jahren war die fünfundzwanzigjährige Pacht abgelaufen. Er hatte sie nicht erneuert.

Als er aus dem Schlaf gerissen wurde, war Grund noch zu benommen gewesen, um zu realisieren, dass der Tote, dessen Namen Wehsal nicht genannt hatte, Gregor Feinschmidt sein musste.

Gregor, Gregor Feinschmidt. Der war wie er als Externer auf den Kasten gegangen bis zur mittleren Reife, dann wollte Gregor um jeden Preis fort und im Geschäft seiner Eltern eine Lehre machen, Grund selbst hatte bis zum Abi ausgehalten. So intelligent wie Gregor war, hätte der das auch geschafft, aber er wollte weg, raus aus der Schule. Sie hatten sich dann aus den Augen verloren.

Gregor, verdammt noch mal - Grund hatte ihn sehr gemocht. Er war sogar ein wenig verschossen gewesen in den aschblonden Jungen, dem schon früh die Stoppeln am Kinn wuchsen. Mit ihm hatte er die erste Zigarette geteilt; sie schmeckte ihm nicht, aber nur weil Gregor sie zwischen den Lippen gehabt hatte, rauchte er die Kippe zu Ende.

Als Grund vor drei Monaten nach Paderborn zurückgekommen war, hatte er überlegt, ob er Gregor besuchen sollte, aber sich dagegen entschieden, sogar den Stadtteil hatte er gemieden, in dem das Geschäft lag. Das hatte Gregor gründlich umgekrempelt. Es war ein richtiger Luxusladen geworden.

Neben dem Geschäft führte eine breite Einfahrt auf den geräumigen Hof. Dort standen bereits eng geparkt zwei Streifenwagen, die Autos von Wehsal und der KTU. Die Kollegen von der Technik stellten Lampen auf, damit sie den dunklen Hof nach Spuren absuchen konnten. Grund stieg aus. Wehsal hatte ihn schon entdeckt und kam ihm entgegen.

„Also, das Ganze sieht aus wie eine regelrechte Hinrichtung mit Fußfolter!", legte er ohne Begrüßung los und hob seine Stimme spöttisch: „Fußfolter und ein aufgesetzter Schuss in den Hinterkopf! Der Typ war sofort tot. Guck dir mal die Sauerei an!"

Wehsal trabte voran, die Treppe hinauf. Die Eisentür wurde mit einem Keil am Zuschlagen gehindert.

Grund zögerte, Wehsal in den Arbeitsraum zu folgen. Durch die offene Tür konnte er die Leiche auf dem Fußboden ausgestreckt sehen. Gregor Feinschmidt war nach vorne aufs Gesicht gefallen. Ob er die feinen Züge seiner Schulzeit behalten hatte, war nicht mehr zu erkennen. Am Hinterkopf klaffte rot und zerfetzt die Eintrittswunde. Die Kugel war aus dem linken Auge ausgetreten. Auf dem Beton verschlierten Blut und Hirn miteinander.

„Ja, das war bestimmt ein aufgesetzter Schuss", sagte Grund heiser. „Ein aufgesetzter Schuss, da brauch ich keine Obduktion - das sieht wirklich aus wie eine Hinrichtung!"

Jetzt erst überwand sich Grund, in den Raum zu treten. Da lag Gregor, der hatte damals nicht weniger durchgemacht als er selbst. Aber trotzdem konnte der lachen. Es war, als hörte er das Lachen wie damals vor zwanzig Jahren. Lustig, keck, frech, sogar ein wenig verwegen, manchmal aber auch zynisch und bitter, wenn er einen Spruch über den Pater gerissen hatte.

Für Grund war der Tote auf dem Boden nicht bloß ein Verbrechensopfer – er hatte einen Namen, er hatte ihn gut gekannt und er war einmal sein Freund gewesen. Jetzt war er ein Leichnam. Ja, ein Leichnam. Den konnte er doch nicht mit Routine behandeln: es fiel ihm schwer, den toten Körper mit Polizistenaugen zu betrachten. Sein Blick glitt langsam von dem zerstörten Kopf hinunter zu den verkohlten Füßen.

„Ekelig, nicht wahr?", schmatzte Wehsal und schob mit der Zunge ein Kaugummi in die Backe. „Guck dir mal diese Verbrennungen an. Die sind ihm wohl mit dem Bügeleisen ...", Wehsal machte eine Kopfbewegung zum Arbeitstisch, wo das Eisen aufgerichtet auf der Platte stand, „... zugefügt worden. Und dabei hat man ihm auch noch Sand in die Sohlen eingebrannt. Ich würd so was Folter nennen! Der Doktor meint aber, das ist nach dem Schuss passiert, als das Opfer schon tot war. So was kann man einem bei lebendigem Leibe nur antun, wenn der gefesselt und geknebelt ist, sagt der Doktor. Und selbst dann hätte der sich bestimmt gewunden wie ein abgestochenes Vieh vor Schmerzen und an den Fesseln gezerrt. Aber es gibt keine Anzeichen, dass man ihm die Hände zusammengebunden hätte! Also, *post mortem*, diese Verbrennungen. Viel Blut hat's an den Füßen nicht mehr gegeben – was *auch* darauf hinweist, dass ihm die Brandwunden zugefügt wurden, als er schon tot war. Weiß der Geier, was das soll: das Bügeleisen und der Vogelsand. Vielleicht hat das den Täter an einen Strandurlaub erinnert ..."

„Hör doch auf mit diesen schäbigen Sprüchen", schnauzte Grund seinen Assistenten an. Wehsal war erst seit kurzem bei der Mordkommission und musste noch mit dem Ekel und der Grausamkeit irgendwie fertig werden: Zynismus und Kaugummi halfen am Anfang immer.

Grund bückte sich und betrachtete die schwarz verkohlten Wunden an den nackten Füßen. Er schüttelte den Kopf. Solche Verletzungen hatte er noch nie gesehen.

„Das muss ja ein übler Sadist gewesen sein!"

„Abgebrüht auf jeden Fall!", feixte Wehsal. „Der hat noch nicht mal seine Utensilien mitgenommen, sondern sie seelenruhig hier liegen lassen. Der Eimer hat keinen Herstellernamen am Boden. Vogelsand kann man in jedem *Fressnapf* kaufen, und es lohnt kaum nachzuforschen, woher das

Bügeleisen stammt. Uralte Marke, wird bestimmt nicht mehr hergestellt. Das Ding kann der Täter höchstens vom Trödel haben! Aber vielleicht kennst du so ein Bügeleisen aus deiner Jugendzeit, dienstälterer Kollege?"

Grund überhörte die Stichelei. „Und keiner hat den Schuss gehört? Der müsste doch die Nachbarn geweckt haben!"

„Ach, was. Die Eisentür hält einiges ab. Und der Täter hat wohl einen Schalldämpfer benutzt."

Wehsal deutete mit dem Kinn auf den Toten: „Gregor Feinschmidt, der kam wie jeden Morgen um diese Zeit vom Großmarkt mit neuer Ware. Der Täter muss ihm draußen aufgelauert haben. Deshalb suchen wir den Hof ab, aber ich fürchte, das wird nicht viel bringen. Der Kerl kam aus dem Schatten, hat sein Opfer in den Arbeitsraum gedrängt und geschossen. Und dann hat er sich über die Füße hergemacht. Ziemlich harter Fußfetischist. Eine halbe Stunde später kam dann die Putzfrau und hat ihren Chef gefunden!"

Grund sah sich um. Gregor hatte den kleinen Blumenladen seiner Eltern wirklich in ein prächtiges Geschäft verwandelt. Überall Vasen, Eimer und Bottiche für Schnittblumen auf und unter den Arbeitstischen – an den Wänden Halterungen mit bunten Papier- und Folienrollen, Garne, Fäden zum Binden, Grünzeug, Berge von Steckmasse in Blöcken, Kränze, Blumenkissen, Friedhofsschleifen, Messer, Scheren feinsäuberlich wie Besteck in Kästen: hier entstanden die üppigsten Sträuße und erlesene Gestecke.

„Das ist aber verdammt kalt hier", Grund fröstelte schon die ganze Zeit.

„Muss wohl so sein, damit die Ware nicht verdirbt", Wehsal schob eine nur angelehnte Tür weit auf: die Kälte wehte herüber aus einem gekachelten Raum mit weiteren Kübeln und Eimern und darin Nelken, Rosen, Lilien – die Namen der anderen Blumen kannte Grund nicht.

„Das ist der Kühlraum, damit das Grünzeug frisch bleibt. Hier geht's in den Verkaufsraum", Wehsal zeigte auf eine Glastür, „und dort ist das Büro."

Schreibtisch, Sitzecke mit rotem Saffianleder, Regale mit Kunsthandwerk: Vasen, kleine Tierfiguren aus Porzellan, Steingut, Glas, Alabaster und Bronze für den gehobenen Geschmack und Geldbeutel. Eine wuchtige italienische Espressomaschine, sogar ein kleiner in die Wand eingemauerter Safe. Auf dem Tisch vor dem Sofa Kataloge mit Fotobei-spielen für Kränze und andere Gebinde.

„Das sieht aber ordentlich aus, da hat keiner was durchwühlt und nach Geld gesucht und den Safe hat wohl auch keiner angerührt", meinte Grund.

„Die KTU muss hier noch rein, aber es sieht so aus, als wäre nix ge-klaut worden, war bestimmt kein Einbruch", pflichtete ihm Wehsal bei, „aber die Verbrennungen deuten ja eh auf was anderes hin!"

„Du hast recht. Wie er da liegt, sieht es wirklich so aus, als wäre er von einem Sadisten hingerichtet und verstümmelt worden. Ziemlich kaltblütig, was?"

„Na, doch wohl eher warmblütig!" Wehsal grinste.

„Was meinst du denn damit?"

„Guck dir doch mal die Fotos auf dem Schreibtisch an!" Wehsal reichte Grund einen Gummihandschuh, „so was hast du wahrscheinlich nicht dabei wie ich dich kenne, oder?"

Grund seufzte und zog die Gummifingerlinge über die Rechte. Er schob einen Rosenkranz zur Seite, der über zwei Fotos in Silberrahmen drapiert war und ergriff eines der Bilder. Zwei junge Männer in schwarzen Anzügen und mit einer Rose am Revers lagen einander in den Armen und küssten sich. Ja, Gregor war auch mit Mitte dreißig noch schön. Er war damals eine Jungenschönheit gewesen. Das Foto nun zeigte einen benei-denswert gutaussehenden Mann. Und dann noch bei seiner schwulen Hochzeit. Grund spürte Bewunderung und eben auch Neid. Dem war wohl gelungen, was er selbst nie geschafft hatte. Darüber hinwegzukom-men und sich ein Leben aufzubauen. Doch was hieß Leben? Gregor lag nebenan tot auf den Kacheln. Aber auf dem Foto wirkte er glücklich, seinen Mann im Arm zwischen jubelnden und applaudierenden Freun-den.

Wehsal wackelte überheblich mit dem Kopf: „Ein Verpartnerungs-foto!", er ließ sich das lange Wort auf der Zunge zergehen. „Sieht nach dem städtischen Standesamt aus im Hintergrund."

Grund griff zum nächsten Foto, ein Porträt: der lachende junge Mann war derselbe, der auf dem ersten Bild Gregor im Arm hielt. Er trug den gleichen roten Pullover und die gleiche grüne Gärtnerschür-ze mit dem Namenszug des Geschäftes aufgedruckt wie der Tote im Arbeitsraum.

„Verpartnerung heißt das ja wohl. Na immerhin, wäre ja noch schöner, wenn die Schwulis das Theater auch noch Hochzeit nennen würden", quakte Wehsal in Grunds Rücken.

Diese beiden Fotos erzählten allem Anschein nach eine glückliche Geschichte. Grund schwieg, setzte das Bild auf seinen Platz zurück und drapierte den Rosenkranz wieder darüber.

„Vielleicht haben wir hier mal endlich einen Mord im Homomilieu", gluckste Wehsal, „so was hat unserem Kaff noch zum Großstadtflair gefehlt. Homomilieu", wiederholte er genießerisch. „Richtig schönes altmodisches Wort. Das letzte Mal hab' ich's in einem Kurs über kriminelle Milieus auf der Polizeischule gehört. Diese Tunten kriegen sich doch ziemlich schnell in die Haare, besonders, wenn sie noch in einem Laden zusammenarbeiten und einer fremdgeht. Die Schwulen nehmen's doch mit der ehelichen Treue", er kicherte, „nich' so genau. Da nützt die ganze Verpartnerung nix! Ich denke, wir schicken mal 'ne Streife zu Feinschmidts Wohnung, um festzustellen, ob der Knabe noch bei ihm lebt oder sich schon aus dem Staub gemacht hat."

Grund fuhr Wehsal in die Parade. „Hör doch auf mit dem Geschwätz. Von wegen Beziehungsdrama. Diese Sache mit den verbrannten Füßen sieht mir eher nach einem Ritual aus. Aber lass *mich* mal losfahren! Ich kümmere mich um die Angehörigen. Ich kenne seine Mutter noch von früher." Er machte eine Kopfbewegung in Richtung des Toten: „Wir sind zusammen zur Schule gegangen, Gregor und ich. Als Externe auf dem Kasten, wie man das damals nannte. Meine Mutter musste ja nach dem Tod meines Vaters wieder ganztags arbeiten und hatte kaum Zeit für mich. Und Gregors Mutter ging es genauso. Ihr Mann ist bei einem Unfall gestorben und da hatte sie das Geschäft allein am Hals. Der Kasten war zwar ein Internat, aber die nahmen als einzige Ganztagsschule damals auch Jungs aus der Gegend auf. Abends sind wir mit dem Rad im Sommer und mit dem Bus im Winter gemeinsam zurück in die Stadt gefahren. Gregor ging nach der mittleren Reife ab und dann haben wir uns aus den Augen verloren. Hab nur gehört, als ich aus Hamburg zurückkam, dass seine Mutter einen Schlaganfall gehabt hat und er den Laden danach übernommen hatte – und dass er wohl der erste in unserer traditionsreichen Stadt war, der den Mut hatte, sich verpartnern zu lassen. Stand sogar

21

in der Zeitung. Als ich hierher zurückkam, hab ich mal nachgeschaut, wie viele ehemalige Freunde noch hier leben und was die so treiben", eigentlich hatte Grund sich nur für Gregor interessiert; aber bald aufgeben weiter zu recherchieren, nachdem er herausgefunden hatte, dass der verpartnert war.

„Also, Wehsal, lass mich mal mit dem jungen Mann sprechen. Ich bringe zwar ungern schlechte Nachrichten, aber du mit deiner Frohnatur würdest ihn womöglich gleich abführen lassen, morgens um sechs! "

„Willst du denn nicht mit der Putzfrau reden? Die hockt heulend im Laden unter einem Ficus! Tränende Herzen daneben", Wehsal kicherte schon wieder.

„Hast du doch bestimmt schon gemacht ...", winkte Grund ab, und ehe sich der Kriminalassistent weiter beschweren konnte, dass die ganze Arbeit an ihm hängen bliebe, war der Kommissar schon draußen auf dem Hof, nickte den Kollegen von der KTU zu, die sich an den Mülltonnen zu schaffen machten und stieg in seinen Wagen.

Er musste erst einmal durchatmen. Für die Tatortroutine hatte er jetzt keinen Nerv. Ja, er hätte Gregor gern wieder gesehen, aber die Angst war zu groß, dass noch mehr Erinnerungen an damals hochkommen würden. Gregor wäre der Einzige gewesen, mit keinem vom Kasten wollte er sonst wieder Kontakt haben. Die jährlichen Briefe mit der Einladung zu Klassentreffen warf er gleich in den Papierkorb.

Vor zwei Jahren hatte man das Schulinternat dicht gemacht. Es war unrentabel geworden für den Jesuitenorden, der es seit über 200 Jahren betrieben hatte. Nichts mehr wollte Grund sehen und hören vom Kasten und seinen Schülern - schon gar nicht von den Patres. Die paar anderen Jungen, mit denen er befreundet gewesen war, aber was heißt schon befreundet unter den Umständen, waren in alle Winde zerstreut, die wollten wohl auch soviel Distanz wie möglich zwischen sich und dem Kasten bringen. Nur zwei oder drei waren in Paderborn kleben geblieben.

Gregor hatte den Laden seiner Eltern übernommen. Ein anderer war Germanistikdozent geworden und lebte in einem Einfamilienhaus in einem Vorort. Felix Rubik, der war auch in Paderborn kleben geblieben, hatte er gehört. Der war auf einer Ehrenrunde in Grunds Klasse gekommen und damals schon nicht die größte Leuchte gewesen, gerade deshalb hatte ihn seine Mutter wohl aufs Internat geschickt, damit er irgendwie zum Abitur geschleppt wurde. Mit Ach und Krach hatte er es bestanden; eigentlich wollte er Theologie studieren, das hätte seiner Mutter gefallen, aber man wollte ihn nicht auf dem Priesterseminar akzeptieren. So jobbte er dann auf dem Kasten als Mädchen für alles. Als das Internat aufgelöst worden war, kaufte es irgendein katholischer Verein und baute es zu einem Tagungshaus um – und aus dem Hausmeister wurde ein Hausverwalter; auch eine Karriere.

Grund schüttelte den Kopf – er hatte sich so fest vorgenommen, keinen Kontakt aufzunehmen mit den anderen. Gleichwohl hatte er sich, seit er zurückgekommen war, eine Menge Informationen verschafft. Nein, das war keine professionelle Neugier, das war etwas anderes. Seine Professionalität hatte ihm nur geholfen, gründlich zu recherchieren.

Es war ein Fehler gewesen, sich darauf einzulassen nach Paderborn zurück zu gehen. Hier würde er sich nicht beruhigen. Die ganzen drei Monate, seit er hier war, hatte er den ersten Termin beim Therapeuten, zu dem man ihn gedrängt hatte, vor sich hergeschoben. Er wusste doch, weshalb er ans Saufen gekommen war. Da brauchte er keinen Psychologen.

Dieser verdammte Kasten ... So hatten die Internen schon seit Generationen den alten Jesuitenbau genannt. Das riesige Gebäude mit den verschachtelten Trakten und den hoch angesetzten Fenstern nach außen - so hoch, dass man nicht hinausschauen konnte. Die Fenster nach innen, auf die Höfe und in den großen Klostergarten gaben Blicke frei, aber nur bis zu den Begrenzungsmauern. Drinnen waberte durch die langen Gänge der Geruch von Eintopf aus der Küche, die von drei Vincentinerinnen betrieben wurde. Vierzig-Watt-Lampen aus Milchglas hingen von den Decken, ein knauseriges Licht. So konnte man nicht mal die Details auf den Heiligenbildern im Kreuzgang erkennen. Er hatte sich von Anfang an in diesem halbherzigen Licht unwohl gefühlt. Und besonders, wenn er allein durch den Kreuzgang lief und plötzlich der Schritt eines Paters vom anderen Ende herüberhallte. Schon nach den ersten Wochen konnte er alle Patres von weitem an ihren Schritten erkennen. Das erwies sich als nützlich. Mehr als einmal gelang es ihm, in einen Seitentrakt zu verschwinden, noch bevor der Pater, den er am Schritt erkannt hatte, um die Ecke bog. Aber daran wollte er sich nicht erinnern. Wollte sich vor allem nicht daran erinnern, wie es war, wenn es ihm nicht gelang, dem Pater zu entkommen. Aber alles Wollen half nicht, die Erinnerungen waren plötzlich da wie die überfallartigen Träume von den ungewaschenen Soutanen der Patres, die nach Schweiß und Weihrauch stanken.

Von den Schläfen zog eine Spannung über Grunds ganzen Schädel. Wie gut, dass er vorsorglich ein Röhrchen Aspirin im Handschuhfach deponiert hatte. Eine halbvolle Flasche Driburger Brunnen lag seit drei Tagen auf dem Beifahrersitz. Die Kohlensäure war längst verschalt und das Wasser schmeckte abgestanden, aber trotzdem kriegte er damit vor einer roten Ampel die Tabletten runter.

Der Regen war heftiger geworden. Die Nachtschwärze würde langsam davon gleiten in einen grauen Morgen. In den Häusern waren jetzt immer mehr Fenster beleuchtet, die Busse schon halbvoll, der Berufsverkehr setzte ein.

Er bog in eine Siedlungsstraße mit Einfamilienhäusern im Bausparvertragsstil der 60er Jahre: zweistöckig, solide, mit Vorgärten eingefasst von Jägerzäunen oder Buchsbaumhecken. In einem solchen Haus war auch er aufgewachsen. Hier wohnten selbstständige Handwerker und mittlere Beamte, wie sein Vater einer gewesen war. Die Zeit schien hier stehengeblieben; die Beete waren wie früher geharkt, kein Unkraut wucherte in den Ritzen der Verbundsteinwege von den Gartentoren bis zu den Häusern mit beigefarbenem Putz, einige wenige verklinkert. Die Dachziegel hatten alle die gleiche Form und Farbe – wie es die Bauvorschriften vor vierzig Jahren verlangten.

Da war die Nummer 27. Grund hielt an. Tatsächlich - Gregor Feinschmidt lebte noch immer in seinem Elternhaus. Früher war Grund oft hier gewesen. Er fühlte sich wohl bei Gregor, der fast ein Jahr älter war und ihn um mehr als einen Kopf überragte. Er hielt sich selbst für plump, ihn quälten die Pickel. Gregor überstand die Pubertät besser als andere, der hatte nie Pickel, schon früh einen Kinnbart wie der junge D'Artagnan in seiner bebilderten Dumasausgabe - und Gregor war immer bestens angezogen. Sein Taschengeld reichte, um in der ersten speziellen Herrenboutique Paderborns am Rosentor einkaufen zu könnte. Es war offensichtlich, dass der Laden von einem Schwulenpärchen betrieben wurde. Das waren die ersten Schwulen, die Grund in seiner Heimatstadt gesehen hatte. Die ersten, die es nicht verbargen.

Gregor benutzte sogar als Vierzehnjähriger schon ein Eau de Toilette und hielt diesen Haarwust über dem ausrasierten Nacken mit einem Gel der gleichen Marke in Form. Ja, selbst seine Haare dufteten. Hieß der Duft nicht *Trussardi?* Ein Popper, so nannte man das damals. Die älteren Patres mäkelten, dass er so modisch wäre und oberflächlich. Aber Gregor grinste nur, wenn sie ihm vor versammelter Klasse ins Gewissen redeten. Es war ein Grinsen, das „ihr könnt mich mal" bedeutete und vielleicht auch, „ich kenn euch Pappenheimer doch genau!"

Die meisten der Patres waren nachlässig mit ihrer Kleidung, aber einige legten Wert auf präzise gebügelte Soutanen, und die Anzüge, die sie beim Ausgang in der Stadt trugen, waren bei den jüngeren jedenfalls tailliert und die Kragen der Collarhemden stets gestärkt. Einen dieser jüngeren Patres hatte er sogar einmal aus der Tür eines Maniküreladens kommen sehen.

Gregor konnte eigentlich alles tragen: Blousons, Jacketts und Designerjeans, weite oder eng anliegende Pullover, egal – er sah immer gut aus. Thomas Grund hatte ihn bewundert und beneidet. Seine eigene Mutter musste sich krummlegen, um das Haus abzubezahlen nach dem Tod des Vaters, es blieb nicht viel übrig für modische Kleidung. Aber das Geschäft der Feinschmidts brummte, es war ja auch das einzige in der Nähe des Friedhofs.

Gregor war schon jemand Besonderes. Allein der seltene Name! Grund konnte seinen eigenen nicht ausstehen. Bestimmt war sein Vater, kurz nach der Geburt des Sohnes, in Ermangelung eigener Ideen, einfach die Namensliste hinten im Stammbuch durchgegangen. Da fanden sich: Hannes, Heiner, Gerhard, Hubert, Otto, Paul, Werner, Wolfgang und eben Thomas. Wie gerne hätte er Alexander geheißen, Sebastian oder eben Gregor.

Er stieg aus dem Wagen und beeilte sich an zwei längst kahlen Birken vorbei, dazwischen Koniferen, unter das Vordach der Haustür zu gelangen. Der Regen pladderte heftiger. Wie es sich für solche Häuser gehörte, lag die Toilette gleich neben dem Eingang. Die Jalousie war nicht ganz heruntergelassen. Durch die Ritzen drang Licht. Es war also schon jemand auf. Grund läutete. Die Wasserspülung war zu hören, dann wurde im Flur die Lampe angeknipst. Durch das geriffelte Glas der Haustür konnte er eine Figur im Bademantel erkennen. Die Tür wurde bis zum Anschlag der Sicherheitskette geöffnet. Grund erkannte den jungen

Mann, der mürrisch durch den Spalt blickte, sofort wieder. Er hatte ihn vor einer halben Stunde auf dem Hochzeitsfoto gesehen.

„Was ist denn los um diese Zeit?", der verschlafene junge Mann schaute demonstrativ auf seine Armbanduhr. „Noch nicht mal sieben. Wer sind Sie, was wollen Sie?"

Grund hielt ihm seinen Ausweis entgegen.

„Ich bin Kommissar Thomas Grund und muss Sie dringend sprechen."

„Was ist denn los? Ich weiß, ich parke oft falsch oder hab auch mal ein paar Kilometer zuviel drauf ... Aber deswegen kommen Sie doch nicht am frühen Morgen!"

„Nein, es handelt sich um eine ernste Angelegenheit. Darf ich hereinkommen? Ich möchte das nicht auf der Straße besprechen!"

Der junge Mann schob sich mit einer nervösen Bewegung die brünetten Haare aus der Stirn und löste dann die Sicherheitskette. Ein hübscher Kerl, offenes Gesicht, noch etwas weich, höchstens fünfundzwanzig, hochgewachsen, bestimmt einsfünfundachtzig.

Er zog den Knoten seines Bademantels fester zu und ging dann voran ins Wohnzimmer. Noch bevor er Grund mit einer Geste einen Sessel anbot, fragte er: „Es hat doch keiner bei uns eingebrochen?"

„Sie meinen im Blumengeschäft?"

„Ja, sicher. Gregor müsste doch da sein. Er hat heute Morgen unsere Order vom Großmarkt abgeholt. Wir wechseln uns immer ab. Heute war er dran. Dann kann der andere ein bisschen länger schlafen und muss erst um neun im Geschäft sein. Früher öffnen wir nicht. Also, was ist los?"

Bevor Grund den jungen Mann nach seinem Namen fragen konnte, hörte er, wie auf dem Flur vorsichtig eine Tür geöffnet wurde.

„Ist noch jemand im Haus?"

„Nur meine Schwiegermutter", sagte der junge Mann ganz unbefangen, „oder genauer, Gregors Mutter. Sie mag das nicht, dass ich sie Schwiegermutter nenne. Wir sind hier vor einem halben Jahr eingezogen, weil sie einen Schlaganfall hatte. Seitdem ist sie gehbehindert. Sie hat lange im Rollstuhl gesessen, aber jetzt kann sie schon wieder einige Schritte an Krücken gehen", der junge Mann trat auf den Flur hinaus und rief: „Es ist in Ordnung, Else, jemand für mich. Du kannst dich wieder hinlegen!"

Ohne eine Antwort wurde die Tür wieder zugezogen. Aber es war nicht zu überhören, dass die Frau sie gleich darauf erneut öffnete. Keine Frage, sie wollte lauschen.

„Also, was ist los?", fragte der junge Mann ungeduldig.

„Es tut mir sehr leid, Herr ...ich weiß nicht mal Ihren Namen ...!", sagte Grund bedauernd.

„Ich bin Jonathan. Jonathan Franzen! Gregor und ich haben vor drei Jahren geheiratet. Naja, das heißt ja nicht wirklich *verheiratet*, sondern nur verpartnert!"

„Ich verstehe schon." Grund setzte sich auf das Sofa. Jonathan Franzen ließ sich auf der Lehne eines hellbraunen wuchtigen Ledersessels nieder. Gelsenkirchener Barock, das war natürlich nicht der Geschmack der beiden Ladenbesitzer, sondern der von Else Feinschmidt. Grund erinnerte sich: es sah hier noch immer so aus wie damals, als er Gregor besucht hatte. Kaum ein Unterschied zur Wohnung seiner Mutter. Altdeutsche Möbel aus den Siebzigern, massiv, kein billiges Speerholz mit Furnier. Man kaufte im damals einzigen grundsoliden Einrichtungshaus, zu einer Zeit als es noch keine *Roller-* und *Ikea*-Möbelhäuser im Industriegebiet vor der Stadt gab.

„Herr Franzen, es tut mir leid, aber ich muss Ihnen mitteilen, dass Ihr ..." Grund wusste nicht, sollte er sagen Ihr Mann, Ihr Freund, Ihr Partner? Besser ganz neutral bleiben:„ Herr Feinschmidt ist tot."

Der junge Mann erstarrte für einen Augenblick. Dann lächelte er blöde, verständnislos.

„Sie wollen mich auf den Arm nehmen?"

„Leider nicht! Ihre Putzfrau hat ihn heute früh gefunden, als sie zur Arbeit kam ... er ist erschossen worden." Sagte Grund bedächtig. Die Sache mit den verbrannten Füßen behielt er für sich. Das würde der junge Mann noch früh genug erfahren.

Jonathan Frantzen brachte kein Wort heraus. Er schien noch immer nicht ganz zu begreifen. Seine Hände, die er auf den Oberschenkeln abgestützt hatte, bewegten sich plötzlich ruckartig. Er hatte keine Gewalt darüber.

Die nur angelehnte Wohnzimmertür schwang auf. Eine große, kräftige, grauhaarige Frau von etwa fünfundsechzig Jahren stand im Türrahmen: sie hielt sich verbissen an ihren Krücken fest.

„So, erschossen? Das musste ja früher oder später so kommen!", rief sie mit brüchiger Stimme.

Jonathan Franzen kämpfte noch immer mit der Nachricht. Er beachtete die Frau gar nicht.

Grund erhob sich: „Was musste so kommen?!"

Else Feinschmidt mühte sich auf ihren Krücken vorwärts.

„Das war doch wohl klar, dass Gott nicht mehr zusehen konnte: diese Entweihung von Heirat und Ehe! Diese widerliche ...", sie suchte nach einem Wort – aber ihr fiel nichts Besseres ein als „... diese widerliche Sache!" Sie drohte mit einer Krücke hinüber zu Franzen. „Der da hat meinen Sohn in den Schmutz gezogen! Es ist eine Schande, dass *er* nicht erschossen worden ist!" Dann hielt sie sich nicht mehr und sackte in einen der wuchtigen braunen Ledersessel. Dabei stieß sie einen Laut aus zwischen Würgen und Schluchzen. Aber sie beherrschte sich gleich wieder, atmete abgrundtief ein und setzte ihre Tirade fort.

„Hätte ich keinen Schlaganfall gehabt, und den habe ich auch nur gehabt, weil ich die Schande nicht mehr ertragen konnte, dann wäre dieser Mensch gar nicht hier. Ich hätte ihn nicht in mein Haus gelassen. Aber Gregor musste sich ja um mich kümmern. Und deshalb ist er mit diesem Kerl hier eingezogen!" Und als würde ihr jetzt erst bewusst, was geschehen war, steigerte sie sich zu einem hysterischen Gekrächze: „und jetzt hat mein Sohn die Quittung für sein mieses Leben erhalten. Und der da ist schuld!"

Sie riss die Krücke empor, um auf Jonathan Franzen einzuschlagen, versuchte vergeblich, sich aus dem Sessel zu stemmen, aber sackte endlich zusammen, ließ die Krücke fallen, schlug beide Hände vors Gesicht und stöhnte, als habe sie keine Luft mehr.

Jonathan Franzen hatte nicht einmal eine Abwehrbewegung gemacht, als Else Feinschmidt auf ihn losgegangen war. Er hockte noch immer erstarrt auf der Sessellehne. Grund wusste nicht, wie er sich verhalten sollte: hier die tiefe Erschütterung und da der abgrundtiefe Hass. Beide verzweifelt.

„Es tut mir leid, Herr Franzen, aber ich muss Sie fragen, wo Sie heute Morgen gewesen sind, nachdem Ihr Partner aus dem Haus gegangen ist."

Franzen antwortete wie ein Automat: „Derjenige, der zum Großmarkt fährt, steht immer ganz leise auf, um den anderen nicht zu wecken. Ich habe nicht mal gehört, wie Gregor aus dem Haus ging! Ich habe weiter geschlafen bis vorhin, als der Wecker klingelte, damit ich die Hauspflegerin reinlassen kann. Die müsste gleich kommen."

„Tja, das ist dann erst einmal alles. Ich würde Sie bitten, Herr Franzen, heute Mittag ins Präsidium zu kommen und Ihre Aussage aufnehmen zu lassen. Sie wissen, wo das ist?"

Franzen nickte. „Kann ich Gregor sehen?"

„Das wird so schnell nicht möglich sein. Es hängt davon ab, wie lange die Obduktion dauert ..." Er hätte sich ohrfeigen können, dass er die Obduktion erwähnte. Es war ganz offensichtlich, dass Jonathan Franzen völlig erschlagen war von dieser Nachricht; dass man seinen Freund aufschnitt, daran hätte Grund ihn nicht erinnern müssen.

„Jetzt will ich Sie nicht weiter stören. Ich erwarte Sie also gegen zwölf! Wird Ihnen das möglich sein?"

Franzen nickte und mühte sich aufzustehen, aber es gelang ihm nicht. Er sackte wieder auf die Sessellehne und hockte da wie die Behinderte neben ihm.

„Kann ich Sie und Frau Feinschmidt überhaupt allein lassen? Soll ich jemanden benachrichtigen?", fragte Grund.

Franzen schüttelte den Kopf. „Nein, danke. Ich sagte ja schon, die Hauspflegerin kommt in ein paar Minuten."

„Ich finde schon selbst zur Tür!" Thomas Grund beeilte sich, davon zu kommen. Es gab nie die richtigen Worte in solchen Situationen. Menschen mitzuteilen, dass jemand durch ein Verbrechen sein Leben verloren hatte ... dafür gab es einfach keine richtigen Worte.

Grund schüttelte vor der Tür ratlos den Kopf, atmete tief durch – nasse, kalte Oktoberluft.

Er setzte sich ins Auto, aber ließ den Motor noch nicht an. Das war nun sein dritter Mordfall in Paderborn. Einmal hatte es eine Affekttat in einer zerrütteten Familie gegeben, einmal eine Schießerei in einem Puff in Sennelager – und da hatte sich dann die MP der Rhinearmy eingeschaltet. Alles leicht aufzuklären. Dies aber war ein ganz anderes Kaliber an Verbrechen und hier war er beteiligt.

Verdammt noch mal, Gregor! Vielleicht war das ja auch nur eine Familienkiste? Aber wie passten dazu die verkohlten Fußsohlen? Wer konnte Gregor so was antun? Die verkohlten Fußsohlen und das zerstörte schöne Gesicht in all dem Blut.

Er war Gregor gleich an seinem zweiten Tag im Kasten begegnet. Er hatte sich verirrt, als er von der Rekreation auf den Innenhof laufen wollte. All diese neuen lateinischen Begriffe konnte er sich noch nicht merken; Latein hasste er sowieso, aber das musste er hier belegen. Französisch wie auf dem städtischen Gymnasium, gab es für die Quartaner nicht als Wahlfach. Die in Holz geschnitzten lateinischen Wegweiser verwirrten ihn nur. Irgendwie war er in den falschen Gang eingebogen. Dies war wohl der Trakt mit den Zimmern der Lehrer. Eine der schweren Eichentüren öffnete sich und eine Männerhand schob Gregor auf den Flur. Gleich darauf wurde die Tür wieder geschlossen.

„Entschuldige, ich bin hier neu und hab mich verlaufen ... Kannst du mir sagen, wie ich zu den Quartaklassen komme?", fragte Grund schüchtern.

Gregors ebenmäßiges Gesicht zeigte keine Regung.

„Entschuldige, ich hab mich verlaufen", wiederholte Thomas Grund.

„Verlaufen ...", sagte der Junge tonlos. Dann straffte sich sein Körper. Er riss sich zusammen.

„Verlaufen ...", er zog die Luft rau durch die Nase, „dann werd ich dir wohl den Weg zeigen müssen! Komm!", drängte er, „komm schon, weg hier", und er schob den Neuling rasch in einen anderen Gang, legte ihm den Arm über die Schulter und führte ihn ins Freie. Es war Thomas Grund, als müsse der andere sich abstützen.

„Sieh zu, dass du nicht mehr alleine durch den Wohnungstrakt der Patres läufst. Klar?" Thomas Grund wusste nicht, was die Mahnung bedeuten sollte. Aber sie klang so eindringlich, dass er automatisch nickte.

Als sie auf den Hof traten, schaute er Gregor im Tageslicht zum ersten Mal richtig ins Gesicht. Schmal war der mit einem weichen Kinn und kleinem Mund und er versuchte zu lächeln, aber das gelang ihm nicht ganz. Gregor machte eine verlegene Kopfbewegung und wich dem Blick des anderen aus. Trotzdem, Thomas Grund mochte dieses Gesicht gleich. Aber jetzt lag Gregors Gesicht zerfetzt, ein Auge rausgerissen, im eigenen Blut.

Thomas Grund versuchte vergeblich, sich zusammenzunehmen und schlug die Hände vors Gesicht. Er wollte nicht heulen. Geheult hatte er seit Jahren nicht. Aber Gregor lag erschossen in seinem Laden – alles kam wieder hoch, was er in die Träume abgeschoben hatte.

Damals im Kasten wurde ihm erst Wochen später klar, weshalb Gregor im Klostergarten so schief gelächelt hatte, das war, als er zum ersten Mal selbst aus der schweren Eichentür auf den gekälkten Flur nach draußen geschoben worden war.

Anstand, Glaube, Familie und Eigentum

Dies war schon eher ein November- denn ein Oktobertag. Vom Dauerregen waren die Stoppelfelder zu beiden Seiten des Flughafenzubringers vollgesogen, sie fassten das Wasser nicht mehr: eine einzige Fläche brauner Matsch und ungezählte Lachen. Die Laubhaine waren schon kahl. Gäbe es hier noch Hügel wie im Osten der Stadt, dann wäre die Landschaft nicht ganz so trist. Doch auf der flachen schier endlosen Tiefebene nach Westen bis zur Soester Börde ragten die entlaubten Bäume nackt und traurig in den Himmel.

Maria Rubik war müde. Erst gestern war sie aus Frankreich zurückgekehrt, erschöpft, aber dennoch im Hochgefühl. Das verlängerte Wochenende hatte großen Eindruck auf sie gemacht. An Schlaf war kaum zu denken gewesen, so sehr hatte sie das Ereignis aufgewühlt.

„Wir müssen nach Paris und dabei sein, wenn sich endlich der Widerstand formiert", Gottfried von Uebelkamp war am Telefon ganz euphorisch. Er habe von französischen Freunden gehört, wie groß der Unmut der katholischen Bischöfe, von christlichen Familien-Organisationen, ja selbst bei gemäßigten muslimischen Gemeinden, über die geplante Einführung der Homoehe war und dass dagegen eine eindrucksvolle Großdemonstration stattfinden würde.

Gottfried von Uebelkamp, der Vorsitzende der Partei für *Anstand, Glaube, Familie und Eigentum, AGFE*, seines Zeichens Ordensritter der *Reconquista Dei*, war vor über dreißig Jahren in Spanien, bevor die katholische Kirche gleich nach dem Tode Francos dort an Ansehen, Bedeutung und Einfluss verloren hatte, als erster Deutscher in den Orden aufgenommen worden. Den Segen und den Ritterschlag hatte ihm noch der

Gründer der *Reconquista Dei*, Dom Luis Maria de Scribula, erteilt. Die Auszeichnung sollte einen Mann ehren, der sich gegen den linken Zeitgeist und vor allem gegen die sexuelle Revolution in die Bresche warf. Der seinerzeit noch junge Mann von westfälischem Adel hatte seine Partei hellsichtig Anfang der 70er Jahre gegründet. Er war zuvor von der CDU zum Zentrum gewechselt, aber keine der beiden Parteien schien zu begreifen, dass der Kampf gegen die Massentötung ungeborenen Lebens damals nur der erste von vielen anderen Kämpfen gegen den moralischen Verfall seines Vaterlandes werden sollte. Natürlich steckte dahinter die marxistische fünfte Kolonne, die mit der sexuellen Befreiung den Menschen vorgaukelte, sie könnten ohne Religion über ihren Körper, ihr Schicksal und ihre Seele selbst bestimmen. Die erbitterten Auseinandersetzungen um die Abtreibung waren bis heute nicht zu einem guten Ende gekommen, das Abtöten der Leibesfrucht nahm ungeheure Ausmaße an, die Frauen verweigerten sich ihrer angestammten Aufgabe, sie führten Krieg gegen Gott und die Natur. Aber es gab noch weitere Kriegsschauplätze im Kampf gegen die totale Sexualisierung der Menschen: da wurde der Aufklärungsunterricht selbst an Konfessionsschulen Pflicht, dann kam der Terror der Tagesstätten, in denen Kinder lernten, die Autorität der Eltern, besonders der Familienväter, zu verachten, dann die Abschaffung des Kuppelparagraphen, der sexuelle Beziehungen vor der Ehe erschwerte, und vor allem musste man gegen die Liberalisierung des Paragraphen 175 kämpfen, der letztendlich zum Ziel hatte, Jungen und junge Männer dem Laster der Homosexualität zuzuführen, einer himmelschreienden Sünde, an der schon so viele Kulturnationen zugrunde gegangen waren.

Uebelkamp gehörte zu den wenigen Mahnern vor der Entkriminalisierung der gleichgeschlechtlichen Unzucht; sie war der Beginn eines rapiden Werte- und Kulturverfalls, der die normale Familie zerstören sollte. Weder den Politikern, noch den Menschen im Lande war klar, dass die Homolobby beabsichtigte, alle Gesellschaftsbereiche zu homosexualisieren – die Schwulen, wie sie sich inzwischen auch noch stolz nannten, indem sie das einstige Schimpf- und Geusenwort ins Positive umdrehten, waren schon weit gekommen: das von Gott eingesetzte ewige Männer- und Frauenbild wurde aufgeweicht, die Unterschiede der Geschlechter sollten aufgehoben werden mithilfe des Wahnsystems des Genderismus. Heutzutage beteiligte sich sogar die UNO daran, die Widernatürlichkeit weltweit zur Normalität zu erheben. Eine homosexuelle Weltverschwörung hatte ihre Krakenarme nach allen Kulturländern ausgestreckt. Homosexualität war seit alters eine himmelschreiende Todsünde und musste es auch bleiben!

Maria Rubik hatte Uebelkamp in den frühen Neunzigern auf einer Familienwallfahrt nach Tschenstochau kennengelernt, damals als sie verzweifelt war wegen ihres Sohnes, der abzugleiten drohte in die Sünde. Bevor sie nach Polen abgereist war, hatte sie ihren Sohn im Sanatorium von Kirstin Möve abliefern können, die die AGFE mitgegründet hatte. Kirstin Möve hatte ihr zur Wallfahrt geraten, die Uebelkamp leitete. In Polen begann die Freundschaft und Zusammenarbeit mit dem Freiherrn. Inzwischen schon in den Siebzigern, gehörte er zu den wenigen Mitstreitern, die nicht resignierten. Lange Zeit hatte es ausgesehen, als würden gläubige, normale Menschen immer mehr an Terrain verlieren. Die sexuelle Durchseuchung aller Lebensbereiche breitete sich wie Eiterschwären aus. Wer davor warnte, der wurde längst nicht mehr für voll genommen. Die Wallfahrt zur Muttergottes war Maria Rubiks Erweckungserlebnis gewesen: sie schloss sich dem Kampf Uebelkamps an. Mehr als zwanzig Jahre hatte sie sich nun die Finger wund geschrieben, hatte Aufsätze und Bücher über Erziehung, Keuschheit und die wahre Aufgabe der Frau veröffentlicht, Mutter zu sein - sie hatte Vorträge gehalten und Seminare über die Katastrophe der unregulierten Sexualität, des Sexes ohne Gesetze und Strafen. Sie wurde sogar regelmäßig in Talkshows eingeladen, wo sie gegen Spott und Häme die Wahrheit verteidigte. Manchmal kamen sie und ihre Freunde sich vor wie das Häuflein der letzten Aufrechten, kaum einer wollte noch hören, dass nur da, wo die Sexualität gezügelt wurde und streng kontrolliert, große Kulturleistungen entstehen konnten. Jetzt, da alles erlaubt war, musste man wirklich wie Dostojewski fürchten, dass Gott tot sei. Enthemmung und Schamlosigkeit machten sich breit – und die widernatürlichen Schwulen waren die Speerspitze der weltweiten Sexualisierung. Der deutsche Papst wurde nicht müde, vor diesen Perversen zu warnen, die in einer anderen Wirklichkeit lebten, wie er sagte. Noch mehr Rechte durften ihnen nicht zugestanden werden. Es hatte doch nichts mit Menschenrechten zu tun, wenn man ihnen erlaubte, zu heiraten. Schwule waren nicht gleich wie andere Menschen, es waren von Grund auf verkommene Subjekte, die im wahrsten und ekligsten Sinne des Wortes in Schmutz und Kot wühlten. Die Homoehe würde das naturgegebene Lebensrecht der Familien vernichten und die Schöpfungsordnung, die doch die Ordnung der Staaten sein sollte, auf den Kopf stellen. Ein schlimmeres Sich-Abwenden von Gott war nicht vorstellbar.

Aber endlich, das war ein himmlisches Zeichen: ein Aufstand der Normalen, der unterdrückten Familien und Gläubigen formierte sich, wenn auch erst in Frankreich. Maria Rubik war in den letzten Wochen so sehr mit ihrem Kongress zum selben Thema beschäftigt gewesen, dass sie gar nicht mitbekommen hatte, wie sich das Blatt vielleicht wenden würde. Umso mehr steckte sie Uebelkamps Euphorie an:

„Bestimmt eine Million wird auf den Beinen sein", schwärmte er. „In unserem dekadenten Land wäre so etwas gar nicht mehr möglich. Die Homos würden ja gleich bis hinauf zum Verfassungsgericht dagegen klagen! Diese verdammte *politcal correctness* hat doch nur dazu geführt, dass die Grenzen zwischen Recht und Unrecht, zwischen Wahrheit und Lüge verwischt wurden. Das christliche Menschenbild ist doch selbst in der CDU nur noch ein Popanz. Die in Berlin kuschen doch alle nur vor den Perversen. Ein schwuler Bürgermeister, ein schwuler Außenminister, da macht man sich ja im Ausland lächerlich! Aber ausgerechnet im Lande der Revolution, in Frankreich, wo die Wahnideen von Gleichheit, Freiheit, Brüderlichkeit erfunden worden sind, steht eine breite Koalition der Normalen und Gesunden auf, um gegen die Zügellosen zu demonstrieren, die die Familie, die Kirche und das christliche Abendland zerstören wollen!"

Uebelkamp jubelte am Telefonhörer: „Wir erobern Terrain zurück. Das ist ein historischer Augenblick. Wir müssen dabei sein, Maria! Meine Frau und ich packen gerade Informationsmaterial ein, das wir mitnehmen wollen. Du solltest auch einige Exemplare deines letzten Buches mitnehmen und Verlagsprospekte und Bestellkarten!"

Eigentlich wollte Maria Rubik noch ein ruhiges Wochenende vor dem Kongress verbringen. Doch der war straff durchorganisiert. Wenn es noch etwas zu regeln gab, konnte das ihr Sohn erledigen. Rasch packte sie einige Sachen zusammen und füllte die Hälfte des Trolleys mit noch eingeschweißten Exemplaren ihres neuen Buches, „Attacke der Perversen!" – Eine Streitschrift gegen den seit vierzig Jahren betriebenen Angriff der Homolobby – erst im Untergrund, dann mit offenem Visier und jetzt sogar mit Unterstützung der Weltgesundheitsorganisation, die von den Sodomiten erpresst worden war, Homosexualität von der Liste der Krankheiten zu streichen. Ja, es gab sogar die offene Unterstützung des amerikanischen und des französischen Präsidenten gegen die gottgewollten Strukturen von Kirche, Staat und Familie. Die Kanzlerin immerhin hatte sich zu diesem Thema völlig zurückgehalten.

Maria Rubik war Uebelkamp dankbar gewesen, dass seine Partei mehrere tausend Exemplare ihres Buches aufgekauft und unter anderem an deutsche Parlamentarier geschickt hatte. Ob die Politiker ihre Enthüllungen über die schwule Wühlarbeit in Regierungen, Verwaltungen, sogar in Wirtschaftskonzernen und vor allem in Schulen und Kindergärten ernst nehmen würden, da es doch um die Zurichtung der Kinder für Homosex ging, stand noch in den Sternen. Homosexuelle stellten nur eine verschwindende Minderheit dar, die sich jedoch die Mehrheit zur Geisel ihres ungezügelten Sexualtriebes genommen hatte – das erklärte sie in ihrem Buch und bewies, dass diese perverse Minderheit mit schärfster Intoleranz gegen ihre Gegner vorging. Sie versuchten das Menschenrecht der freien Meinungsäußerung auszuhöhlen, aber das war nur eine Etappe auf dem Kampf zur weltweiten Homosexualisierung. Im Namen der Freiheit wurde die Freiheit bedroht!

Die Großdemonstration in Paris war wie eine unverhoffte Belohnung für die mühselige Arbeit an ihrem Buch. Ja, sie wollte dabei sein, wenn endlich das Ruder herumgerissen wurde. Sie hatte spontane Aktionen eigentlich immer gescheut, schon seit ihrer Studienzeit. Diese linken Spontis, die ungewaschenen ASTAfiguren, die grünen Strickgruppen und diese Weiber, die von Genderzwang und ähnlichem Unsinn faselten oder verbissen das Recht auf Abtreibung verlangten, Baader-Meinhof-Jünger, Emanzen und Ökoschwuchteln - sie alle hatten sie angeekelt. Da ging es ihr nicht anders als dem Papst, der diesen Ansturm aus Geschrei und Fäkalgedanken ebenso verabscheute hatte, als er noch deutscher Hochschullehrer gewesen war. Dieses atheistische Pack hatte es weit gebracht: der Massenmord an Ungeborenen war erlaubt, der widernatürliche Verkehr unter Männern legalisiert, Zwangsaufklärung in den Schulen eingeführt – da brachte man schon Zehnjährigen bei, wie man mit Kondomen verhütet oder dass der After angeblich ein Geschlechtsorgan sei.

Der After, ihr kam schon das Würgen, wenn sie nur daran dachte. Aber jetzt schien der Zeitpunkt gekommen, vom Schreibtisch aufzustehen und schwerere Geschütze aufzufahren. Wenn man sich gegen die Missachtung der Gebote der Kirche und des Herrn, gegen den Wahn der sexuellen Selbstbestimmung und das allgemeine Ergötzen an Sünde und Verbrechen stemmen wollte, dann durfte man sich nicht mehr scheuen, auch spektakuläre Aktionen zu unterstützen. Diese Massendemo war ein Hilfeschrei der Normalen und Gottgefälligen. Bestimmt konnte man in Paris Kontakte knüpfen und sich Orientierung holen für die Organisation ähnlicher Projekte in Deutschland.

Maria Rubik bog auf den Parkplatz vor dem Flughafengebäude. Nicht viel los heute Morgen, nur ein paar Rentner, die aus einem Bus ausstiegen und wohl zum Überwintern nach Mallorca flogen. Die Auflösung der Familien hatte auch vor den alten Menschen nicht Halt gemacht, die doch noch vor wenigen Jahren am Althergebrachten festgehalten hatten. Die ließen entweder ihre Familien im Stich und erklärten sogar schamlos, sie hätten auch noch ein Recht auf Sexualität in ihrem Alter oder sie wurden von ihren Kindern auf die Baleareninsel verfrachtet, weil sie störten.

Maria Rubik stieg aus dem Wagen und hastete - sie hatte ihren Schirm vergessen - im Laufschritt durch den Regen zum Haupteingang. Trotz des schlechten Wetters war die Maschine aus Zürich pünktlich. Sie landete, als Maria Rubik die Halle betrat. Ihr blieb gerade noch Zeit genug, die nass gewordene Frisur auf der Damentoilette durchzukämmen; dieses feine Haar, das sie auch ihrem Sohn vererbt hatte. Dem waren die dünnen, blonden Strähnen auf der Stirn schon mit fünfundzwanzig ausgegangen. Dabei war er als Kind vor der Pubertät eine Schönheit gewesen. Sogar Pater Capriz hatte immer von der Engelsgleichheit des Jungen geschwärmt, aber davon wollte der Sohn nichts wissen.

Ja, schön war er gewesen, ein wenig androgyn sogar. Das war ihr schon früh verdächtig vorgekommen. Denn dieses engelsgleiche Aussehen hatte er vom Vater geerbt; das hieß, sie musste aufpassen auf ihren Sohn, ihn nicht aus den Augen lassen, damit er ja nicht wie sein Vater wurde. Aber Gott sei Dank hatte der das Sorgerecht nicht zugesprochen bekommen und sie konnte Felix so erziehen wie es nötig war.

Felix war denn doch der richtige Name, nicht auszudenken, wenn er tatsächlich Josua geheißen hätte, wie sie es sich vor seiner Geburt vorgestellt hatte. Dieser Name passte auch längst nicht mehr, als er mit dreizehn plötzlich in die Höhe schoss und wie ein Wilder Sport trieb und sich breite Schultern antrainierte. Er wurde bodenständig männlich, und sie war fürs erste erleichtert, denn er verlor seine Schönheit, seine Engelsgleichheit schnell als das pubertär Unproportionierte ihn überfiel – und so war er bis heute ungeschlacht geblieben. Damals interessierte ihn bald nichts mehr außer Sport. Sie musste ihn zur Messe schleifen, musste Nachhilfelehrer bezahlen – das fiel ihr nicht leicht. Sie hatte ihn schon mit zehn Jahren ins Internat gegeben, damit er männlichen Umgang bei den Patres hatte. Er durfte sie nur an den Wochenenden besuchen. Das strenge Regiment und die Aufsicht im Internat halfen, ihn zurecht zu biegen. Da wurde er immerhin, wenn auch mit Ach und Krach, versetzt. Vielleicht reichte seine Intelligenz auch nicht aus für ein gutes Abitur, geschweige denn für ein Studium. So musste sie ihm auch noch zu einem Posten verhelfen; wie gut, dass er die Geschäftsführung des neuen Tagungshauses übernehmen konnte, nachdem er dort jahrelang Hausmeister gewesen war.

Er war ein Muttersöhnchen geblieben, da machte sie sich nichts vor. Kein Wunder, dass sich bis heute keine Frau für ihn interessierte. Sie war sich keiner Schuld bewusst deswegen, sie hatte alles Erdenkliche getan, um ihn auf den rechten Weg zu führen. Er war kein Priester geworden, wie sie es sich gewünscht hatte, aber immerhin, er lebte zölibatär. Das war schon ein Erfolg ihrer Mühen. Doch sie wollte sich jetzt nicht mit Gedanken an ihren schwachen Sohn herumschlagen. Sie musste halt weiter aufpassen, dass er nicht doch abglitt wie sein Vater. Aber der war deshalb auch jetzt tot.

Gleich würde sie Monsignore Capriz wieder sehen, der sich, bevor er in die Schweiz gegangen war, um Felix, seinen Schüler, so väterlich gekümmert hatte. Einer muss dem Jungen doch den Vater ersetzen, hatte der des Öfteren zu ihr gesagt. Und so war eine Freundschaft zu dem Jesuiten entstanden, der sie, die lange Zeit religiös Gleichgültige, wieder in den Schoß der Kirche zurückgeführt hatte. Heute war er ein Gleichgesinnter, der ebenso wie Uebelkamp und Kirstin Möve den Mut hatte, Unbequemes öffentlich auszusprechen. Er würde der Hauptredner ihres Kongresses sein.

Da schritt er den Gang zum Schalter hinunter. Zwischen den anderen Passagieren war er nicht zu übersehen. Er mochte nun Mitte sechzig sein, aber der große, kräftige Mann lief noch immer kerzengerade und federnd wie vor zwanzig Jahren. Zwar war sein Haar inzwischen völlig ergraut, aber der Bürstenschnitt und der volle Schnurrbart waren genauso wie damals. Er genierte sich nicht, wie so viele Geistliche seiner Generation, die lässige Saccos mit Krawatte – oft sogar ganz leger ohne Binder – bevorzugten, seinen Stand auch in der Kleidung zu bezeugen: er trug den vorschriftsgemäßen, allerdings maßgeschneiderten schwarzen Anzug und den weißen Stehkragen. Man sollte ihn gleich als katholischen Geistlichen erkennen, das gab ihm Würde und hob ihn aus den gewöhnlichen Leuten heraus.

Er schritt zielbewusst auf Maria Rubik zu und ergriff ihre ausgestreckte Rechte mit beiden Händen.

„Ich kann Ihnen gar nicht sagen, wie ich mich freue, Sie wiederzusehen!", grüßte er sie mit einer leichten Einfärbung schweizerischen Singsangs, den er sich wohl in der langen Zeit in St. Gallen angeeignet hatte. Die Stimme war noch immer sanft und nachsichtig wie damals.

„Aber unsere Verbindung ist ja nie abgerissen all die Jahre, in denen Sie in der Schweiz waren", sagte Maria Rubik. „Zwanzig Jahre haben wir uns nicht gesehen, mein Gott, dass es so lange gebraucht hat! Aber jetzt sind Sie ja da! Und ausgerechnet als wichtigster Gastredner auf meinem Kongress! Da konnte ich es mir doch nicht nehmen lassen, Sie selbst abzuholen. Wie schön, dass Sie Zeit gefunden haben, ein paar Tage früher zu kommen. Ich habe Ihnen so viel zu erzählen!"

Sie holten das Gepäck und liefen mit den zwei Koffern auf den Parkplatz hinaus. Als sie in den Wagen einstiegen, lachte Maria Rubik: „Es hat sich zwar viel verändert, seit Sie in die Schweiz gegangen sind, aber eines nicht – es regnet hier genauso viel wie früher!"

„Gab es da nicht diesen Spruch?" Capriz versuchte, sich zu erinnern: „Ah, ja: Entweder läuten in Paderborn die Glocken oder es regnet!"

„Richtig", Maria Rubik stimmte in das Lachen des Monsignore ein, „dieser Spruch ist wahr geblieben! Es regnet noch immer viel – und Glocken werden Gott sei Dank auch noch immer geläutet. Hier gibt es keinen Widerspruch dagegen, wie in so vielen anderen Städten!"

Maria Rubik bog vom Parkplatz zurück auf den Autobahnzubringer. Der Dauerregen wurde noch heftiger und trübte die Sicht. Sie schaltete das Licht ein.

Capriz hatte ein paar Augenblicke geschwiegen, nun nahm er den Gedanken seiner Fahrerin auf: „Dass hier die Glocken regelmäßig läuten ist immerhin erfreulich. Leider ist es bei uns in der Schweiz ein bisschen anders. Da wehren sich die Bürger zu Recht gegen den Bau von Moscheen und gegen den unmelodischen orientalischen Singsang der Imame von den Minaretten – aber sie beschweren sich gleichzeitig auch gegen das Glockengeläut!" Capriz seufzte. „Die Entchristianisierung Europas ist im vollen Gange! Unsere Kirche ist wirklich in Not!"

„Sagen Sie das nicht so resignierend", versuchte Maria Rubik den Monsignore aufzuheitern: „Es gibt noch Zeichen und Wunder. Sie haben bestimmt von der Großdemonstration gegen die Homoehe in Frankreich gehört?"

Capriz nickte.

„Ich bin dabei gewesen!", sagte Maria Rubik stolz und streckte sich. „Oh, das hätten Sie erleben müssen! Eine Million Menschen. Ich bin heute noch überwältigt. Es war ein Aufstand der Normalen, die sich Ehe und Familie nicht verderben lassen wollen! Es war wirklich ra-di-kal ..." Sie betonte die drei Silben überdeutlich. „Ja, man kann nicht mehr nur mit Worten, die keiner hören will, gegen den Kulturverfall kämpfen! Das war eine große Aktion – und was mir besonders gefiel, so radikal das Ganze auch war, es war ein Beispiel dafür, dass Demonstrationen auch geordnet ablaufen können und anständig. Früher hätte man das Manneszucht genannt, aber man darf ja nicht mehr solche Begriffe benutzen, soweit ist es schon gekommen. Doch es war so sauber: es gab keinen Schmutz, der hinterlassen wurde, Papier, Flaschen und Dosen landeten nicht auf der Straße, sondern wurden eingepackt oder in Mülltonnen geworfen, es gab keine Besoffenen, es wurde nicht randaliert, es kam nicht zu ekligen Szenen wie etwa bei diesen widerlichen Homoparaden. Nur Geistliche und christliche Familien mit Kindern, die für ihre Rechte kämpfen, gegen die Widernatürlichkeit ..."

Capriz nickte. „Ich hab's im Fernsehen gesehen. Leider wurde nur kurz berichtet. Natürlich wurden die Teilnehmerzahlen verfälscht. Kein Wunder, denn selbst im Schweizer Fernsehen sitzen die Homos bereits in den Chefetagen und diktieren das Programm. Von den kranken Sexumzügen bringen sie stundenlange Liveübertragungen. Es wird mir schlecht, wenn ich diese obszön verkleideten oder nackten Perversen auf den Straßen tanzen sehe. Manchmal wünschte ich, der Herr würde endlich einmal dreinschlagen. Bei dieser sogenannten Love-Parade hat er es ja auch getan. Die Menschen müssen begreifen, dass Gott uns mit seinen Strafen sogar noch mehr sagen kann als mit seiner Liebe! Ja, es ist ja die Liebe Gottes, wenn er straft! - Ach, ich wäre auch gern in Paris dabei gewesen ... Was Sie da erzählen, lässt einen wieder hoffen auf den Anstand der Menschen!"

„Es war so großartig", Rubiks Enthusiasmus war ansteckend, „dass ich sofort auf die Idee gekommen bin: wir müssen so was auch machen, in Berlin, vorm Reichstag! Monsignore, darüber müssen wir sprechen!"

„Eine wunderbare Idee", lobte Capriz und wendete seinen Blick nach draußen. Sie fuhren bereits auf den Innenstadtring. Da die Herz-Jesu-Kirche, dort die Liborikapelle, dann gleich hinter der Mauer das Franziskanerkloster mit der barocken Kirche, kaum fünfhundert Meter weiter ragte die Marktkirche über die Häuser hinaus. Das ochsenblutrote Leokonvikt hinter der Bahnlinie, in seinem weiten Park, dann das ehemalige katholische Blindenheim, wo einmal Besen und Bürsten gebunden wurden, der Blindenverlag zur Rechten und gleich darauf die Busdorfkirche zur Linken und dann wieder zur Rechten das Salesianum und dann an der Kreuzung mit den beiden städtischen Schulen der überragende Christus am Kreuz.

„Das ist ja wirklich ein Nach-Hause-Kommen", schwärmte Capriz, „wenn auch im Regen. Aber egal – jetzt bin ich gespannt auf mein Aloysius-Internat ..."

„Es hat sich viel verändert", berichtete Maria Rubik, „Sie wissen ja, dass Ihr Orden das Haus aufgeben musste, als nicht mehr genug Schüler angemeldet wurden. Freiherr von Uebelkamp hat im Namen der *Reconquista Dei* das Gebäude gekauft und in ein sehr schönes Tagungshaus umgewandelt. Das war dann natürlich für mich die erste Wahl als Ort unseres Kongresses! Und da sind wir!", sagte sie stolz und parkte den Wagen unter der uralten Kastanie an der hohen Mauer vor der Treppe zum zentralen Eingang. Von dort konnte man sowohl in die Kirche wie auch über den angrenzenden Kreuzgang in die verschiedenen Gebäudetrakte gelangen.

Maria Rubik und der Monsignore stiegen aus. Capriz blieb einen Augenblick im Regen stehen und betrachtete das Gebäude.

„Wissen Sie, liebe Freundin. Man wird älter und ein wenig sentimental. Hier habe ich meine Jugendzeit verbracht und musste lernen, Verantwortung zu tragen für so viele junge Burschen. Ach, ich freue mich wirklich, an meinen alten Wirkungsort zurückzukehren. Aber alle Sentimentalität wird mich nicht dazu bringen, mich bis auf die Haut nassregnen zu lassen. Ich bin gespannt, wie es sich drinnen verändert hat!"

Sie eilten die Treppe hinauf. Mit großer Geste drückte Capriz den brusthoch angebrachten eisernen Türgriff, so als wäre er noch immer der Herr des Hauses und ließ Maria Rubik den Vortritt. Die eisenbeschlagene Eichentür fiel hinter ihnen ins Schloss. Capriz hielt inne und blickte in die Nische, die gegenüber der gläsernen Empfangsloge lag. Dort hing ein großes Plakat mit dem Titel des Kongresses: *Keuschheit und Familie. Wider die Homosexualisierung der Menschheit!*

Ein schwarzes Kreuz beherrschte die gesamte Länge des Plakates und warf einen Schlagschatten auf die unscharf gedruckten rosafarbenen Logos ineinander verschränkter männlicher Geschlechtzeichen.

„Aufklärung über die Gefahren der sexualisierten Kultur des Todes", stand darunter zu lesen.

„Oh", entfuhr es Capriz, „das hätte ich nicht erwartet!"

„Aber Sie kennen doch unser Plakat. Sie haben es letzte Woche, als ich Ihnen den Probedruck schickte, selbst abgenommen!", erinnerte ihn Maria Rubik.

„Nein, nein – ich staune nicht über das Plakat. Es hängt hier natürlich ganz unübersehbar und völlig richtig", erklärte Capriz. „Aber ich erinnere mich, dass hier früher eine Statue des Hl. Aloysius gestanden hat. Wir hatten sie eigens mit kleinen Scheinwerfern angestrahlt, so dass dem Knaben ein Heiligenschein um sein kleines Haupt leuchtete. Schade, dass sie nicht mehr hier steht. Ich habe hier oft mit vielen Schülern ein Gebet gesprochen!"

„Ich glaube, mein Sohn hat die Figur in Sicherheit gebracht, als vor ein paar Jahren das Internat ins Tagungshaus umgebaut wurde", Maria Rubik blickte den Kreuzgang hinunter. „Da hinten kommt er ja, wir werden ihn gleich fragen, was er mit dem Aloysius gemacht hat! Er ist nämlich inzwischen der Verwaltungschef des Hauses!"

Ein kräftiger, ungeschlachter Mann schritt langsam den Gang hinunter. Er trug einen schwarzen Anzug, der selbst ihm noch ein oder zwei Nummern zu weit war. Die Hosensäume falteten sich über den Schuhen und die Hände blieben von den langen Ärmeln bedeckt. Unter der Jacke trug er einen weiten grauen Pullover, dessen Rollkragen ihm bis ans Kinn reichte. Er blickte ernst aus seinen grauen Augen. Obwohl er erst Mitte dreißig war, zogen sich bereits tiefe Furchen neben der Nase hinab und längs über die Stirn, die in eine Halbglatze überging. Das restliche Haar war so kurz geschnitten, dass man kaum erkennen konnte, ob es noch aschblond oder schon graumeliert war.

„Felix, wie gut, dass du kommst. Du kannst gleich das Gepäck aus meinem Wagen holen. Schau, wen ich dir hier bringe, deinen ehemaligen Lehrer."

Schlagartig hielt der Mann im Gehen inne. Dann straffte er sich und schritt auf die beiden Wartenden im Vestibül zu.

„Erinnern Sie sich noch an meinen Felix, Monsignore?"

Capriz streckte die Rechte aus und sagte gönnerhaft, „aber sicher. Auch wenn er sich verändert hat!"

Wortlos reichte Felix Rubik dem Monsignore die Hand.

„Sie waren damals ein toller Sportler. Ziemlich durchtrainiert. Das sind Sie wohl noch immer", und Capriz berührte mit der Hand den Oberarm des Mannes, um die Stärke der Muskeln zu prüfen. „Wenn ich mich recht erinnere, dann waren Sie, was die anderen Fächer anging, ab und an unser Sorgenkind, haben sogar eine Ehrenrunde gedreht. Aber Sie haben es ja doch zu was gebracht, meine Gratulation!" und er wies mit bischöflicher Geste in den Kreuzgang und hinauf ins Gewölbe, um anzudeuten, dass Felix Rubik nun wohl Herr des ehemaligen Internates war – oder wenigstens besserer Hausmeister.

Maria Rubik drückte ihrem Sohn den Autoschlüssel in die Hand. „Du holst doch das Gepäck? Ich nehme den Monsignore erst mal mit in deine Wohnung, damit er einen Kaffee trinken kann, bevor du ihm das Zimmer zeigst! Und dann musst du uns sagen, wohin du die Aloysiusstatue gebracht hast!"

Capriz lächelte Felix nickend zu, drehte sich um, folgte Maria Rubik, überholte sie und rief: „Eigentlich müsste ich vorangehen, denn ich war hier ja einmal zuhause! Wie wunderbar alles renoviert ist. So hell!"

Sie bogen am Ende des Ganges in den einstigen Schultrakt. Felix Rubik hörte ihre Schritte verhallen.

Er starrte auf den Autoschlüssel in seiner offenen Hand. Dann schloss er sie ganz fest, so fest, dass die scharfen Kanten des Bartes in seine Finger schnitten.

Der Rosenkranz

Thomas Grund trat aus dem Aufzug auf den Flur des Kommissariates. Wehsal entdeckte ihn gleich durch die Flucht der Glasparzellen.

„Na, wie war's bei den Schwulis?", rief er mit zweideutigem Unterton.

„Mann, Wehsal, ich wäre dir dankbar, wenn du dich ein bisschen anständiger ausdrücken würdest!", beschwerte sich Grund.

Wehsal quakte unbeeindruckt im gleichen Tonfall weiter: „Tränenselige Ehemännchentrauer, was?"

Grund hatte keine Lust, sich auf eine überflüssige Auseinandersetzung einzulassen und winkte bloß ab. „Ich hab' den jungen Mann auf zwölf hierher bestellt. Zuhause kann man nicht mit ihm reden. Da lauert ein Drachen von Schwiegermutter. Habt ihr denn schon was Brauchbares? Irgendwelche verwertbaren Spuren am Tatort?"

„Nicht das Mindeste", bedauerte Wehsal wieder mit normaler Stimme und zog enttäuscht die Schultern an. „Keine Fingerabdrücke, keine Hülsen, keine Fuß- oder Einbruchsspuren: die Hintertür ist von Feinschmidt selbst aufgeschlossen worden, sein Schlüssel baumelte noch im Schloss. Wenn wir schon keine Spuren haben, dann müssen wir also erstmal nach Motiven suchen, fällt dir da was ein?"

Wehsal schaute seinen Chef erwartungsvoll an. Da Grund nicht sofort antwortete, plapperte er vor sich hin: „Ich fürchte, das heißt, wir müssen das Umfeld des Toten genau durchleuchten. Kleinarbeit also, Konten durchschnüffeln und das ganze Zeugs." Er schüttelte sich: „Och nee, kann denn nicht einfach irgendwer ordentlichen Rochus auf den Mann gehabt haben?"

„Nein, das glaube ich nicht", Grund wiegte den Kopf. „Wenn es bloße Wut oder Rachsucht gewesen wären, dann hätte der Mörder wohl ziemlich planlos geschossen. Das Ganze ist doch total kaltblütig. Überleg doch mal: Feinschmidt ist offenbar mit vorgehaltener Kanone zum Knien gezwungen worden, er musste seine Hände wie zum Beten vor dem Bauch falten. Und dann diese Sache mit den verbrannten Fußsohlen. Das ist doch eine Art Zeichen, ein Markenzeichen vielleicht - das hat was eiskalt Geplantes, wie bei den Auftragskillern der Russenmafia. Die lassen sich ganz perfide Sachen einfallen und verstümmeln ihre Opfer sogar bei lebendigem Leibe, um Angst und Schrecken zu verbreiten." Grund rümpfte die Nase. „Aber Russenmafia in Paderborn? Kann ich nicht glauben. Trotzdem, ein Zeichen, das sind die verkohlten Füße bestimmt. Vielleicht eine Warnung, aber an wen richtet die sich? Da sollten wir mal ein paar Gedanken dran verschwenden. Das Verbrennen der Füße, das ist ja wie eine mittelalterliche Folter. Man müsste mal recherchieren, ob es so eine Strafe wirklich gab und für welches Vergehen sie verhängt wurde!

Aber als erstes das Naheliegende, du hast schon Recht, Wehsal: einer muss sich Feinschmidts Finanzen vornehmen. Der Laden lief wohl ziemlich gut, wie man hört. Aber man weiß ja nie, ob er sich für den Umbau der Geschäftsräume nicht verschulden musste. Kümmerst du dich um die Bankauskunft, Monika?"

„Mach ich", Kriminalassistentin Monika Wiebe, sie hatte die ganze Zeit wortlos in der Tür gelehnt, drehte sich auf dem Absatz, ging zu ihrem Schreibtisch hinüber und setzte sich an den Computer. Wehsal verfolgte ihren Gang mit großem Interesse. Er mochte ihre Kehrseite in den engen Jeans. Monika wusste das genau, aber hielt es für besser, nicht darauf einzugehen. Sie ließ das spätpubertäre Machogehabe an sich abgleiten. Dennoch, Wehsals blöde Bemerkungen stießen ihr auf.

Während sie sich setzte, drohte sie ihm mit erhobenem Zeigefinger „und du lass mal deine homophoben Sprüche! Ist doch kindisch!"

Wehsal winkte bloß ab. „Mädel, wieso bist du wegen der Schwulen immer so empfindlich. Trifft dich doch nicht ...!"

„Also", Grund überhörte die Kabbelei zwischen den beiden, „die Sache mit den verbrannten Fußsohlen ... Darum kümmere ich mich mal! Menschen, die Fußsohlen verbrennen, wer macht denn sonst noch so was? Außer mittelalterliche Folterknechte?"

„Tibetanische Feuerläufer! Für die ist das Meditation", quäkte Wehsal wieder albern.

„Tibetanisch oder nicht, du fährst jetzt rüber in die Gerichtsmedizin, Wehsal. Wenn einer von uns da rumlungert, dann beeilen die sich eher mal!", forderte Grund seinen Kollegen auf.

„Okay, mach ich." Wehsal schnappte sich blitzschnell seine speckige schwarze Lederjacke und verschwand grußlos im Aufzug. Den Kollegen von der Pathologie ein wenig Druck zu machen, das war ein leichter Job, solange er draußen vor dem Seziersaal warten konnte. Als er zum ersten Mal ein aufgeschnittenes Mordopfer gesehen hatte, musste er sich übergeben. Die Peinlichkeit sollte ihm nicht noch einmal passieren. Auf dem Flur hocken, Zeitung lesen und ab und an einen der Mediziner, die den Saal verließen, von der Seite anquatschen, das war genau die ruhige Kugel, die er heute Morgen schieben wollte, nachdem man ihn bereits um fünf aus dem Bett gejagt hatte.

„Monika, gibt's noch einen Kaffee?", fragte Grund. „Ich hab heut Morgen noch gar keinen gehabt, so schnell bin ich aus dem Haus. Und nach dem Besuch bei Feinschmidts brauch ich jetzt eine ordentliche Dröhnung Koffein."

„Ich glaube nicht, dass der Rest in der Kanne noch trinkbar ist", meinte Monika, „soll ich dir einen kochen?"

„Nee, danke, ich mach's schon selber!" Grund wollte sich erheben, aber sank zurück in seinen Schreibtischsessel: „Weißt du, da kommst du und musst der Mutter berichten, dass ihr Sohn ermordet worden ist, und die hat nichts Besseres zu tun, als ihren, ja wie soll ich ihn denn nennen … ihren Schwiegersohn zu beschimpfen!"

Er rieb sich mit den Handballen die müden Augen.

Monika Wiebe blickte ihn kopfschüttelnd über ihren Computermonitor an. „War wohl nicht bloß die kaputte Familie, die dich mitgenommen hat, was? Hattest wieder 'ne schlaflose Nacht?"

„Wie üblich!" Grund ließ sich nicht gern über seine durchwachten Nächte aus. Doch da er regelmäßig ziemlich zerknittert im Präsidium auflief, musste er ab und an teilnahmsvolle Fragen beantworten. Wehsal hätte sich nicht erkundigt, doch Monika war eine sehr anständige Kollegin, die Anteil nahm, aber ihm nicht mit billigen Ratschlägen auf die Nerven ging und Baldrianpillen oder warme Honigmilch empfahl. Sie hörte aufmerksam zu, eine hervorragende Voraussetzung für den Beruf.

„Und Feinschmidts Lebensgefährte? Zusammenbruch, oder was?", fragte sie.

„Der hatte gar keine Zeit dazu. Feinschmidts Mutter hat ihn sogar mit ihrer Krücke bedroht. Die hatte einen Schlaganfall und der Sohn und sein Freund sind eigens zu ihr ins Haus gezogen. Die kümmern sich jetzt um sie. Aber dankbar? Keine Spur, die hat den Jungen nur angeschnauzt! Hat sich wohl nie damit abgefunden, dass ihr Sohn schwul war und auch noch offen damit umging. Mann, war die bitter!"

„Naja, wenn ich mir Wehsals Sprüche anhöre, und der ist noch nicht mal dreißig, dann wundert's mich nicht, dass es noch immer so viele intolerante Menschen gibt. Selbst unter den Müttern!", meinte Monika. „Andererseits, so ein Schlaganfall kann schon die ganze Persönlichkeit verändern."

„Stimmt", brummte Grund, „ich kenne sie noch von früher. Die war zwar immer die strenge Geschäftsfrau, aber ihren einzigen Sohn hat sie nach dem Tod des Vaters richtig verwöhnt. Alles drehte sich um ihn. Sie hat ihn regelrecht vergöttert, aber da kannte sie die Wahrheit noch nicht. Vielleicht ist der Schlaganfall doch schuld ..."

„Du kennst sie?" Monika beugte sich vor und schaute Grund neugierig an.

„Ja, ist schon lange her. Gregor Feinschmidt und ich sind auf dieselbe Schule gegangen." Grund vermied das Wort *Internat*, er fürchtete, dass Monika weiterfragen würde. Aber über den Kasten wollte er ums Verrecken nicht mit ihr reden.

„Ist eben eine kleine Stadt, da kennt noch jeder jeden", sagte Monika. „Hattest du denn nach der Schule noch Kontakt zu ihm?"

„Nein, Gregor ist schon nach der mittleren Reife abgegangen, den hielten keine zehn Pferde mehr auf der Schule. Und wie das so ist, man verliert sich aus den Augen", ein Ton des Bedauerns schwang in Grunds Stimme.

Monika Wiebe gab sich mit der Auskunft zufrieden. Grund schlurfte langsam in die Kaffeeküche hinüber, hob die Glaskanne der Kaffeemaschine an und schwenkte den lauwarmen Rest. Dann leerte er ihn in den Ausguss. Die gekachelte Ecke mit dem Handwaschbecken hätte beim Umbau der ganzen Etage eigentlich weggerissen werden sollen. Aber dann zeigte sich, dass bei der Planung niemand an eine Kaffeeküche gedacht hatte. Das Geld war sowieso knapp – und so kam es, dass in einem der vielen Aquarien, so nannten sie ihre gläsernen Büroparzellen, eine Waschecke im Stil der 50er übrig blieb, die ohne Aufwand zur Kaffeeküche umfunktioniert wurde. Man hätte sie unter Denkmalschutz stellen sollen: gelbe Kacheln, ein Trümmer von einem Becken mit einem uralten Kaltwasserhahn und darüber ein betagter Boiler von *Stiebel Eltron*, so verkalkt, dass er sicher bald ausrangiert werden musste.

Grund ließ Wasser in die Kanne laufen.

„Das Ganze ist kaltblütig geplant gewesen, da bin ich mir sicher", knurrte er.

„Und wieso?", rief Monika durch die zwei geöffneten Glastüren herüber.

Grund goss das Wasser in die Maschine und schaufelte aus einer Blechdose Kaffee in den Filter. „Na, der Täter muss doch erstens gewusst haben, dass Feinschmidt morgens um diese Zeit die Blumen vom Großmarkt ins Geschäft bringt. Und dass er einen Schalldämpfer benutzt hat – keiner der Nachbarn hat was gehört - das zeigt auch, dass er mit Überlegung vorgegangen ist. Ganz abgesehen von diesen Utensilien, dem Bügeleisen und dem Vogelsand, so was muss man doch eigens mitschleppen und einplanen. Und dann ist da noch die Sache, dass sich Gregor Feinschmidt und sein Freund abwechselten mit der morgendlichen Fahrt zum Großmarkt! Das hat der Täter bestimmt ausgekundschaftet. Nein, das war ganz genau vorbereitet."

Die Kaffeemaschine fing an zu prusten und zu gluckern. Grund blieb daneben stehen und beobachtete, wie das heiße Wasser auf den Kaffee spritzte und das Pulver langsam feucht wurde.

„Und schließlich: Wenn einer hätte Geld klauen wollen, warum ausgerechnet in einem Blumenladen? Zugegeben, das ist schon ein Edelladen. Aber heutzutage lässt doch keiner große Summen über Nacht im Geschäft! Es ist ja auch nichts gestohlen worden, so wie es aussieht. Ich werde nachher mit Franzen hinüberfahren, damit der deswegen nachschaut!"

Das Wasser war durchgegluckert, der Kaffee duftete. Grund trank ihn immer schwarz. Hoffentlich hielt ihn das Gebräu einigermaßen wach, bis er Jonathan Franzen gesprochen hatte.

Gregor hatte wirklich Glück gehabt: Hübscher Junge, der Franzen, und offenbar ein anständiger Kerl. Der hätte ihm auch gefallen.

Er schüttelte kaum merklich den Kopf. Das war doch unmöglich, er und ein, wie nennt man das? Ein Lebensgefährte. Nicht vorstellbar; er war ein Mann, der immer oben unter dem Dach wohnte, allein in einem Horst, im wievielten Stock auch immer, nie im Parterre mit gläserner Doppelflügeltür zum Garten.

Natürlich war das Neid, was da in ihm aufstieg, ein Gefühl als müsse er in Beton beißen bis die Zähne schmerzten und die Mundwinkel aufrissen an der rauen Oberfläche. Doch Gregor war nun tot. Es gab eben keine glücklichen Beziehungen von Dauer.

Von den Schläfen meldete sich die Übermüdung mit einem Ziehen und Stechen zurück. Er rieb sich die roten Augen. Der Duft des Kaffees stieg ihm in die Nase und hielt ihn wach. Er musste unter allen Umständen aufpassen und durfte sich keine Schnitzer und Fehler leisten – man würde ihn von oben bei seinem ersten schweren Fall in Paderborn genau beobachten. Dabei sollte es hier doch ruhiger zugehen. Freiwillig war er nicht in dieses katholische Kaff zurückgekehrt. Er erinnerte sich:

„Ich mache Ihnen einen Vorschlag, Grund", der Dezernatsleiter Oberschär beugte sich über den Tisch zu ihm hinüber. „Sie sind ein guter Mann, und bisher ist ja auch noch nichts Dramatisches passiert. Ich sage es Ihnen ganz offen: was Sie nachts treiben, geht mich nichts an, doch wenn Sie hier dauernd verkatert auftauchen, ist es nur noch eine Frage der Zeit, bis der Dienst darunter leidet. Ach, er leidet doch jetzt schon. Kopfschmerzen, Übermüdung, Konzentrationsmangel, Verspätungen, nicht eingehaltene Termine ... Das hält sich so gerade noch im Rahmen, aber in letzter Zeit haben Ihre Kollegen ein bisschen zu oft die Kohlen für Sie aus dem Feuer geholt! "

Grund wollte dazwischen gehen, aber Oberschär hob die Hand. „Es hat sich keiner beschwert. Die Kollegen sind da solidarisch, aber wie lange noch? Man hätte ja Tomaten auf den Augen, wenn man nicht sähe, dass Sie ein Alkoholproblem haben. Nichts ist bisher offiziell geworden. Noch kann ich dienstlich nicht einschreiten. Aber das gerade möchte auch nicht. Das hieße ja womöglich Abmahnungen, Aufsichtsverfahren oder gar Entlassung. Ich will das Ihnen und uns ersparen. Deshalb also mein Vorschlag: Sie gehen ein oder anderthalb Jahre zurück in Ihre Heimatstadt mit einer Zweidrittelstelle, damit Sie beruflich nicht so belastet sind

... ist möglich, ich habe mich schon diskret erkundigt. Da ist nicht soviel los wie hier in Hamburg, es geht gemütlicher zu. So haben Sie Zeit, nebenbei eine Therapie zu machen und sich in den Griff zu kriegen. Was Besseres kann Ihnen nicht passieren. Nehmen Sie den Vorschlag an. Machen Sie eine Therapie, Grund, und dann können Sie hierher zurückkommen ...“

Ja, es hatte sich nicht mehr verbergen lassen, dass er zu viel trank ... das hatte sich eingeschlichen über die Jahre. Er riss sich so sehr zusammen - man sah ihn nie im ungebügelten Hemd, ohne Krawatte oder unrasiert. Gegen die Fahnen gurgelte er mit diesem scheußlich brennenden Zeugs, *Listerine*. Aber wenn er auch noch so sehr darauf achtete, er verschüttete eben doch einmal etwas Cognac auf den Anzug oder er vergaß, die leeren Rotweinflaschen in den Container zu fahren, da standen dann Kisten mit dem Leergut tagelang auf dem Rücksitz seines Wagens. Er trank ja keinen Fusel, selbst beim Trinken versuchte er, sich aufrecht zu halten. Und er sagte sich, er könne kein Alkoholiker werden, wenn er bessere Weine trank und keinen Lambrusco aus dem Supermarkt. Für diese Strategie lieferte der kleine Johnson Weinratgeber die Rechtfertigung, den kaufte er sich schon seit Beginn seiner Ausbildung jedes Jahr neu.

Er stammte aus einer Bierstadt, aber Bier hatte er noch nie gemocht. Wenn er am Wochenende nach seiner Abiturzeit mit den paar Leuten ausging, die es mit ihm aushielten, tranken die Pils und Altbierbowle, ein schauderhaftes Zeug und er den ebenso schauderhaften trockenen Weißen, den sie in den paar Studentenkneipen in Paderborn anboten. Billiger Edelzwicker aus dem *Aldi* – aber er wusste es nicht besser, damals. Doch wenn er Wein trank, fühlte er sich besser.

Später dann während der Ausbildung in Köln half der Wein über die langen Abende in den anderthalb Zimmern seiner Studentenwohnung. In eine WG hätte er sich nie eingemietet, er hielt es nicht aus, Zimmer an Zimmer mit anderen zu wohnen. Hielt es nicht aus, ihr Lachen zu hören, ihre Musik, ihr Atmen in der Nacht oder gar wie sie miteinander schliefen.

Bafög kriegte er keins, und seiner Mutter fiel es nicht leicht, ihm jeden Monat die 500 Mark Miete zu überweisen, Köln war ein teures Pflaster; aber sie beschwerte sich nie. Ihr einziges Kind sollte es doch besser haben als die Eltern. Dafür arbeitete sie. Sie blieb allein und suchte sich keinen neuen Mann. Er fühlte sich immer ein wenig schuldig, sie einsam zurückzulassen. Deshalb fuhr er an jedem Wochenende nach Paderborn; sie war immer glücklich, wenn er kam und stets den Tränen nah, wenn er sich am Sonntagabend wieder auf den Weg nach Köln machte. Kam er wirklich zurück, weil *sie* so allein in Paderborn war oder nicht eher, weil *er* allein war in Köln?

Er wurde nicht warm mit den Kommilitonen. Ein paarmal war er am Anfang zu den Semesterfeten gegangen. Aber da saß er auch bloß am Rande und süffelte an dem billigen Wein, den sie dort ausschenkten. Die anderen tranken alle Kölsch.

Köln war die Schwulenhauptstadt Deutschlands. Aber es gelang ihm nicht, irgendeinen der schwulen Läden zu betreten. Was hielt ihn zurück? Er fühlte sich unbehaglich und unzulänglich, wenn er Männer sah, die zärtlich zueinander waren. Gleichzeitig beneidete er die Jungs, die Arm in Arm die Szenekneipen betraten, die einander ungeniert am Rheinufer küssten und Händchen hielten. Selbst wenn er direkt daneben stand, waren die so weit weg. Es war, als umgäbe ihn eine Wand aus Glas, er konnte sie nicht überwinden und für die da draußen war es wohl Milchglas, denn er hatte immer den Eindruck, es nähme ihn sowieso keiner wahr. Das war besonders schmerzhaft, als ihm ein Kommilitone aus einem Forensikkurs zu gefallen begann. Er wusste, dass der schwul war, der machte gar kein Hehl daraus. Ein wenig erinnerte der ihn an Gregor, dieselbe Haartolle, dasselbe fein geschnittene Gesicht und dieselbe Selbstverständlichkeit des Jungseins. Nein, es ging nicht, es ging nicht! Es brauchte viele Nächte mit ebenso vielen Flaschen, um ihn sich auszureden. Edelzwicker war dazu längst nicht mehr geeignet. Riesling von Trierer Weinbergen war gut oder St. Emilion ... das lenkte auch ab: sich mit Weinen zu beschäftigen. Oder mit besseren Brandymarken.

Nach ein paar Wochen war der Forensikkurs vorüber, jeder ging wieder seiner Wege und er hatte sich Expertenwissen über Sherrybrandy aus Xerez ertrunken. Nur ab und zu mal lief man sich über den Weg und nickte einander zu - mehr würde es nie werden. Die Sehnsucht einen Mann zu berühren, den Kopf womöglich an dessen Schulter zu legen oder gar mit ihm im Bett zu liegen, nackt, ganz dicht an seinem Körper, verdammt, die schlich sich immer wieder ein. Aber zu der Sehnsucht gehörte ihr Zwilling des DU-NICHT, du bist es nicht wert, dich will keiner, du bist zu schäbig, dich kann man nicht mögen, geschweige denn lieben. Du hast es nicht verdient ...

„Ach, ihr seid alles so freche Jungs, ich sollte mich gar nicht so um euch kümmern, ihr seid Bengel, die mich ablenken von meinen wirklichen Aufgaben. Ihr seid schuld, wenn ich doch wieder soviel Zärtlichkeit für euch empfinde ..." und dann strich ihm in unbeobachteten Momenten der Pater wieder übers Haar. Der Pater sprach stets in der Mehrzahl, deshalb wurde Thomas Grund schnell klar, dass er nicht der Einzige war. Er erinnerte sich nicht bloß an das Streicheln, erst am Kopf und sobald sie in der Wohnung des Paters waren, am Hals und dann am ganzen Körper, er erinnerte sich an die rauen Hände mit den grob abgeknipsten Fingernägeln, und es schlich sich ihm auch der Geruch des Rasierwassers ins Gedächtnis. Ging der ihm denn nie aus der Nase? *Old Spice.* Der Steingutflakon mit dem altmodischen Zerstäuber stand auf der Glasplatte vorm Spiegel im Bad. Ein scheußlicher Geruch, wie abgestandene Altmännerpisse und verschaltes Bier. So stank es auf dem Klo der Kneipe, in die sein Vater sonntags zum Frühschoppen ging. Er musste dann immer um eins rüberlaufen, um ihn zum Essen zu holen. Erst zur Messe mit der Mutter, dann half er ihr beim Zubereiten des immer gleichen Sonntagessens: Schweinebraten, mager und deshalb trocken, mit Soße aus dem Maggipäckchen und Wachsbohnensalat oder Erbsen aus der Dose. Die Rindersuppe hatte die Mutter schon am Samstag gekocht ... Es gab das immer gleiche Sonntagessen, auch nachdem sein Vater gestorben war und er, da seine Mutter jetzt arbeiten musste, die Schulwoche im Kasten verbrachte. Sonntags Rindssuppe und Schweinebraten, Jahr um Jahr. Er traute sich nicht, ihr zu sagen, dass ihn das anekelte. Man durfte ihr nichts sagen, sie hätte es immer als beleidigend empfunden, sie opferte sich doch für ihn auf, wie konnte er sie da verletzen, indem er ihr die Wahrheit sagte?

Er hasste die Kneipe, aus der er seinen Vater holen musste, aber wie gerne hätte er sie immer weiter in Kauf genommen – der Geruch des abgestandenen Biers, die blöden Witze der Männer an den rustikalen Holztischen, das Klimpergeld im Spielautomaten, die schwere Hand seines Vaters auf seinen Schultern und dessen Spruch: „Mein Großer holt mich ab!" - alles besser als die Besuche in der Wohnung des Paters. Der Vater führte ihn nach Hause und legte stolz den Arm auf die Schulter seines einzigen Sohnes. Der ging ja als erster der Familie überhaupt aufs

Gymnasium und lernte Sprachen und höhere Mathematik!

Der Arm des Paters lastete schwerer. Dessen Hände waren überall an seinem Körper. Er musste sich nachher immer über den Wannenrand beugen. Mit einem warmen Waschlappen wischte ihm der Pater den Hintern aus. Manchmal legte der auch zwei Tempos in die Unterhose.

„Dann gibt es keine Flecken, über die deine Mutter sich wundern könnte. Wir wollen sie doch nicht beunruhigen! Aber mein Lieber, du behältst unser Geheimnis ja sowieso für dich. Und jetzt geh. Bis bald und vergiss nicht, zu beichten!" Und er wurde wieder durch den Türspalt geschoben auf den Flur des Kastens.

Das Internat trug den Namen des hl. Aloysius. Der fromme Spanier, der kaum zwanzigjährig gestorben war, weil er sich bei der Krankenpflege infiziert hatte. An seinem Gedenktag ermahnte der Regens in der Messe mit immer den gleichen Worten die Schüler, sich Aloysius zum Vorbild zu nehmen.

„Gerade ihr Jungen, die ihr mit zwölf, dreizehn in das gefährliche Alter kommt, in dem ihr immer mehr den Versuchungen des Leibes ausgesetzt seid, solltet ihm nacheifern. Der hl. Aloysius hatte ein Gelübde abgelegt, niemals die Sünde der Selbstbefleckung zu begehen. Glaubt ja nicht, das sei Jahrhunderte her. Die Selbstbefleckung ist noch immer eine Sünde. Heute mehr denn je! Aloysius ist davor zurückgeschreckt; er entging allen Versuchungen. Selbst seiner Mutter hat der Heilige von seinem zwölften Lebensjahr an nicht mehr in die Augen geblickt, damit er nicht auf unkeusche Gedanken kam."

In den Bänken der Kapelle stießen sie einander grinsend mit dem Ellenbogen in die Rippen. Der Regen mit der unsauber schaumigen Aussprache, sein Gebiss saß nie fest, war für sie mit seinen fünfundsechzig Jahren ein Tattergreis. Es nervte nur noch, wenn er vor *Popp*musik, *Comic*heften, er sagte immer *Komik*hefte, und Fernsehsendungen warnte. Das galt vor allem eher den Externen, die abends wieder nach Hause gingen. Die Internatsschüler dagegen waren einer strengen Kontrolle ausgesetzt. Fernsehen gab es nur gemeinschaftlich bis spätestens neun Uhr abends für die Oberstufe – und dann natürlich nur speziell ausgesuchte Sendungen. Tier- und Naturfilme etwa, aber keine, in denen die Evolution zur Sprache kam, geschweige denn Krimis oder Lovestories. *Komics* oder selbst die *Bravo* waren verpönt. So was schmuggelte man ein, in der

Tageszeitung verborgen.

In einer Nische nahe dem Eingang gab es eine Gipsfigur des Heiligen, nahezu lebensgroß: ein Knabe im schwarzen Gewand, mit blonden Locken – obwohl er als Spanier sicher schwarzes Haar gehabt hatte – und inbrünstig zum Gebet gefalteten Händen. Er kniete andächtig mit gesenktem Haupt, der Knabe. Vor der Figur brannten auf einem schmiedeeisernen Gestell stets weiße Kerzen...

„Thomas", Monika tippte ihn an. Grund schrak aus seinem Dösen hoch ... „Jonathan Franzen ist da."

Der Kommissar rieb sich die Augen und blickte auf seine Uhr, „ist doch noch gar nicht zwölf."

Franzen trat zögerlich vom Flur ins Büro, „tut mir leid. Aber ich hab es zuhause nicht mehr ausgehalten. Else hat nur noch rumgeschrien, ich wäre schuld. Ich hätte Gregor ins Unglück gestürzt. Die konnte es nicht verwinden, dass Gregor keine Frau geheiratet hat, sondern mich! Die hat sich immer geschämt für uns. Gregor hat ihr oft Paroli geboten, dann hat sie sich zusammengerissen, denn das Geschäft lief ja gut. Wir haben uns um sie gekümmert, als sie krank wurde, da hat sie sich wohl auf die Lippen gebissen, obwohl sie manchmal ziemlich beleidigend sein kann. Aber jetzt hat sie ihren ganzen Abscheu gegen mich geschleudert, als wäre ich der letzte Dreck. Das habe ich nicht mehr ausgehalten. Die muss sich erst mal beruhigen!"

„Haben Sie sie allein gelassen?" fragte Grund.

Franzen schüttelte den Kopf, „nein, natürlich nicht. Die Pflegerin ist bei ihr geblieben! Und heute Nachmittag kommt ihre Schwester aus Kassel; die wird sich um sie kümmern."

Grund musterte Franzen: der trug einen halblangen Kamelhaarmantel und um den Hals einen Paisleyschal. Mit der Hand strich er sich das volle aschblonde Haar aus der Stirn. Eine Schönheit. Ein schöner Mann. Wie gern er so jemanden ansah, aber niemals ohne ein Gefühl der eigenen Minderwertigkeit. In so jemanden konnte man sich verlieben, aber das nützte nichts, der würde ihn nie zurücklieben; er war zu schäbig dazu. Ach, und was sollten solche Hirngespinste in dieser Situation überhaupt?

„Setzen Sie sich", Grund deutete auf den Stuhl vor seinem Schreibtisch. „Kann ich Ihnen einen Kaffee anbieten? Hab mir gerade selber einen gekocht."

Franzen nickte. „Danke, gerne, ich kann einen gebrauchen. Das war vorhin so fürchterlich zuhause, dass ich gar nicht dazu gekommen bin, einen Kaffee zu trinken. Ich wollte nur weg."

Langsam holte Grund Tasse und Untertasse von einem Küchenregal neben dem alten Waschbecken.

„Ich fürchte, wir haben keine Milch!" Er öffnete den kleinen Kühlschrank unter dem Regal, aber außer zwei Tupperdosen für Brote und Rohkost und ein paar Bechern Yoghurt fand er nichts darin. Auf dem Regal stand noch eine alte Zuckerdose im Zwiebelmuster mit zusammengemopsten Zuckertütchen aus den Cafés rund ums Präsidium. Dose und Tasse stellte er vor Franzen auf den Schreibtisch. Der trank hastig einige Schlucke.

„Ja, Herr Franzen", Grund ließ sich in seinem Sessel nieder. „Ich würde Ihnen gern schon etwas sagen. Aber die Untersuchungen bei der Kriminaltechnik laufen natürlich noch."

Franzen blickte ihn hilflos an. „Ich begreife das nicht, wer sollte denn Gregor umbringen?"

„Was ich Ihnen einzig sagen kann, ist, dass jemand Ihrem Lebensgefährten aufgelauert hat. Das war alles geplant. Kein Zufall; heißt also, dass der ..." Grund biss sich in die Zunge, beinahe hätte er *Mörder* gesagt, das konnte er dem jungen Mann doch nicht antun, „also, der Täter hat sich Gregor Feinschmidt bewusst ausgesucht!"

Franzen erschrak und blickte Grund verwirrt an. „Aber wer, wer hat sich Gregor *ausgesucht* wie Sie sagen und warum Gregor?"

„Ich weiß es nicht. Noch nicht. Aber wir werden alles daran setzen, es herauszufinden! Wir haben noch nicht viele Erkenntnisse, deshalb könnte uns zu Beginn unserer Ermittlungen jedes Detail nützen, auch das Unscheinbarste. Wir wollen nichts übersehen und deshalb möchte ich Sie bitten, mich ins Geschäft zu begleiten, damit wir feststellen können, ob etwas gestohlen wurde."

Franzen blickte Grund reglos an.

„Meinen Sie, dass Sie das aushalten? Es wäre sehr wichtig, dass wir das so rasch wie möglich hinter uns bringen. Haben Sie Ihren Ladenschlüssel dabei? ", fragte Grund.

Der junge Mann atmete tief durch und nickte.

„Gut! Wir fahren mit meinem Wagen", sagte Grund und zog sich bereits seinen Mantel an. „Steht Ihr Wagen auf dem Besucherparkplatz?"

Franzen schüttelte den Kopf: „Ich bin mit dem Taxi gekommen. Hab' mich nicht getraut zu fahren. Es ist doch unser gemeinsames Auto. Gregor und ich haben es erst vor drei Monaten gekauft", er schüttelte hilflos den Kopf.

Grund kam sich immer schäbig vor, wenn er in solchen Momenten in die Angehörigen mit seinen Fragen eindrang. Aber das lenkte sie auch ab. Auf dem Weg zu seinem Wagen, während sie das Präsidiums verließen, fragte er Franzen: „Wissen Sie, womit Sie mir besonders helfen könnten? Ich würde gern wissen, wie Sie und Gregor sich kennengelernt haben! Alles kann hilfreich sein, gerade wenn Sie ein wenig von sich erzählen, von sich und von Gregor Feinschmidt."

Grund hielt dem jungen Mann die Autotür auf. Franzen setzte sich hinein und wartete mit seiner Erzählung, bis der Kommissar losfuhr. Anfangs sprach er noch stockend, aber dann sprudelten die Erinnerungen regelrecht aus ihm heraus.

„Glauben Sie, dass es so was gibt", fragte er Grund, „Liebe auf den ersten Blick?"

Grund wollte ihn mit einem ehrlichen Nein auf keinen Fall blockieren, zog bloß die Schultern verlegen an und schwieg.

„Gregor war jedenfalls sofort in mich verliebt. Wir haben uns über eine Internet-Dating-Seite kennengelernt und zum ersten Mal in einem Club in Köln getroffen. Er ist zehn Jahre älter als ich, aber das hat mir nichts ausgemacht, eher im Gegenteil. Am Anfang dachte ich, das wird ne kurze Sache, ein paar Nächte, wenn ich ehrlich bin. Zwanzigjährige, so wie ich damals, können ganz schön anstrengend und flatterhaft sein. Gregor sagte, ich sei das Gegenteil von allem!"

„Von allem?", wiederholte Grund, „was hat er denn damit gemeint?"

„Na, das hat er nie so ganz erklärt. Ich glaube, er meinte die Geschichte mit uns wäre eben anders als das, was er bisher erlebt hatte. Naja, ich war Anfang Zwanzig, sagte ich schon. Ein bisschen szenetauglich und ich fand ihn auch attraktiv, ich konnte mich anlehnen, blöd was?"

Grund schüttelte den Kopf, „gar nicht", sagte er lakonisch.

Franzen lächelte auf einmal. „Er war ganz rührend. Anstatt mit mir gleich in der ersten Nacht ins Bett zu gehen, haben wir einen Spaziergang am Rhein gemacht und er hat mich nur geküsst. Und dann hat er mich immer wieder angerufen, mich an den Wochenenden besucht, hat mir Geschenke gemacht. Keine teuren, aber er hat sich immer etwas Besonderes einfallen lassen: Theaterkarten, Pullover, einmal einen kleinen Bonsai aus seinem Geschäft. Eine Taschenuhr, irgendwie war ich ganz versessen auf so was, mein Opa hatte mir seine vererbt, aber sie ist irgendwann verloren gegangen. Die Uhr von Gregor sieht ganz genauso aus wie die alte. Hier, ich hab sie immer bei mir", er zog eine kleine vergoldete Uhr an ihrer Kette aus der Tasche und ließ den Deckel aufspringen. „Da hat er meinen Namen eingravieren lassen, altmodisch, nicht wahr?"

Franzen drückte den Deckel wieder zurück und behielt die Uhr die ganze weitere Fahrt in der Hand.

„Er wollte mir immer eine Freude machen, mich ablenken, wenn mich das Grübeln überkam. Ich hab's damals nicht leicht gehabt mit meinen Eltern, die haben einfach alles ignoriert, deshalb bin ich schon früh weggezogen. Können Sie sich vorstellen, wie das ist, wenn man sich immer auf die Zunge beißen muss?" Franzen sah Grund von der Seite an.

Der Kommissar machte nur eine leichte, bestätigende Bewegung mit dem Kopf.

„Gregor wusste Bescheid, wie das ist, wenn man seine Gefühle verbergen muss, wenn geschwiegen wird. Laut geschwiegen, hat er das immer genannt. Er wäre auch gerne weg aus Paderborn, aber er hatte ja die Verantwortung für das Geschäft. Für seine Mutter war er Ehemannersatz. Das war nicht einfach, sie auf Distanz zu halten, die klammert ziemlich heftig. Else muss sicher Bescheid gewusst haben, wir haben ja zwei Jahre lang zusammen gewohnt. Aber sie hat sich immer so verhalten, als habe sie nichts gemerkt. Erst kurz bevor wir geheiratet haben, ist Gregor mit der Wahrheit herausgerückt. Was hat die uns eine verlogene Szene nach der anderen gemacht ...

Zu Anfang unserer Beziehung, als er so altmodisch um mich geworben hat, war ich bloß geschmeichelt, dann hab ich gespürt, was ich ihm bedeute und es hat mir keine Angst mehr gemacht. Davor hatte ich schnell Angst. Da bin ich weggelaufen, wenn es zu eng wurde. Aber irgendwann hab ich mich richtig in ihn verliebt", Franzen versuchte, sich zusammen zu reißen. Er kämpfte gegen die Tränen, „er ist doch mein

Mann", wie sicher er das sagte, trotz seiner Tränen! Dann korrigierte er sich heiser, „*war* doch mein Mann."

Tatsächlich, die hatten eine glückliche Beziehung gehabt. Das klang ehrlich und überzeugend. Das war nicht aufgesetzt.

„Hat er nie von früher erzählt?", fragte Grund. Er wollte zu gern wissen, wie Gregor es geschafft hatte, seinem Leben eine so positive Wendung nach all den Widerwärtigkeiten im Kasten zu geben.

„Von früher erzählt? Was meinen Sie?"

„Na, von der Zeit, bevor er Sie kennenlernte. Von anderen Beziehungen, von seiner Schulzeit?"

„Ich weiß nicht viel von seinem früheren Leben. Wenn ich mal fragte, dann reagierte er schroff. Er wollte nichts erzählen. Darüber haben wir uns manchmal gestritten, denn ich hab ihn ja vollgequatscht mit meinem Leben. Er schwieg sich aus. Aber ich hatte immer die Vermutung, dass es vor mir keine anderen Beziehungen gegeben hat!"

Grund stutzte: „Wie kommen Sie darauf?"

„Er hat zwar nie etwas erzählt, aber er war so zaghaft und unsicher, verstehen Sie? Ich meine, bevor ich ihn kennenlernte, hab ich das genossen mal mit dem oder einem anderen ins Bett zu gehen. Was auszuprobieren ... Das machte einfach Spaß ... mit der Zeit hatte ich keine großen Hemmungen mehr beim Sex. Aber er war fast so scheu wie ich es beim ersten Mal war, mit sechzehn. Eigentlich bin ich es gewesen, der ihn verführt hat. Als hätte er darauf gewartet ... es war, als wäre *er* erst sechzehn."

Grund wollte Franzen nicht weiter zusetzen. Er scheute zurück vor noch intimeren Fragen. Dass er Gregor gekannt hatte, das behielt er erst einmal für sich.

Sie waren am Geschäft angekommen. Grund hielt direkt vorm Haus, auf dem Kundenparkplatz. Zaudernd musterte Franzen den Eingang zwischen den großen Schaufenstern, so als wäre ihm alles bedrohlich fremd. Er konnte sich nicht entschließen auszusteigen.

„Möchten Sie lieber über den Hof gehen?", fragte Grund.

Franzen schüttelte den Kopf. „Nein, nein, nicht über den Hof" er wurde heftig. „Nein, wir gehen vorn ins Geschäft. Nicht über den Hof!"

Sie stiegen aus. Grund ließ den jungen Mann voran gehen. Der schloss ganz vorsichtig, so als könnte er etwas beschädigen, die gläserne

Eingangstür ins Geschäft auf. Dann blieb er wie angewurzelt stehen und erstarrte.

„Soll ich lieber vorgehen?", fragte Grund. Franzen nickte nur.

Das übliche Schellengeklingel anderer Blumenläden gab es hier nicht – hier ertönte die Händelsche Big-Ben-Melodie von einem altmodischen, antiken Glockenspiel über der Tür.

„Das haben wir gemeinsam gekauft in einem Antiquitätenladen, erst vor ein paar Wochen", Franzen blickte zu den Glocken hinauf, als die Tür sich hinter ihm schloss. Zaghaft folgte er dem Kommissar und musterte den Laden mit verstörten Blicken.

„Ist irgendetwas verändert, fehlt etwas?", fragte Grund, der sicher war, dass ein wenig nüchterne Routine den jungen Mann davon abhalten würde, noch weiter in seine Trauer abzusinken.

Erneut ließ Franzen seinen Blick durch den großzügigen Laden schweifen: alles war so wie gestern Abend, als er und Gregor ihn verlassen hatten. Nur die halbleeren Blumeneimer von gestern waren noch nicht wieder aufgefüllt und die Abschnitte, die beim Binden der Sträuße anfielen, nicht wie üblich von der Putzfrau nach draußen in den grünen Container geschafft worden. Franzen schüttelte den Kopf, „sieht nicht so aus, als würde hier etwas fehlen!"

„Gehen wir rüber ins Büro", Grund steuerte schon darauf zu. Die halbgeöffnete Tür gab den Blick frei in den Hinterraum, in dem der Mord geschehen war. Die Kreidesilhouette des Toten prangte noch auf dem Steinboden und das Blut war nur notdürftig mit Papiertüchern aufgewischt worden; die Reste der Lache waren bereits eingetrocknet zu einem schwarz-dunkelroten Fleck.

Franzen starrte auf Kreide und Blut und konnte sich nur mühsam beherrschen. Der Kommissar hätte ihn gern am Arm genommen und ins Büro rübergezogen, aber seine Scheu vor Berührungen ließ das nicht zu. Er gab der schweren Eisentür einen Stoß, sie fiel über dem Anblick der Sterbestelle dumpf ins Schloss. Grund wies zum Büro hinüber und ließ Franzen als ersten eintreten. Wieder fragte er rasch, „und wie sieht es hier aus? Irgendwas verändert, fehlt was?", damit Franzen rasch wieder abgelenkt wurde von den kläglichen Details des Mordes.

Der junge Mann tastete sich durch den Raum wie ein Sehbehinderter. Er ging ganz nah an die Regale heran, schien die kunsthandwerklichen

Objekte zu begutachten und zu zählen, berührte das eine oder andere und zog die Finger zurück, als hätte er sich verbrannt.

Grund konnte sich nicht vorstellen, dass dieser junge Mann etwas mit dem Mord zu tun hatte. Eigentlich unprofessionell, sich auf sein Gespür zu verlassen. Aber wenn er ein Gefühl genau kannte, dann war es das der Erschütterung, der Verlassenheit, das Gefühl, wie sich Einsamkeit über einen stülpt – und das war Franzen ins Gesicht geschrieben.

„Haben Sie vielleicht den Safeschlüssel dabei? Wie Sie sehen ist er nicht aufgebrochen worden – aber ich wüsste doch gern, ob etwas fehlt!"

Jonathan Franzen suchte an seinem Bund den zierlichen Schlüssel, mit dem er den kleinen, in die Wand eingemauerten Safe öffnete.

„Wir haben hier sowieso nie viel Geld drin. Wechselgeld, die Tageseinnahmen, bis wir sie zur Bank bringen und nur dann eine größere Summe, wenn wir Lieferanten bar bezahlen müssen. Das letzte Mal war vor einer Woche, da kriegten wir eine Lieferung mit einem halben Dutzend Bonsai. Es kann nicht viel drin sein", sagte er tonlos und öffnete die Safeklappe.

Grund beugte sich vor, um hineinblicken zu können: einige Geldrollen, zwei Bündel mit Zehnern und Zwanzigern, fünf oder sechs Fünfziger und einige Schnellhefter. Der Kommissar wies darauf und fragte: „Geschäftsunterlagen?"

Franzen nickte, „ein paar aktuelle Lieferverträge und Quittungen. Die wichtigen Sachen haben wir zuhause!" Er zog die Hefter heraus. „Sie können gerne hineinschauen", und legte sie auf den Schreibtisch. Dabei fiel sein Blick auf die beiden Fotos in Silberrahmen. Auf dem einen umarmte und küsste er seinen Freund. Mühselig unterdrückte Franzen ein Schluchzen.

„Es fehlt nichts im Safe", brachte er mit angeschlagener Stimme heraus. „Aber, was soll das denn?", er berührte den Rosenkranz, der über beide Fotos drapiert war.

„Was ist damit?", fragte Grund. Franzen hob die Gebetskette auf und ließ sie durch die Finger rinnen, um sie näher betrachten zu können. „Das gehört bestimmt nicht Gregor!"

„Na, vielleicht hat ein Kunde, der sich wegen eines Trauerfalles beraten ließ, den Rosenkranz vergessen", meinte Grund.

„Gestern haben wir keinen solchen Kunden gehabt. Ich war ja mit

Gregor den ganzen Tag im Geschäft und müsste es wissen. Als wir gingen, hier durchs Büro zur Hintertür, lag der Rosenkranz bestimmt nicht über den Bildern!"

„Sind Sie sicher?", fragte Grund.

„Ganz sicher. Gregor hatte längst kein Interesse mehr an Religion. Ein paarmal hat er über seine schlechten Erfahrungen mit Priestern und der ganzen katholischen Bigotterie geschimpft. Der konnte da richtig aggressiv werden. Nein, einen Rosenkranz hat er bestimmt nicht gehabt!"

„Dann lassen Sie ihn bitte da auf dem Tisch liegen", Grund ärgerte sich, dass er wieder keine Handschuhe dabei hatte. Er blickte sich um und entdeckte einen Karton mit kleinen Plastiktütchen, in denen Blumenzwiebeln steckten.

„Darf ich mir eine Tüte nehmen?", fragte er Franzen. Der machte eine fahrige Bewegung und starrte unverwandt weiter auf den Rosenkranz: „Das sind bloß Setzwiebeln für die Dekoration im nächsten Frühjahr", sagte er tonlos.

Grund holte die Tulpenzwiebel aus ihrem Tütchen, schüttelte die wenigen Substratkrumen, die noch darin waren, aus und griff den Rosenkranz mit einem Papiertaschentuch zwischen zwei Fingern. Die schweren Silberglieder und die violetten Steine funkelten, als er die Kette ins Plastik rieseln ließ.

„Vielleicht bedeutet das nichts, aber man weiß ja nie", sagte er und steckte das vermeintliche Beweisstück in die Tasche.

Franzen beobachtete ihn dabei, es schien, als realisierte er jetzt erst, dass er mitten in einer polizeilichen Ermittlung steckte. Er trat einen Schritt auf den Kommissar zu, starrte ihm in die Augen und sagte mit ungewöhnlich fester Stimme, ganz anders als eben noch: „Sollte ich das eben nicht sehen, das da?", er fand keine Worte für Totenkreide und Blut im Hinterraum. „Sie haben so schnell die Tür zugeschoben ...! Ich will sehen, wo Gregor ...", er brauchte ein paar Augenblicke, um es auszusprechen, „... gestorben ist!"

Grund merkte sofort, es hatte keinen Zweck, den jungen Mann zu beschwichtigen und aus dem Geschäft zu führen. Der hatte den Toten, seinen Freund, ja noch nicht einmal gesehen; das würde er erst nach dem Abschluss der pathologischen Untersuchung können. Es war auch eigentlich nicht regelgerecht, einem Angehörigen den Tatort zu zeigen. Aber

Franzen würde ja ohnehin demnächst wieder ins Geschäft kommen müssen.

Grund öffnete die schwere Tür einen Spalt, Franzen trat herzu und drückte sie entschlossen weit auf. Im Türrahmen blieb er stehen und starrte auf Kreidestriche und Blutfleck. Er presste die Lippen aufeinander, wandte sich ab und bedeckte seinen Mund mit der Hand, als wolle er das Schluchzen um keinen Preis herauslassen.

Grund schloss die Tür sofort. „Kommen Sie", sagte er, „gehen wir nach draußen." Wieder gelang es ihm nicht, den jungen Mann am Arm zu fassen und aus dem Geschäft zu ziehen. Er öffnete ihm bloß die gläserne Fronttür und sah zu, wie Franzen wieder abschloss.

„Ich weiß gar nicht, was ich jetzt machen soll ..." Franzen blieb auf den drei Stufen zum Laden hinauf stehen und berührte den Türgriff ganz zart mit den Fingerspitzen. Dann ließ er die Hand sinken.

„Das war unser Geschäft, so haben wir immer gesagt. Aber es gehört noch immer seiner Mutter. Wer weiß, was sie damit jetzt macht! Ich hab da keinen Platz mehr!"

„Haben Sie jemanden, den Sie anrufen können?", fragte Grund.

„Es wäre nicht sehr vernünftig, einen unserer schwulen Freunde ins Haus zu holen", Franzen hob hilflos die Schultern an. „Else hat deswegen immer Theater gemacht, aber Gregor hat sie dann so lange nicht beachtet, bis sie schmollend in ihr Zimmer verschwand. Ich weiß gar nicht, was ich ohne ihn machen soll mit Else. Er konnte mit ihr umgehen. Ich kann das nicht!"

„Es tut mir sehr leid", sagte Grund stockend und ärgerte sich, dass ihm nichts Überzeugenderes einfiel. „Soll ich Sie nach Hause bringen?"

„Nein, danke", Franzen zog sein Handy aus der Tasche. „Ich rufe mir lieber ein Taxi!"

„Es macht mir aber nichts aus, Sie zu fahren", beteuerte Grund, aber war auch auf seltsame Weise erleichtert, als Franzen zum zweiten Mal dankend ablehnte. Vielleicht war das ganz gut so, denn immerhin musste er irgendwie professionelle Polizeidistanz wahren. Trotzdem setzte er hinzu: „Aber dann warte ich wenigstens, bis das Taxi kommt. Ich lasse Sie jetzt nicht allein hier vor dem Geschäft!"

Nach ein paar Augenblicken betretenen Schweigens - Grund konnte sich einfach nicht völlig unbeteiligt geben - fragte er: „Haben Sie denn wirklich niemanden, der Ihnen zur Seite steht? "

Franzen schloss die Augen lange. „Vielleicht werde ich heute Abend meinen Bruder anrufen. Er ist der einzige aus meiner Familie, mit dem ich noch Kontakt habe. Er war auch bei unserer Hochzeit ..."

Was konnte Grund darauf antworten? Sie warteten schweigend, bis das Taxi kam. Der Kommissar erklärte Franzen, dass er benachrichtigt würde, sobald der Tote freigegeben war zur Beerdigung. „Ich rufe Sie selbst an!"

Franzen streckte ihm auf einmal die Hand entgegen. Grund musste sie natürlich ergreifen. Es war kein fester Druck, ein trauriger war es, ein lebloser ...

Antiquitäten und Devotionalien

Grund sah dem Taxi nach, bis es an der nächsten Kreuzung um die Häuserecke abbog. Dann wanderte sein Blick zurück zur Fensterfront des Ladens und hinauf zum Namenszug: *Feinschmidt*. Ob der je wieder leuchten würde?

Die Hand in der Tasche ballte sich um den Plastikbeutel mit dem Rosenkranz. Die Perlen lagen hart zwischen seinen Fingerkuppen. Er zog den Beutel heraus und betrachtete die silberne Kettenschnur mit dem Kreuz. So was bekamen früher Mädchen zur Kommunion geschenkt. Seine Mutter hielt ihren Rosenkranz in allen Ehren; zwar ein ärmliches Stück, zu mehr hatte es in der Nachkriegszeit nicht gereicht: Silberblech und rote Perlen – aber seine Großmutter hatte ihre einzige Korallenkette dafür geopfert.

Der Rosenkranz, den er in der Hand hielt, war mit Sicherheit wertvoller als der seiner Mutter: schweres Silber - er kannte sich mit den Legierungen nicht aus, aber das musste schon ein kostspieligeres Stück sein – und die violett funkelnden Perlen waren Amethyste, schätzte er. Hier endete sein Wissen über Schmuck bereits; einen Juwelierladen hatte er nie betreten. Gregor hatte bestimmt bessere Kenntnisse gehabt. Vielleicht hatte der den Rosenkranz erst vor kurzem gekauft und Franzen noch nichts darüber erzählt. Aber ebenso gut konnte der Täter mit dem Rosenkranz einen Fingerzeig geben wie mit dem Verbrennen der Fußsohlen. Ein Strohhalm, sicher – aber Grund war dankbar für die kleinste Spur.

Beim Einsteigen in seinen Wagen warf er den Beutel auf den Beifahrersitz. Die geschliffenen violetten Steine funkelten.

Grund wollte nicht wieder den gleichen Weg nehmen, den er auf der Hinfahrt gekommen war. Von Gregors Geschäft aus konnte man den Stadtwall in nördlicher oder südlicher Rundung um das Zentrum herum fahren, beide Strecken bis zum Präsidium waren etwa gleich lang. Er verschmähte die Straße über den Wall und nahm einen kleinen Umweg: zwei, drei Nebenstraßen, nur um noch ein paar Minuten länger fortzubleiben vom Büro. Sicher, der Rosenkranz musste so schnell wie möglich zur KTU, aber er zweifelte, ob man auf diesen kleinen Steinen und dem schmalen silbernen Kreuz überhaupt würde Fingerabdrücke finden können.

Die Straße führte am ehemaligen Güterbahnhof vorbei. Heute existierte bloß noch eine Haltestelle für den Regionalzug zwischen längst stillgelegten, aber nie demontierten Rangiergleisen. Dahinter das einstige Ausbesserungswerk der Bundesbahn, jetzt das Bürogebäude einer Versicherung. Durch diese Gegend war er seit seiner Rückkehr nach Paderborn nicht ein einziges Mal gefahren. Hier waren im Krieg die meisten Bomben niedergegangen. Bei Ausschachtungsarbeiten fand man immer mal wieder einen Blindgänger.

Einmal war in der Nachbarschaft seines Elternhauses beim Ausheben eines Kellers so eine Fliegerbombe entdeckt worden. Die könne jederzeit hochgehen, hieß es. Er, gerade mal sieben Jahre alt, und die Nachbarskinder fanden es aufregend, dass sie das Haus verlassen und einige Straßen weiter für einen Morgen in der Turnhalle seiner Grundschule zubringen mussten. Seine Mutter, neben ihm auf einem Notbett hockend, war so unruhig und aufgelöst, dass er meinte, sie trösten zu müssen. Natürlich begriff er erst ein paar Jahre später den Ernst dieser Situation. Seitdem vermied er die Gegend um den Nordbahnhof, weil es hieß, dort lägen gewiss noch Dutzende Spreng- und Phosphorbomben, die beim letzten großen Angriff nicht explodiert waren. Damals, ein paar Tage vor Ostern '45, prasselten in einer halben Stunde Tausende Bomben auf die Stadt, machten sie dem Erdboden gleich, in den sich viele dieser Bomben eingruben, ohne zu zünden.

Dass hier unterirdisch noch immer Kriegsgefahren drohten, bekam bis heute der ganzen Gegend nicht. Es gab nur wenige Wohnhäuser; und in einem längst leerstehenden ehemaligen Lagergebäude der Bahn wechselten die Mieter dauernd. Grund hatte es ziemlich vergammelt in Erinnerung. Aber jetzt strahlte die Vorderfront frisch renoviert, und man hatte zwei große Schaufenster eingesetzt. Darüber prangte ein langes Schild *Arcanus – Antiquitäten – Devotionalien.*

Grund war schon fast vorüber gefahren, als ihm durch den Sinn schoss: hier könnte er vielleicht etwas über den Rosenkranz erfahren. Er bremste scharf und bog ab auf den Parkplatz vorm Haus. Beim Aussteigen warf er einen ersten Blick in die Schaufenster: das war tatsächlich kein Gerümpelladen; das war ein Antiquitätengeschäft der besseren Sorte. Es gab keine Lockware, keine Dekorationen. Man blickte über Bonsaischalen mit zierlichen Zwergbäumen – auf jeder Fensterbank eine bizarr verwachsene Föhre – hinein ins Geschäft. Das war dezent eingerichtet, nicht vollgestellt wie so viele andere Antiquitätenläden: nur wenige hochwertige Möbelstücke, Jugendstil, Biedermeier und womöglich noch älter, einige Ölgemälde mit religiösen Motiven und ein paar Stelen mit barocken Heiligenfiguren. Grund öffnete die Tür und zum zweiten Mal an diesem Tag hörte er das Händelmotiv, diesmal allerdings dunkler als vorhin.

Ein großer kahlköpfiger und breitschultriger Mann im schwarzen Anzug beugte sich über eine hölzerne Madonna und wischte sie vorsichtig mit einem weichen Lederlappen ab. Die Madonna war auf einem Schwung Filz abgestellt, damit der hölzerne Sockel den polierten runden Tisch aus Kirschholz nicht zerkratzte. Der Antiquitätenhändler ließ nicht von seiner Beschäftigung ab, als Grund eintrat. Konzentriert säuberte er das himmelblau angemalte Faltengewand der Gottesmutter.

„Einen Moment", bat der Mann, ohne sich umzuwenden und drehte die Plastik mit beiden Händen. Erfreut stellte er fest, dass die durch den klebrigen Staub ermatteten Farben nach und nach wieder zutage kamen. Endlich war er zufrieden, trat er ein paar Schritte zurück und betrachtete sein Werk.

„Noch ein bisschen polieren und dann sieht es wieder aus wie vor zweihundert Jahren. Typisch westfälische Volkskunst dieser Zeit. Ein bisschen grob gehauen, hier gab's ja keine richtigen Herrgottsschnitzer, aber ganz annehmbar für einen Sammler, nicht wahr?"

Erst jetzt wandte sich der Antiquar lächelnd seinem potentiellen Kunden zu. Unter seinem schwarzen Jackett trug er ein Collarhemd und einen grauen Pollunder wie ein Geistlicher.

Grund machte eine entschuldigende Kopfbewegung, er verstand nichts von Madonnendarstellungen. Im Kasten hatte es eine süßlich angemalte Gipsmadonna gegeben. Diese hier aus Holz, vielleicht einen halben Meter groß, wirkte plump und unproportioniert. Maria sah arg bäurisch aus, wie wohl auch die abgearbeiteten Bauersfrauen dieser Gegend vor zwei Jahrhunderten einmal ausgesehen hatten. Das Jesuskind war ein speckiger Knabe mit Wurstfingern und Pausbacken; der hatte nicht bloß Muttermilch und Haferbrei bekommen, sondern bestimmt schon früh ein deftiges Stück westfälischen Schinken. Grund ertappte sich dabei, über diese rustikale Volkskunst zu grinsen, aber setzte sofort wieder eine ernste Miene auf.

„Tut mir leid", bedauerte er, „ich kenne mich mit diesen Dingen nicht aus. Aber was Westfälisches ist unverkennbar! Sehr rustikal, oder?"

„Sie sagen es", der Mann nickte. „Bauernkunst! Ich habe das Stück erst gestern gekauft. Das Familienerbstück eines Universitätsdozenten, hier von der Uni. Da musste erst mal der Dreck runter. Jetzt sieht sie fast wie neu aus. Kein großer künstlerischer Wert, aber da es in dieser Gegend so was selten gab, finden sich bestimmt Interessenten, die sich spezialisiert haben. Eine Kuriosität!"

Grund hatte keinen Nerv für weitere Plaudereien und zückte seinen Dienstausweis.

„Nicht erschrecken", beruhigte er den Mann im schwarzen Anzug, der ihn bestürzt ansah. „Ich bin Kommissar Thomas Grund und bräuchte nur eine Auskunft von Ihnen!"

Das beruhigte den Mann ganz und gar nicht. Es war wirklich nicht zu übersehen, wie unbehaglich er sich fühlte.

„Ich komme gerade zufällig an Ihrem Geschäft vorbei. Kannte ich noch gar nicht ...", sagte Grund. „Lange sind Sie noch nicht hier?"

„Oh doch, zwei, zweieinhalb Jahre im Dezember", antwortete der Antiquar.

„Doch schon so lange! Ich bin erst seit kurzem in Paderborn zurück", erklärte Grund. „... war einige Jahre davor in Hamburg und ich dachte, es habe sich hier wenig verändert! Ich will Sie aber gar nicht aufhalten. Ich sah nur, dass Sie auch mit Devotionalien und Ähnlichem handeln. Vielleicht können Sie mir helfen ..." Grund zog den Plastikbeutel aus der Tasche.

„Ich habe hier einen Rosenkranz, Herr ...?"

„Arcanus", stellte sich der Mann mit selten gewordener Korrektheit vor, „Gisbert Arcanus ...", er betonte jede einzelne der Silben und machte eine leichte Verbeugung mit dem Oberkörper aus der Hüfte. Dann beäugte er, was ihm Grund vor die Nase hielt. Der Mann wollte den Beutel ergreifen.

„Es tut mir leid", bedauerte der Kommissar und zog ihn zurück, „aber ich darf das Stück nicht herausnehmen. Es muss noch kriminaltechnisch untersucht werden. Vielleicht können Sie mir aber ein paar Hinweise dazu geben."

„Ich schließe aus Ihren Worten, dass es sich um ein Beweisstück in einem Kriminalfall handelt?", fragte der Antiquar bedächtig jede Silbe abwägend und hob interessiert die Augenbrauen.

„Allerdings. Aber Sie werden verstehen, dass ich Ihnen nichts Näheres dazu sagen kann. Wir sind erst am Anfang der Ermittlungen und der kleinste Hinweis wäre hilfreich. Ich weiß weder, ob der Rosenkranz alt oder neu ist, wertvoll oder vielleicht ein Familienerbstück ... wie gesagt, ich kann jede Information gebrauchen von einem Fachmann. "

Diese Anrede schmeichelte dem Antiquar offensichtlich; er legte den Kopf zur Seite und rieb sich über den Nasenrücken. Vorsichtig berührte er den Beutel, den Grund ihm jetzt noch einmal reichte, mit den Fingerspitzen und hielt ihn ins Licht.

„Da kommen Sie ja sogar im richtigen Monat, Herr Kommissar", sagte er im Plauderton und schielte über seine Brillenränder vom Rosenkranz zu Grund hinüber.

„Im richtigen Monat?", echote der.

„Ja, wir haben doch Oktober, den Monat des Rosenkranzgebetes. Eine sehr alte Tradition. Am 7. Oktober 1571 vernichtete Juan de Austria, der Stiefbruder des spanischen Königs, die türkische Flotte in der Seeschlacht von Lepanto. Den Sieg hatte er wohl dem Gebetssturm, der durch ganz Europa gerast war, zu verdanken", Arcanus hielt das Tütchen erneut hoch ins Licht und die Amethyste funkelten.

„Das christliche Abendland war einmal mehr gerettet", Arcanus genoss seinen Vortrag und führte den Rosenkranz dicht an seine Augen, prüfte ihn genau, aber redete ununterbrochen weiter: „Papst Gregor XIII. stiftete wegen dieses Sieges ein Rosenkranzfest und führte es in den liturgischen Kalender ein. Leo XIII. beließ es nicht bei dem einen Tag und erhob den ganzen Oktober zum Rosenkranzmonat. Deshalb werden bedeutende Ereignisse im Vatikan auch gern in den Oktober verlegt!"

Grund fing an, sich zu langweilen und versuchte die Suada mit einem Kompliment zu unterbrechen: „Ich sehe, ich habe mich wohl an genau den richtigen Mann um Auskunft gewandt!"

Arcanus lächelte überlegen. „Naja, ich bin Kunsthistoriker *und* Theologe – das prädestiniert im Antiquitätenhandel für die sakrale Kunst, aber dies hier, ist nur Kunsthandwerk. Natürlich ist es schwierig, durch die Plastikhülle Genaues zu erkennen. Die Punze ist ziemlich unleserlich. Aber alt ist das Stück nicht, das kann ich Ihnen versichern. Die Verarbeitung ist modern, die Amethyste sind industriell geschliffen und kamen bestimmt vorgefertigt in die Werkstatt."

„Das sehen Sie mit wenigen Blicken?", fragte Grund.

„Hier handelt es sich nicht gerade um billige Massenware", fuhr der Antiquar fort, „aber ein Einzelstück ist das gewiss nicht. Ich vermute mal, es wurde irgendwo zusammengesetzt. Vielleicht im Akkord, vielleicht als Beschäftigungstherapie in irgendeiner sozialen Einrichtung oder einem Orden, wo man so etwas für den Klosterladen anfertigt. Gediegene Erinnerungsstücke!"

„Und welchen Wert hat so etwas?", erkundigte sich Grund.

Der Antiquar reichte den Beutel an den Kommissar zurück. „Ach, wissen Sie, dieser Rosenkranz kostet sicherlich zweihundert vielleicht auch zweihundertfünfzig Euro, aber mehr gewiss nicht. Das ist nichts, was ich hier ...", er wies mit einer eleganten Bewegung der Rechten, wie sie nur segnenden Geistlichen zueigen ist, durch den Raum, „... anbieten würde. Sehen Sie, meine Kundschaft sucht denn doch Unikate und Originale!"

„Na, immerhin", sagte Grund. „Ich werde mal sehen, ob die Kollegen die Punze entziffern können. Dürfte ich Sie vielleicht danach noch mal um Rat fragen – Sie können dann bestimmt den Namen der Firma oder den Juwelier herausfinden – Sie haben doch da sicher Listen und Kataloge!"

„Das wird sich machen lassen!" Der Antiquar wirkte herablassend;

aber das schien Grund aufgesetzt: keine Frage, der wollte, dass sich sein Besucher endlich wieder verzog. Jetzt meldete sich ein natürlicher Widerspruchsgeist bei Grund, er mochte sich nicht so billig hinauskomplimentieren lassen: „Ich hätte da noch eine Frage. Sie sagten ja, Sie sind nicht bloß Kunsthistoriker, sondern auch Theologe ...!?"

Der Mann nickte. Er wies auf sein Revers. Grund ärgerte sich, dass ihm die winzige Nadel mit dem jesuitischen SJ nicht früher aufgefallen war. Bevor Arcanus, wie zu befürchten war, weitschweifig seine Nadel und den Orden erklären konnte, schnitt ihm Grund das Wort ab.

„Ach, das ist ja interessant. Jesuit? Und nun Antiquar?"

„Ah, Sie kennen sich aber aus", lobte Arcanus leutselig, weil Grund sein Abzeichen erkannt hatte.

„Ich bin in Paderborn aufgewachsen", seufzte der Kommissar und behielt für sich, dass er die Jesuitenschule besucht hatte.

„Ach, sehen Sie mal an", fuhr Arcanus im gleichen leicht mokanten Ton wie eben fort, „Paderborner. Ich bin auch schon ein paar Jährchen hier, war Dozent am Priesterseminar, dem Collegium Leoninum, für Dogmatik und in den letzten Jahren, bevor ich dieses Geschäft übernahm, auch Beichtvater in dem Altenheim für Ordensleute und Geistliche, draußen in der Egge", erklärte er. „Aber dann wurden verschiedene Einrichtungen unseres Ordens im Bistum aufgelöst, unter anderem das Aloysius-Internat. Und man beauftragte mich, zahlreiche Kunstgegenstände zu verkaufen. Daraus wurde ein reger Handel. Das endete damit, dass ich mich als Kunsthändler wiederfand. Wie Sie ja wissen, werden auch immer mehr Kirchen geschlossen und anderweitig genutzt; und anstatt die zahlreichen Kunstgegenstände in irgendwelchen Kellern verstauben zu lassen, sollten sie verkauft werden. Aber nicht einfach an den meistbietenden Ignoranten, der die Sachen bloß als Geldanlage erwirbt. Ich kann immerhin einschätzen, wer diese Kunst in Ehren hält. Na – und so kam ich auf meine alten Tage, kurz vor der Emeritierung, zu einem Antiquitätenladen!" Nicht ohne Stolz wies der Mann mit einer bischöflichen Geste auf seine Waren, die keine gewöhnlichen Waren sein sollten.

Nichts läuft in dieser Stadt, dachte Grund brummig, ohne Pfaffen. Aber er hütete sich, das zu sagen. Ein Jesuit stand da vor ihm. War er denn nirgendwo sicher vor diesen Legionären des Herrn? Es war eine schlechte Idee gewesen, nach Paderborn zurückzukehren.

Und dann dieser Redeschwall, der nicht aufhören wollte, Grund schwirrte schon der Kopf. Noch einmal fiel er dem Gesprächigen ins Wort, „... eins noch, Herr Arcanus! Natürlich weiß ich als Paderborner, der auf eine katholische Schule gegangen ist, dass das Rosenkranz-Gebet eine Meditation darstellt über die Gottesmutter Maria und ihren Sohn, Jesus ..." Grund ärgerte sich, dass er angesichts eines Geistlichen wie früher automatisch in eine gediegene, hohle Sprache verfiel. Dieses Geschwafel über Heiligkeit und Ehrfurcht steckte ganz tief in ihm.

„Gibt es da denn noch Bedeutungen und Traditionen über die Marienverehrung hinaus?"

Arcanus faltete die Hände vor dem Gesicht und sog über seine Fingerknöchel geräuschvoll Luft in die Nase.

„Es geht ums Leiden, Herr Kommissar. Um das Leiden des Herrn, um seine Entäußerung, seine Demut und seinen Gehorsam dem Vater gegenüber. Um seinen Verzicht, seine Hingabe: er gibt sein Leben, um den Willen des Herrn zu erfüllen."

Der pathetische Predigtton nervte Grund. Aber er musste sofort an die verbrannten Füße denken. Auf eine seltsam verquere Weise gehörten vielleicht der Rosenkranz und diese Fußfolter zusammen. Das Leiden, dachte Grund, das Leiden!

Der Antiquitätenhändler verlor sich schon in der Abfolge der einzelnen Gebetsgruppen. Grund unterbrach den Vortrag erneut: „... herzlichen Dank für die Auskunft. Wie gesagt, vielleicht werde ich Sie noch einmal zu Rate ziehen oder ein Kollege von mir wird sich bei Ihnen melden."

Er würde das Wehsal zuschieben, der mochte sich dann die Suada anhören. Grund ergriff bereits die Türklinke und das Händel-Läutewerk ertönte erneut, da trat Arcanus auf ihn zu und bat ihn mit einer Mischung aus aufgesetzter Freundlichkeit und Nachdruck: „Geben Sie mir doch bitte Ihre Karte! Dann habe ich Ihre Nummer und kann Sie anrufen, wenn mir noch etwas einfällt!"

Hoffentlich nicht, dachte Grund. Es blieb ihm nichts anderes übrig, als dem Mann seine Visitenkarte in die Hand zu drücken. Dann bedankte er sich noch einmal und versicherte halbherzig: „Wir kommen bestimmt auf Sie zurück!"

Draußen hörte Grund das Glockenspiel erneut, als sich die Tür schloss. Mit drei, vier gehechteten Schritten war er am Wagen, stieg ein und fuhr zum Präsidium.

Arcanus wischte sich mit der Linken über den Kahlkopf. Obwohl im Laden eine erträgliche Kühle herrschte, hatte sich ein Schweißfilm auf seinem Schädel gebildet. Die Rechte mit der Visitenkarte hielt er näher vor die Augen: Thomas Grund, Kriminalkommissar, Dezernat Gewaltverbrechen.

„Grund", Arcanus rollte den Namen im Hals und eilte in sein Büro. Auf dem Biedermeierschreibtisch stapelten sich Bücher, Ordner, Hefter, Notizkladden und Kataloge. Er zog ein zierliches Schlüsselbund aus der Tasche, schloss ein Fach seines Sekretärs auf und holte einen Quartband heraus. Darin blätterte er, bis zu einer Namensliste - lang, über zwei Seiten. Einige der Namen waren mit Frage-, andere mit Ausrufungszeichen versehen. Da die Liste nicht alphabetisch und immer mal wieder ergänzt worden war, suchte er mit dem Finger unter den Eintragungen die Seite hinab. Unten angekommen hielt er inne. Thomas Grund, Hamburg, stand da. Er strich den Namen der Stadt durch, ersetzte ihn mit einem geschwungenen *Paderborn* – und markierte die Zeile mit einem Haken!

Im Präsidium angekommen, kam Grund nicht einmal dazu, Monika Wiebe von seinem Besuch am Tatort zu berichten. Wehsal rauschte herein und schickte sich an, seinen Einsatz in der Pathologie mächtig aufzubauschen. „Na, ihr hättet mal sehen sollen, wie ich denen auf die Nerven gegangen bin. Alle zehn Minuten habe ich um die Ecke geguckt ... "

Monika unterbrach ihn grinsend: „Aber rein gegangen in den Sektionssaal bist du nicht, oder? Hast die Klapptüren nur so einen Spalt geöffnet, reingeflötet und hast dich dann wieder hingehockt, was?"

Wehsal ärgerte sich, dass sie ihm in die Parade fuhr und nörgelte kleinlaut: „Kann eben nicht jeder diesen Geruch vertragen ... "

„Ich auch nicht", schoss jetzt auch noch Grund unwirsch dazwischen, „... gib mal her, was du mitgebracht hast." Er streckte die Hand aus. Wehsal reichte ihm ein Blatt in einer Klarsichtfolie. Es war der vorläufige Bericht; die Ergebnisse chemischer Tests und Untersuchungen des Gewebes standen noch aus. Grund überflog das stichwortartige Resultat der Leichenöffnung.

„Das bestätigt alles, was wir am Tatort vermutet haben", stellte er fest. „Feinschmidt ist im Knien von hinten erschossen worden. Die ekligen Details könnt ihr selber lesen", und er legte den Bericht auf Monikas Schreibtisch.

„Das bringt uns nicht weiter. Und ich fürchte, die Ballistik wird auch nicht zu neuen Erkenntnissen beitragen. Der Täter hat bestimmt keine Waffe benutzt, die wir im System haben. Aber vielleicht bringt uns das weiter", er holte den Rosenkranz aus seiner Manteltasche und zeigte ihn den Kollegen.

„Jonathan Franzen hat diesen Rosenkranz im Büro entdeckt. Er war über die Fotos auf dem Schreibtisch drapiert. Franzen ist sich sicher, dass er nicht Gregor Feinschmidt gehört hat und dass er gestern noch nicht da war. Also kann man vermuten, der Täter hat ihn mitgebracht. Vielleicht noch eine Botschaft. Passt vielleicht zu dem Brandritual mit den Füßen. Irgendwas Religiöses!"

Grund drückte Wehsal den Beutel mit dem Fundstück in die Hand. „Bring das mal zur KTU. Vielleicht finden die Fingerabdrücke da drauf. Ich mach mir aber keine großen Hoffnungen ..."

Wehsal seufzte, „Kann ich erst mal Mittag machen?"

„Nö", beschied ihn Grund lakonisch. „Du hast doch bestimmt keinen Appetit, nachdem du den ganzen Morgen in der Pathologie herumgehockt hast, was?" Er grinste zu Monika hinüber. Sie schmunzelte.

„Ja, ja, ich geh schon", maulte Wehsal und zuckelte davon.

„Herrschaftszeiten", rief ihm Grund nach. „Wir haben hier einen brutalen Mord zu lösen, haben noch keinen einzigen Beleg für irgendetwas, kein Motiv und keine Zeugen, da kann man wohl mal das Tempo ein wenig anziehen!"

Wehsal brummte etwas Unverständliches und winkte bloß ab, als sich die Türen des Aufzugs vor ihm schlossen.

Grund ließ sich in seinen Schreibtischsessel fallen. Es beunruhigte ihn, dass er weiter warten musste auf den endgültigen Obduktionsbericht, auf eventuelle Fingerabdrücke, auf Unterlagen über Feinschmidts Finanzen. Nichts, nichts außer ein paar nackten Fakten und dürren Vermutungen. Das einzige, was für ihn feststand: der Mord war persönlich und hatte was Rituelles. Er würde also in Gregors Leben herumwühlen müssen.

„Du bist auch noch nicht weit gekommen mit Feinschmidts Bank und den Konten, was?", grummelte er zu Monika hinüber.

„Du weißt doch, dass das in einer Stunde nicht zu machen ist, Thomas!", es lag kein Vorwurf in ihrer Stimme. „Ich versteh' schon, dass die Sache dich mitnimmt", sagte sie und setzte etwas hilflos hinzu: „Wir können doch auch nicht hexen ..."

Grund nickte nachsichtig.

Ja, verdammt, das dauerte alles seine Zeit. Und natürlich berührte ihn diese *Sache*; aber das war doch keine Sache. Die konnte er, wenn er nachher nach Hause ging, nicht im Büro lassen wie andere Fälle ...

Es war doch nicht alles so glatt und problemlos in Gregors Leben gelaufen, wie Grund anfangs vermutete. Gregor hatte wohl oft den Heiteren, Lustigen und Unbeschwerten bloß gespielt. Dass er überhaupt einen Freund gefunden hatte, schien also ein riesiger Glücksfall zu sein.

All das kam ihm sehr bekannt vor. Es gab einmal die Chance zu einem ersten One-night-stand, da war er schon längst Kommissar in Hamburg. Bei einem Betriebsausflug auf den Dom hatte er plötzlich den ganzen Abend einen Kollegen aus dem Raubdezernat neben sich. Ganz netter Typ, aber er selbst war so unbeholfen, dass er gar nicht merkte, wie der andere ihn anflirtete. Sie hatten beide mächtig getrunken und nahmen gemeinsam ein Taxi. Erst als der junge Mann ihm beim Aussteigen folgte und ihn noch auf dem Bürgersteig vor dem Hauseingang umarmen und küssen wollte, kapierte Grund, was Sache war. Er wurde nahezu panisch, als ihn jemand so unmittelbar im Gesicht, am Hals und im Nacken berührte, ihm übers Haar strich und sich an ihn schmiegte, so dass er dessen Eau de Toilette roch. Ob da eine Note von Moschus dabei war? Sofort wurde er nüchtern. Mit Mühe konnte er den anderen zurück ins Taxi schieben. Er mochte ihn gar nicht anfassen. In seiner Wohnung duschte er lange, bevor er sich ins Bett legte und nicht in den Schlaf fand. Wie gut, dass ihre Dezernate in weit voneinander entfernten Gebäuden untergebracht waren. So kam er kaum in die Verlegenheit, dem Mann auf dem Flur oder in der Kantine zu begegnen.

„Thomas, dein Telefon", zum zweiten Mal heute rief ihn Monika aus seinen Gedanken, „Thomas, Telefon!"

Er hatte das Klingeln beharrlich überhört. Ganz gleich, ob es jetzt noch weiter läutete, er musste erst einmal durchatmen. Diese Erinnerungen, die ihn dauernd überfielen ... das konnte nicht so weitergehen. Vielleicht sollte er sich doch endlich einen Therapeuten suchen, nicht nur wegen des Saufens.

Er riss sich zusammen und hob den Hörer ab. Noch bevor er seinen Namen nennen konnte, legte der Anrufer unvermittelt und geschäftig los: „Guten Tag, mein Name ist Roman Teckel. Ich bin doch jetzt richtig mit Kommissar Grund verbunden?"

„Sind Sie!"

„Haben Sie einen Moment Zeit, ich würde gerne etwas mit Ihnen besprechen."

„Ich habe keine Zeit", Grund schlug einen groben Ton an. „Aber sagen Sie mir doch erst mal, wer Sie sind und was Sie wollen!"

„Ich bin freier Fernsehjournalist aus Köln und würde gern mit Ihnen über den Mord in Paderborn sprechen."

„Na, Sie sind aber dreist", Grund ärgerte sich. „Wie kommen Sie dazu, sich zu mir durchstellen zu lassen? Melden Sie sich bei unserer Pressestelle. Und über welchen Mord wollen Sie denn überhaupt sprechen?"

„Na, den von heute Morgen", sagte der Journalist mit verblüffender Schlichtheit.

„Das ist ja wohl eine Frechheit. Wer hat denn da nicht dichtgehalten?", schnauzte Grund in den Hörer. „Das ... Herr Deckel oder Teckel oder wie auch immer. Das sollten Sie doch wissen, dass Sie von mir nichts über laufende Ermittlungen zu hören kriegen. Verdammt nochmal", und er haute den Hörer unwirsch auf das Gerät.

„Sag mal, Monika, ihr habt doch wohl nicht mit unserem Pressefuzzi gesprochen?! Da sollte noch gar nichts raus von dem Fall", ereiferte sich Grund.

„Ich hab bestimmt nichts verlauten lassen", rief Monika von ihrem Platz herüber.

„Aber wieso meldet sich denn hier ein Fernsehheini, der davon weiß? Und hat auch noch die Frechheit, sich zu mir durchzufragen."

Monika zuckte mit den Schultern: „Du, da hat vielleicht einer von der KTU was rumgeschwätzt, ist ja schon ein ungewöhnlicher Fall."

„Allerdings ist er das, aber was reg ich mich auf." Grund winkte ab und beruhigte sich rasch. „Spätestens morgen müssen wir sowieso eine

Pressenotiz rausgeben. Vielleicht gibt's darauf dann irgendeinen Hinweis. Aber eigentlich halte ich davon nichts! Da melden sich doch nur Bekloppte und Wichtigtuer. Das wäre wirklich ein Armutszeugnis für unsern Laden und der allerletzte Versuch, wenn wir uns mit Aufrufen an die Öffentlichkeit wenden!"

Grund lehnte sich zurück und massierte seine Schläfen. Die Übermüdung machte sich nun doch mit Druck im Schädel spürbar. Er musste eine Pause machen. Mühsam hob er sich aus dem Schreibtischsessel.

„Mir ist nicht gut, Monika, ich hab fast zwei Nächte nicht geschlafen. Neues gibt's im Moment nicht und wenn, dann ruft ihr mich ja sofort an. Ich muss mich zwei, drei Stunden hinlegen, sonst kann ich mich gar nicht mehr konzentrieren."

„Ist in Ordnung", sagte Monika teilnahmsvoll. „Ich brauch auch noch 'ne ganze Weile, bis ich was über die Vermögensverhältnisse des Opfers zusammen habe. Und dann guck ich mal, ob es irgendwas über Fußfolter im Internet gibt. Du hast dich wohl noch nicht drum kümmern können, was?"

Grund schüttelte den Kopf. „Danke, das ist nett von dir!"

Monika lächelte ihm nickend zu. Er quälte sich in sein Jackett und verließ das Polizeigebäude.

Das war längst kein Routinefall mehr. Die Sache mit Gregor nahm ihn gewaltig mit. Es waren an diesem Tag viel zu viele Erinnerungen hochgekommen. Er musste aufpassen, dass die Narben nicht wieder aufbrachen.

Veilchenparfum und Aftershave

Felix Rubik überblickte von seiner Wohnung im dritten Stock unter dem Dach an der Rückseite des ehemaligen Verwaltungsgebäudes den Klostergarten und die Parkfläche an der Mauer aus Findlingen. Ein weißer Van hielt auf den inzwischen halbbesetzten Plätzen. An der Seite prangte in kardinalsviolett ein Schriftzug: gotische Lettern, mit einem überdimensionierten P der Name *Petrus* und dahinter in nüchternem Arial *SAT – PetrusSAT* - der katholische Sender mit Sitz in Altötting. Auf Drängen seiner Mutter überwies Rubik diesem Sender jeden Monat eine Spende von 100 Euro. *PetrusSAT* sei auf diese Spenden angewiesen, hatte sie ihm erklärt, denn man müsse sich dort ständig nach der Decke strecken, um durchzukommen. Zuwendungen der Amtskirche gebe es nicht, sagte sie, und setzte dann, mit einem Finger die Lippen bedeckend, halblaut dazu:

„Jedenfalls nicht offiziell. So weit ist es schon gekommen mit dieser blöden *political correctness*. Die katholische Kirche darf nicht zugeben, dass sie eine wahre Glaubensstimme unterstützt. So sehr ist der liberalistische Zeitgeist auch schon in die entsprechenden kirchlichen Gremien eingesickert!"

Maria Rubik redete sich in Rage: Sie aber und ihre Freunde und etliche hohe Würdenträger, die sie kannte, würden dafür sorgen, dass *Petrus-SAT* die Wahrheit verkünde. Ohne Zweifel sei der Herr auf ihrer Seite, denn es war noch immer gelungen, wenn es auch manchmal eng wurde, die nötigen Summen für den Sendebetrieb zusammen zu bekommen. Auch bei diesem Kongress sollte es eine Sammelaktion geben.

Aus der Beifahrertür des Vans stieg Markus Gerber, Felix Rubik erkannte ihn gleich, der Chefredakteur des Senders. Der Mann war nicht wirklich dick, aber doch wohlgenährt, drall, mit Wurstfingern und Siegelring. Seine Anzüge wirkten stets eine Größe zu eng, so dass er immer etwas gepresst aussah, wie edel das Tuch auch sein mochte. Felix wusste, dass seine eigenen Anzüge meist zu groß waren, er hatte nicht das Geschick, sich richtig zu kleiden. Wenn er ganz ehrlich war, er traute sich nicht, obwohl er es sich jetzt mit seinem Gehalt als Geschäftsführer leisten konnte, bessere Anzüge von BOSS oder gar JOOP zu tragen. Er liebte die Hochglanzprospekte dieser Marken, die von Zeit zu Zeit in Magazine eingeheftet waren: schlanke, junge Männer, straffe Erscheinungen mit ernsten Gesichtern und modisch geschnittenem, glänzendem Haar. Die Anzüge wie auf den eleganten Leib geschneidert.

Nein, er wagte es nicht, die taillierten Jacketts zu tragen und die Hosen eng geschnitten um die Hüften. Seine Mutter hätte das nicht geduldet, sie hätte ihn *affektiert* genannt – ein Adjektiv, das er aus ihrem Munde fürchtete, denn sie betonte die erste Silbe sehr hart: *Affe*!

Felix kaufte seine Kleidung beim letzten altmodischen Herrenausstatter Paderborns an der Bahnhofstraße, OLK, ein Traditionsgeschäft, seit Generationen ein Familienbetrieb. Hier erwarben Lehrer, Finanzbeamte und Abteilungsleiter ihre Kleidung: schwarz, grau, dunkelblau und wenn es etwas gewagter und frecher sein durfte, Nadelstreifen. Besser als das Trevira von C&A, schottische Schurwolle, nur unter einem Tuch zu bügeln, gediegen, unauffällig, nicht tailliert.

Markus Gerber musterte vom Parkplatz den Gebäudekomplex des Kastens und breitete lächelnd seine Arme aus, als wolle er bedeuten, dies ist doch mal wirklich ein imposanter katholischer Schulbau, von außen so belassen wie er einmal gedacht worden war, ein strenges Jesuitenkloster. Beeindruckend und einschüchternd in seiner göttlichen Unerbittlichkeit, damit die Schüler gleich wussten, hier ginge es um fromme Patres, geistliche Würdenträger und den Herrn. In einer Zeit, in der Schüler nicht mehr zu ihrem Wohle gezüchtigt werden durften, flößte ihnen wenigstens das Haus Ehrfurcht ein und wies sie auf ihren Platz.

Gerber selbst hatte so ein Internat besucht und die Zwänge der Hierarchie, je höher er in den Klassenstufen aufstieg, schätzen gelernt. Denn in der Oberstufe konnte man sich schadlos halten an den Jüngeren für die vielen verbalen Stiche, die gelegentlichen Kopfnüsse und Backpfeifen und den psychischen Druck, all das hatte man ja selbst in den ersten Jahren von Lehrern und älteren Schülern erfahren. Man musste eben lernen, sich der Autorität gehorsam zu beugen, das war katholisch. Bei seinem Theologiestudium, erinnerte sich Gerber, war es nicht anders gewesen. Frühe Erniedrigungen qualifizierten später zu Höherem – und so war er einer der bekanntesten katholischen Publizisten und schließlich Chefredakteur von *PetrusSAT* geworden, den er jetzt mit Mitte fünfzig, als seinen eigenen Sender betrachtete.

Hinter Gerber stiegen aus dem Van seine Mitarbeiter, Kameramann und Tontechniker. Sie alle trafen schon einen Tag vor Beginn des Kongresses ein, um sich mit den Räumlichkeiten vertraut zu machen. Sie sollten die Referate und Gespräche aufzeichnen. Der gesamte Kongress würde in den nächsten Wochen in Fortsetzungen auf *PetrusSAT* gesendet werden. Am Rande der Veranstaltung waren auch noch Interviews mit den Referenten vorgesehen. Dafür hatte Felix Rubik eigens einen Konferenzsaal im Verwaltungsgebäude ausräumen lassen. Ein Hilfstrupp des Senders hatte in den letzten Tagen eine Ecke mit grauem Molton verhängt und bereits die Beleuchtung eingerichtet. Auf den Stoff hatten sie einen üppigen violetten Schriftzug aus Styropor mit dem Logo des Senders aufgeklebt.

Sollte Rubik Markus Gerber und seinen Mitarbeitern entgegeneilen? Er kannte den Chefredakteur nur vom Fernsehen, wenn der auf *PetrusSAT* Kommentare zum Tagesgeschehen gab oder zu Gast war im *Presseclub* oder bei Talkshows. Gerber wurde gerne dazu eingeladen, denn er war ein streitbarer Konservativer, der Schwung brachte in selbstzufriedene liberale Gespräche. Seine ölige Art stieß Felix Rubik jedoch ab. Er war sich noch nicht einmal sicher, ob Gerber wirklich ein Verkünder des rechten Glaubens war oder bloß ein Opportunist, der eine katholische Karriere hingelegt hatte, weil ihm woanders keine geglückt wäre.

Besonders in Interviews mit Bischöfen und Kardinälen, mit Äbten und Prioren auf *PetrusSAT* war Gerber auf eine glitschige Art untertänig. Das war kein echter Respekt vor der amtlichen Autorität hoher Kleriker. Eure Eminenz hier, Eure Exzellenz da. Felix Rubik selbst hatte mächtigen Respekt vor den Würdenträgern, dafür hatte seine Mutter schon gesorgt. Aber tief im Innern spürte er, dass das Lächeln, das Gerber für die Geistlichkeit hatte, ein Fernsehlächeln war, antrainiert, weil der wusste, wie man solchen Kirchenmännern schmeichelte und was die erwarteten.

Ob diese kritischen Gedanken über Gerber zu beichten waren? Lieber nicht! Was müsste er dann noch alles beichten ...

Nein, er würde Gerber nicht entgegeneilen, sondern warten, bis der Pförtner ihn anrief, dass neue Gäste eingetroffen wären.

Felix Rubik war müde. Die vorige Nacht hatte er nicht geschlafen. Den ganzen Morgen über waren nach und nach die engsten Vertrauten seiner Mutter eingetroffen. Sie wollte mit ihnen einen Tag vor der Eröffnung des Kongresses noch Einzelheiten der Organisation und Pressearbeit absprechen. Alle paar Minuten läutete der Pförtner an und Rubik eilte hinunter, um die Gäste zu begrüßen und zu ihren Zimmern zu begleiten. Auch wenn er jedes Mal drei Treppen hinabsteigen musste – und das heute bereits acht Mal – nutzte er nie den Lift, der vor kurzem eingebaut worden war. Verließ er ihn im Parterre, musste er durch den Flur, an dem die ehemaligen Wohnungen der Patres lagen. Wenn er es nur irgend anstellen konnte, vermied er diesen Weg. Selbst als der ganze Trakt renoviert wurde und er eigentlich die Oberaufsicht hatte, scheute er davor zurück, jenen Flur entlang zu gehen. Die Treppe war mühselig und wenn er im Parterre angekommen war, musste er außen ums Haus laufen, um dann durch einen Nebeneingang die Pförtnerloge zu erreichen. Es war als mache er um eine Hundehütte mit einem bissigen Wachhund darin einen großen Bogen.

Der Pförtner rief an und meldete die Ankunft von Markus Gerber und seinem Team. Rubik brummte, er käme sofort, aber zögerte loszulaufen und schaute, während er den Hörer auflegte, hinüber auf das Sideboard, über dem an der Wand ein Kruzifix hing. Das hatte ihm seine Mutter aus Polen mitgebracht, aus Tschenstochau. Keine Massenware – er hatte es damals als Geschenk bekommen, nachdem er aus der Klinik im Schwarzwald zurückgekehrt war. Es sollte ihn im Glauben stärken, dem Glauben, den sie ihm dort mit Inbrunst, ja, das war das richtige Wort, mit Inbrunst nähergebracht hatten, als es das Aloysius-Internat je hätte können.

Der polnische Holzschnitzer des Kruzifixes hatte den Moment des letzten Atemzuges eingefangen, mit einem peniblen Realismus. Die Augen brachen, aber die Lider waren noch nicht ganz zugefallen. Der Gesichtsausdruck: ein letzter Schmerz. Wenn man in dieses Antlitz blickte, dann spürte man ihn fast körperlich den Schmerz, den die Nägel in den Handgelenken und den Füßen verursachten, man spürte, wie die Dornenkrone in die Kopfhaut stach, und man spürte die nässende Wunde an der Seite.

Wenn seine Mutter nicht im Haus war, dann hängte er verstohlen das Kruzifix ab. Er ertrug es nicht, den Sterbenden tagtäglich anzusehen. Aber da sie nun schon in der vorigen Woche eingezogen war – nur am Wochenende war sie zur Großdemo nach Paris gefahren – musste er wohl oder übel die bemalte Schnitzerei – bleiche Haut und Rinnsale Bluts – aufgehängt lassen.

Er konnte den Anblick halbwegs ertragen, wenn er von dem Whisky trank, den er immer in einer Aktentasche versteckt am Pförtner vorbei ins Haus und in seine Wohnung schmuggelte. Der Whisky war ein Laster, das wusste er wohl und beichtete auch jede Woche, dass er mehr Alkohol trank als gut für ihn war; aber der Whisky hielt ihn aufrecht vor dem moribunden Holz. Wie konnte er den Herrn nur so fürchten, der doch so viel mehr gelitten hatte, als er selbst? Er schämte sich zutiefst, und auch dagegen halfen nur ein paar Gläser *Glenfiddich*, niemals die Beichte; denn in der Beichte durfte er eben auch nicht alles sagen.

Er versteckte die Flasche ins Sideboard; wieso war er so nachlässig gewesen und hatte sie darauf stehen lassen? Wenn seine Mutter sie entdeckt hätte, nicht auszudenken!

Er riss sich zusammen, steckte ein Pfefferminzbonbon in den Mund, verließ seine Wohnung und hastete über den Flur zur alten hölzernen Treppe mit den ausgetretenen, knarrenden Stufen. Die hatten zweihundert Jahre lang die Mönche abgetreten, und den Handlauf hatten sie mit ihren Griffen, jugendlich schweißnass oder alterstrocken, unansehnlich werden lassen. Da half auch kein neuer Anstrich mehr. Die Farbe blätterte immer wieder rasch ab.

Als er auf der Rückseite des Gebäudes nach draußen trat, musste er Slalom laufen um die tiefen Pfützen, die der morgendliche Dauerregen hinterlassen hatte. Zweimal trat er daneben und ins brackige Wasser; es spritzte an seinen Hosenbeinen hoch. Dann schlüpfte er durch die Eisentür, die sich in der einstigen Aloysius- Nische neben dem Eingangsbereich befand, wieder ins Gebäude. So trat er hinter einer Mauer aus dem Schatten vor und ging auf Markus Gerber und seine Leute zu.

Seit er hier Geschäftsführer geworden war, hatte er sich einen verbindlich-freundlichen Ton antrainiert. Der behagte ihm gar nicht, aber musste sein, denn er durfte mit seiner eigentlich wortkargen Art die Gäste nicht verschrecken.

„Herr Gerber", er räusperte sich, „Herr Gerber", setzte er neu an, „wie schön, dass Sie schon so früh kommen. Da haben wir Zeit, Ihnen Ihre Zimmer zu zeigen. Ihre anderen Mitarbeiter haben gestern schon das provisorische Studio eingerichtet. Ich bin Felix Rubik, Sie kennen ja meine Mutter!"

„Selbstverständlich", Gerber streckte ihm die Hand entgegen. Rubik musste sie ergreifen. Die Hand war speckig und weich und Reiseschweiß klebte an den Fingern. Rubik schluckte, er würde sich gleich die Hände waschen müssen, wenn er wieder in seiner Wohnung war.

„Wie schön, dass ich den Sohn der berühmten und wehrhaften Mutter kennenlerne", salbaderte Gerber. „Ich hoffe, sie ist schon im Hause? Wir wollen doch keine Zeit verstreichen lassen. Wir haben nämlich für heute Nachmittag schon ein Interview mit Ihrer Frau Mutter und Kirstin Möve verabredet!"

Rubik nickte, „Ich weiß Bescheid. Frau Möve ist schon heute Morgen eingetroffen. Aber lassen Sie sich erst einmal von unserem Herrn

Mielke", er wies auf den Pförtner, „Ihre Zimmer zeigen. Ich muss mich leider entschuldigen, denn ich habe noch dringende Vorbereitungen in der Küche zu treffen, damit Sie heute Abend auch ein anständiges Essen bekommen."

Das war eine Ausrede, so hatte er es heute schon mehrere Male gemacht. Mielke hatte sich inzwischen daran gewöhnt, die Besucher durchs Haus zu ihren Zimmern zu führen; er fühlte sich sogar geehrt. Rubik wäre es unmöglich gewesen, so oft den Gang zu den einstigen Wohnräumen mit seinen Gästen passieren zu müssen. Mielke geleitete Gerber und sein Team selbstzufrieden durch den langen Flur bis zum Aufzug.

Rubik zog die schwere Eingangstür weit auf und trat auf die Balustrade, von der eine barocke Treppe aus Wesersandstein hinunter auf den Vorplatz führte, wo die mächtigen schon fast entlaubten Kastanien standen, ebenso alt wie der einstige Kasten selbst.

Verstohlen sah Felix Rubik sich um. Niemand zu erblicken. Er zog ein zerdrücktes Zigarettenpäckchen aus der Jackettasche. HB, auch ein Laster, aber es beruhigte, der Rauch betäubte. Es war ein anderer Rauch als der süßliche, morgenländische Weihrauch bei der Messe, ein rauer Rauch, der Rachen und Bronchien angriff, aber das nahm er in Kauf, so spürte er wenigstens ein Kratzen in der Brust. Dann wusste er: er hatte eine Brust und eine Lunge und ein Herz, das schlug in ihm.

Drei, vier Züge mussten genügen, dann warf er die Kippe auf den Kiesweg und schob mit der Schuhspitze Steinchen darüber.

Gerade rechtzeitig verschwand die halbgerauchte Zigarette im Kies, denn in seinem Rücken wurde die Eingangstür aufgeschoben; er hatte sie zwar ölen lassen, aber gegen das Kratzen und Quietschen der alten Angeln war er machtlos. Überhaupt konnte er noch so viel renovieren wie er wollte, immer wieder kamen alter Rost und alte Wasserflecke, Risse und Schrunden der vielen Jahre unter dem Putz zutage.

„Ah, Felix. Da sind Sie ja! Ich habe Sie heute Morgen, als ich kam, gar nicht gesehen. Dabei hat mir Ihre Mutter doch erzählt, welch wichtige Aufgabe Sie hier haben!"

Er musste sich nicht umdrehen, um zu wissen, dass Kirstin Möve aus dem Haus getreten war. Ihre Stimme kannte er seit zwanzig Jahren, sie war zwar älter und gebrochener geworden – die Frau musste über achtzig sein – doch das sanft-mütterliche Timbre war immer noch das gleiche.

Aber er wusste auch, dass sie unvermittelt in einen harten Befehlston wechseln konnte und dabei den Mund vor Ekel verzog und ihre Augen ganz starr wurden und funkelten.

Er drehte sich zu ihr um. Jetzt hatte sie ein liebenswürdiges Lächeln aufgesetzt. Denn er war ja ein alter Bekannter, dem sie Gutes angetan hatte.

Kirstin Möve breitete die Arme aus und erwartete, dass Felix zu ihr hinaufeile. Wie konnte er sich dieser Umarmung entziehen? Er mochte es schon nicht leiden, wenn seine Mutter ihn umarmen wollte, das geschah zwar selten – nur dann, wenn sie sich Wochen nicht gesehen hatten und sie zu Besuch kam – er hatte sich immer unwohl gefühlt, es war, als umarme sie ihre Besitztümer und wenn sie ihn versuchte zu tätscheln und zu streicheln, so tätschelte und streichelte sie ihn, wie sie den Schreibtisch streichelte, den sie von ihrem Vater geerbt hatte oder dessen Porträt an der Wand darüber.

Er hoffte, wenn er mit der ausgestreckten Rechten zu Kirsten Möve die Treppe hinaufstieg, der Umarmung zu entgehen. Sie aber übersah seine Hand und umklammerte ihn mit ihren dünnen alten Armen und drückte ihre knöcherne Wange an seine. Selber hatte sie keine Kinder; ihre einstigen Patienten, sagte sie oft, seien ihre Söhne, denn sie habe sie ja wieder ins rechte Leben gebracht. Sie roch nach einem Veilchenparfum oder war es *Mouson uralt Lavendel*? Er kannte sich bei Damenparfums nicht aus. Überhaupt hatte er nur einmal eine Parfümerie betreten, damals die einzige in Paderborn. Sein Konto hatte er geplündert, um eine Geschenkpackung *Old Spice* After Shave und Eau de Toilette zu kaufen. Das war neben *Mouson* so ziemlich der einzige Duft, den er erkennen konnte.

„Lassen Sie sich anschauen, mein Junge. Hm, Sie haben etwas zugelegt", Kirstin Möve drohte scherzhaft mit dem Finger. „Aber ganz stattlich sind Sie. Sehen Sie, was Sport für Männer bedeutet?! Ich habe es Ihnen ja damals schon gesagt! Aber wir wollen nicht über vergangene Zeiten reden ..." Felix Rubik wagte nicht dazwischen zu gehen; sie redete unaufhaltsam weiter: „Der Aufenthalt in meiner Klinik damals hat Ihnen gut getan. Sie haben den rechten Weg ins Leben gefunden, auch wenn Sie nicht studiert haben, was Ihre Mutter doch so gern gesehen hätte. Ich musste ihr natürlich davon abraten, Sie Theologie studieren zu lassen...

das haben Sie doch verstanden, dass es besser für Sie war, kein Priesteramtskandidat zu werden?", fragte sie ihn komplizenhaft und beugte sich mit einem selbstsicheren Lächeln vor. „So als Herr über Ihre ehemalige Schule haben Sie sich weitaus besser im Griff, mein Junge – und Ihren Weg für den Herrn haben Sie dennoch gemacht."

Sie wandte sich um, betrachtete das mächtige Barockportal und ließ dann ihren Blick über die dahinter liegenden Teile des Gebäudekomplexes schweifen: „Jetzt sind Sie Herr über eine ehemalige Klosterschule und beherbergen viele aufrechte und mutige Katholiken, so wie heute und in den nächsten Tagen. Das ist doch auch ein Dienst an der Kirche, mein Junge."

Sie klopfte ihm auf die Schulter und musste sich dabei ein wenig recken, er konnte nicht ausweichen und zuckte leicht zurück. „Sie sind seit damals sogar noch gewachsen, Felix. Ein richtiger und brauchbarer Kerl sind Sie geworden. Dieser Erfolg freut mich! Fehlt nur noch eine gute Ehefrau. Sie müssen sich ranhalten, auch Sie werden nicht jünger!" Sie lachte. „Vielleicht sollten wir mal ein Gespräch darüber führen. Ich stehe jederzeit zur Verfügung!"

Felix überhörte das Angebot der Psychologin und wollte sich mit einer gemurmelten Entschuldigung an ihr vorbei in den Kasten mogeln, aber sie hielt ihn am Ärmel fest und redete ununterbrochen weiter, ohne ihn zu Wort kommen zu lassen.

„Ich wollte eigentlich nur ein wenig Luft schöpfen, bevor ich zum Interview mit Markus Gerber und Ihrer Mutter gehe. Wie gut, dass ich Sie getroffen habe, Sie können mich bestimmt zu dem Raum begleiten, in dem das Ganze stattfinden soll. Sie sind doch hier der Hausherr."

„Ja, der Hausherr", murmelte Felix verlegen. Und auch er warf einen Blick auf das Entrée. Der ockerfarbene Sandstein, hoch wie die Kastanien, das denkmalgeschützte Dach mit den eigens für die Renovierung nach alten Vorbildern gefertigten Ziegeln, alles hatte eine lastende Schwere. Wie sollte er mit all dem fertig werden, den steilen, nahezu fensterlosen Fluren, nur ganz in der Höhe gab es kleine, runde Oberlichter, die bloß am Abend schräge Sonnenstrahlen die Wände hinab auf den polierten Fußboden hinunterließen. Er musste die Putzfrauen immer wieder dazu anhalten, das grüne Bohnerwachs gründlich anzuwenden. Der Geruch lag überall im Haus, das hatte sich seit seiner Schulzeit nicht verändert. Die

mächtigen Steintreppen, mit den Sockeln an jedem Absatz, der Kreuzgang mit dem Bodenparterre aus Buchsbaum, die Kirche mit dem gold-
strotzenden Hochaltar und der 300 Jahre alten menschengroßen Piéta in
der Seitenkapelle; ein süddeutsches Schnitzwerk. Und überall die Kreuze
und die Kruzifixe und die Heiligenbilder, die es sorgfältig abzustauben
galt. Das durfte er keine Reinigungskraft machen lassen. Das machte er
selbst. Herr des Hauses. Herr des Hauses.

„Felix, träumen Sie?" Kirstin Möve stupste ihn an.

Ach, die Müdigkeit nach der durchwachten Nacht und das Gehetze
schon den ganzen Tag, noch mal zusammenreißen heute und morgen und
übermorgen bis zum Ende des Kongresses, es ging nicht anders. Er war
doch gewohnt, sich zusammenzureißen!

„Der Konferenzraum, den wir zum Studio umfunktioniert haben,
liegt im ersten Stock", erklärte Rubik. „Ich bringe Sie hin", und schon war
er an der Pforte und öffnete sie weit für die alte, schmale Dame. Die hatte
einen zähen Körper unter ihrer grauen Bluse, der erikafarbenen Strickja-
cke und dem taubengrauen Faltenrock. Ja, die hatte einen zähen Körper,
es war, als bestünde die alte Frau nur aus Sehnen, aus Willen, aus einer
über Jahrzehnte erworbenen und erhaltenen Straffheit und Strenge.

„Gerade zu stehen, gerade zu gehen – das habe ich bei den Jungmä-
deln gelernt, eine Schule fürs ganze Leben", hatte sie damals im Schwarzwald immer wieder erzählt. „Auch die Mädchen mussten marschieren
und auf dem Lande arbeiten; so kamen wir auf keine dummen Gedanken.
Und so schlecht war es gar nicht, auch wenn man das heute öffentlich
nicht mehr sagen darf, dass die Jungen hart werden sollten wie Krupp-
stahl, zäh wie Leder und flink wie Windhunde! Damals wollte man aus
ihnen noch Männer machen und schützte sie damit vor der Verweibli-
chung. Jungs, die mit Puppen spielten oder mit Kaufläden so wie heute,
das war unmöglich."

Nun, deshalb war es an ihr, die Erziehungsfehler zu reparieren in ihrem Institut!

Kirstin Möve hakte sich bei Felix ein - es ließ sich nicht vermeiden -
und zog ihn zum Flur in Richtung des Fahrstuhles. „Da hinten bin ich
doch hergekommen, nicht wahr? Und mit dem Fahrstuhl geht's doch
auch hinauf zu dem Studio, oder nicht?"

Felix nickte. Seine Muskeln verspannten und er stolperte auf dem

83

glatten Boden. Was hatte nur seinen Schritt behindert?

„Sagen Sie mir nicht, dass ich alte Frau, Sie auffangen muss", lachte Kirstin Möve und griff Felix unter den Arm.

Er ging nicht weiter; noch fünf Türen auf der rechten Seite und dann lag da die einstige Wohnung des Paters. Er erschrak: die Tür wurde geöffnet. Monsignore Capriz und seine Mutter traten auf den Gang.

„Liebe Freundin", Capriz eilte ihnen mit strammem Schritt entgegen, um Kirstin Möve zu begrüßen. „Wie lange haben wir uns nicht gesehen?", fragte er jovial. „Heute Abend, nach meinem Eröffnungsvortrag, müssen wir uns aber ein gemütliches Eckchen suchen", er wandte sich einladend auch Maria Rubik zu: „Wir drei haben uns bestimmt viel zu erzählen!"

Kirstin Möve ließ Felix' Arm nicht los. „Oh, ja", nickte sie zustimmend. „Wir haben ja in meinem Institut so viele Erfolge, ich werde morgen darüber auch referieren, aber ich muss Ihnen noch heute erzählen, was meine modifizierte Aversionstherapie für Erfolge bringt. Damit widerlegen wir sämtliche Theorien von Genetik oder der natürlichen Sexualvariante. Wir haben die schönsten Beweise, dass die Ursachen der Inversion in mangelnder männlicher Führung im Kindesalter liegen, in der Zwangsaufklärung in den Schulen, darin, dass sich die berufstätigen Mütter ihren Pflichten entziehen und vor allem und vielleicht am schlimmsten: die Päderasten, die nun schon seit bald vierzig Jahren ungestraft ihren Trieben frönen können, verführen immer jüngere Knaben zur Homosexualität. Dazu kommt diese Kuschelpädagogik. Eine ordentliche Tracht hat noch niemandem geschadet, besonders wenn es um geschlechtliche Verfehlungen geht, von der Masturbation bis zur Sodomiterei, einfach draufhauen! Man muss eben doch mit Angst und Strafe arbeiten, dann kriegt man alles in den Griff! Gott hat das ja auch vorgemacht! Ach", sie bewegte plötzlich die Arme wie eine Turnerin auf dem Schwebebalken mit Verve und ließ dabei Felix Rubik los, „ich fange schon jetzt mit meinem leidenschaftlichen Plädoyer an, das ich mir doch für morgen aufsparen sollte."

Felix trat zwei Schritte zurück und murmelte, indem er sich abwandte, „Entschuldigung, ich muss noch mal in meine Wohnung, um einige Unterlagen zu holen!" und eilte immer schneller in Richtung Eingang bis zur Eisentür in der Aloysiusnische, durch die er nach draußen verschwand. Einzig seine Mutter blickte ihm verwundert nach, auch ein wenig empört, dass er die wichtigen Gäste im Stich ließ. Aber dann wurde sie ins Fachgespräch hineingezogen und Mutter, Therapeutin und Monsignore gingen hinüber zum Aufzug, um zum improvisierten Studio hinaufzufahren, wo Markus Gerber bereits aufs sie wartete.

Felix Rubik war schon zehn Meter von der Eisentür entfernt, als sie hinter ihm ins Schloss fiel. Für einen Moment blieb er stehen. Sein Herz raste, schlimmer als nach seinen Dauerläufen. Er krümmte sich plötzlich, weil es ihn in der Seite stach, unter dem Rippenbogen. Das Atmen schmerzte, er bekam kaum Luft und stolperte bis zur Mauer, um Halt zu suchen. Die Sonne stand schon tief und warf ein kupfernes Licht auf den Parkplatz und den Weg um die Gebäude herum zum Haupteingang. Ein Trupp junger Leute lief diesen von Bux eingefassten Weg entlang. Da ihm die Sonne direkt in die Augen fiel, konnte Felix nur Silhouetten wahrnehmen. Die Hand an die Seite gepresst, richtete er sich aus seiner gekrümmten Haltung wieder auf. Der Schmerz verblasste. Trugen die Scherenschnitte vor ihm auf dem Weg bunte Plakate, konnte er da eine Regenbogenfahne ausmachen? Es mochten an die fünfzig Leute sein. Aber jetzt konnte er sich darum nicht kümmern. Es war, als habe sich die Stimme Kirstin Möves in sein Ohr gedrechselt, die sollte da raus. Er rieb sich die Augen, um das Trio aus Mutter, Möve und Monsignore nicht mehr sehen zu müssen, es war wie auf der Pupille eingebrannt. Da kamen noch mehr junge Leute vom Parkplatz herüber. Er rannte wieder, rannte weiter, bis er an der Glastür am anderen Ende des Traktes angekommen war. Verzweifelt und ungeduldig suchte er den richtigen Schlüssel an seinem Bund. Jetzt, da es schnell gehen musste, fand er ihn nicht. Endlich, der letzte passte. Er schlüpfte ins Haus und stolperte die Treppe hinauf. Woher er nur den Atem holte, der ihm eben weggeblieben war? Die Treppe schien sich zu verwandeln in die Treppe der Klinik im Schwarzwald. Die durfte man aber nicht hinauf rasen, man musste zu zweit im gleichen Schritt hinauf und hinunter nach dem Unterricht oder den Behandlungsstunden, immer in Begleitung einer Aufsichtsperson. Gesprochen wurde nicht, schon gar nicht mit den anderen Jungen.

So deutlich waren die Erinnerungen schon lange nicht mehr gewesen wie jetzt. Erst als er in seiner Wohnung ankam, verblassten sie. Er riss seinen Mantel vom Haken und den Wagenschlüssel vom Bord neben der

Tür und rannte wieder hinaus. Fast wäre er die Treppe hinuntergefallen. Das Poltern seines gerade noch aufgefangenen Sturzes hallte durchs Haus. Kein Ausruhen, nicht einen Moment Bleiben. Er vergaß sogar, die Glastür wieder hinter sich abzuschließen und lief zum Parkplatz hinüber, wo sein Wagen stand, sprang hinein und fuhr mit hohem Tempo vom Gelände des Kastens. Als er auf die Landstraße bog, quietschte das Getriebe. Im Rückspiegel wurde der Kasten immer kleiner und verschwand abrupt hinter dem First der Hügel, die ihn umschlossen.

Eduard Mielke sortierte Informationsmaterial für die Teilnehmer des Kongresses in einen Plexiglasständer ein. Maria Rubik hatte ihm einen Stapel französischer Prospekte in die Hand gedrückt, die sie aus Paris mitgebracht hatte. Mielke sprach kein Französisch; was *Manif pour Tous* hieß, konnte er sich aus seinen paar Brocken, die er irgendwo aufgeschnappt hatte, nicht einmal zusammenreimen. Aber was *homosexualité* hieß, ließ sich ja wohl denken. Ein schmuddeliges Thema hatte dieser Kongress, aber Frau Rubik war dafür Feuer und Flamme. Sie scheute sich eben nicht, heiße Eisen anzupacken.

In die Stille des Foyers drangen plötzlich Rufe und Gesänge von draußen. Die dicken Mauern und die schwere Eichentür dämpften, was offenbar von einer Menschenmenge auf dem Vorplatz skandiert wurde. Da war ein Aufruhr! Der Geschäftsführer und seine Mutter hatten Mielke schon vor Tagen informiert, dass sie mit Demonstrationen von Kirchenfeinden rechneten. Es wäre das Beste, alle Eingangstüren des Hauses dann so schnell wie möglich zu verschließen, damit die Linken und Sodomiten nicht eindringen konnten. Mielke stopfte den restlichen Stapel aus Verlagsprospekten und Veranstaltungsflyern hektisch, unsortiert in den Ständer. Ein Teil davon rutschte auf den Boden, dann lief der Portier zur Tür hinüber, um die Lage zu peilen. Vorsichtshalber öffnete er das Tor nur einen Spalt. In der späten Oktobersonne machte er einen Pulk junger Leute aus, er schätzte sie auf etwa einhundert. Sie hielten Plakate in die Höhe und ein buntgestreiftes Transparent. Er konnte, da ihm die Sonne direkt in die Augen schien, die Aufschriften nicht entziffern. Als er den Kopf weiter aus der Tür streckte, vernahm er die im Chor gerufene Parole:

„Schwulenhasser raus! Hetzer raus! Schwulenheiler raus!"

Erschrocken wich Mielke zurück und rannte zur Theke, um den Hauptschlüssel aus seinem Schreibtisch dahinter zu holen; aber erst sollte er wohl mit dem Hausapparat Felix Rubik anrufen, doch der meldete sich nicht. Dabei musste er im Hause sein. Hilflos wählte Mielke die Nummer des Geschäftsführers ein zweites Mal; wieder vergeblich.

Im dämmrigen Flur, der an den ehemaligen Wohnungen der Patres vorbei zum Aufzug führte, dimmte das Licht auf. Maria Rubik, Kirstin Möve, Markus Gerber und Monsignore Capriz stiegen aus dem Lift und eilten in Richtung Eingang, auf den Empfang zu. Wenige Augenblicke später polterte das Kamerateam Gerbers mit seinen Utensilien die Treppe herunter - sie hatten nicht mehr zu den übrigen vier in den Aufzug gepasst.

„Rufen Sie gleich die Polizei", rief Maria Rubik Mielke zu. „Wir haben's gerade oben vom Fenster aus gesehen. Das ist eine nicht genehmigte Demonstration!"

„Ich will erst abschließen", Mielke wedelte mit dem Schlüsselbund. Aber bevor er die hohe Eichentür erreichte, wurde sie aufgestoßen und die jungen Leute drängten herein. Noch immer riefen sie ihre Parolen: „Schwulenhasser raus! Rubik raus!"

Capriz trat ihnen unverzagt entgegen und hob die Arme wie ein alttestamentarischer Prophet, der in einem Bibelfilm dem Volke predigt, „Halt", rief er. „Sie sind hier nicht willkommen! Sie befinden sich in einem Haus der *Reconquista Dei*! Das ist Privatbesitz! Verlassen Sie das Gebäude sofort. Wir holen die Polizei!"

Ein junger Mann von etwa fünfundzwanzig Jahren, mit wuscheligem Haar und einem rosa Winkel auf der Jacke aufgeklebt, setzte sich an die Spitze der Gruppe und übertönte Capriz: „Es muss Schluss sein mit eurer reaktionären Hetze. Die Eheöffnung kommt und ihr werdet nichts dagegen tun können!"

Nun ließ sich Capriz davon anstacheln und verstärkte seinen Bariton, die sanften schweizerischen Einsprengsel waren verschwunden: „Da sehen wir mal, wie weit die Toleranz der Homolobby geht, nicht wahr! Man darf noch nicht mal in einem katholischen Tagungshaus die Wahrheit sagen! Das ist Gesinnungsterror!"

Der Pulk der jungen Leute, Frauen wie Männer, einige trugen demonstrativ eine Regenbogenschärpe, lachte spöttisch!

Maria Rubik drängte sich hinter die Empfangstheke und raunzte Mielke an: „Wo ist mein Sohn? Haben Sie ihn denn nicht informiert?"

„Ich kann ihn nicht erreichen", Mielke zog verlegen und ratlos die Schulter in die Höhe. „Er geht nicht ans Telefon!"

„Dann suchen Sie ihn gefälligst", schnauzte Maria Rubik Mielke ins Gesicht. Der war froh, sich trollen zu können und trabte in Richtung Aufzug davon.

„Wollen Sie jetzt endlich das Gebäude verlassen?", Capriz schäumte. Die Demonstranten winkten spöttisch und lachend ab und ließen sich unaufgeregt nach und nach auf dem Boden der Eingangshalle nieder; irgendjemand hatte einen Keil unter die schwere Tür geschoben, so dass sie nicht zufallen konnte. Auch draußen hockten sich junge Menschen zur Blockade des Eingangs hin und schwenkten ihre Plakate. „Homofeinde sind Feinde der Menschenrechte!", stand darauf und „Keine russischen Zustände!"

Aus dem anderen Flur, der zum Wirtschaftsgebäude führte, liefen neugierige Küchenhilfen herbei, aber wichen gleich wieder ängstlich zurück, als sie die Demonstranten entdeckten.

Maria Rubiks empört herausgeschriene Frage „Wo ist mein Sohn?", ging unter in dem Aufruhr. Kirstin Möve war auch hinter die Theke geflüchtet und ließ wie ein Habicht auf Beutesuche ihren strengen Blick über die Menge schweifen. Auf einem der Schilder las sie plötzlich ihren Namen: *Kirstin Möve – Goebbeline der Schwulenhasser.* Sie erbebte, das konnte sie nicht auf sich sitzen lassen und sie schrie mit einer für ihr Alter erstaunlich lauten und durchsetzungskräftigen Stimme: „*Ihr* seid die Faschisten. Ihr, die Schwulenlobby! Ihr verbreitet Meinungsterror! Ihr habt euch gegen das Naturgesetz und die Kirche verschworen. Ihr wollt an die Kinder!"

Jetzt erkannte man sie und es ergoss sich ein Schwall Gelächters und Buhrufe über die schmale, alte Frau, die mit geballten Fäusten und furiosem Blick hinter der Theke durchaus wehrhaft wirkte und entschlossen, als sei sie überzeugt, das letzte Aufgebot gegen die Flut der päderastischen Übermacht zu sein.

Markus Gerber war in seinem Element. Er gab seinen Leuten Anweisungen. Der größere von beiden hievte die Kamera auf die Schulter und drehte drauflos. Hinter ihm wuselte der Tonmann mit der Angel.

Jetzt zogen auch einige der Sitzstreikenden Digicams aus den Taschen und filmten die Spitzen des Kongresses, die sich mit Schreien und Drohgebärden gegen die Eindringlinge zu wehren suchten. Der Geräuschpegel stieg schrill an.

„Der Satan ist Wirklichkeit", schrie Capriz, „ihr sollt für ihn die Welt homosexualisieren", beinahe verhaspelte er sich an dem langen Wort. „Ihr wollt euch die Kinder verfügbar machen für eure Perversionen. Aber der Herr wird es euch schon zeigen!"

„Na klar", rief einer der Demonstranten, „er schickt uns bestimmt Stürme und Überschwemmungen als Strafe!"

„AIDS genügt schon", keifte Kirstin Möve dazwischen. „Ihr dezimiert euch ja selbst mit euren perversen Praktiken!"

Die Demonstranten johlten über das klinische Wort. Mielke kam den Flur wieder zurückgestolpert. „Ich finde den Geschäftsführer nicht", rief er mit heiserer Stimme, beide Hände als Trichter nutzend, um sich irgendwie gegen den Lärm durchzusetzen, in Richtung von Maria Rubik.

„Herr Gott nochmal. Wo ist Felix denn?", tönte die verzweifelt zurück. Eine der Küchenhilfen, die, neugierig genug, doch noch geblieben war, drängte sich um die Ecke der Theke und rief Maria Rubik zu: „Ich habe ihn vorhin wegfahren sehen. Hatte ein ganz schönes Tempo drauf!"

„Verdammt noch mal", rutschte es Maria Rubik heraus, „man kann sich auf sein eigenes Kind nicht verlassen! Mielke, wo bleibt denn die Polizei?"

Mielke gestikulierte bloß noch hilflos, denn seine heisere Stimme wäre in den Rufen und Sprüchen der Demonstranten versickert.

Capriz konnte nicht mehr an sich halten: „Ihr seid Kriminelle", beschimpfte er die jungen Männer in der ersten Reihe. „Wie schade, dass man euch nicht mehr einsperren kann für eure Widernatürlichkeiten!"

Wieder lachten die jungen Leute und echoten schrill „Widernatürlichkeiten! Wi-der-na-tür-lich-kei-ten!"

Capriz wollte auf den Anführer losgehen, aber Gerber sprang herzu und hielt ihn zurück, „Monsignore, darauf haben die doch nur gewartet", zischte er Capriz ins Ohr. Gerbers Team drehte unverdrossen weiter, hielt aber bloß auf die Demonstranten und vermied zu zeigen, wie Capriz die Beherrschung verlor.

Von Ferne waren plötzlich die Sirenen von Polizeiwagen zu hören.

Die Beamten umfuhren eine Wegsperre und hielten direkt auf der Rasenfläche und den Kieswegen vor dem Tagungszentrum: zwei Einsatzwagen und ein Bully.

Die Polizisten stiegen über die Sitzblockierer. Der Einsatzleiter ließ sich von Maria Rubik erklären, was los war und forderte dann die jungen Leute auf, friedlich zu gehen. Sie winkten bloß ab und lachten.

„Dann werden wir Sie eben abtransportieren müssen. Alle einzeln", rief der Einsatzleiter, die sich unter der Gewölbedecke in dem Lachen und den Pfiffen der jungen Leute verlor.

Einer der Beamten rannte hinaus zu seinem Einsatzwagen und forderte Verstärkung an. Markus Gerber schickte seine Leute nach draußen, sie sollten die Anfahrt der nächsten Streifenwagen drehen.

Noch einmal versuchte der Einsatzleiter, ein Gespräch mit den Demonstranten zu führen. Die stellten sich taub; einige hatten Blechtrommeln mitgebracht und Pfeifen und veranstalteten einen ohrenbetäubenden Lärm, in dem zwanzig Minuten später das Sirengeheul der anrückenden Polizeistaffel unterging. Ohne Widerstand, aber immer weiter rufend, pfeifend oder trommelnd, ließen sich die jungen Leute wegtragen aus dem Foyer und vom Eingang. Einige machten sich draußen los und rannten, noch bevor ihre Personalien aufgenommen werden konnten, zum Parkplatz, wo sie ihre Autos und sogar einen Kleinbus geparkt hatten. Der Tumult von drinnen setzte sich draußen fort.

Hinter den Polizeiwagen fuhr ein Auto des Regionalsenders heran, die drei großen blauen Buchstaben prangten auf der Seite. In Windeseile sprang ein Redaktionsteam heraus, Kamera- und Tonmann drängten mit dem Redakteur an den Polizeiautos vorbei. Die uniformierten Beamten waren viel zu sehr damit beschäftigt, die Demonstranten zu verfolgen und festzuhalten, als dass sie die Fernsehleute am Filmen hindern konnten.

Vor dem Haus machte sich das Team Markus Gerbers daran, sich durch den Wirrwarr zu schlagen und aufregende Bilder der Auseinandersetzung zu drehen. Gerber selbst war in der Eingangshalle geblieben und starrte begeistert auf den Funkmonitor, den sein Kameramann beim Herunterkommen hinter der Theke vorsorglich versteckt hatte. So konnte er hier sicher das Tohuwabohu, das Gerenne und Raufen der Demonstranten und der Polizei um die Klosteranlage verfolgen. Das Tageslicht reichte gerade noch aus, die Parolen auf den Plakaten zu filmen, die die Demonstranten fallen ließen, damit sie schneller davonlaufen konnten.

Nach zwanzig Minuten war alles vorbei. Die meisten der Störer hatten ihre Autos erreicht und waren in alle Richtungen davongerast. Nur ein Drittel der Menge hatten die Beamten festsetzen können. Gerbers Kamerateam kam zurück ins Gebäude; sie hatten das Wichtigste im Kasten und warteten auf neue Instruktionen von ihrem Chef.

Der war begeistert. „Das ist ja ganz prächtig, Jungs, da habt ihr gut draufgehalten. Das schneiden wir natürlich noch zusammen, damit es noch mehr Wumms kriegt", er ballte theatralisch die patschige Boxerfaust. „Aber jetzt, Harry, ganz spontan, schmeiß die Mühle an, während die letzten da draußen in den Bully geschoben werden ... mit den Polizeiautos und dem Blaulicht im Hintergrund, rasch noch 'nen Kommentar. So ein *setting* kriegen wir so schnell nicht wieder."

Er ließ sich vom Tonmann ein Mikrofon mit dem purpurfarbenen *PetrusSAT*puschel in die Hand drücken, rannte seinen Leuten voran nach draußen bis zur Balustrade und baute sich dort auf. Der Kameramann knipste das Headlight an: „Wir können!"

Gerber improvisierte, er hatte dafür ein besonderes Talent. „Wie Sie im Hintergrund sehen können, liebe Zuschauer von *PetrusSAT*... da werden Rowdies abgeführt. Es sind sozusagen Frontkämpfer der Homolobby, die den Kongress *Keuschheit und Familie – Wider die Homosexualisierung der Menschheit* noch vor seinem Beginn sprengen wollten. So sieht sie also aus die Toleranz der Homosexuellen. Wer sich erlaubt, die Wahrheit über Homosexuelle zu sagen, wer sagt, dass Homosexualität eine schwere psychische Störung ist, die nicht nur den Einzelnen betrifft, sondern eine Sünde, die die Gesellschaft bedroht, und dass diese Sünde epidemische Züge annimmt, der wird an seiner freien Meinungsäußerung gehindert mit Meinungsterror und, wie gerade hier geschehen, mit Gewalt. Die ungezügelte Sexualität bedroht die Freiheit in unserer Demokratie und ihre Agenten bedrohen vor allem Christen, die es wagen, sich für die Freiheit einzusetzen. Die Vorgänge dieses Abends zeigen, wie nötig für die Gefahrenabwehr ein Kongress wie dieser ist.

PetrusSAT wird Sie als einziger deutscher Sender mit allen Informationen, mit den Vorträgen und Diskussionen versorgen. Laudetur Jesus Christus ..." Gerber wechselte abrupt vom pathetischen in einen laxen

Umgangston: „Alles okay, Jungs, von mir aus stimmte das!"

Er senkte das Handmikro und schaute seinen Kameramann fragend an. Der hob den Daumen: „Ich hab zwischendurch mal von Dir weggezoomt, da wurde grad noch einer in den Streifenwagen verfrachtet und ein Polizist schleppte ein Plakat weg, geht das in Ordnung?"

„Perfekt, Junge", Gerber grinste. „Mensch, wenn wir so eine Demo nicht gehabt hätten, dann hätten wir sie selber auf die Beine stellen müssen. Besser konnte das gar nicht laufen! Da haben wir ja mal richtig *action* auf unserem Sender!"

Ihn schützt das Gesetz

Diese penetrante Türklingel riss ihn aus dem Schlaf. Grund hatte vergessen, sie abzustellen. Ein Blick auf die Uhr: drei Stunden hatte er tief und traumlos geschlafen. Es war vier und der graue Tag fing schon an, sich zurückzuziehen. Der da klingelte, ließ nicht locker. Wehsal oder Monika hätten längst angerufen, wenn es etwas Wichtiges gäbe und wären nicht selber gekommen, um aufdringlich zu läuten. Entweder brannte es im Haus oder es waren die Zeugen Jehovas. Ganz gleich, er würde demjenigen, der ihn aus dem Schlaf gerissen hatte, schon Bescheid stoßen. Er stopfte das Hemd in den Hosenbund und lugte durch den Spion. Im Hausflur stand ein junger Mann, den er nicht kannte. Hochgewachsen, blond, in einer hellbraunen Lederjacke, die Hand vorgestreckt zum Klingelknopf.

Grund öffnete abrupt und fuhr den Mann an: „Ist ein Feuer ausgebrochen oder weshalb schellen Sie hier Sturm?"

„Es tut mir leid, aber es ist wichtig, Herr Grund."

„Ja, so heiß ich. Und wer sind Sie?"

„Wir haben heute Mittag schon Telefoniert, ich bin Roman Teckel."

„Kann mich nicht erinnern."

„Aber sicher, Sie haben ziemlich unfreundlich aufgelegt."

„*Sie* sind das?" Grund schüttelte demonstrativ den Kopf.

„Mann, Sie haben vielleicht Nerven, hier aufzutauchen. Ich habe Ihnen doch gesagt, wenden Sie sich an unsere Pressestelle. Und jetzt hauen Sie ab!" Er wollte die Tür zuziehen, aber der junge Mann trat rasch einen Schritt vor, packte den Knauf und hielt dagegen.

„Ich bin eigentlich nicht gekommen, um *Sie* auszufragen, Herr Grund. Ich möchte *Ihnen* was erzählen, das bei Ihrem Fall helfen kann."

„Das ist aber 'ne neue Masche, um an Information zu kommen", raunzte Grund. „Lassen Sie die Tür los. Ich habe keine Lust, mit Ihnen zu sprechen."

„Herr Grund, es gibt ja noch immer keine Pressemeldung über den Mord mit den verkohlten Füßen, nicht wahr", der junge Mann senkte seine Stimme. „Woher sollte ich also darüber Bescheid wissen ..."

„Ach, es gibt genug undichte Stellen, auch bei uns. Schwätzer, die sich wichtig tun wollen."

„Ich glaube, Herr Grund, ich kann etwas zu Ihrem Fall beitragen. Bitte, lassen Sie mich herein. Ich verlange noch nicht mal irgendeine Gegenleistung. Ich glaube, der Mörder selbst hat freiwillig oder unfreiwillig einen Hinweis geliefert." Der Mann sagte das ganz nüchtern und undramatisch, es klang nicht, als wolle er sich wichtig machen oder aufschneiden. Grund war für einen Augenblick sprachlos.

Der Journalist sah sich um. „Müssen wir das im Hausflur besprechen?"

„Nein, natürlich nicht", Grund seufzte und gab nach. „Kommen Sie rein. Ich hoffe für Sie, das ist nicht bloß der miese Trick eines noch mieseren Boulevardjournalisten."

Der junge Mann atmete erleichtert auf und trat in den Flur.

„Da geht's zum Wohnzimmer", Grund deutete mit einer Kopfbewegung in die Richtung. Erst jetzt fiel ihm auf, was für ein Durcheinander in seiner Wohnung herrschte. Eine Jacke, die beim Aufhängen vom Garderobenhaken gerutscht war, lag seit Tagen auf dem Boden. Hinter der Wohnungstür vergammelten drei Müllbeutel aneinander gelehnt – er platzierte sie eigens dort, damit er sie beim Hinausgehen mitnehmen und auf dem Hof in den Mülleimer werfen konnte; aber er vergaß sie immer wieder. Im Wohnzimmer sah es nicht besser aus: auf dem Tisch warteten mehrere Kaffeetassen seit geraumer Zeit darauf, in die Küche geschafft und gespült zu werden. Aber er spülte nur, wenn wirklich keine saubere Tasse mehr im Schrank war. Es war ihm ziemlich egal, ob bei ihm Ordnung herrschte. Die Wohnung war ohnehin möbliert. Das ganze

Ikeazeugs war nicht sein Geschmack, aber was war denn sein Geschmack? Er hatte gar keinen. Ihm war weder in Köln, noch später in Hamburg gelungen, sich eine Wohnung, seine Wohnung, einzurichten. In beiden Städten hatte er genauso möbliert gewohnt wie hier. Er hatte kein Auge dafür, er wusste nicht, wie man sich ein Zuhause gestaltet. Das überforderte ihn.

„Setzen Sie sich", er deutete auf einen der hellbraunen Wildledersessel und räumte rasch die beiden Rotweinflaschen, die leere und die angebrochene von gestern Abend, vom Tisch und schaffte sie in die Küche. Hier stapelte sich das schmutzige Geschirr auf der Spüle.

„Also machen wir's kurz", brummte er den Journalisten an, als er ins Wohnzimmer zurückkam. „Woher wollen Sie denn wissen, dass der Mörder seinem Opfer auch die Füße verbrannt hat?" Grund blieb stehen und schaute verächtlich auf den jungen Mann hinab. Der musste ihm jetzt mit einer wirklich guten Geschichte kommen, wenn er nicht rausgeworfen werden wollte.

„Hab ich doch richtig vermutet", Roman Teckel sah Grund von unten an und etwas wie ein Lächeln huschte über sein Gesicht. „Der Ermordete hatte also verkohlte Füße!"

„Das haben *Sie* mir doch eben gesagt!", brummte Grund.

„Und Sie haben es bestätigt, indem Sie mich hereingebeten haben. Also, passen Sie auf ..." Roman Teckel zog aus einem Lederetui ein Tablet. „Wir können hier den ganzen Abend weiter Katz und Maus spielen, Herr Grund. Wie wär's, wenn Sie mir ein wenig vertrauen. Ich geh sogar in Vorleistung und zeig Ihnen, wie ich auf meine Vermutungen, die Sie gerade bestätigt haben, gekommen bin." Er stellte das Gerät an und rief im Internet eine Seite auf.

„Das ist doch kein Verhör", sagte der junge Mann freundlich, „setzen Sie sich neben mich, dann können Sie's besser sehen!"

„Na gut", brummte Grund und ließ sich neben dem Journalisten nieder. Er musste nah an ihn heranrücken, damit er die ganze Seite auf dem kleinen Monitor erkennen konnte. Der Mann roch gut. Grund sog den Duft des Eau de Toilette ein – frisch und herb. Es gefiel ihm, es gab also auch andere Herrendüfte...

Teckel wies auf den Bildschirm: „Sagt Ihnen das was?"

Grund beugte sich vor. Auf dem Tablet baute sich eine Seite auf:

eine purpurrote Oberleiste – in der rechten Ecke eine Kreuzigungsszene. Grünewald, das war ein Ausschnitt aus dem Grünewaldaltar. Das Bild hatten sie im Kunstunterricht von Pater Gisbert wochenlang analysieren und mit anderen Kreuzigungsszenen vergleichen müssen. Gisbert liebte blutige Kreuzigungsszenen, sie wären, schnarrte er im Münsteraner Dialekt, der Inbegriff der christlichen Kunst, ach was, der Kunst überhaupt. Je realistischer, desto mehr würden die Betrachter die Schmerzen des Herrn nachempfinden.

Wenn einer unaufmerksam war, dann ergriff Gisbert, wie aus dem Nichts sich von hinten anschleichend, den Arm des Träumenden und drückte ihm seine langen Fingernägel ins Fleisch. Und während sein Opfer vor Schmerz aufstöhnte, rief der Pater: „So ist es dem Fleisch des Herrn ergangen. Seid froh, dass es euch in der Eucharistie zuteil wird!"

Wie gut, dass dieses Fleisch bloß eine Oblate war – aber die Patres bestanden ja darauf, dass die sich tatsächlich in den Leib des Herrn verwandelte. Merkten die anderen Schüler denn nicht, wie kannibalisch das eigentlich war?

Nachdem er das Grünewaldbild zum ersten Mal gesehen hatte, musste Grund jedes Mal würgen, wenn er die Hostie schlucken sollte. Sie auszuspeien wäre der übelste Frevel gewesen, und so endete für ihn die Messe oft mit einem Kampf gegen das Kotzen. Grund wollte das Fleisch des Herrn nicht essen, es schüttelte ihn, wenn er sich vorstellte, diese Oblate, die er da verspeiste, würde sich in den grünen Leib des Altarbildes verwandeln, in einen Leib, dessen Verwesung schon vor dem endgültigen Tod einzusetzen schien. Für den zwölfjährigen Thomas Grund war es das erste Splatterbild, blutig-eitriger ging es auch in Zombiefilmen kaum zu.

Neben der Farbleiste und dem Kreuzigungsbild war auf dem Tablet in gotischen Lettern der Name der Seite zu lesen: *crux.com* Nachrichten über die katholische Welt, den Klerus, den Glauben und die Feinde Gottes – lautete die Unterzeile.

„Was soll das denn sein?", fragte Grund angewidert.

„Das ist eine katholische Hetzseite. Damit beschäftige ich mich schon seit Monaten. Das ist eine volksverhetzende Jauchegrube, mit der die Amtskirche angeblich nichts zu tun hat. Die Leute hetzen anonym oder unter Pseudonym gegen Frauen, Schwule, Menschenrechte und Demokratie. Eigentlich möchte ich diesen Sumpf gern auffliegen lassen, das ist mein Thema, Herr Grund, daran recherchiere ich seit Monaten. Ich tue mir täglich diesen Mist an. Und heute Morgen fand ich *das*", er wies auf eine Überschrift und klickte sie an. „Sie mögen das für Blödsinn von gestörten alten Pfaffen halten, aber glauben Sie mir, die haben jeden Tag zehntausende von Lesern, das ist nicht nur eine spinnerte Splittergruppe."

Grund schaute sich die zweite Seite an; ein Foto von einer Christopher-Street-Parade: zwei junge Männer küssten einander. Die Bildzeile darunter war in ihrer Schäbigkeit kaum zu unterbieten und eigentlich lächerlich: *„Zwei Jungsodomiten tauschen bei einer Perversenparade ihre AIDSviren aus."*

„Das ist doch nur dummes Zeug", Grund schüttelte den Kopf.

„Und das da? Beachten Sie den Zeitpunkt des Postings. Der steht am Ende des Textes!" Roman Teckel wies auf die Titelzeile.

Paderborn -. Jetzt richten sich die Homos endlich selber. – Zum zweiten Mal ein Homomord mit perversem Fußfetischismus in einer Bischofsstadt.

Grund überflog den kurzen Artikel und las dann die Zeitangabe: sechs Uhr fünfzehn heute Morgen.

„Gegen sechs Uhr sind wir gerade am Tatort eingetroffen. Wer könnte das geschrieben und so früh auf diese Seite gesetzt haben?", wunderte sich Grund.

„Das ist ja wohl eine rhetorische Frage oder !", sagte Roman Teckel. „Das kann doch nur der Mörder selbst gewesen sein! Wer könnte sonst so genaue Informationen über den Tathergang und die Leiche haben?! Ich will Ihnen zeigen, weshalb ich darauf komme."

Der Journalist tippte ein Stichwort in die Suchfunktion der Seite; ein neuer Artikel erschien.

„Diesen Artikel fand ich vor zwei Wochen, an dem Tag, als in Köln ein Mord geschehen war."

Grund las die ersten Zeilen, dann mitten im Satz, sprach er sich laut vor, was er kaum glauben konnte...

„...hat die hitzige Kotstecherszene in der heiligen Domstadt offenbar einen Siedepunkt erreicht. Die Homolunken fallen nicht mehr nur fleischlich übereinander her und trachten sich nicht mehr nur mit ihren AIDSviren nach dem Leben. Sie murksen sich gegenseitig ab und verschönern das auch

96

noch mit sadistischen Spielchen. Der ermordete Besitzer einer stadtbekannten Schwulendisco mit Seuchenverbreitungszimmer, dem sogenannten Darkroom, wurde von der Polizei in Kreuzigungshaltung auf dem Parkett seiner Unzuchtshöhle – oder sollte man besser Hölle sagen - entdeckt. Den Hirnschuss hatte er ja schon längst - jetzt hat ihm eine Kugel sein Hirn zerschossen. Bizarr auch: seine Schuhe befanden sich auf der Theke – aber die Schwulinskis legen ja noch ganz andere Dinge auf die Theke – und seine nackten Füße waren völlig verbrannt und verkohlt. Offenbar hatte man ihm – was für ein perverses Zeichen der hinterladerischen Unterwelt auch immer – die Füße mit einem Bügeleisen versengt und dabei weißen, feinkörnigen Sand in die Fußflächen gebrannt. Die theatralischen Kotstecher können es wohl nicht bei einfachen Morden belassen. Sie müssen ihre Taten auch noch bizarr verzieren ... "

Grund traute seinen Augen nicht. Der schwülstige Stil war eigentlich lächerlich, aber hier war über einen Mord in Köln alles so beschrieben, wie er es auch am Morgen im Laden von Gregor Feinschmidt vorgefunden hatte.

„Und wann ist *dieser* Artikel gepostet worden?", fragte er.

Der Journalist wies auf Datum und Uhrzeit am Ende des Beitrags.

„Der Artikel tauchte noch in der Nacht des Mordes auf. Der Tote war noch nicht einmal entdeckt worden. Es kann sich doch da nur um jemanden handeln, der genau Bescheid weiß, also um den Mörder selbst!"

Grund brummte zustimmend: „Ja, das kann man vermuten. Verdammt, dass wir keinen zentralen Internetzugriff auf Protokolle anderer Dienststellen haben. Ich muss meine Kollegen verständigen."

Er sprang auf und holte im Flur sein Handy aus dem Jackett, das er ausnahmsweise an die Garderobe gehängt hatte. Es war schon nach fünf. Mit Wehsal brauchte er nicht mehr zu rechnen. Hoffentlich war wenigstens Monika noch im Büro. Er hatte Glück.

„Monika, ich bin's. Ich bin grad auf was gestoßen ..." Roman Teckel blickte ihn schräg und lächelnd von unten an, aber schien nicht zu triumphieren, weil er einen entscheidenden Hinweis geliefert hatte.

„Ich will ehrlich sein, ich bin darauf gestoßen worden ... Ist jetzt zu umständlich, das zu erklären. Vor ... wann war das?"

„Vor vierzehn Tagen", soufflierte ihm Teckel.

„Vor vierzehn Tagen hat es in Köln einen Mord in einem Club gegeben. Da sind dem Opfer auch die Füße verbrannt worden. Ruf doch bitte gleich in Köln an und sieh zu, dass du umgehend alle Informationen kriegst!"

Monika beschwerte sich nicht: „Ich kümmere mich sofort darum. Wenn die Sachen dann aus Köln kommen, lass ich sie auch gleich an deine Mailadresse schicken, dann kannst du zuhause sofort reinschauen ... Kriegst 'ne SMS, wenn's soweit ist!"

„Danke", sagte Grund knapp. „Ich bin den ganzen Abend erreichbar, wenn es noch was Neues geben sollte ...", aber das war ja sowieso selbstverständlich. Monika wusste, dass sie ihn zu jeder Tages- und Nachtzeit anrufen konnte.

Grund ließ sich in einen der Wildledersessel fallen. Das war ein Ding! Also keine Einzeltat. Der Journalist sah ihn gespannt an. Grund besann sich, er musste ein wenig Anstand zeigen; das war wirklich ein außergewöhnlicher Hinweis gewesen.

„Ich sollte mich wohl bei Ihnen entschuldigen, aber meine Erfahrungen mit der Presse sind nicht die besten!"

Teckel winkte ab. „Geschenkt. Wir haben da so einen Spruch: einmal Presse im Haus ist schlimmer als drei Mal abgebrannt."

Thomas Grund blickte dem Journalisten ins Gesicht. So was fiel ihm sonst immer schwer. Bei Verdächtigen war das etwas anderes, aber der Mann war ja kein Verdächtiger. Üblicherweise wich er den Blicken anderer Männer aus. Aber Teckel mit seinen klaren und bestimmt ehrlichen Augen saß zwar selbstsicher auf dem Sofa, aber er markierte nicht den großen Pressefuzzi und blickte ihn freundlich und erwartungsvoll an. Der war nicht auf Sensationen aus.

„Sagen Sie mal, warum sind Sie so an dem Fall interessiert, dass Sie's nicht weiter am Telefon versucht haben, sondern mir gleich auf die Pelle gerückt sind? Ich habe den Eindruck, es geht nicht darum, nur eine sensationelle Mörderstory aufzutun, oder?", fragte Grund.

„Ich hatte sowieso vor, nach Paderborn zu kommen, aber eigentlich erst morgen", berichtete der Journalist. „Morgen beginnt hier in Paderborn ein Kongress mit dem bombastischen Titel *Keuschheit und Familie. Wider die Homosexualisierung der Menschheit*! Da treffen sich Leute, die zu den Hintermännern von *crux.com* gehören. Das ist sozusagen mein berufliches Interesse. Denn eigentlich war ich ja mit der Hetzseite beschäftigt und der Mord kam dann erst dazu."

Teckels Züge veränderten sich, die Freundlichkeit wich, er wurde sehr ernst. „Aber ich habe auch, offen gesagt, einen ganz persönlichen Grund. Der Mann, der in Köln so grausam umgebracht wurde, war mein Freund. Mein bester Freund. Ich habe ihm viel zu verdanken ... Ohne ihn säße ich vielleicht gar nicht hier!"

Grund wusste nicht, was er sagen sollte, es rutschte ihm nur ein gutturales *Hmm* heraus und er hörte dem Journalisten weiter zu.

„Wissen Sie, als ich vor zwölf Jahren kurz vor dem Abi mein Coming-out hatte, in Stolberg ... Kennen Sie Stolberg?"

Grund schüttelte den Kopf.

„Ein Kaff in der Eifel. Drei Kirchen, selbstverständlich katholisch, ein Gymnasium, auch katholisch, und ein Schützenverein, sowieso katholisch. Dagegen ist Ihr Paderborn eine Metropole ... also, als ich mein Coming-out hatte ..."

Grund staunte, dass der Journalist zwar ernst, aber doch ganz unbefangen sein Schwulsein erwähnte, so was wäre ihm nicht gelungen.

„... da bekam ich mächtig Ärger mit meinen Eltern. Können Sie sich diese Sprüche vorstellen, man denkt, die eigenen Eltern sind doch tolerant und aufgeklärt, von wegen 21. Jahrhundert und so ... aber da hieß es, *mein* Sohn kann doch nicht schwul sein. Mein Sohn ist nicht pervers. Sollen wir dich zum Psychiater schicken, damit das weggeht? Solange du deine Beine unter meinen Tisch stellst, will ich davon nichts hören ..." Der junge Mann schluckte und sprach langsamer weiter: „Es war ziemlich heftig. Mein Vater hat wochenlang nicht mit mir gesprochen, mich nicht angeguckt oder berührt, als würde er sich vor mir ekeln und meine Mutter hat sich immer heulend gefragt, was sie denn bloß in ihrer Erziehung falsch gemacht hätte. Beide drohten mir, sie wollten andere Saiten aufziehen. Wochenend-Ausgehverbot, Taschengeld gestrichen, ich wurde kontrolliert bis zum Gehtnichtmehr. Am wichtigsten war meinen Eltern, dass keiner was merkte, die Verwandtschaft nicht, vor allem nicht die Nachbarn. Wenn das rauskommt, ich kann mich doch nicht mehr beim Bäcker oder Fleischer sehenlassen, greinte meine Mutter. So ging das drei Monate, dann hab' ich's nicht mehr ausgehalten und mein Sparkonto geplündert – wissen Sie, in Stolberg hat man eben noch ein Sparkonto - und ich bin nach Köln abgehauen. Ich war schon ein paarmal am Wochenende dort gewesen, hab' erzählt, ich würde mit Schulfreunden auf ein Konzert gehen, aber tatsächlich hatte ich mich in die Szene gestürzt, anstatt erst mal ins Schwulenzentrum zu gehen. Aber so blöd ist man wohl mit 17, 18, wenn man aus Stolberg kommt. Dann will man erst mal auf den Putz hauen ..." Teckel schüttelte über sich selbst den Kopf.

Kannst ihm doch was anbieten, sagte sich Grund. Und bevor der andere weiter erzählte, fragte er: „Möchten Sie vielleicht einen Brandy. Ich glaube, der passt am besten zu so einer Geschichte!"

Teckel staunte über Grunds Entgegenkommen und sagte entschieden „Ja, gerne!" Er erzählte weiter, als Grund zwei Gläser und die Flasche *Carlos Primero* aus dem Schrank holte.

„Na, es waren ein paar warme Frühjahrstage und da machte es mir nichts aus, mal ein, zwei Nächte draußen zu verbringen. Aber vor der dritten Nacht auf einer Bank an der Rheinpromenade kriegte ich dann doch etwas Bammel. Mein Geld war auch fast aufgebraucht. Zwei Nächte hatte ich mich in ein paar Clubs herumgetrieben und das ist ja nicht gerade billig. Mit irgendeiner Zufallsbekanntschaft landete ich dann in Seans Laden. Er stand hinter der Theke und wir kamen ins Gespräch."

Grund blickte über den Cognacschwenker und wiegte den Kopf.

„Nicht, was Sie denken. Sean war ein sehr anständiger Kerl. Er hat gleich gemerkt, was los war. Ich war ja nicht der erste, der in so einer Situation in Köln strandete. Er hat mich unter seine Fittiche genommen. Ich konnte bei ihm übernachten und am nächsten Tag ist er mit mir zur Schwulenberatung gegangen. Das war ein Riesenglück. Der hat sich wirklich um mich gekümmert. Anfangs hab ich ja auch gedacht, der hat die üblichen Absichten mit dem Frischfleisch aus der Provinz. Aber nichts. Er hat mich nie angerührt. Er war wirklich ein Freund." Teckel nahm einen großen Schluck.

Thomas Grund schwieg weiter: da gab es weder was zu fragen, noch zu kommentieren.

„Sean hat mich unterstützt, so konnte ich zu einer Schule nach Köln wechseln und in eine WG ziehen. Er ließ mich in seinem Club arbeiten, damit ich ein wenig Geld verdiente, denn meine Eltern bezahlten nur das, was das Jugendamt ihnen als Verpflichtung aufbrummte. Sean hat gemeinsam mit einem Sozialarbeiter von der Schwulenberatung das Amt überzeugt, dass ich nicht weiter bei meinen Eltern in dem kleinen Kaff bleiben konnte. Und er hat mich unterstützt, wo es ging, als ich mit dem Medienstudium in Köln angefangen habe. Ja, so war das, er hat für meinen guten Start gesorgt!" Teckel trank erneut einen großen Schluck und betrachtete, wie der Rest des Brandys sacht durch das Glas rann. „Um ganz ehrlich zu sein. Irgendwann war ich ziemlich in ihn verliebt. Aber ich sagte ja schon, er hat mich nie angerührt. Ich glaube, er hat überhaupt nie jemanden ganz an sich heran gelassen. Aber er war trotzdem mein bester Freund. Und dann lese ich vor zwei Wochen, als ich mich morgens durch den Dreck von *crux.com* quäle, dass mein Freund Sean O'Donnell ermordet worden ist."

Grund fiel Roman Teckel ins Wort: „Was sagen Sie da? O'Donnell?"

„Sean O'Donnell, ja!", bestätigte der Journalist. „Das ist ein irischer Name. Aber er war Deutscher!"

„Ich kannte einen Sean O'Donnell", brach es aus Thomas Grund heraus. „Ich bin mit ihm zur Schule gegangen", und bevor Teckel etwas erwidern oder fragen konnte, schnappte sich Grund das Telefon erneut und wählte wieder Monika Wiebe an.

„So schnell schießen die Rheinländer nicht", legte sie gleich los, nachdem Grund seinen Namen genannt hatte. „Die Anfrage nach Köln habe ich doch gerade erst weggeschickt. Also, ich kann dir wirklich noch nichts sagen!"

„Deswegen rufe ich gar nicht an. Melde dich gleich nochmal in Köln und sieh zu, dass du alle Informationen über den Ermordeten dort bekommst. Ein Sean O'Donnell ..."

„Was du alles von zuhause in Erfahrung bringst, Chef", feixte Monika.

„O'Donnell, der stammte hier aus Paderborn. Krieg mal raus, wann der hier weggezogen ist, ich wette vor genau siebzehn Jahren nach dem Abitur. Sean O' Donnell heißt er, Deutscher, aber mit britischem Vater!", erklärte der Kommissar seiner Mitarbeiterin.

Monika Wiebe kombinierte schnell und stieß einen doppelten Pfiff aus. „Meinst du, dass sich unser Opfer und das Opfer in Köln gekannt haben?"

„Ich bin mir mehr als sicher, dass sich die Opfer gekannt haben", sagte Grund ernst, „aber vor allem: *Ich* habe sie beide gekannt!"

Roman Teckel stellte sein Glas mit einem heftigen Geräusch auf dem Tisch ab und starrte den Kommissar entgeistert an.

Grund schärfte Monika noch einmal ein, sich schnellstens zurückzumelden, wenn es Nachrichten gäbe. Sein Kopf dröhnte, er hatte doch bloß einen Brandy getrunken. Wie da alles übereinander stürzte: Gregor Feinschmidt, Sean O'Donnell, mit beiden war er auf den Kasten gegangen. Sean der Rote, das war sein Spitzname. Klar, wegen seiner roten Haare. Sein Vater war ein britischer Soldat aus Nordirland gewesen. Seine Mutter hatte ihn kennengelernt, als er in Paderborn stationiert war. Dann wurde der wieder zurückversetzt und eigentlich sollten ihm Frau und Sohn folgen; aber Seans Mutter zögerte, denn sie wollte ihren Sohn nicht aus der deutschen Schule nehmen und hätte sich wohl auch verloren gefühlt in Nordirland. Doch bevor sie eine endgültige Entscheidung treffen konnte, fiel Seans Vater auf einer Patrouille im Jeep mit zwei Kameraden einem Attentäter der IRA zum Opfer. Das konnte seine Frau lange nicht überwinden; sie litt an Depressionen und wurde von einer Klinik in die nächste überwiesen. Seans überforderte Großeltern schickten den Jungen auf den Kasten.

Sean war auch ein Vaterloser. Wie viele Vaterlose waren wohl durch die Tür zur Wohnung des Paters geschritten, und alle waren von ihm wieder hinaus auf den Flur geschoben worden. Auch Sean hatte da einmal gestanden, ratlos, voller Ekel und Scham und wollte sich am liebsten verkriechen.

„Herr Grund", Roman Teckels verwunderte Stimme holte ihn aus seinem Flashback zurück. „Ich würde gerne wissen, was das heißen soll, dass Sie beide Opfer gekannt haben."

Grund schenkte sich noch einen Brandy ein und merkte erst dann, wie unhöflich er war: „ˋtschuldigung", er beugte sich vor und füllte Teckels Glas nach. Der Journalist schaute ihn ungeduldig an.

„Wir alle drei, Gregor Feinschmidt, das Opfer hier in Paderborn, Sean und ich, sind auf die gleiche Schule gegangen. Wir kannten uns gut!"

Teckel wartete auf weitere Erklärungen. Aber Grund erzählte nicht weiter.

„Bitte, was hat das jetzt mit den Morden zu tun? Das kann ja auch ein Zufall sein, dass Sean und das Opfer hier sich kannten", sagte Teckel schließlich in das Schweigen.

Grund hielt es nicht mehr auf dem Wildledersessel. Er sprang auf, drehte sich von Teckel fort und schlug beide Hände vors Gesicht. Er konnte doch einem Wildfremden nicht die Wahrheit erzählen, die ihn so brutal überfiel.

Der Kommissar atmete heftig und wischte sich mit dem Handrücken den Mund, dann machte er ein paar hilflose Gesten mit den Armen und vergrub die Hände in den Hosentaschen, trat zum Fenster hinüber und starrte hinaus. Ihm gingen die Worte aus, aber die Bilder überfluteten ihn. Wie konnte er sich noch zusammenreißen, da die Erwähnung der Namen schon eine solche Kaskade an Erinnerungen auslöste. Gregor und Sean, beide auf die gleiche Art und Weise ermordet! Da half auch der Brandy nicht mehr. Und dann kriegte der Journalist das auch noch mit, ein Fremder. Es war, als wäre mit einem Mal ein Haufen Scherben und Unrat ins Zimmer gekippt worden. Er roch diesen Unrat und der roch nach Kloake, nach Zimt und nach Moschus.

„Thomas", Roman Teckel nannte ihn beim Vornamen und trat langsam auf den Kommissar am Fenster zu. „Ich bin doch nicht blind oder blöd. Das ist nicht zu übersehen, dass es um was Persönliches geht. Sie können mich ja rausschmeißen, aber ich würde gern erfahren, was los ist. Immerhin war Sean mein bester Freund, ich schäme mich nicht zu sagen, dass ich ihn lieb gehabt habe. Sie mögen das altmodisch finden. Aber gerade deswegen habe ich auch ein Recht zu fragen, was Sie so daran aufregt, oder? Und dann glaube ich", setzte Roman Teckel leiser hinzu, „ich sollte Sie jetzt nicht allein lassen, Sie sind ja völlig fertig."

Er streckte in Grunds Rücken die Hand aus, um ihn an der Schulter zu berühren. Aber Grund hatte seit damals eine Witterung entwickelt, er spürte ohne hinzusehen, wenn ihm ein Mensch zu nahe kam und zuckte zurück, wich aus, trat beiseite. Teckel ließ die Hand sinken, atmete durch und zog nachdenklich die Unterlippe in den Mund. Dann legte er den Kopf zur Seite und schaute an Grund vorbei durchs Fenster nach draußen. Ganz instinktiv wusste er, dass er Grund nicht in die Augen blicken durfte, das wäre zu nah gewesen. Er hatte einmal gelernt, dass man verschreckten Tieren nicht in die Augen blicken sollte, denn das ängstigte die nur noch mehr. Und genauso war es wohl mit Menschen. Dieser ruppige Mann am Fenster war weitaus empfindsamer als er sich beim ersten Anschein gegeben hatte.

„Kommen Sie", Teckel machte eine einladende Geste, „Sie müssen hier raus, Thomas Grund. Ist hier in der Nähe eine Kneipe, ein Restaurant? Ich werde Sie jetzt nicht allein in Ihrer Wohnung sitzen lassen!"

Grund nickte plötzlich zustimmend, normalerweise hätte er sich nicht darauf eingelassen und den Besuch aus der Wohnung komplimentiert, aber er hatte ein Einsehen und gab zu: „Ich glaube, das ist ein guter Vorschlag."

Langsam folgte er Teckel, der schon vorgegangen war, in den Flur, griff seinen Mantel vom Haken und verließ mit dem jungen Mann die Wohnung. Sie schwiegen, bis sie unten auf der Straße ankamen. Der Regen hatte seine Spuren hinterlassen. Das Licht der Straßenlampen glitzerte auf dem Pflaster und selbst die braunen und roten Blätter, die in Massen im Rinnstein und unter den Platanen auf der gegenüberliegenden Straßenseite lagen, leuchteten. Die Luft war ganz frisch und klar und die Wolken hatten sich verzogen. Der Stadthimmel war stählern. Sie gingen langsam nebeneinander. Beide hatten die Hände in den Mantel- und Jackentaschen vergraben.

„Tut mir leid", sagte Grund mit beschlagener Stimme. „Das hätte nicht sein sollen, so ein Gefühlsausbruch."

„Ach was, Sie können doch auch nicht den ganzen Tag der professionelle Kriminalkommissar sein, der sich nichts anmerken lässt! Besonders wenn es um ehemalige Freunde geht."

Grund nickte zaghaft. „Das hier bringt meine Professionalität aber ins Kippen. Ich bin nicht mehr neutral!"

„Geschenkt", sagte Teckel und dann schwiegen sie wieder für ein paar Schritte.

„Sehen Sie mal, da hinten", Teckel wies auf ein rundes Schild über einer doppelflügeligen Eingangstür, daneben große Pflanzkübel mit zwergwüchsigen sizilianischen Phoenixpalmen, denen das Paderborner Klima so gar nicht bekam. „*Taverna Guiseppe*, ist das ein guter Italiener? Ich kriege Hunger. Irgendwie bin ich seit heute Morgen in Köln, als mir das Frühstücksbrötchen im Hals stecken blieb wegen der Meldung auf *crux.com*, nicht mehr dazu gekommen, was zu essen."

„Ja, der ist nicht schlecht. Da gibt's mehr als Pizza. Ich geh da abends ab und zu hin, wenn ich vom Präsidium komme. Ich hab' aber keinen Appetit."

„Aber ich." Teckel ließ sich nicht beirren und steuerte so zielsicher auf die *Taverna* zu, dass Thomas Grund keinen Widerstand dagegen aufbrachte, mitgeschleppt zu werden. Und wenn er es recht bedachte, dann war er froh, dass der Journalist die Initiative übernahm.

Es war schon nach zehn und das Lokal nur noch schwach besucht. Roman Teckel suchte den Tisch aus, der am weitesten weg lag von den wenigen übrigen Gästen. Als er und Grund sich setzten, endete die dezent gehaltene Musikberieselung mit einer Ballade von Paolo Conte. In der Küche klapperten Teller, die in den Spülautomaten geschoben wurden. Der Chef, Guiseppe selbst, schlüpfte hinter der Theke hervor, um seine letzten Gäste zu begrüßen.

„Spätdienst gehabt, Commissario?", fragte er mit einem halb müden, halb freundlichen Lächeln. Auch er hatte einen langen Tag hinter sich, der wie immer morgens um sechs im Großmarkt mit dem Einkauf begann.

„Kann man so sagen", nickte Grund. „Können wir noch eine Kleinigkeit essen, Guiseppe? Mir würde auch ein Chianti reichen!"

„Aber selbstverständlich, Commissario. Wünschen Sie die Karte?"

„Kein Umstände", Grund hielt Guiseppe zurück, der sich schon auf dem Absatz drehen wollte, um von der Theke zwei Menuekarten zu holen.

„Was geht schnell und macht keinen Aufwand?"

Guiseppe legte den Kopf zu Seite: „Spaghetti Vongole, oder con frutti di mare. Oder Rosmarinleber. Ich glaube, wir haben auch noch Saltimbocca … das geht ganz schnell und fresca!"

Sie einigten sich auf Saltimbocca und einen samtigen Montepulciano; Grund hatte ihn hier des Öfteren getrunken und lieben gelernt.

„Sie sehen aus, Commissario, als könnten Sie einen ordentlichen Aperitif gebrauchen. Wie wär's mit einem ganz trockenen Martini, Sie wissen, meine Hausmarke, die man nicht im Geschäft kriegt!"

Roman Teckel wollte abwinken, „wir haben schon ein paar Brandy …"

Grund wischte den Einwand mit einer Handbewegung vom Tisch: „Her damit, das kann nicht schaden!"

„Ah, Signore", wandte sich Guiseppe an Roman Teckel und es gelang ihm um die späte Stunde sogar noch ein Strahlen, als er seine Haus-

marke anpries, „dieser Martini ultra secco verträgt sich gut mit Brandy!"
Als er zurückeilte, die Bestellung aufzugeben, rief ihm Thomas Grund
nach: „Müssen Sie die Musik wieder anstellen? Sie täten mir einen großen
Gefallen, wenn Sie's sein ließen!"

Guiseppe nickte zustimmend mit zusammengekniffenen Augen.
Auch er hatte um diese Zeit lieber Ruhe in seinem Lokal. Die Gäste eines
Vier-Personentisches winkten ihn heran, damit er die Rechnung brächte.
Bald darauf verließen sie das Restaurant. Jetzt saß bloß noch ein Pärchen
am anderen Ende des Gastraumes an einem nur schwach beleuchteten
Zweiertisch. Der junge Mann schenkte seiner Freundin mit der Rechten
aus der Karaffe einen funkelnden Chianti ins Glas. Mit der anderen Hand
zog er die junge Frau näher an sich heran. Sie sprachen leise, lächelnd und
vertraut miteinander.

Guiseppe brachte zwei doppelte Martini und eilte gleich wieder davon in die Küche. Er hatte den Eindruck bei dem Kommissar und seinem
jungen Mann war heute Abend ein Schwätzchen, das er sonst gern führte,
ebenso unangebracht wie bei dem Liebespaar in der Nische. Guiseppe war
diskret.

Roman Teckel nippte an seinem Glas. „Hui, er hat nicht zu viel ver-
sprochen. Das ist ja wirklich ein ultratrockener Martini."

„Den macht eine Kelterei in Guiseppes Heimat. Die Kräuter sind
ein Geheimnis, sie stammen aus den Bergen um die Kleinstadt, aus der er
kommt", erklärte Grund und trank sein Glas in einem Zug leer.

„Thomas", Roman sprach ihn bewusst wieder mit seinem Vornamen an, „Sean und das andere Opfer ..."

„Gregor Feinschmidt, hieß er", sagte Grund leise.

„Sean also, Gregor und Sie waren Schulfreunde. Das ist ja alles schon
traurig genug ...", Teckel sprach ganz vorsichtig. „Aber da gibt's doch
noch mehr, es ist doch nicht bloß Trauer, da ist etwas um die Morde, das
Sie wirklich umtreibt, oder?"

Grund nickte. „Wir sind auf dieselbe Schule gegangen, in die gleiche
Jahrgangsstufe, sagte ich doch schon. Wir alle drei hatten unsere Väter
verloren, waren Einzelkinder und unsere Mütter mussten mächtig arbeiten, um uns durchzubringen. So kamen wir auf ein Knabeninternat in der
Nähe der Stadt."

„Knabeninternat?" Roman schmunzelte über das altmodische Wort.

„Ja, so hieß das damals noch, ein katholisches Internat, seit Generationen wurde es von den Schülern nur Der Kasten genannt! "

Guiseppe brachte eine Literkaraffe *Vino Nobile de Montepulciano* und schenkte schwungvoll ein. Der Commissario ließ sich den Abend etwas kosten, offenbar nach einem schweren Tag.

„Die Saltimbocca kommen auch gleich!", und Guiseppe zog sich wieder geflissentlich zurück, nicht ohne in die Nische mit dem anderen Paar zu schielen. Der junge Mann dort winkte ihn herbei und bestellte noch einmal Wein. Jetzt war es dem Wirt gleich, dass er noch nicht schließen konnte, der Commissario und sein Freund würden ja auch noch länger bleiben.

„Sie meinen, die Morde könnten etwas damit zu tun haben, dass Sie alle auf der gleichen Schule waren? Haben Sie denn dafür Anhaltspunkte, Thomas?", fragte Roman Teckel vorsichtig. Es war ihm längst klar, dass es sich um eine heikle Sache handeln musste. Er fürchtete, er würde den Kommissar wieder verunsichern, den Mann, der sich am Nachmittag noch so rau zu ihm benommen hatte. Aber der saß da jetzt vor ihm, geschrumpft, ja geschrumpft und bedrückt und gar nicht mehr so abweisend und grob. Im Profil hatte er sogar etwas Ähnlichkeit mit Sean. Der hatte auch schon leicht graue Spuren an den Schläfen gehabt. Roman hatte das gefallen, es aber Sean nie gesagt.

„Anhaltspunkte gibt es eine Menge. Aber ich spreche nicht gerne darüber, das ist sehr privat", wehrte Grund ab. Er blickte grüblerisch auf sein Glas hinab und Roman Teckel wagte nicht, dieses Grübeln durch eine weitere Frage zu unterbrechen. Er war sich sicher, dass Thomas Grund von allein sprechen würde, wenn er Geduld hatte.

Sie schwiegen, tranken ihren Rotwein und unvermittelt plötzlich sagte Grund: „Da waren noch ein paar Jungs, ich kann mich nicht mehr an alle Namen erinnern ... Verdammt", unterbrach er seinen Satz und war wieder ganz Kriminalbeamter, „aber das könnte entscheidend sein!"

Unruhig fischte er sein Handy aus der Tasche und wählte erneut Monika im Präsidium an. Nachdem es vier Mal geläutet hatte, realisierte er erst, wie spät es war, „Mist, Monika kann ja gar nicht mehr da sein. Es ist bald halb elf." In dem Augenblick, als er den Anruf abbrechen wollte, hörte er Monikas quengelnde Stimme. Sie hatte seine Nummer auf dem Display erkannt: „Chef, ich war gerade dabei, das Licht auszumachen und habe mit mir gekämpft, ob ich noch rangehen sollte. Die Sachen aus Köln sind noch nicht da. Kein Wunder, unser Mord ist ja nicht ihrer!"

„Monika", Grund versuchte einen entschuldigenden, sanften Ton anzuschlagen. „Es tut mir leid, aber es ist mir noch was eingefallen. Ich brauche noch ein paar andere Adressen. Bitte, bitte, es könnte extrem wichtig sein: kannst du herausfinden, ob – schreibst du mit?"

Monika hatte sich bereits seufzend wieder an den Schreibtisch gesetzt und wartete auf das Diktat: „Ich höre!?"

„Also, erst mal ein Thorsten Kubin, der müsste noch hier leben. Der ist Dozent an der Uni, soviel ich weiß. Und dann Hartmut ten Brinken, der war unser Genie, der konnte alles: Klavier spielen, Mathe, Chemie, sprach schon mit fünfzehn fünf Sprachen, die lernte er im Handumdrehen, dem fiel alles leicht und dann ist er doch kleben geblieben. Und schließlich ein Felix Rubik, der war ein oder zwei Jahre älter als wir, weil er auch eine Ehrenrunde drehen musste, in unserer Klasse. Der müsste auch noch hier in Paderborn leben. Das war so meine Clique. Andere Namen fallen mir jetzt nicht ein. Die müssen erst mal genügen!"

„Sind das Verdächtige?", fragte Monika.

„Wahrscheinlich nicht", sagte Grund, „ aber ich fürchte, die könnten auch noch auf der Liste des Täters stehen!"

„Na, das klingt ja nach Serienmord. Donnerwetter, ist doch ein ziemlicher Fortschritt verglichen mit dem Frust von heute Morgen. Wenn auch schon längst Feierabend ist", brummelte die Kriminalassistentin.

„Danke, Monika, du bist schwer in Ordnung. Wehsal hätte womöglich den Griffel fallen lassen! Ich bin dir was schuldig!"

„Ach, kommt alles auf die Überstundenliste", rief sie im Auflegen.

Guiseppe brachte das Essen. Es duftete nach Salbei und Butter. Roman Teckel machte sich darüber her. Hungrig wie er war, dachte er, sein Appetit könnte Grund anstecken und gesprächiger machen. Er prostete dem Kommissar zu und tatsächlich, Grund probierte die Saltimbocca. Der Kommissar hatte nicht gedacht, dass sie ihm überhaupt schmecken würden. Wann hatte er eigentlich zum letzten Mal in Gesellschaft gegessen? Der junge Mann versuchte, ihn auf andere Gedanken zu bringen. Er ließ es geschehen. Das hatte bestimmt nichts Berechnendes. Roman Teckel, das spürte Grund, war wirklich ehrlich. Einmal legte der ihm sogar die Hand ganz unbefangen auf den Arm beim Erzählen und er konnte dessen Eau de Toilette riechen. Es verschmolz mit dem Salbeiduft. Ein seltsam-schöner Duft, am späten Abend bei Guiseppe, zu dem er immer nur allein gepilgert war. Grund hatte einen schweren Fall, den schwersten, der sich denken ließ. Das konnte er nicht vergessen, aber es wurde etwas leichter bei dem Gespräch mit Saltimbocca alla Romagna und *Montepulciano,* so wie es eigentlich sein sollte in der *Taverna,* wo sie fast ganz allein saßen; das junge Pärchen hatte sich längst in die Schatten seiner Nische geschmiegt. Guiseppe holte schließlich die leeren Teller. Grund hatte tatsächlich die ganze Portion gegessen, er staunte über sich selbst. Dann kamen Espresso und Grappa, so als wäre dies ein ganz normales freundschaftliches Abendessen. Es war halb zwölf geworden, sie hatten nicht einmal bemerkt, wann das Pärchen gegangen war. Als Guiseppe die Rechnung brachte, fragte ihn Grund: „Sind wir die letzten?"

Guiseppe nickte. „Ungewöhnlich für einen Wochentag", sagte er.

„In Köln", schmunzelte Roman, „machen die Restaurants um diese Zeit noch gute Geschäfte!"

„Si, Colonia", Guiseppe hob lachend die Hände, „dies ist Paderborn. Es gibt auch hier ein Kneipenviertel, da ist auch was los, das liegt aber in der Innenstadt. Hier ist es ruhiger!"

„Deshalb wohne ich auch hier", schnurrte Grund beim Aufstehen. „Gute Nacht, Guiseppe, und vielen Dank. Ich muss meinem Freund wirklich dankbar sein, dass er mich noch hierher gebracht hat", hatte er *Freund* gesagt? „Allein wäre ich heute Abend nicht gekommen!"

„Na, sehen Sie, ist doch gut, dass man solche Freunde hat", lachte Guiseppe. „Buona notte", rief er ihnen nach, als sie hinausgingen. Dann schloss er hinter ihnen ab.

Grund und Teckel standen vor dem Restaurant. Im Gastraum wurde das Licht ausgeschaltet und auch die Beleuchtung im Tavernenzeichen erlosch. Es war so kalt geworden, dass ihr Atem sichtbar wurde, zum ersten Mal in diesem Jahr.

„Danke", hörte sich Grund verlegen sagen und dann noch einmal „Danke, das hat mir gut getan!"

„Da man nix für", schnurrte jetzt Roman, „sagt man das hier nicht so?"

Grund nickte mit einem Grinsen. „Typisch westfälisch!"

Langsam setzten sie sich in Richtung seiner Wohnung in Bewegung, die Hände in den Taschen vergraben, weil es so kalt geworden war.

„Stille Wohngegend", bemerkte Roman.

„Nur sonntags nicht", Thomas Grund wies auf den Schatten eines Kirchturms in der Nähe, „dann läuten die da von sechs Uhr an jede Stunde!"

„Kenn ich", Roman legte Grund die Hand auf den Arm, „das war in meinem Eifelstädtchen nicht anders! Und erst in Köln!"

Sie hatten das Haus erreicht, blieben davor stehen und sahen sich an.

„Hätt' ich nicht gedacht, dass ich mit Ihnen noch essen gegangen wäre, nach der Begrüßung heute Nachmittag", Roman berührte Grund wieder am Arm. „Und dann haben Sie mich eben auch noch als Freund bezeichnet!"

„Denken Sie, *ich* wäre auf den Gedanken gekommen, mit Ihnen essen zu gehen? War wirklich 'ne gute, freundschaftliche Idee. Ich weiß gar nicht mehr, wann ich das letzte Mal mit jemandem aus war! Ich kann mit Einladungen und solchen Sachen nicht so gut!"

„Ich hab' mein Tablet bei Ihnen oben vergessen", fiel dem Journalisten ein.

Grund drehte sich zur Haustür. „Na, dann müssen Sie wohl noch mal mit raufkommen!"

Er ertappte sich dabei, darüber froh zu sein, dass Teckel mit hinauf musste. Als er die Wohnungstür aufschloss, fragte er: „Trinken Sie noch etwas mit mir?"

Mit entwaffnender Ehrlichkeit antwortete Teckel: „Wenn Sie mich nicht gefragt hätten, dann hätte ich mich selbst eingeladen!"

Grund nickte kaum merklich, als wolle er damit bedeuten, dass auch das ihm recht gewesen wäre. Sie zogen im Flur Mantel und Jacke aus und gingen ins Wohnzimmer. Grund hob die Brandyflasche an. „Ich könnte Ihnen aber auch einen Bordeaux anbieten. St. Emilion, ein bisschen schwer vielleicht für die Uhrzeit."

„Da kenn ich mich nicht gut aus, bleiben wir beim Brandy!"

Erst als Grund eingeschenkt hatte, fiel ihm auf, dass es die gebrauchten Cognacschwenker von vorhin waren, die noch immer auf dem Tisch standen. „Tut mir leid", entschuldigte er sich und wollte zwei neue

Gläser holen.

„Keine Umstände." Teckel nahm Grund das Glas aus der Hand - ihre Finger berührten sich kurz - trank, behielt den Solera eine Weile im Mund und genoss die Süße und die weiche Schwere; alles eine schöne Bewegung, eine Geste; Grund konnte den Blick nicht abwenden. Endlich ließ Roman Teckel den Brandy genüsslich seine Kehle hinabrinnen; erst dann brach er das Schweigen.

„Das ist jetzt eine persönliche Frage, Thomas, ich frage nicht aus journalistischem Interesse, ich hoffe, Sie glauben das. Ich müsste ja blöd sein, nicht zu bemerken, dass Sie und diese Männer, deren Namen Sie vorhin durchgegeben haben, mehr verbindet als die alte Schule, nicht wahr!?"

Grund beobachtete das sanfte Wogen des bronzefarbenen Alkohols in seinem Schwenker. Das Brandyaroma stieg ihm in die Nase. Das war immer so tröstlich gewesen. Und jetzt war es ausgerechnet diese Frage, die ihm tröstlich erschien. Er nahm sie als eine Aufforderung zu erzählen. Würde er Roman Teckel bereits näher kennen, war er sich sicher, dann wäre ihm das unmöglich gewesen. Es gab so etwas Verrücktes wie eine vertraute Fremdheit zwischen ihnen. Er spürte, dass seine Geschichte von dem jungen Mann nicht missbraucht werden würde. Hatte er „missbraucht" gedacht, ja, genau dieses Verb: „missbraucht!"

„Sie können sich doch denken, was hinter all dem steckt, Roman", und er nannte sein Gegenüber zum ersten Mal beim Vornamen.

„Die Namen vorhin ... das waren alle Ehemaligen, von denen ich es wusste. Ich weiß nicht, ob es noch mehr sind."

Roman nickte, er hatte längst verstanden und unterbrach Thomas Grund nicht.

„Das Meiste über die anderen habe ich mir in den Jahren seither zusammengereimt. Mir ist klar geworden, dass ich nicht der einzige war. Blicke, Begegnungen, kleine Ausflüchte, Zornausbrüche, Ungerechtigkeiten, Brüskierungen, so wie wir eben miteinander umgegangen sind als Schüler. Sean und Gregor, Hartmut und Thorsten, wir haben uns eigentlich ganz gut verstanden, manchmal haben wir uns über die anderen geärgert, manchmal haben wir einander beschimpft und uns was an die Köpfe geworfen, klar, wie alle Schüler. Aber alles in allem haben wir bestimmt gespürt, dass wir auf eine seltsame Weise zusammengehörten.

Nicht allein als Schulfreunde. Ja, sicher, mit Gregor war ich wohl befreundet. Mit den anderen nicht so eng, aber wir gehörten zusammen. Wir waren keine Clique wie die anderen", Grund schüttelte zaghaft den Kopf, „nein, letztendlich waren wir eine Notgemeinschaft!"

„Außenseiter auf einer katholischen Schule. Nicht, dass ich das nicht kennen würde. Aber, es ging um mehr, nicht wahr?", fragte Teckel.

Grund beugte sich vor und sah Roman wieder ins Gesicht. Was für ein offenes Gesicht, ein schönes Gesicht. Der hatte einen so ehrlichen Blick. Dem Mann konnte er es sagen. Er wollte es nicht mehr für sich behalten, das hatte er über zwanzig Jahre getan, es musste einmal ausgesprochen werden!

„Außenseiter, nicht wie Sie als schwuler Junge da in der Eifel ... Aber nicht alle von uns waren schwul. Ach du liebe Güte, wir haben kaum gewusst, was das war, wir waren doch gerade zehn, elf, zwölf, als wir uns kennenlernten. Schwul oder hetero, darüber konnten wir gar nicht nachdenken, wir wurden in was anderes reingepresst." Grund wollte von dem Brandy trinken, aber stellte das Glas entschieden auf den Tisch. Der Fuß des Schwenkers machte ein dissonantes Geräusch, als er aufs Holz traf, ein hartes Geräusch, kurz vorm Bersten des Glases.

„Wir fünf und bestimmt noch einige andere, ich bin mir sicher noch einige andere, jüngere, die nachrückten und ältere, die ..." er lachte mühselig, „... die ausgemustert worden waren, ja, ausgemustert, das ist das richtige Wort, wir sind durch jene Tür gegangen zu einem Pater, der uns Nachhilfe geben wollte oder besondere Bücher zeigen oder Fieber messen", seine Stimme wurde ganz rau, „im Hintern, wissen Sie, nicht unter der Achsel!"

Roman Teckel schlug die Augen nieder. Einen Moment waren beide still, dann sprach Grund weiter, nachdem er ganz tief in seine Lungen Luft eingesogen hatte. Für das, was er sagte, brauchte er Luft, ganz viel Luft. Er atmete wie zum ersten Mal und wie beim ersten Atemzug kam ein Keuchen heraus, weil die Lungen sich schmerzhaft dehnten, aber sie entfalteten sich. Er nahm seine Lungen in Besitz wie ein gerade geborenes Kind.

„Der Pater wollte sehen, ob da unten schon erste Haare sprossen, wie er sagte. Er betastete mich zwischen den Beinen, er wog das, was mir noch ganz fremd war, mit seiner Hand."

Für einen Moment stockte Grund, dann brach der Fluss der Worte aus ihm heraus, „und er wollte, dass ich zwischen seinen Beinen niederkniete, zum Beten. Und während ich mit gefalteten Händen betete, wie ich das gelernt hatte, öffnete er seine Hose und drückte mein Gesicht in seinen Schritt. Oder er hatte schon fürs Fiebermessen mit dem Thermometer eine Dose Vaseline mitgebracht aus dem Bad und fischte mit zwei Fingern das zähe Zeug heraus und schmierte es mir in den Hintern. Muss ich noch weiter erzählen? Pscht", Grund presste den Zeigefinger auf den Mund, „pscht, davon wollen wir aber nicht sprechen. Wenn das rauskommt, dann wird man dir sowieso nicht glauben, weil du schon mit deinen zwölf Jahren so ein verdorbener Junge bist. Also, mein Lieber, komm' zu mir in die Beichte und dann kriegst du von mir die Absolution. Du betest ein paar Rosenkränze, Buße muss sein. Und dann ist alles gut. Niemand wird was erfahren, nicht wahr? Und dann streichelte er mir den Kopf und wischte mir das Kinn mit einem Tempo oder den Hintern mit einem Handtuch trocken.

Es gab auch ein paar schöne Erlebnisse, natürlich, schöne Erlebnisse: wir gingen ins Kino, einmal auf den Fußballplatz sogar, aber nachher wollte er immer eine Belohnung. Immer. Und das kriege ich seit mehr als zwanzig Jahren nicht mehr aus dem Kopf!" Grund trank hastig seinen Brandy und schenkte sich gleich wieder ein, nur um den Alkohol erneut runter zu stürzen.

„Manchmal bin ich frech geworden und hab' mir was rausgenommen, bin zu spät gekommen, wenn er mich in seine Wohnung rief. Oder ich hab' ihn meinen Ekel vor seinem Schwanz spüren lassen. Denn der roch nach Pisse. Mein Junge, sagte er dann, du bist aber nicht der einzige, der meine Liebe braucht. Da sind noch ein paar nette andere Kollegen in deiner Klasse. Damit hat er mich eifersüchtig gemacht ... Das war vielleicht sein miesester Trick!"

Auf einmal schüttelte Grund das Weinen. Er hatte immer trocken geschluchzt, wenn ihn in den Nächten diese Bilder verfolgten. Jetzt rannen ihm zum ersten Mal die Tränen. Roman Teckel hielt sich zurück, er durfte sich jetzt nicht neben Grund setzen, obwohl er doch gern seinen Arm um dessen Schultern gelegt hätte, denn jede väterliche Geste wäre falsch gewesen in diesem Moment, das war ihm klar. Falsche Väterlichkeit hatte es genug gegeben. Grund musste allein für sich, über sich weinen, er musste die Tränen loswerden. *Das* war der Trost, nicht das Löschen der Tränen; keine Berührung, keine Beschwichtigung, keine Worte halfen. Diese Tränen mussten geweint werden. Es dauerte. Der anfangs so ruppige Mann hatte sich verwandelt. Das Weinen wurde mit der Zeit lautlos und ging endlich in ein immer gleichmäßigeres tiefes Atmen über.

„Du kannst dich doch an den Namen des Paters erinnern, oder?", fragte Roman plötzlich.

„Warum ?" Grunds Stimme klang abgewetzt nach dem Weinen.

„Er ist ein Schatten in deinen Erinnerungen und sollte doch ein Gesicht haben, damit man ihn identifizieren kann und festnageln!"

„Das ist wahr", Grund nickte. „Aber es ist viel zu spät. Den schützt das Gesetz. Die Sache ist längst verjährt, zwanzig Jahre her! Ich hätte ihn früher anzeigen müssen. Und sowieso ... er war auf einmal verschwunden, mitten im Schuljahr. Wir kannten ihn ... ich kannte ihn nur als Pater Benedikt. Er musste längst keinen Ordensnamen mehr tragen, aber er wollte nach Benedikt von Nursia genannt werden, als er in den Orden eintrat. Nicht nach Ignatius von Loyola. Benedikt war der Erfinder des Mönchtums, der mönchischen Armut und der Keuschheit, das hat er uns immer erzählt – das sei sein Ideal, aber er sei halt auch nur ein armer Sünder ... dem es schwer fiele, diesem Ideal zu folgen. Dass ihm dabei nicht die Zunge aus dem Lügenmaul abgefault ist ..." Grund erholte sich und wurde wütend.

Das gefiel Roman Teckel, denn die Stimme des Kommissars wurde wieder fester und selbstbeherrschter. Roman stand auf, zog die Gardine zurück und öffnete das Fenster. Nachtluft wehte herein, ganz frisch und klar. Oktoberluft, die war eindeutig, als ob sie sagte, der Sommer ist vorbei, der goldene Herbst auch. Jetzt gibt es keine Schwüle mehr, keinen Dunst, keine ölige Luft mehr, keine lastende, samtene Luft, sondern schöne, klare, kalte Luft. Und wenn ihr friert, dann könnt ihr euch dagegen wappnen.

Roman Teckel setzte sich endlich neben Thomas Grund auf die Wildledercouch. „Ich trau mich nicht, deine Hand zu nehmen", sagte er. „Aber ich würde das gerne. Hast du was dagegen?"

Grund schüttelte den Kopf. Eine ganz kleine, verschämte, in sich gekehrte Bewegung. Seine Hand war warm. Eine aufgeregte Wärme, und er hatte einen heftigen Puls, aber der wurde nach und nach ruhiger und gleichmäßig. Auf einmal brummte, summte Grund Laute: ein verschämtes, im Rachen aufgehaltenes Lachen.

„Hat noch nie einer gemacht", sagte er.

„Was? Dir zugehört?"

„Das auch. Aber, es hat noch nie einer meine Hand gehalten. Ist mir eigentlich peinlich!" Grund wollte sie wegziehen.

„Peinlich?" Roman ließ die Hand nicht los.

Grund wiegte den Kopf und machte nur ein sanftes Geräusch wohligen Einverständnisses. Nach einer Weile gestand er leise: „Ich bin müde."

„Ich auch!" Roman Teckel blieb neben ihm sitzen und sagte etwas für Grund Ungeheuerliches, Unglaubliches, Entwaffnendes: „Ich würde gern bleiben. Ich bin heute Mittag so schnell hierher gerast, dass ich nicht mal im Hotel angerufen habe, in dem ab morgen ein Zimmer reserviert ist für mich, um zu fragen, ob ich auch eine Nacht vorher kommen kann ... Und jetzt ist es schon bald drei! Darf ich bleiben oder möchtest du lieber allein sein?"

Zum ersten Mal war sich Grund sicher, dass er nicht allein bleiben wollte, in dieser IKEA-Wohnung mit dem Brandy auf dem Tisch, der unaufgeräumten Küche und den Mülltüten neben der Wohnungstür. Der Mann sollte bleiben, einfach da sein. War das möglich, wollte der bleiben, bei ihm bleiben, einfach dableiben?

Es war für Grund unfassbar, als er sich sagen hörte, „bleib."

Schatten ohne Gesicht

In zwei Wochen, am letzten Sonntagmorgen im Oktober, würde die Uhr wieder zurückgestellt werden – Winterzeit. Dann spürte man immer bedrückender, dass die Tage länger dunkel waren als hell. Doch auch schon jetzt dämmerte es um sechs. Auf dem Promenadenwall flackerten die trüben Laternen auf und warfen alle hundert Meter nur scheel und gelblich einen kleinen Kreis Licht auf die Laubmassen unter den Kastanien. Viel zu düster hier, als dass noch irgendwer hätte spazieren gehen wollen um diese Zeit. Jetzt gehörte die Promenade ihm. Die Bänke jeweils in der Mitte der Wegstrecke zwischen den Laternen waren feucht. Er wischte mit der Hand das Wasser beiseite und setzte sich. Da hinten unter dem Schutz der Betonbrücke über die Aa hatten er und seine beiden Kumpel schon am späten Nachmittag ein Feuerchen angezündet in einer rostigen halben Öltonne – weiß der Himmel wer sie vor Wochen hergeschleppt hatte. Die durchweichten Kastanienzweige, vor drei Tagen vom ersten Herbststurm abgerissen, brannten schlecht. Von wegen Goldener Oktober, nix da mit satter Spätsonne und noch warmen Herbstabenden.

Immer wieder warfen sie Zeitungen, aus Containern am *Pennymarkt* geklaubt, in die Flammen. Die loderten dann kurz auf, und ihr Licht flackerte unter der Brücke. Es wurde Zeit, sich einen wärmeren Platz zu suchen in Unterführungen oder in Laubenkolonien – dort, wo die Gärten schon bereit gemacht worden waren für den Winter, konnte man hoffen, nicht erwischt zu werden, wenn man in den Lauben kein Licht machte. Aber selbst das würde nur noch ein paar Tage gut gehen. Sollte der Winter diesmal ebenso früh hereinbrechen wie im letzten Jahr, als von November bis Februar durchgängig dicker Schnee lag bei Temperaturen unter zehn Grad minus, boten die billigen Schlafsäcke von *KiK* auch keinen Schutz mehr vor der Kälte. Es war also vernünftig zu überlegen, wo sie unterkommen konnten. Wer zuerst kommt, mahlt zuerst. Den Sommer über hatten sie sich gut vertragen, aber jetzt gerieten sie in Streit, wie sie über den Winter kommen sollten. Einer schlug vor, sich bald einen Platz im katholischen Männerasyl oder im Citykloster zu sichern. Ihm passte das überhaupt nicht. Ob er denn lieber in den Knast wolle? Die Stadt zu wechseln machte auch nicht viel Sinn – da gab es noch Bielefeld und Paderborn in der Nähe, aber dort waren die Aussichten noch mieser: Bahnhofsmission am Teutoburger Wald oder Unterschlupf im Haus Feierabend an der Pader, betreut von den Benediktinerinnen.

„Nein, nach Paderborn bringen mich keine zehn Pferde, das könnt ihr euch abschminken."

„Ist auch nicht weniger katholisch als das Kaff hier!"

„Darum will ich ja auch weder hier noch dort in eine katholische Absteige mit Gnadenbrot für Penner."

Sie redeten sich in Hitze; er konnte das Geschwafel von den netten Nonnen nicht mehr hören, die sich um Obdachlose und Gestrauchelte im

Namen des Herrn kümmerten. Er wollte sich nicht so verlogen verhalten wie die Kumpels, die anstandshalber die Messe besuchten und vorm Abendessen die Hände falteten. Und auf das weihnachtliche Krakeelen unterm Christbaum in ein paar Wochen hatte er nicht den geringsten Bock.

„Das kotzt mich alles an, das fromme Getue!"

„Dann sieh doch zu, wo du bleibst, Mann!"

„Ja, werd ich auch", er drehte sich auf dem Absatz, hatte keine Lust mehr zu streiten. Die beiden anderen waren fast schon in den katholischen Heimen zuhause.

„Na, komm, wir haben's nicht so gemeint. Lass uns noch zum Bahnhof laufen und ʻne Flasche holen. Dann lässt sich das besser besprechen".

„Nicht mit mir, Leute! Da habt ihr euch geschnitten, wenn ihr meint, ihr könnt mich überreden, bei den Nonnen unterzuschlüpfen."

Er kletterte den Trampelpfad hinauf, der von unterhalb der Brücke über die Böschung zur Promenade führte, drehte sich nicht einmal mehr um, sondern winkte nur noch abwiegelnd nach hinten. Der Weg war matschig und er musste Acht geben, nicht auszurutschen.

Blödsinniges Dauerdiskutieren! Ich hab's satt. Da hock ich doch lieber oben auf der Bank, als bei den Quatschköppen da unten!

Erst als er oben angekommen war, schaute er hinter sich. Die beiden Männer unter der Fußgängerbrücke machten sich auf in die andere Richtung zur Stadt. Das Feuer in der Blechtonne brannte aus und der Platz lag mit einem Mal im Dunkeln.

Sein Blick fiel auf eine kleine Messingplakette, angeschraubt an die Rücklehne der Bank: „Gestiftet von der Spar- und Darlehnskasse".

Auch das noch: eine katholische Bank! In jeder Hinsicht eine katholische *Bank*! Na, dann wollen wir mal unseren unchristlichen Hintern darauf platzieren.

„Keine zehn Pferde kriegen mich in ein Klosterasyl und wenn ich mir hier den Arsch abfriere", brüllte er den Silhouetten der beiden anderen hinterher, die er jetzt in der Ferne unter einer Promenadenlampe ausmachen konnte. Die drehten sich um, tippten gegen die Stirn und taperten dann weiter zum Bahnhof, um sich mit Schnaps zu versorgen, den sie unter der Jacke versteckt ins Citykloster mitnahmen, wo sie übernachten wollten. Da roch es bestimmt nach Raumdeo, dem einge-schmuggelten Alk und Weihrauch, aus der angrenzenden Kirche her-übergeweht. Nie mehr Weihrauch, das hatte er sich geschworen.

Er langte in seine Jacke. An den billigen Korn oder Wodka von *Aldi* hatte er sich nie gewöhnen können. Schon gar nicht an *Blackstone Whisky* für 6,95. Soweit war er noch nicht gesunken. Dann musste eben am Essen was abgeknappst werden, ein bisschen Stil musste er sich doch bewahren, wenigstens ein bisschen, ein ganz kleines bisschen ... Den Flachmann hatte er vor den anderen immer verborgen. Ein Diskus aus Sterlingsilber. Wie oft schon war er drauf und dran gewesen, den zu versetzen oder zu verscherbeln. Aber der war ein Geschenk von Birgit, seiner Frau. Zum dreißigsten Geburtstag. Der letzte Geburtstag, den sie gemeinsam gefeiert hatten, bevor sie ihn verließ. Es war das falsche Geschenk gewesen – er hatte damals schon zu viel getrunken. Und jetzt war es das Letzte, was er von ihr besaß; er hatte nicht einmal mehr ein Foto von ihr, nur noch den Flachmann.

Ach, das war kein Flachmann, das war ein Taschenflacon mit einer Messingplakette auf der Vorderseite: *Sterling – Gate to the Highlands* war darauf geprägt. Sie hatte ihn tatsächlich in einem Silberladen in Sterling gekauft auf ihrer letzten gemeinsamen Reise.

In diesem Flacon durfte doch kein billiger Fusel. Als er gestern in der Feinkostabteilung vom Kaufhof vor dem Regal mit der Whiskyauswahl gestanden hatte, beäugte ihn eine Angestellte in ihrem blütenweißen Kittel demonstrativ misstrauisch. Und während er mit der Linken nach dem *Royal Loch Nagar* griff, zog er mit der Rechten vier Zwanzig-Euro-Scheine aus der Tasche.

„Ich kann zahlen, junge Frau. Keine Bange.“

Auf die eine oder andere Weise klappte es immer, das Geld aufzu-treiben; ob er nun *Aldi*-Prospekte austrug oder Plastikflaschen sammelte.

Diese Malocherei hätte er sich für Monate sparen können, wenn er gestern auf das Angebot eingegangen wäre. Während die Kumpel am Mittag in Richtung Stadt getrottet waren, um was Essbares zu besorgen, hockte er neben dem Ölfass, warf nasses Reisig hinein, das kaum Wärme gab unter der Brücke, aber mächtig rauchte, bis er husten musste. Deshalb hatte er wohl auch nicht gehört, wie der Mann im schwarzen Anzug hinter ihn getreten war. Der Mann war in den grauen Schatten aufgelaufen, dahinter das grelle Mittagslicht, das sich einmal kurz durchgesetzt hatte, bevor es wieder anfing zu gießen. Das Gesicht konnte er nicht richtig ausmachen. Aber er hatte ein Gespür für Pfaffen. Der *war* einer, die Haltung, die Stimme, der gediegene Anzug. Der erkundigte sich nach seinem Namen und er raunzte ihm nur entgegen: „Und wenn ich der wäre, den Sie suchen? Was wollen Sie?" Er hatte bereits einige Schlucke aus seinem Flacon getrunken, konnte aber noch klar denken, doch die Lippen, der Mund gehorchten nicht mehr so ganz.

„Sie sind also Hartmut ten Brinken? Ich bin froh, dass ich Sie gefunden habe. Das hat eine ganze Weile gedauert. Ich möchte Ihnen etwas geben!" und der Kerl zog ein dickes, nicht zugeklebtes Briefcouvert aus seiner Brusttasche.

Das war ja wie in einem Kriminalfilm, wenn das Lösegeld übergeben wurde. Tatsächlich, im Umschlag steckte ein dickes Bündel hundert Euroscheine. Der schwarze Mann im grauen Schatten fächerte die Scheine auf und hielt sie ihm entgegen.

„Das ist für Sie. Das sind fünftausend Euro, die sollen Sie haben!", sagte der schnell.

Ein Lachanfall, der in einem keuchenden Husten endete, erschütterte ihn beim Betrachten der Hand voller Geld. Es dauerte eine Weile, bis er wieder zu Atem kam. Der Fremde streckte ihm unverwandt den Geldumschlag entgegen.

„Wen soll ich dafür umbringen?", fragte er und stieß ein heiseres Gackern aus.

„Sie sollen doch niemanden umbringen! Ich sage nur ein Wort und Sie werden verstehen: „Aloysius-Internat!"

Er versuchte die Augen des Mannes zu entdecken, aber es gelang ihm nicht, die blieben im Trüben. Mit einem Hieb durch die Luft wollte er das Couvert wegschlagen, aber der andere zog es blitzschnell zurück.

„Was soll das sein? Schweigegeld? Es ist erst Mittag – so besoffen bin ich noch nicht, um mir keinen Reim darauf zu machen! Für wie blöd hälst du mich eigentlich? Ich kenn dich nicht, aber du bist doch auch von diesem Jesuitenverein, was? Meinst du, du kannst hier nach zwanzig Jahren auftauchen und mir mit den paar Scheinen mein Schweigen abkaufen. Ist endlich auch bei Euch was aufgeflogen wie in den vielen anderen Schulen und Pfarreien? Und du kommst jetzt, um mich vorsorglich zu bestechen, dass ich das Maul halte? Es gibt doch 5000 Euro oder so, hab ich doch gelesen?!"

Der Mann im Schatten schwieg und senkte den Kopf, der glänzte.

„Hast dir gedacht, du könntest mich zum Schweigen bringen? Ich will dir was sagen", er versuchte sich aufzurappeln. Mühselig kam er hoch und der Mann wich vor ihm zurück. Die Sonne dahinter war für Augenblicke so blendend grell, dass nur noch eine Silhouette zu erkennen war.

„Mit 5000 Euro könnte ich über den Winter kommen!"

„Dann nehmen Sie das Geld doch", der Mann wagte es, näher heranzutreten und hielt ihm den Umschlag erneut entgegen.

„So ein versoffener Penner wie ich, denkst du wohl, kann sich davon genug Fusel kaufen, was? Aber ich will keinen Fusel von *Deinem* Geld. Das kannst du dir sonst wo hinstecken. Ist ja wohl lächerlich", wieder sprang in ihm ein Lachen und Husten an. Diesmal würgte er beides ab und Lachen und Husten geronnen ihm im Mund zu Schleim. Er spuckte aus in Richtung des Schattens.

„Verpiss dich! So besoffen bin ich noch nicht, als dass ich dir nicht eine reinhauen könnte", er machte einen Ausfallschritt auf den Mann zu. Der wich zurück und zog den Kopf ein, drehte sich herum und beeilte sich, hinaufzulaufen auf den Promenadenweg. Der Schatten hatte kein Gesicht gehabt, nur einen kräftigen Körper. So ein großer Kerl, hatte Schiss vor einem mageren Penner!

„Das ist ja noch nicht mal Schweigegeld", rief er ihm hinterher, „ich soll tatsächlich einen umbringen für die Kohle, du Schwein. Mich", brüllte er und schlug sich gegen die Brust. Er wankte und sackte zurück auf seinen Schlafsack. „Mich soll ich mit dem Scheiß Geld endgültig umbringen!"

Ja, und dann hatte er sich zusammen gerissen, den Mund ausgespült, in den ein bitterer Scheißgeschmack vom Magen hoch schoss und war in die Stadt gelaufen, um sich von seinen mühsam erarbeiteten achtzig Euro den Whisky zu kaufen, der jetzt so beruhigend in seinem silbernen Diskus gluckerte.

Natürlich konnte sich das Aroma durch die kleine Öffnung nicht entfalten. Aber ein Schluck *Single Malt*, der den Mund anwärmte mit einem Geschmack von Malz und dem Karamell uralter Eichenfässer, war doch was anderes als der *Frühstückskorn* vom *Pennymarkt*.

Er trank, schraubte die Kappe seines Flacons wieder auf und wandte sich den dunklen Hecken hinter der Bank zu. Er hatte es schon längst bemerkt, da war wieder ein Schatten hinter ihm, wie gestern. Es war ja immer ein Schatten da. Diesmal aber war er versöhnlicher gestimmt. Der Whisky dämpfte den Zorn.

„Magst du nicht da rauskommen und dich neben mich setzen? Du hast mich doch schon beobachtet, seit ich mich hier niedergelassen habe! So was merke ich, wenn mir einer im Rücken ist! Willst du einen zweiten Versuch starten, mir Geld anzudrehen? Kannst du dir sparen!"

Der Schatten löste sich zögerlich aus der Dunkelheit der Hecke – dahinter lag der Stadtwald. Der Schattenmann trat aber nicht in den Lichtkegel, den die Promenadenlampe warf. Genau wie gestern blieb so sein Gesicht verborgen.

„Magst du einen guten Whisky, einen guten, sag ich?"

Er reichte den Flacon in den Schatten hinüber. Der Mann rührte sich nicht.

„Schottischer Whisky, *Single Malt*, zehn Jahre alt. In Bordeauxfässern gereift. Den hab' ich mir selbst verdient und gekauft. Dafür brauch' ich dein Geld nicht! Bei mir kriegst du keinen Korn. Na, nimm, eh mir der Arm abfällt."

Der Schattenmann schüttelte den Kopf, das war von der Bank gerade noch zu erkennen. Seine Gesichtszüge ließen sich immer noch nicht ausmachen.

„Musst dich nicht davor ekeln, dass ich schon davon getrunken habe. Ich seh zwar ein bisschen zerfleddert aus, aber krank bin ich nicht!"

„Alkohol trinken ist ein Laster!" Eine tiefe Stimme aus dem Schatten.

„Na, wenn schon. Eine Todsünde aber auch nicht."

„Du solltest besser wissen, was eine Todsünde ist!"

Der Mann auf der Bank zog seinen Whisky-Diskus zurück und beugte sich in Richtung seines Gesprächspartners vor. Der wich weiter nach hinten ins Dunkle. Sicher, das war der Pfaffe von gestern.

„Todsünde? Na, damit musst du dich ja auskennen!"

„Du sollst über die Gebote des Herrn nicht spotten", drang die Stimme aus dem Schwarz vor der Hecke. Der Mann verschmolz mit der Dunkelheit. Kaum noch war sein Schattenriss wahrzunehmen.

„Hör mir doch auf mit deiner Predigt. Jetzt lade ich dich ein zu einem Whisky und du hälst mir hier Moralpredigten. Was willst du noch, was versteckst du dich da im Schatten?"

„Ich muss das Werk des Herrn tun! Ich muss dafür sorgen, dass die Sünder bestraft werden!"

„Nee, komm, ich lass mich doch nicht von dir vergackeiern! Erst Geld und jetzt Moral, das ist bei euch die gleiche Wichse! Wenn du Stunk haben willst, kannst ihn haben. Glaub ja nicht, ich würde nicht mit dir fertig. Aber gerne mach ich das nicht."

Weit und breit kein Mensch zu sehen; nicht einmal ein abendlicher Radfahrer, der auf der Betonbrücke über die Aa vorbeihuschte. Hinter dem Wald rauschte der Verkehr auf der Bundesstraße. Die lag weit weg.

„Also, mein Bester, da du nicht mit mir trinken willst, sondern Unsinn quatschen, muss ich mich jetzt verabschieden. Du kannst ja hier noch weiter vor dich hin sinnieren über Sünden und Sünder." Er wollte sich erheben, aber mit einem Satz war der Dunkle aus dem Schatten ins Licht gesprungen und drückte ihm etwas Kaltes und Metallisches in seinen Nacken.

„Nicht umdrehen! Sonst schieße ich gleich!"

„Du bist doch wohl übergeschnappt!" Er wollte sich aufrichten und kriegte einen harten Schlag mit der Waffe auf den Hinterkopf. Seine Hände schnellten im Reflex nach oben, um den Kopf zu schützen. Er krümmte sich vor Schmerz.

„Rüber hier, zur Hecke", der Angreifer war in den Schatten zurückgewichen, nur noch sein Arm mit der Waffe ragte gestikulierend ins Licht.

Der Kerl hatte tatsächlich eine Pistole oder einen Revolver, egal was, das Ding sah echt aus. Er zog die Hand von der Wunde; im Lichtkegel der Laterne sah er sein Blut zwischen den Fingern rinnen.

„Mann, bei mir gibt's nix zu holen! *Du* warst es doch, der mir was geben wollte! Außer meinem bisschen Whisky hab ich nur noch ein paar Euro. Die kannst du haben!"

„Wer will denn deine schäbigen, zusammengebettelten Euro? Und deinen Fusel kannst du auch behalten. Was soll ich denn mit dem Dreck?"

„Sonst hab ich aber nichts, gar nichts!"

„Ist ja auch typisch, versoffen, zerlumpt, runtergekommen, arbeits-scheu, ohne Wohnung und alleine – so enden doch alle Schwuchteln!"

„Schwuchtel?! Jetzt will ich dir aber mal was sagen", und er trat ei-nen Schritt vorwärts.

Die Waffe wurde in seine Richtung gestoßen. „Bleib wo du bist. Komm mir ja nicht zu nahe!"

„Ist ja schon gut! Was willst du also?"

„Dich bestrafen für deine himmelschreiende Sünde!", hallte es aus dem Schatten.

„Da hast du mit mir aber einen tollen Fang gemacht!"

„Ich sollte kurzen Prozess machen mit dir", keuchte die Stimme in der Dunkelheit. „Aber es ist besser, dass du weißt, wofür du bestraft wirst. Du schmutziger Sodomit hast einen anständigen Pater verführt!"

Bis eben hatte er nicht gezittert, zu sehr war er mit Reagieren be-schäftigt gewesen, aber jetzt begannen seine Hände, an denen das Blut aus seinem Nacken schon trocknete, zu beben.

„*Ich* habe einen Pater verführt? Das ist ja ... das ist eine Lüge! Er war es, der mich in sein Zimmer kommen ließ. Mann, woher weißt du das alles, das hab' ich mich schon gestern gefragt?"

„Ich weiß es! Das muss dir genügen!", dröhnte der Schattenmann.

„Der Pater war es, der bei mir Fieber messen wollte. Und der hat mir nicht bloß das Thermometer in den Arsch gesteckt. Aber woher weißt du das, verdammt noch mal?" Er stieß seine Frage in die Dunkelheit der Promenade vor sich.

„Ich weiß, dass du schon als Kind ein schmutziger Hinterlader warst und dich an die Patres in dem Kasten rangemacht hast. Du warst doch bekannt dafür, schmutzige Witze zu erzählen, du bist über die Patres hergezogen. Du hast keinen Respekt vor ihnen gehabt!", toste die Stimme hinter ihm.

„Woher weißt du das?" Revolver oder nicht, er wollte nicht kuschen. Jetzt drehte er sich langsam um. Ganz sachte, aber in der Dunkelheit am Waldrand war nur der Schatten auszumachen.

Das war doch ein Irrer, ein Gespenst. Aber dieses Gespenst wusste Bescheid über die Vergangenheit: „Bist du dabei gewesen, bist du auf dem Kasten gewesen als Lehrer oder was? Du gehörst doch auch zu dem Verein! Du bist doch auch so'n verlogener Pfaffe! Hat dir der Pater etwa das alles unter dem Siegel der Verschwiegenheit auch noch gebeichtet? Das würde ich ihm zutrauen, dem dreckigen Zyniker. Mir hat er eingeschärft, mein Maul zu halten, sonst würde ich nicht versetzt! Und überhaupt, niemand würde mir glauben, hat er gesagt ... Das ist unser Geheimnis! Hat er gesagt! Er hat sich Absolution geholt bei dir, was? Damit war sein Geheimnis gewahrt! Und ihr habt beide euren Spaß gehabt, oder? Zwanzig Jahre hab ich versucht, wegzulaufen von dem Geheimnis, zwanzig Jahre. Ich bin nicht weit gekommen. Und hier auf der Spar- und Darlehnsbank", er lachte auf, aber das Lachen klang wie ein Röcheln, „da holt es mich ein. Woher weißt du all das? Bist du einer von den verschissenen Patres, der mich endgültig zum Schweigen bringen will? Wer bist du?"

Er wollte einen Schritt nach vorne machen, aber ein Schlag vor die Stirn beendete die Bewegung. Der Schlag, der Schuss, das Niesen des Schalldämpfers, das Zusammenbrechen, alles eins.

Der Penner war tot. Der Schattenmann beugte sich rasch hinunter und zog die Leiche an den Füßen durch eine Lücke in der Hecke. Am Waldrand fiel durch die gelben und braunen Blätter nur noch brockenweise das Laternenlicht, aber es reichte, um dem Toten Schuhe und Strümpfe von den Füßen zu ziehen. Aus seiner Manteltasche holte der dunkle Mann ein braunes Apothekerfläschchen – viel praktikabler als das Bügeleisen - und zog den Stöpsel heraus. Ein ätzender Geruch stieg aus dem Glas. Mit der Linken griff er in die andere Tasche. Der feine weiße, nach Anis duftende Sand rieselte durch seine Finger. Dann träufelte er die Säure auf die nackten Fußsohlen des Toten. Ein Zischen war zu hören, als die sengende Flüssigkeit die Haut verbrannte. Noch einmal streute er ein Kreuz schlagend Sand auf die verätzten Füße.

Er richtete sich auf und betrachtete sein Werk. Es war ein Fehler gewesen sich ins Gespräch verwickeln zu lassen. Beinahe hätte er gezögert, das zu tun, wozu er berufen war. Aber es war nur ein kurz aufblitzender Schreck gewesen, der ihn abgehalten hatte. Gottes Werk zu tun war mitunter auch grausam und forderte Härte.

Jetzt lag der da vor ihm, in dem schäbigen, abgewetzten Trenchcoat, mit dem Gesicht in der feuchten Erde. Dieses Gesicht hatte er vorhin lange aus seinem Versteck betrachtet: grau und zerfurcht, das kam sicher vom Saufen. An den Schläfen waren die Haare schon weiß und auch die tagealten Bartstoppeln hatten keine Farbe mehr. Das Profil war geblieben. Das war mal ein männliches Gesicht gewesen, schon früh mit bestimmten Zügen, aber jetzt aufgedunsen durch den Alkohol. Naja, eine Sucht gab die andere, ob Sodomie oder Saufen.

Es war still hinter der Hecke zwischen Wald und Promenade. Die beiden anderen Male zuvor, musste er sich schnell aus dem Staub machen, jetzt hatte er Zeit, sein Werk zu betrachten. Noch einmal bückte er sich hinunter und drehte mit beiden Händen das Gesicht aus der Erde zur Seite. Er wischte den Schmutz von der toten Haut, die war noch warm. Er strich dem Toten auch die fettigen Strähnen aus der Stirn, ganz langsam und legte die Augen frei. Die waren, Gott sei Dank, geschlossen.

Seltsam, das Gesicht hatte kein Erschrecken, es war wie erlöst. Wieso war dieses Gesicht erlöst? Wie konnte das sein? So einer durfte doch nicht erlöst werden. Der hockte doch jetzt in der Hölle. Nur wenn der in der Hölle war, dann ergab seine Mühe überhaupt einen Sinn.

Erschrocken zog er seine Hände zurück und berührte dabei den Kratzer im Nacken und das Blut. Mit seinem Taschentuch wischte er die roten Schlieren fort. War da noch ein Fleck, fort, fort … es war, als wolle dieser Fleck sich nicht fortwischen lassen … aber das musste er dulden.

Schließlich zog er aus seiner Hosentasche den silbernen Rosenkranz mit den violetten Perlen; hier am Wald, hinter der Hecke, waren das Silber und die Amethyste schwarz, nichts schimmerte, nichts glänzte. Er legte den Gebetsschmuck wie eine Halskette um den Nacken des Toten.

Plötzlich sprang er aus dem Knien auf, setzte einen Fuß vor den anderen, immer schneller, er rannte davon, die Promenade hinunter, sein Mantel flatterte ihm um den Körper, eine Fahrradfahrerin kam ihm entgegen. Eine junge Frau, den Kopf zwischen die Schultern gezogen; es hatte wieder angefangen zu regnen. Er klappte im Laufen den Kragen hoch, damit die Frau ihm nicht ins Gesicht sehen konnte, rannte weiter bis zum Parkplatz. Nur noch sein Wagen stand unter einer Birke, die schon fast sämtliche Blätter abgeworfen hatte. Er stürzte hinein, ließ den Motor an und fuhr los. An der Abzweigung zur Bundesstraße hielt er nicht, sondern bog, ohne sich umzusehen, ob Gegenverkehr kam, scharf auf die Fahrbahn und holperte über die Bordsteinkante. Auf dem Beifahrersitz rutschte der Laptop hin und her. Nein, der Bericht für *Crux.net* musste heute warten. Den konnte er nicht senden, jetzt nicht, er musste ihn erst noch ändern.

Er würde schreiben müssen, wie schwer es war, den Auftrag des Herrn zu erfüllen, dass diejenigen, die nach seinen Geboten lebten, es viel schwerer hatten als die, die sie missachteten. Das wusste er jetzt, denn zum ersten Mal hatte er dem Mann in die Augen geblickt, als er schoss.

Hundert Jahre reglos in der Glut

Thomas Grund erwachte. Roman Teckel hatte sich mit zwei Tassen in den Händen auf die Bettkante gesetzt. Der Duft eines stark gebrauten Kaffees stieg Grund in die Nase. Er wunderte sich, dass er nicht verschreckt hochschnellte, wie sonst immer, wenn im Traum jemand an sein Bett trat wie damals auf dem Kasten; er blieb ruhig liegen und blickte aus schlaftrunkenen Augen zu dem jungen Mann auf. Noch verwunderter war er, dass er geschlafen hatte, ohne zu träumen.

„Ich hoffe, du bist mir nicht böse, dass ich ein wenig in der Küche herumgestöbert habe, um Kaffee zu machen; was anderes hast du ja nicht zum Frühstück. Da lagen nur noch drei fast versteinerte Aufbackbrötchen und ein paar gammelige Salamischeiben im Kühlschrank. Aber macht nichts, Kaffee reicht erst mal."

Roman reichte die Tasse hinüber. Grund richtete sich auf und umfasste das Porzellan mit beiden Händen. Er trank einen Schluck und entschuldigte sich für den leeren Kühlschrank: „Aufs Frühstück leg ich keinen gesteigerten Wert. Und um ehrlich zu sein, ich hab nicht mal daran gedacht, dass ich je Besuch haben könnte - zum Frühstück! Aber das hier, das hab ich noch nie gehabt!"

„Was hast du noch nie gehabt?" fragte Roman.

„Dass mir jemand Kaffee ans Bett bringt, morgens!", sagte Grund und schaute verlegen auf seine Hände, die die Kaffeetasse wärmten. Roman war noch nicht angezogen und saß in T-Shirt und Boxershorts auf seiner Bettkante. Grund entdeckte die aschblonden Haare an den Beinen des jungen Mannes. Die gefielen ihm, aber er schämte, nein, er genierte sich bloß dafür ...

Roman lächelte. „Manchmal sieht's bei mir im Kühlschrank auch nicht anders aus!" Er merkte, dass ihm Thomas Grund auf die Beine blickte, „bisschen sehr haarig, oder?" Er rieb sich verlegen das Knie.

Grund surrte einen wohligen Laut im Rachen, berührte Romans Knie mit zwei Fingerspitzen und ließ sie bis zur Wade hinabgleiten. „Du hast schöne Knie und diese Härchen gefallen mir", murmelte er. Gleich aber zuckte er wieder zurück. Wie konnte er nur so was sagen? „Entschuldige", ließ er sich vernehmen.

Roman lugte schelmisch über den Tassenrand während er trank, „ich denke gar nicht daran. Wenn schon einer meine stachligen Beine mag, dann werd ich ihn doch nicht daran hindern!"

Grund lehnte sich ans Bettende. Durchs Unterhemd spürte er das kühle Holz des IKEA-Modells. Mit diesem kleinen Sicherheitsabstand war es ihm wieder möglich, Roman ins Gesicht zu schauen.

„Du darfst ruhig wieder anfassen", sagte der grinsend. „Mich hat noch nie ein Polizist angefasst, aber es gefällt mir."

Grund schmunzelte und streckte die Hand wieder aus. Noch bevor er Romans Knie erreichte, beugte der sich vor und legte sein Gesicht auf Thomas' Schulter. Grund konnte gar nicht anders, als die Arme um den Mann zu schließen. Er spürte die Stoppeln Romans an seinem Hals wie die Erfüllung einer längst vergessenen nächtlichen Sehnsucht.

„Geht's dir besser?", fragte Roman. Grund nickte nur und wieder rieben ihm die weichen Stoppeln des jungen Mannes über die Haut. Wie eine Übung war es, als seine Rechte über Romans Rücken hinaufwanderte bis aufs Haar. Er drückte den Mann in seinen Armen an sich, nicht fest oder überschwänglich, fast bloß, um sich zu vergewissern, dass der tatsächlich da war.

„Danke", flüsterte er. Sie blieben eine Weile so liegen. Sie spürten ihre Bartstoppeln und ihre sachten Atemzüge auf der kühlen Haut des Morgens. Endlich stützte sich Roman wieder auf dem Bett ab und ließ beim Aufrichten sein Gesicht an Grunds Gesicht vorbei gleiten. Sie blickten einander in die Augen und Grund konnte dem Blick standhalten.

Ganz dicht an Grunds Mund, so dass ihre Lippen einander fast berührten, fragte Roman leise: „Was machen wir denn heute Morgen?"

Dann lehnte er sich zurück und blickte den Kommissar voller Tatendrang an: „Besuchen wir deine ehemaligen Mitschüler?"

„So schnell wie möglich", antwortete Grund wieder einen Ton sachlicher. Aber vom Sachlichen lenkte ihn dieses junge erwartungsvolle Gesicht ab. Was war das für eine Vertrautheit auf einmal? Die kannte er nicht. Sie war immer nur ein Wunsch gewesen und selbst der war ihm abhanden gekommen. Fast abhanden gekommen. Jetzt war sie da, die Vertrautheit und er wurde nachgiebig - und seltsam, selbst das gefiel ihm.

„Ich will dir ja nicht mit Vorschriften über Polizeiarbeit kommen ...", begann er einen Satz, den er gar nicht zuende sprechen wollte.

„Also komm mir nicht mit Vorschriften und so weiter." Roman schmunzelte. „Nimm mich doch einfach als das, was ich bin: ein freier Mitarbeiter ..." Beide lachten.

„Wer weiß, was du mit all den Informationen machen wirst, die du aufgeschnappt hast", flachste Grund, „ich kenn dich doch gar nicht!"

Roman setzte eine ernste Miene auf und zog die Brauen hoch. „Aber ich kenne dich, noch nicht gut, aber ziemlich gut, nach all dem, was du mir letzte Nacht erzählt hast", sagte er bedächtig.

„Was den Kriminalfall angeht, habe ich Informationen aufgeschnappt, da bin ich Journalist, das stimmt schon! Aber, was dich angeht, Thomas Grund, das ist vertraulich. Das hast du doch nicht dem Journalisten erzählt!", erklärte Roman, „das hast du mir erzählt! Ich bin nicht wegen der Story heute Nacht hier geblieben!"

Grund lächelte. „Noch mal Danke! Hab kapiert, dass du nicht bloß hinter einer Story her bist!"

Roman brummte nur zustimmend und zufrieden. „Dann schickst du mich also nicht weg, sondern lässt mich heute Morgen mitkommen?", fragte er.

Grund berührte Romans Gesicht mit dem Handrücken. Es war hellichter Morgen, über Nacht hatte es aufgeklart und hinter den Vorhängen gab es ein strahlendes Oktoberlicht. Er berührte einen Mann im Tageslicht. Wie konnte das möglich sein?

In der Nacht, nur eine einzige Stehlampe mit einem Schirm aus matt-orangem Pergament brannte und große Teile des Wohnzimmers lagen im Dunkeln, hatte ihn Roman ein paar Mal berührt, als er seine Geschichte erzählte. Ganz unbefangen, selbstverständlich, ohne Zweideutigkeit, bloß um Grund wortlos zu bestätigen, dass er da war und ihm zuhörte. Da hatte er es nicht geschafft, diese ersten Berührungen der Vertrautheit zu erwidern, er war zu sehr gefangen in sich und seiner

Geschichte. Aber jetzt, in diesem hellen Morgenlicht, in dem sie beide noch etwas zerknautscht aussahen, unrasiert mit verwuscheltem Haar und er selbst wahrscheinlich blass und übernächtigt, gelang es ihm, dem jungen Mann nahe zu sein. Er wollte ihn um sich haben, den ganzen Tag. Deshalb nickte er. „Also gut, komm mit! Es würde mich freuen, wenn du mich begleitest. Zum Teufel mit den Dienstvorschriften; mir wird schon was einfallen, um das zu erklären. Wir wollen ja beide herausfinden, wer diese Morde begeht!"

Grund schlug einen sachlicheren Ton an. „Monika, meine Kollegin, hat mir bestimmt schon die Adressen, um die ich sie gestern Abend gebeten habe, aufs Handy geschickt ..."

„Wird so sein", sagte Roman, „vor einer halben Stunde hat's gepiept. Ich hab's aus dem Wohnzimmer gehört, als ich in der Küche herumhantiert habe."

„Hervorragend", nickte Grund. „Dann rufe ich nachher im Präsidium an und sage Bescheid, dass ich mich gleich auf Tour mache und nicht ins Büro komme. Also sieht ja auch keiner, wen ich mitnehme, oder?" Er grinste.

„Gut", lachte Roman. „Und während du ins Bad gehst, hole ich mir ein paar Sachen aus meinem Wagen hoch. Ich hab heute Nacht ganz vergessen, dass ich ja noch 'ne Reisetasche im Kofferraum hab."

Grund nickte zustimmend, sah dem jungen Mann nach, wie er das Zimmer verließ und rief ihm hinterher: „Nimm den Schlüssel mit, er steckt in der Wohnungstür!"

Hatte er das wirklich gesagt, vertraute er jemandem den Schlüssel zu seiner Wohnung an? Noch nie, nie hatte er diesen Schlüssel aus der Hand gegeben. Das war sein Horst hier oben – wer rein wollte, der musste warten und wurde genau beäugt und so schnell wie möglich wieder hinaus expediert. Aber jetzt hörte er, wie die Tür zugezogen wurde und wusste, dass sie in ein paar Minuten, während er unter der Dusche stand, wieder geöffnet werden würde. Doch das beunruhigte ihn nicht.

Was war das denn für ein Gefühl? Eine ungewohnte Sicherheit, die selbst das warme Wasser der Dusche nicht wegspülen konnte.

Er schaute an seinem Körper hinunter. Verdammter Bauchansatz! Der war ihm doch so lange egal gewesen. Jetzt ärgerte er sich darüber. Er verrieb das Duschgel mit den Händen auf Brust und Rücken. Wie sich seine Haut so weich unter dem Wasser anfasste, darauf hatte er noch nie geachtet. Er strich weiter über die Arme und Schultern, berührte seinen Nacken, ließ die Hände hinabgleiten über seinen Hintern und die Oberschenkel. So angenehm hatte er diese Morgenpflicht des Duschens noch nie empfunden. Er hielt den Kopf in den Duschstrahl und das Wasser spülte den Schaum aus seinem Haar. Die weißen Bäusche rannen seinen Oberkörper hinunter und fingen sich in seinen Schamhaaren. Der war gar nicht so unansehnlich, sein Schwanz. Er schaute ihn nie an, berührte ihn sonst nur, weil es sein musste, beim Pinkeln, beim Waschen.

So, das war sein Schwanz, gar nicht mal so hässlich und verschrumpelt wie er ihn bisher immer angeschaut hatte. Er wog ihn mit der Hand, er wurde voller und größer. Zeige- und Ringfinger ließ er über die Brustwarzen gleiten. Was für eine angenehme Berührung; die war neu. Er blieb länger im warmen Wasserstrahl als sonst, längst war der Nachtschweiß mit der Duschlotion und dem Wasser im Ausguss weggeronnen, aber noch immer genoss er die Wärme und das Nasse, nicht wie ein völlig Erschöpfter - er war zwar erschöpft nach dieser Nacht des erleichternden Erzählens, aber nicht erschlagen wie nach so vielen anderen durchwachten Nächten zuvor. Und dazu kam auch, dass er neugierig wurde auf seine Brust, seinen Hintern, seinen Schwanz. Sein Körper begann wieder ihm zu gehören: dieser Körper, der ihn bisher immer nur gestört hatte, der im Wege war, den er verabscheute. Jetzt betastete er sich selbst und das gefiel ihm.

Als er aus der Duschkabine stieg, griff er nicht sofort wie sonst jeden Morgen nach dem Badetuch, um es sich um die Hüften zu binden. Mit der Hand wischte er den beschlagenen Spiegel frei und warf einen Blick auf seine Nacktheit.

Schlaff, ja, hängende Schultern, ja, aber doch nicht so hässlich wie er immer gedacht hatte. Nicht so abstoßend. Da konnte man ein bisschen korrigieren, aber es musste auch nicht sein.

Ein anständiger Körper, dachte er auf einmal, ein ganz annehmbarer, anständiger Körper, bis auf den schlaffen Bauch, aber so schlimm war der auch nicht.

Anständig, komischer Begriff, dachte er, bisher war er vom Gegenteil überzeugt gewesen. Er schüttelte den Kopf: als ob ein Körper unanständig sein könnte! Wie viele Jahre hatte er da falsch gelegen?

Er hörte, wie Roman die Tür wieder aufschloss und seine Reisetasche im Flur abstellte. Und während der in die Küche ging, um sich noch einen Kaffee einzuschenken, trocknete sich Thomas Grund langsam und zufrieden ab und betrachtete sich dabei im Spiegel, den er sonst verabscheut hatte.

Als er vom Bad in sein Schlafzimmer hinüberhuschte, rief ihm Roman Teckel hinterher: „Bevor wir loslegen, lass uns bitte erst frühstücken in einem Café irgendwo in der Nähe. Ich weiß nicht wieso, ich habe zwar gestern Abend ziemlich gut gegessen, aber ich habe einen Mordshunger!"

Grund schlüpfte in ein frisches Unterhemd und hörte sich, den Frühstücksmuffel, sagen: „Okay, ich glaub, ich hab auch Hunger. Zwei Straßen weiter ist ein Café, die haben ab acht auf, da frühstücken viele Rentner! Ich hoffe, dich stört das nicht. Ach ja, und du kannst gerne ins Bad, aber da wabern noch die Schwaden von meiner Dusche!"

„Macht mir gar nichts", rief Roman herüber, kramte in seiner Reisetasche und verschwand im Bad, wo eben diese Schwaden bereits wieder den Spiegel beschlagen hatten.

Grund entschied sich, nicht durchs Zentrum, sondern von seiner Wohnung aus auf die Umgehungsstraße zu fahren, die im weiten Bogen von Westen nach Osten um die Stadt führte. Zu Anfang durchschnitt sie das Industriegebiet: zur Rechten Betonwerke und zur Linken das Riesengelände eines Marmeladenherstellers, der einmal einen guten Ruf genossen hatte. Zu Grunds Schulzeit war man glücklich, wenn man dort einen Ferienjob ergattern konnte und in Gummistiefeln und Blaumann die Äpfel, Pflaumen oder Kirschen, die dort stündlich auf Lastwagen angekarrt wurden, mit Harken von den Ladeflächen in die unterirdischen Waschanlagen zu schaufeln. Erst als sich Fingerkuppen und Daumennägel in der Kirschmarmelade fanden, machte man sich in der Stadt Gedanken über die Herstellungsweise der Konfitüren und die Qualität der Kirschentkernungsanlage. Schlechte Presse konnte der Unternehmer nicht vertragen und sperrte seinen Betrieb deswegen hinter Zäune und Gitter, selbst zur Umgehungsstraße hin ließ er Metallwände anbringen, so dass kein Unbefugter hineinspähen konnte in seinen Betrieb. Wer weiß, was für Körperteile von Ein-Euro-Jobbern man noch hätte finden können.

Der strahlende Morgen übergoss die Stadt mit dem so lange vermissten Oktobergold. Die Umgehungsstraße führte über eine Vorhöhe der Egge. Von dort ging der Blick hinab auf die vergoldete Vedute in der Landschaftsmulde – nichts war da höher als der Dom in der Mitte. Gleich aus welcher Richtung man auch kam, er war das erste, das Trutzige, das man von der Stadt wahrnahm. Keine Schnörkel, wuchtig und gotisch und mächtig mit dem Grünspandach auf dem einen groben, rechteckigen Turm. Alles war darauf zugeordnet: die Einfallstraßen aus allen Himmelsrichtungen, die Stadtviertel, selbst die Unterkirchen wirkten wie auf die Knie gefallen vor dem Hohen Dom.

„Ganz idyllisch", sagte Roman Teckel mit ironischem Unterton. „Und ziemlich beeindruckend für das gebirgige Westfalen, aber mit dem Kölner Dom kaum zu vergleichen!"

„Den da", Grund machte eine Kopfbewegung zur Stadtseite, ohne hinzusehen, „gibt's aber viel länger! Und das da", diesmal wies er mit der Hand darauf, „ist die Uni! Auch keine Schönheit!"

Wabenähnliche Gebäude im Stecksystem, unübersichtlich, eine architektonische Blamage. In ihren Anfangsjahren galt es als peinlich an dieser Hochschule etwas anderes als Informatik zu studieren. Aber seit der Computerfirma, die das Leben und die Geschäfte der Stadt und der Uni dreißig Jahre lang geprägt hatte, der innovative Atem ausgegangen war, gewannen die Geisteswissenschaften an Ruf. Vielleicht hatte Thorsten Kubin, zu dem sie fuhren, deshalb Paderborn nicht verlassen, um woanders zu studieren, denn diese Uni lag bequem vor der Haustür, eine Hochschule für Umlandstudenten. Deswegen gab es auch kein studentisches Leben: die Studenten fielen am Morgen von den benachbarten Kleinstädten und Dörfern ein und trollten sich am Abend wieder in ihre Elternhäuser. Viele blieben nach dem Abschluss als Dozenten da. So war man in Paderborn eigentlich immer gut gefahren: Schule, Beruf, Eigenheim und Rente und immer in der Nähe des Dom.

Die Kernstadt lag jetzt hinter ihnen, in der Ferne schimmerte das Eggegebirge grün und blau und da wo Mischwald vorherrschte auch herbstlich kupfern und erdbraun. Nach rechts breitete sich eine verspargelte Hügellandschaft aus. Dutzende von Windrädern, dicht nebeneinander. Grund fuhr von der Umgehungsstraße ab auf die Hochfläche. Ein kleiner eingemeindeter Ort nach dem anderen, dann eine Senke über die sich von Osten wie eine Hand ein Eggeausläufer schob. Jeden gebirgigen Finger aufwärts führte eine Straße, die als Sackgasse oder in einem Feldweg endete, der sich dann im Mischwald verlor. Sie fuhren einen dieser steilen Bergfinger hinauf: zu beiden Seiten in die abfallenden Hänge gebaut: Einfamilienbungalows, nur einige Häuser hatten ein Obergeschoß. Seit dreißig Jahren hatten sich hier immer mehr Mitarbeiter der Universität angesiedelt. Damals war der schräge Baugrund noch billig gewesen, jetzt gab es kaum mehr Platz für die verklinkerten Bauten mit den abschüssigen Gartenflächen. Früher schickten die Bauern ihre Kühe auf die steilen Fallobstwiesen. Einige der Bäume waren übriggeblieben; so kam es, dass neben Bambus und Pampasgras - die Dozentengattinnen bevorzugten exotische Pflanzen - Birnen- und Zwetschgenstämme ihre knorpeligen Zweige in den Himmel drehten. Dies war die Gegend der angestellten Akademiker mit zwei Kindern und zwei Autos. Denn einen zweiten Wagen brauchte die Mutter, um die Kinder in die Stadt, zur Kita oder zur Schule zu fahren, während der Hochschullehrer sein Auto auf dem Parkplatz für Universitätsbedienstete abstellte.

Auch der Einkauf in Paderborn konnte nicht ohne Auto bewerkstelligt werden; der Vorort war eine Servicewüste, denn im einzigen Edekaladen wurden noch die uralten Öffnungszeiten eingehalten. Er war über Mittag, wie der Fleischer, bis drei geschlossen. Und Busse fuhren von sieben bis achtzehn Uhr alle halbe Stunde, dann bis zehn alle Stunde und dann gar nicht mehr. Doch die Luft war frei, Gott sei Dank kaum noch ländlich, denn Landwirtschaft wurde nur noch als Nebenerwerb betrieben. Kühe lohnten höchstens für den Eigenbedarf. Mist fiel hier also wenig an.

„Das muss es sein", Grund wies auf ein rostrot verklinkertes Haus mit einer ordentlich gemähten Rasenfläche davor und statt eines Jägerzaunes ein Spalier Rosen. Die letzten, die der Regen der vergangenen Tage nicht fortgerissen hatte, sahen mächtig zerzaust aus. An der Haustür hing ein großer Kranz, herbstlich gesteckte Trockenblumen mit einer purpurroten Schleife.

„Du lässt *mich* reden", sagte Grund leise. „Ich stell dich nur mit dem Namen vor und erwähne gar keinen Dienstgrad, dann können wir nichts falsch machen. Und sollte es zu ...", er überlegte, „ja, zu Zusammenbrüchen oder so etwas kommen, dann ziehst du dich bitte diskret zurück!

Bist du so gut?"

Roman nickte einverstanden. Grund strich sich die Haare aus der Stirn und atmete durch. „Verdammt, das ist wirklich nicht einfach! Wir werden schlafende Hunde wecken."

Roman berührte ihn ganz leicht am Arm und sagte: „Manche Hunde müssen geweckt werden, sonst hängen sie immer im Halbschlaf vor deiner Tür und können plötzlich aufwachen und zuschlagen! Das weißt du doch jetzt! Und bitte, machst du das noch mal?"

„Was soll ich noch mal machen?", fragte Grund.

„Na, dir die Haare zurückstreichen", sagte Roman und wagte es, ihn zu berühren und ihm die Strähne wieder in die Stirn zu wuseln!

Grund schmunzelte, als wolle er sagen, Blödsinn. Aber er sagte es nicht und wiederholte lächelnd seine Bewegung. Halb war er verlegen und halb genoss er es, wie ihm Roman dabei zusah.

„Wird schon gut gehen", meinte der aufmunternd, als sie aus dem Wagen stiegen. Grund nickte und klingelte. Monika hatte schon früh bei Thorsten Kubin angerufen und den Besuch angekündigt; sie wurden also erwartet. Ein breiter Schatten im Hausflur – mehr konnten sie durch das geriffelte, matte Glasfenster nicht erkennen – öffnete die Tür.

Das war Thorsten Kubin? Der war doch der sportlichste von allen gewesen, drahtig, muskulös. Dieser Mann war aus dem Leim gegangen. Doppelkinn, ein Bauch, um den der Hosenbund spannte und ein nahezu kahler Kopf, nur ein melierter Haarkranz war übrig. Er sah viel älter aus als er eigentlich war.

„Thorsten", fragte Grund, „Thorsten Kubin?"

Fahrig streckte ihm der Mann die Hand entgegen: „Thomas", er schnappte nach Luft, „Thomas! Dich erkenne ich aber sofort wieder." Er wies an sich hinunter, „ich hab mich allerdings ziemlich verändert, was?"

„Ja", meinte Grund und sprach das A eher wie ein O aus, verlegen und überrascht, „... du bist ein bisschen ..."

„... in die Breite gegangen", beendete Kubin den Satz und lachte angestrengt. „Aber bitte, kommt doch rein, deine Mitarbeiterin hat dich ja schon angekündigt. Aber sie hat nichts verraten und tat sehr geheimnisvoll. Du würdest mir schon sagen, was los sei. Das ist ein Wiedersehen unter seltsamen Umständen. Du kommst also als Kriminalkommissar zu mir?"

Sie traten in den Hausflur. Grund winkte ab. „Ich komme schon als Kommissar, aber du bist bestimmt kein Kunde, sozusagen! Das ist hier ist ...", er wies auf Roman, „... Herr Teckel; er arbeitet mit mir zusammen ...", nuschelte er und dachte: das ist gar nicht mal gelogen.

Kubin nickte dem jungen Mann zu und ging dann voran ins weite Wohnzimmer: schwarze Ledersessel eines besseren Möbelhauses, an zwei Wänden eine Bibliothek bis unter die Decke, an der dritten Wand ein Kamin mit gläserner Schutztür, daneben eine schwarze Säule. Sie wirkte ihres Sinnes beraubt, so ganz ohne Kunstobjekt vor einem grau gestrichenen Streifen leerer Wand.

Die ganze Längsfront zum Garten bestand aus einem riesigen Panoramafenster; an der linken Seite die Tür zur Terrasse. Im abfallenden Garten waren das Oberteil einer Kinderrutsche und der Querbalken einer Schaukel zu erkennen.

„Nehmt Platz. Kann ich euch einen Kaffee anbieten? Ich habe mir gerade einen frisch aufgebrüht, als ich vorhin nach Hause gekommen bin." Kubin sprach ungewöhnlich hastig. „Ich fahre die Kinder jeden Morgen in die Schule, wenn ich kein Seminar oder keine Vorlesung habe. Sonst nimmt sie meine Frau mit, wenn sie zur Arbeit fährt. Aber die ist gerade bei Ihrer Mutter in Hannover ..." Er eilte in die Küche, wo er bereits ein Tablett mit Tassen, einer Schale Kekse, Milch und Zucker vorbereitet hatte.

Roman beugte sich zu Thomas Grund vor und flüsterte: „Wieso *die Kinder in die Schule gefahren*? Es sind doch Herbstferien ..."

„Da bin ich aber beruhigt", rief Kubin aus der Küche herüber, „dass ich nichts ausgefrassen...", er verhaspelte sich, „... ausgefressen habe", wiederholte er überdeutlich und lachte künstlich. „Aber ist ja schon merkwürdig, dass wir uns nach so vielen Jahren ausgerechnet wegen einer Polizeisache wieder treffen. Ich wusste gar nicht, dass du in Paderborn gelandet bist, Thomas. Hatte nur noch im Hinterkopf, dass du nach Köln zur Ausbildung warst!"

„Ich war nach Köln auch lange in Hamburg, aber bin erst seit kurzem wieder hier." Grund ließ seinen Blick über die Bücherregale schweifen. Eine Ordnung wie in einer Präsenzbibliothek. Da lehnte nicht ein Buch auf dem anderen, kein Durcheinander, keine Souvenirs, Vasen oder kleine Plastiken, die sonst Bücherregale auflockerten, aber vor allem kein

Stäubchen. Hier wurde wohl die Putzfrau gescheucht.

Vor dem Panoramafenster standen zwei lange, schmale halbhohe Tischchen. Darauf ordentlich Kante auf Kante: Hektographiertes, Zeitschriften, Magazine, kein Stapel höher als ein anderer und alle schlossen parallel zur breiten Fensterbank ab. Auf der Bank eine große bauchige Vase mit einem völlig vertrockneten Rosenstrauß. Die Blütenblätter wie vergilbtes Pergament, so zart, dass sie bei der leichtesten Berührung als Staub niederrieseln würden.

Hier die Ordnung auf den Regalen und den Tischchen und draußen vor dem Fenster ein vernachlässigter Garten, der einen ganzen Sommer lang wuchern durfte, ohne dass sich jemand um ihn gekümmert hätte. Große Bambusbüsche an der linken Gartenseite waren gelb und stockfleckig vom Getreiderost befallen. Das wüste Wetter der letzten Tage hatte zwei Birnbäume vor der Terrasse schon fast entlaubt. Unter ihnen faulte und vergammelte eine ganze Ernte.

Kubin balancierte das Tablett von der Küche herüber, am Sofa vorbei, zu einem langen, niedrigen Tisch vor dem Sofa. Kein Kratzer, kein oder Flecken auf dem Nussbaum. Am anderen Ende des Tisches eine graue Bonsaischale mit einem Ahornwäldchen, ein Hain von einem Dutzend dreißig Zentimeter hohen Bäumen, die ihre rotgoldenen Fingerblätter verloren. Einige waren über den Schalenrand auf den Tisch gerieselt.

Grund wollte das Gespräch belanglos beginnen und Kubin nicht gleich überfallen. Dieser Ahornhain bot sich an.

„Das ist aber ein edles Arrangement. Braucht sicher viel Pflege?"

Kubin klaubte verlegen die niedergefallenen Blätter auf, sie raschelten in seiner Hand. „Das war ein Hochzeitsgeschenk. Schon damals über 50 Jahre alt. Meine Frau kümmert sich sonst immer darum. Aber als es jetzt nachts schon so kalt war und so heftig regnete, hab' ich's erst mal reingeholt, sonst steht es nämlich im Garten. Da gehören Bonsais wohl auch hin, soviel ich weiß. Ich habe Angst, dass ich was falsch mache und das Wäldchen eingeht! Es bedeutet ihr soviel."

Er lief zurück in die Küche, um die Handvoll Blätter im Mülleimer zu entsorgen.

„Aber das war doch ein sehr schönes Herbstbild, wie das Minilaub da um die Stämme herumlag", meinte Roman.

„Es stört mich", rief Kubin von der Küche herüber; man hörte, wie er sich die Hände wusch. „Ich komme im Garten ja kaum mit dem Harken nach. Die Stürme der letzten Tage haben schon fast das ganze Laub runtergerissen."

Er schaute durch die offene Tür ins Wohnzimmer, während er sich die Hände in drei Streifen Küchenpapiers abtrocknete. „Jetzt möchte ich aber doch schon gern wissen, weshalb du und dein Kollege so früh am Morgen hier auftauchen. Tschuldigung, das macht mich doch ein wenig nervös! Ein Polizeikommissar im Haus ... auch wenn wir uns kennen." Und er setzte zaghaft dazu: „von früher."

„Setz dich erst mal, Thorsten!" Grund versuchte souverän zu klingen. Kubin rieb seine noch nicht ganz trockenen Hände aneinander und vergaß, den Kaffee einzuschenken. Roman übernahm das und Kubin verbrannte sich fast die Lippen, da er sofort einen Schluck trinken musste.

„Ist nicht so einfach, dir zu erzählen, weswegen wir hier sind", gestand Grund, machte eine Pause und suchte nach einem unverfänglichen Anfang. „Hast du noch Kontakt zu anderen aus dem Kasten?"

Kubin wischte sich seine Lippen mit dem Handrücken ab. Ruhig war seine Hand dabei nicht.

„Nein, nein, nach dem Abi habe ich alle anderen aus den Augen verloren. Dich ja auch", sagte Kubin fahrig. „Ich hab hier studiert und bin deshalb in Paderborn geblieben, aber die meisten sind weggegangen!"

„Hast du noch nicht mal Gregor Feinschmidt ab und an gesehen?"

Kubin schüttelte heftig den Kopf. „Nein, schon lange nicht mehr. Der ist doch vor uns abgegangen vom Kasten, ohne Abi, nach der mittleren Reife und hat das Geschäft seiner Eltern übernommen! Ich glaube, das letzte Mal habe ich ihn gesehen, als er das Bonsai-Wäldchen abgeliefert hat. Das war vor acht Jahren, einen Tag vor meiner Hochzeit. Es war ein Geschenk meiner Schwiegereltern. Er hat es für sie von einem Spezialgärtner besorgt. Das war so die Zeit, als er anfing, aus dem Laden was zu machen ... aber seitdem ... meine Frau ist wohl öfter zu ihm gefahren, wenn sie mal was Besonderes brauchte. Ich wollte da nie hin. Das war nicht so mein Ding, Pflanzen und Deko!"

„Also du hast ihn wirklich so viele Jahre nicht gesehen?", fragte Grund.

„Bestimmt nicht. Ich bin selten in der Stadt, fahre morgens zur Uni und komme abends zurück", Kubin klang gehetzt und setzte verlegen hinzu: „ Ich kann das Kaff eigentlich nicht leiden."

„Aber du bist hier hängengeblieben!", warf Grund ein.

„Naja, hängengeblieben. Ich war Assistent nach dem Studium, um meine Doktorarbeit zu finanzieren und dann wurde eine Stelle frei, wie das so ist. Und dann wurde ich eben Dozent für europäische Literaturgeschichte!"

Kubin wurde immer fahriger. Grund merkte, er konnte den Mann nicht länger auf die Folter spannen.

„Wir haben es noch nicht an die Presse weitergegeben, die Meldung geht erst im Laufe des Tages raus. Deshalb kannst du es noch nicht wissen, Thorsten." Grund beugte sich vor und blickte Kubin ins Gesicht, so wie er das im Kurs über Verhörtechniken gelernt hatte, um dessen Reaktion auf seine Neuigkeit genau zu beobachten.

„Gregor Feinschmidt ist gestern am frühen Morgen in seinem Geschäft ermordet worden."

Kubin setzte seine Tasse, die er gerade wieder unruhig zum Mund führen wollte, so heftig auf den Unterteller, dass sie überschwappte. Er sagte gar nichts, sondern starrte von Grund zu Roman Teckel und wieder zurück zu Grund.

„Gregor ist nicht bloß ermordet worden", ergänzte der Kommissar, „sondern auch verstümmelt!"

Kubin wiederholte tonlos und als klaubte er sich die Silben zusammen: „ver- stüm-melt?"

„Ja, ziemlich brutal: man hat ihm Sand in die bloßen Füße eingebrannt. Er steckte tief in den Wunden", berichtete Grund.

Kubin schlug beide Hände vor die Brust und ließ sie dann schlaff und wehrlos auf seine Oberschenkel fallen.

„Aber das ist nicht alles", fuhr Grund fort. „Es hat vor vierzehn Tagen in Köln noch einen Mord gegeben. Und das Opfer kennst du auch", Grund verbesserte sich: „kennen wir beide von früher!"

Thorsten Kubin wusste nicht, wie ihm geschah. Er starrte Thomas Grund aufgelöst an.

„Sean O'Donnell ist in Köln auf die gleiche Weise ermordet worden: von hinten erschossen. Und auch ihm hat man Sand in die Füße eingebrannt!"

Kubin schluckte mehrmals und fand dann erst seine Stimme wieder: „Das ist ja grauenhaft!" Es ratterte in seinem Dozentenhirn und er setzte ängstlich hinterher, „du glaubst doch aber nicht, dass *ich* etwas damit zu tun habe?"

„Das lässt sich leicht feststellen." Grund bemühte sich um Routine und versuchte, einen teilnahmslosen Ton anzuschlagen, aber das fiel ihm nicht leicht. Er konnte nur stockend die üblichen Fragen stellen: „Wo bist du am 2. Oktober gewesen? Das war der Tag des Mordes in Köln!"

„Bestimmt war ich nicht in Köln. Ich war in Hannover, meine Frau besuchen und meine Schwiegermutter! Das weiß ich ganz genau!", sprudelte es aus Kubin heraus.

„Das werden die also bestätigen können?", fragte Grund.

„Ja, selbstverständlich!", Kubins Stimme kippte fast ins Hysterische: „Jetzt hör aber mal ... du willst mich doch wohl nicht mit diesen Verbrechen in Verbindung bringen? Ich bringe doch keine ehemaligen Schulkameraden um!"

„Vermutlich nicht", versuchte Grund ihn zu beruhigen. „Wenn deine Frau und deine Schwiegermutter deinen Besuch bestätigen können, dann bist du aus dem Schneider! Was Köln betrifft."

Kubin wusste gar nicht wie ihm geschah und blickte hektisch von einem zu anderen.

„Ich muss dich leider noch fragen, wo du gestern Nacht gewesen bist, Thorsten! Genauer, am frühen Morgen, so zwischen vier und sechs?"

Kubin hielt es nicht mehr in seinem Sessel, er schnellte in die Höhe und rieb die Hände an den Oberschenkeln, als wollte er den Schweiß abwischen, dann verschränkte er ungelenk die Arme vor der Brust und bemühte sich vergeblich um Fassung. „Wo soll ich schon gewesen sein. Hier, zuhause, im Bett!"

„Aber es gibt wohl niemanden, der das bestätigen kann?"

Kubin fuchtelte hilflos mit den Händen. „Ja, wie denn, ich sagte doch schon, meine Frau ist nicht da!"

„Und die Kinder?", fragte Roman Teckel ganz leise, aber bestimmt.

„Die, die sind doch auch in Hannover ..."

„Ich dachte, du hättest sie heute Morgen zur Schule gefahren", warf Thomas Grund etwas schärfer ein. Es kostete ihn keine große Mühe, den

Mann aus der Fassung zu bringen, damit er redete. Kubin war offensichtlich richtig verstört. Er fasste sich mit beiden Händen an den kahlen Kopf. Es brach aus ihm heraus: „Ich hab die Kinder schon seit Wochen nicht zur Schule gefahren. Sie sind fort, meine Frau hat sie mitgenommen nach Hannover. Sie leben bei ihr ..." Er sank schlaff zurück in die Sessellehne.

Thomas Grund blickte Roman an und machte eine auffordernde Bewegung mit dem Kopf. Roman verstand. „Ich werfe mal einen Blick in den Garten, wenn Sie nichts dagegen haben", sagte er zu Kubin. Der reagierte gar nicht, als Roman die Terrassentür öffnete, wieder hinter sich zuzog und in den abschüssigen Garten hinunterging.

Grund wartete einen Augenblick, bis Kubin sich einigermaßen beruhigt hatte, dann rückte er näher an ihn heran.

„Ich will dir nichts anhängen, Thorsten. Du machst nicht den Eindruck, als hättest du was mit den Morden zu tun. Ich traue dir eigentlich so was auch nicht zu."

Kubin verschränkte seine Arme wieder vor der Brust, seltsam unbeholfen, seine Verzweiflung und Verlassenheit war mit Händen zu greifen. Grund versuchte ihn zu beruhigen:

„Ich habe eine ganz ungeheure Idee zum Motiv dieser bizarren Morde. Darüber müssen wir sprechen. Du kannst mir glauben, dass es mir nicht leicht fällt, Thorsten. Es hat nämlich mit unserer Zeit auf dem Kasten zu tun."

Kubin blickte Grund düster an, aber sagte noch immer nichts. Seine Miene wurde mal zu mal dunkler, während Grund berichtete.

„Das waren keine Morde mit gewöhnlichen Motiven, es wurde nichts gestohlen. Und im näheren Umfeld der Toten gibt es auch keinen Beleg für Rache oder persönliche Gründe wie Eifersucht, Neid oder so etwas. Ich denke, das grausame Einbrennen von Sand in die nackten Füße, das ist ein Ritual. Der Mörder will uns damit etwas sagen. Aber wir haben noch nicht herausgefunden, was."

„Sand auf verbrannten Füßen?", fragte Kubin leise und stockend, „in die Füße eingebrannter, heißer Sand?"

Grund nickte. Sein Gegenüber sprang auf und lief zum Bücherregal, zog einen bibliophilen Band heraus und blätterte hektisch darin, bis er die gesuchte Stelle gefunden hatte. Er bewegte erst nur die Lippen, aber las dann laut:

„Und ich, als seinen Arm er nach mir streckte,
hielt scharf die Augen aufs versengte Antlitz ..."

Grund legte den Kopf schief, um den Titel auf dem Einband lesen zu können: *Dante, die Göttliche Komödie.*

„Damit hat uns doch Pater Urban im Religionsunterricht gequält. All diese Höllenstrafen, das hat er doch geliebt, uns die immer wieder auszumalen", sagte Grund. „Worauf willst du hinaus?"

„Da lies selbst." Thorsten Kubin drückte dem Kommissar das Buch in die Hand und wies auf die Zeile. Grund las laut:

„O Sohn, sprach er, wer hier von dieser Herde
Nur etwas rastet, liegt dann hundert Jahre
Ganz wehr- und reglos in der Glutbeschwerde ...

Ich kann mich nicht genau an diese Stelle erinnern, Thorsten. Geht es da nicht um die ...", Grund stockte, „die Sodomiten!"

„Ganz genau. Die Sodomiten und Knabenliebhaber müssen in der Hölle barfuß auf glühendem Sand laufen und wenn sie nur einen Augenblick ausruhen, dann büßen sie das in Glut und Lava!"

Grund legte das Buch vor sich auf den Tisch. Jetzt, an diesem Morgen, nachdem er in der Nacht zuvor nur stockend und ungelenk darüber hatte berichten können, fielen ihm die Worte leicht zu: „Das bestätigt meine Vermutung. Die Morde haben zu tun mit unserer Zeit auf dem Kasten! Es geht um etwas, das uns allen widerfahren ist: Sean, ich und du, Thorsten, wir alle drei und noch ein paar andere, ich weiß gar nicht mal, wie viele, wurden von Pater Benedikt in sein Bett gezogen. Und der Mörder ist jetzt hinter den Opfern des Paters her! Und brandmarkt sie als Homosexuelle!"

Kubin stolperte zurück zu seinem Sessel, ließ sich hineinfallen und wimmerte: „Was erzählst du denn da für einen Unsinn? Wir sind doch nicht missbraucht worden. Ich doch nicht!"

„Aber ich, Thorsten. Und ich habe es mein Leben lang für mich behalten. Wem hätte ich es auch erzählen können? Keinem der Patres, wer weiß, wem ich dann noch in die Klauen gefallen wäre! Meiner Mutter – schon gar nicht, der wäre ein ganzes Weltbild von der Anständigkeit der Geistlichen zusammengebrochen, ich konnte ihr das nicht zumuten! Und euch, hätte ich euch das erzählen sollen, meinen Freunden, von denen ich schon früh vermutet habe, dass ihnen das gleiche passierte wie mir? Wir sind doch bei Benedikt aus- und eingegangen. Ich habe mich unbeschreiblich geschämt, wie wir alle. Es gab eigentlich nur noch die Scham, die uns beherrschte, Thorsten – und das hat er ausgenutzt!

Ich bin dem Pater Benedikt aufgefallen, kaum dass ich ein paar Tage als Externer auf dem Kasten war. Er hat gleich mitgekriegt, dass ich keinen Vater mehr hatte. Er hatte ein Gespür dafür, was mir fehlte und hat sich bei mir eingeschmeichelt als Ersatzvater. Und bei dir und Sean und bei den anderen war es doch genauso ... Das wurde mir in den vielen Jahren seitdem klar. Nicht umsonst bin ich Polizist geworden und kann Indizien zusammentragen!"

Kubin schüttelte heftig den Kopf und hörte gar nicht auf damit: „Nein, nein, nein, das ist doch Blödsinn! Was redest du denn da?" Aus dem Schütteln wurde ein Wackeln wie bei einem alten Mann, der keine Gewalt mehr über seinen Körper hat.

„Thorsten! Du kannst dich doch an unsere Treffen im Heizungskeller erinnern?", sagte Grund entschieden.

„Ja sicher, da haben wir geraucht und uns von den Gemeinheiten der Patres erzählt ..."

„Allerdings", bestätigte ihn Grund. „Keiner ist so weit gegangen, die Wahrheit zu erzählen. Ich musste immer an diese Gespräche denken, all die Jahre. Bin sie wieder und wieder durchgegangen. Und als ich auf der Polizeischule etwas über Kindesmissbrauch lernte, da fiel es mir wie Schuppen von den Augen. Alles was wir sagten, alles was wir taten, es wies darauf hin. Aber keiner hat es bemerkt, wollte es merken. Es durfte einfach nicht sein, dass ein Pater Jungen missbrauchte. Unvorstellbar in unserer Schule und diesem Kaff! Und Pater Benedikt hatte uns so konditioniert, dass wir die Wahrheit nicht über die Lippen bekamen. Wir haben genau aufgepasst, was wir einander erzählten, wie weit wir gehen durften, darauf haben wir alle Kraft verwandt. Wir erzählten uns von den Zigaretten, die wir mit ihm heimlich geraucht hatten oder seinen Geschenken oder wie er roch. Wie er roch, Thorsten. Schweiß und dieses Scheißzeug, *Old Spice.* Davon habt ihr alle auch erzählt. Hätten wir so oft und mit soviel Abscheu darüber gesprochen, wenn er bloß ein Lehrer gewesen wäre, der sich nicht regelmäßig wusch?"

Kubins riss sich fürchterlich zusammen und beherrschte endlich wieder seine Bewegungen, doch seine Unterlippe zitterte, er kämpfte dagegen an, zu weinen. Aber es gelang ihm nicht. Ein tiefes, schmerzhaftes Schluchzen drang aus seiner Brust und dann heulte er los und rang dabei nach Luft.

Grund hatte nicht Romans Talent unaufdringlich zu trösten. Er blieb sitzen und schaute verlegen aus dem Fenster, zu sehr erinnerte ihn Kubins Zusammenbruch an seinen eigenen in der vergangenen Nacht. Es dauerte, bis das Schluchzen nachließ.

„Entschuldige", Thorsten Kubin rieb sich mit dem Handrücken über die nassen Augen.

Der Kommissar ging hinüber zur Küche, suchte die Papierrolle, riss einige Blätter ab und brachte sie Kubin, damit der sich das Gesicht trocknen konnte. Grund setzte sich wieder neben seinen ehemaligen Klassenkameraden, wartete noch einen Moment und beruhigte ihn endlich: „Es ist mir nicht anders gegangen. Du hast es wie ich auch für dich behalten und tief vergraben und verdrängt, was?"

„Ja, ja", bestätigte Kubin. „Wem hätte ich es auch sagen können? Meiner Mutter? Die ist vor ein paar Jahren gestorben, die war so fromm wie deine; Sex war für sie sowieso etwas Schmutziges. Sie hätte mir eine gelangt und wäre verbissen zur Tagesordnung übergegangen. So was passte nicht in ihr Paderborner Weltbild! Also hab' ich meinen Mund gehalten. Aber die ...", ihm fehlten plötzlich die Worte, „... die, die, diese Sachen, die er mit uns machte, die waren mir immer vor Augen, manchmal zerkratzte ich mir nachts im Halbschlaf die Arme oder die Brust, sogar den Hintern, weil ich dachte, ich spürte seine Hände auf mir. Damals wäre ich fast kleben geblieben. Ich konnte mich einfach nicht mehr auf die Schule konzentrieren; aber ausgerechnet Benedikt hat dafür gesorgt, dass ich versetzt wurde. Das hat er mich wissen lassen, um mich zum Schweigen zu bringen. Er hätte in der Versetzungskonferenz für mich gekämpft, hat er mir erzählt, so sehr würde er mich lieben. Ich musste ihn weitermachen lassen und mir wurde alles egal. Ich wurde noch schlechter, gleich in mehreren Fächern. Aber dann, mitten im Schuljahr, verschwand er ja plötzlich, um irgendwo ein Priesterseminar zu leiten. Als ich kapiert hatte, dass er fort war, da packte mich der Ehrgeiz. Ich wollte so gut wie möglich mein Abitur machen. Und das hat ja dann auch geklappt. Und dann hab ich studiert, nicht nach links, nicht nach rechts gesehen und in Rekordzeit bin ich fertig geworden. Als Assistent habe ich Renate kennengelernt, die war auch Assistentin in der Anglistik", er lachte bitter, „ich war schon siebenundzwanzig. Manchmal habe ich gedacht, ich wäre schwul oder total asexuell. Ich hab mich nie an Frauen rangetraut. Renate hat die Initiative ergriffen. Sie hatte Geduld, es hat Monate gedauert, bis ich zum ersten Mal mit ihr geschlafen habe. Aber dabei ist sie gleich schwanger geworden, kurz vor meiner Promotion. Also haben wir geheiratet.

Das war was, diese schnelle Ehe: anfangs lief alles großartig und normal! Ich war verheiratet, wurde Vater, hab mir den Hintern aufgerissen, eine Dozentenstelle zu kriegen ...

Seit der Oberstufe war ich fleißig, Thomas, ziemlich fleißig, ach was, ich war ein Streber. Renate nannte das bald überehrgeizig. Sie gab ihre Promotion auf, als sie mit unserer Tochter schwanger war. Wir kauften dieses Haus, kriegten noch ein Kind, alles lief doch so gut", sein Erzähltempo steigerte sich nahezu ins Unverständliche. „Ich veröffentlichte ein Buch nach dem Anderen. Ich bin ziemlich erfolgreich, Thomas, das muss ich sagen." Er sprang auf und begann die Manuskriptstapel auf den Tischchen vor dem Fenster hin und her zu schieben. „Hier, das ist mein neues Buch, zwei Jahre Recherche. Der Einfluss von Malory's *Artus* auf die Rittererzählungen des Renaissance bis zu Cervantes. Da bin ich Fachmann! Das hätte sogar meine Habilitation bedeuten können. Ich hab mich da regelrecht eingeigelt. Ich wollte gar nichts mehr wissen von den Kindern, die störten nur. Und Renate nervte mit ihren Ratschlägen, die hatte doch ihre Promotion abgebrochen. Ich war nicht gerade freundlich mit ihr. Verdammt!", er haute mit der Hand durch die Papierstapel, die Blätter flogen durch die Luft und wehten wie Spott zu Boden. Kubin wies mit beiden Händen auf die zerstreuten Manuskripte. „Ich war regelrecht verbissen darin. Ich wollte beweisen, dass ich nicht bloß ein blöder Mediävist an einer zweitklassigen Uni war. Ich weiß nicht, was mich geritten hat, ich wollte beweisen, dass ich der Beste war. Ein Größenwahn war das. Ich hatte nichts anderes mehr im Kopf. Renate und ich haben uns bald nur noch angekeift. Ich hab die Kinder durchs Haus gescheucht, meine kleinen Kinder. Einmal hat Lara, meine kleine Tochter, die ist gerade mal sechs, aus Versehen diese Stapel durcheinander gebracht. Da hab ich ihr eine gelangt, dass sie hinstürzte ..." Kubin schluchzte ganz fürchterlich. Es tat ihm schmerzhaft leid, seine Tochter geschlagen zu haben.

„Ich hätte mir nie vorstellen können, dass ich ein Kind schlage, *mein* Kind schlage! Renate hat kurzen Prozess gemacht. Sie hat die Kinder genommen und ist noch am gleichen Abend ausgezogen zu ihrer Mutter nach Hannover. Das war im Frühjahr ...

Und seitdem hocke ich hier, allein, über diesem Scheiß", er trat gegen die Tischchen und die restlichen Manuskriptblätter fielen auf den Boden, „ich hab die Blätter bloß noch pedantisch hin- und hergeordnet – mehr auch nicht! Alles, alles ist aus dem Ruder gelaufen. Ich hab mich krankschreiben lassen, ein ums andere Mal. Ich weiß nicht mehr, wie es weitergehen soll. Renate will die Scheidung. Ob die mich an der Uni weiter haben wollen, weiß ich gar nicht. Ich versuch hier immer Ordnung zu schaffen im Haus." Er kniete sich nieder und sammelte die fliegenden Blätter ein, stapelte sie erneut und achtete darauf, dass sie Kante auf Kante zu liegen kamen. „Aber wenn ich da aufhöre", er stützte sich am Tischchen ab und erhob sich wieder, „dann ist dort wieder alles durcheinander. Ach, ich werde das Haus sowieso nicht halten können und muss ausziehen. Nichts funktioniert mehr, Thomas. Alles, was ich geschafft habe, auf die Reihe gebracht habe, das zerbröckelt mir in den Händen ... Mir wird noch nicht mal mehr das Gehalt überwiesen, unbezahlter Urlaub, vor ein paar Tagen musste ich sogar schon ein Familienerbstück verkaufen, um an Geld zu kommen", er wies auf die schwarze Säule. „Da, hat sie gestanden, eine Madonna, seit Generationen in unserer Familie. Aber irgendwie muss ich ja die Bank zufrieden stellen, das Haus, weißt du, die Raten ..."

Grund schaltete sofort: „An wen hast du die Madonna verkauft?"

Kubin rieb sich über Stirn und Augen. „Wieso willst du das denn wissen? Ach, ist doch auch egal. An so nen neuen Kunsthändler in Paderborn am Nordbahnhof. Er heißt Arcanus!"

„Hast du ihm die Plastik gebracht oder hat er sie hier bei dir begutachtet?", fragte Grund.

„Er hat sie sich hier angesehen und dann gleich mitgenommen."

„Und hat er den Kaufpreis schon überwiesen?"

„Er hat bar bezahlt, vorgestern", Kubin druckste herum. „Wegen der Steuer, hat er gesagt. Das wär für uns beide das Beste!".

„Das Finanzamt interessiert mich nicht", beruhigte ihn Grund.

„Aber wie bist du an ihn geraten?"

„So was setzt man doch heutzutage ins Internet. Ich hab die Skulptur auf einem Antiquitätenportal angeboten. Vorher hab ich's bei drei anderen Händlern versucht, die haben abgewinkt, das Ding verkaufe sich nicht. Aber er hat's gleich genommen. Mit den 5000 Euro komm' ich erst Mal über die nächsten zwei Monate."

Es war, als fiele alle Scham von ihm ab, die Scham, dass seine Frau ihn verlassen hatte, aber vor allem die Scham über das Ungesagte seiner Schulzeit – da war der Verkauf eines Familienerbstücks, weil er Geldprobleme hatte, nicht sonderlich bedeutend.

Kubin ließ sich wieder aufs Sofa fallen. Eine lähmende Erschöpfung überkam ihn. Da saß eingefallen ein Mann mittleren Alters, übergewichtig, kahlköpfig, zerfahren, ein Mann, der sich nicht mehr im Griff hatte. Grund wusste genau, wie es Kubin ging. Er legte ihm beschwichtigend die Hand auf die Schulter und staunte über sich. Vor ein paar Tagen hätte er das noch nicht gekonnt.

Kubin sah sich um in seinem Wohnzimmer: die Unordnung, der vertrocknende Bonsaihain, die leere Säule. „Das ist doch alles einmal so ordentlich gewesen. Ich hab' mich doch so bemüht", und er mühte sich auch, nicht zu schluchzen – aber vergeblich.

„Je weniger deine Ordnung klappte, desto öfter musstest du an Pater Benedikt denken, nicht wahr?", fragte Grund. Kubin nickte nur. „Es ist mir nicht anders, gegangen, Thorsten!" Grunds Stimme wurde wieder härter: „Die Sauerei ist, dass unsere Missbrauchsfälle längst verjährt sind! Wir können Benedikt nicht mehr drankriegen. Wir könnten höchstens noch seinem guten Ruf gefährlich werden, wenn wir darüber reden. Das will irgendwer verhindern. Es will einer verhindern, dass diese Verbrechen an den Tag kommen!"

Kubin begriff langsam, was Grund damit eigentlich sagen wollte und schaute seinem früheren Schulkameraden zum ersten Mal heute Morgen ins Gesicht. „Glaubst du etwa, der Mörder hat es auch auf mich abgesehen?"

„Daran habe ich keinen Zweifel. Deshalb habe ich dafür gesorgt, dass du nicht allein bist", erklärte Grund. „Ein Polizeikollege wird gleich kommen und bei dir bleiben. Das habe ich schon heute Morgen arrangiert."

„Du meinst, das ist nötig?", fragte Kubin fassungslos.

„Absolut! Und ich glaube, da kommt der Beamte auch schon." Grund wies durch die offene Tür auf den Flur und den matt verglasten Eingangsbereich: von draußen schimmerte die blaue Silhouette eines Streifenwagens, der vor dem Haus hielt.

„Der Mann bleibt bei dir, bis er abgelöst wird. Wir lassen dich nicht allein, bis wir den Mörder haben. In Ordnung?", fragte der Kommissar.

Kubin nickte erschlagen. Er zog Arme und Beine in einer embryonalen Sitzhaltung an den Leib und blieb so in der Couchecke hocken.

Grund öffnete, noch bevor der Beamte klingeln konnte, die Haustür und führte den Kollegen ins Wohnzimmer. Der Mann war längst instruiert, stellte sich Kubin vor und setzte sich in einen der Sessel. Es gab nicht viel zu bereden.

Grund trat auf die Terrasse hinaus und rief Roman zu: „Wir müssen weiter, nach Münster, da haben Monika und Wehsal Hartmut ten Brinken aufgespürt."

„Hartmut?", ließ Kubin von drinnen vernehmen. „Hartmut ist in Münster? Ich dachte, der hat längst eine Professur in den USA, da wollte der doch hin!"

„Ich fürchte", antwortete Grund „Hartmut hat es noch schlechter getroffen als du. Er ist wohl schon seit Jahren obdachlos. Meine Kollegen haben ihn in einem Asyl in Münster aufgespürt, wo er vor ein paar Tagen übernachtet hat!"

Kubin packte mit beiden Händen seinen kahlen Kopf und hielt ihn fest, als drohe der ihm von den Schultern zu fallen. „Das kann doch nicht wahr sein", murmelte er auf seine Knie hinab. „Zwanzig Jahre ist das her und jetzt kommt es hoch ... und hat uns alle so kaputt gemacht?"

Grund legte ihm noch einmal die Hand auf die Schulter.

„Tut mir leid", sagte er, „wir müssen los. Aber du wirst von mir hören. Ich melde mich."

Er verabschiedete sich von seinem Kollegen, Roman wartete schon im Flur. Sie traten schweigend vors Haus. Grund nahm das Bild eines Mannes mit sich, der älter aussah als er war, aufgeschwemmt, kahl, allein, von Frau und Kindern verlassen, die er aus dem Haus und aus seinem Leben geekelt hatte. Ein Mann, in die Vergangenheit gestürzt, von der er gehofft hatte, sie läge längst hinter ihm.

Bevor Grund den Motor anließ, sagte er: „Ehe wir nach Münster fahren, machen wir noch einen kleinen Abstecher in Paderborn. Hast du die leere Säule bemerkt?"

Roman nickte. „Was ist damit?"

„Darauf stand bis vor ein paar Tagen eine westfälische Madonna. Die habe ich gestern bei einem Antiquitätenhändler in Paderborn gesehen. Und zu dem fahren wir jetzt!"

Er startete den Motor und erzählte Roman auf der Rückfahrt von seiner Begegnung mit Arcanus.

„Du hast doch dein Tablet mitgenommen", sagte Grund, als er seinen Bericht beendet hatte. „Such doch mal bitte nach der Internetseite von diesem Arcanus. Ich hab' die Netzdresse nicht mehr Kopf. Aber das Geschäft wird sich ja finden lassen."

Roman griff vom Rücksitz die Ledermappe mit dem schmalen Computer und brauchte nur wenige Augenblicke, bis er die Seite ‚Arcanus – Antiquitäten und Devotionalien' gefunden hatte. „Was genau soll ich suchen?", fragte er.

„Na, schau doch mal, ob er schon die westfälische Madonna anbietet, die bis vor ein paar Tagen noch bei Kubin auf der Stele gestanden hat!"

Roman blickte Grund verwundert an. „Hier geht's doch bestimmt nicht um Kunsthandel?"

„Mit Sicherheit nicht", antwortete Grund. „Aber da stimmt was nicht. Als ich gestern Nachmittag bei diesem Antiquitätenhändler gewesen bin, hab' ich gesehen, wie er eine Madonna ins Hinterzimmer brachte. Mir hat er erzählt, die sei höchstens 500 Euro wert, so was käme eigentlich nicht Betracht für sein Geschäft. Aber er hat Thorsten 5000 gegeben."

Roman zischte durch die Zähne. „Das ist allerdings komisch!"

Er scrollte auf der Interseite, aber fand die Madonna nicht. Grund schielte beim Fahren unruhig auf den Schirm.

„Halt", rief er Roman zu, „scroll mal zurück. Da war was ..."

„Keine Madonna", sagte Roman.

„Nein, keine Madonna", Grund fuhr auf den Seitenstreifen der Bundesstraße, hielt an und griff sich Romans Tablet. „Keine Madonna", sagte er und tippte auf den Schirm. „Aber Rosenkränze!"

Unter der Rubik Devotionalien gab es mehrere Fotos alter und neuer Rosenkränze. Grund tippte auf ein Bild, das in die Vergrößerung sprang: der gleiche Rosenkranz wie er ihn gestern Arcanus gezeigt hatte: das gleiche Silberhandwerk, die gleiche Kreuzform, die gleichen Perlen aus Amethyst.

„Der Mistkerl hat mich belogen", stieß Grund aufgebracht hervor. „Der hat sogar solche Rosenkränze im Angebot!"

Roman starrte Thomas Grund überrascht an und wies auf das Foto: „Sag bloß, dieser Rosenkranz hat was mit deinem Fall zu tun?"

„Aber sicher, wie haben bei Gregor Feinschmidt so ein Ding gefunden – und es gehörte bestimmt nicht ihm. Der Mörder hat es wohl mitgebracht!"

Roman öffnete wortlos den Reißverschluss einer kleinen Innentasche in seiner Jacke, zog einen Rosenkranz heraus, silbernes Kreuz, silberne Kette, Kugeln aus Amethyst und hielt ihn Grund entgegen.

„Der war Sean um den Hals gelegt worden. Man hat ihn mir gegeben, als ich aus dem Leichenschauhaus seine Sachen abholen durfte. Ich hab mich da schon gewundert, dass er so etwas hatte, denn religiös ist er bestimmt nicht gewesen!"

Grund nahm Roman den Rosenkranz aus der Hand und betrachtete ihn genauer. „Also hab ich recht gehabt. Das ist auch ein Zeichen, genau wie die verbrannten Füße. Aber über die weiß ich ja jetzt Bescheid!"

Roman griff sich sein Tablet und betrachtete das Foto eindringlich: „... und was hat jetzt dieser Antiquitätenhändler mit all dem zu tun?", fragte er.

Grund ließ den Wagen wieder an und während er mit quietschenden Reifen wieder auf die Straße setzte, rief er entschieden: „Das werden wir jetzt herausfinden!"

Das Big-Ben-Geläut klang genauso liebenswürdig wie gestern. Die Tür fiel hinter Grund und Roman sacht ins Schloss.

„Einen Moment, ich komme sofort", rief der Antiquitätenhändler. Er beugte sich gerade über einen Föhrenbonsai und knipste mit einer kleinen japanischen Pflegezange winzige vertrocknete Zweige ab.

„Man muss sich regelmäßig darum kümmern", erklärte er, ohne sich umzudrehen, „mal was abschneiden oder abbinden, damit sie so wachsen, wie sie sollen. Nicht so einfach, ein bisschen wie auf einer strengen Schule, wo ja sonst die Schüler aus dem Ruder laufen können!" Jetzt erst drehte sich Arcanus um und stutzte:

„So schnell wieder da, Herr Kommissar? Haben Sie neue Erkenntnisse?" Er versuchte vergeblich, seine Überraschung zu verbergen.

Grund winkelte den Kopf ein wenig an und ahnte bereits, wie die Antwort auf seine Frage lauten würde: „Haben Sie vielleicht schon nachgesehen, woher der Rosenkranz stammt, den ich Ihnen gestern gezeigt habe?"

Arcanus hob bedauernd die Hände. „Es tut mir leid", legte erst dann seine Bonsai-Zange in eine japanische Lackkiste, klappte sie zu und schaute Grund mit dem geschäftsmäßigen Lächeln eines Geistlichen an. „Ich habe noch nicht die Zeit gefunden!"

„Ich zeige Ihnen das Stück gern noch einmal." Grund bat Roman mit einer Geste um dessen Rosenkranz. Roman zog die Gebetskette aus seiner Jackentasche und legte sie in die ausgestreckte Hand des Kommissars.

„Das hier ist ein zweites Exemplar, aber es gleicht dem anderen, das ich Ihnen gestern gezeigt habe völlig. Dies können Sie gerne unbeschadet anfassen", sagte Grund.

Arcanus wischte sich die Hände an einem Läppchen ab, das neben der lackierten Kiste für die zierlichen Gartengeräte lag, dann erst nahm er den Rosenkranz vorsichtig mit drei Fingern, drehte das Kreuz herum, um auf der Rückseite nach der Punze zu schauen und setzte eine bedauernde Miene auf.

„Auch diese Punze, Herr Kommissar, ist leider sehr unsauber angebracht, man kann sie wirklich nicht entziffern!"

„Nicht einmal eine Ahnung?", fragte Grund.

„Ich sagte ja, wenn auch nicht gerade preiswert, ist das doch Massenware. Die Einzelteile kommen heutzutage vom Gießen und werden dann in Behinderten- oder Altenwerkstätten zur Beschäftigungstherapie nachgearbeitet und zusammengesetzt", er reichte den Rosenkranz an Grund zurück. Der wandte sich zu Roman und bat um das Tablet.

„Wenn Sie, Herr Arcanus, diesen Rosenkranz oder sagen wir, diese Machart, noch nicht gesehen haben, dann muss ich mich aber wundern. Ich hab ihn auf Ihrer Internetseite gefunden." Grund hielt dem Antiquitätenhändler den Computer entgegen und wies auf das Foto des Rosenkranzes aus Silber und Amethysten.

Arcanus betrachtete das Bild eindringlich und länger als nötig. Keine Frage, er brauchte Zeit, um sich die Antwort zurechtzulegen.

„Oh, tatsächlich. Da gibt es wohl eine ziemliche Ähnlichkeit. Aber ...", der Anflug von Beklommenheit wich einem sich steigernden Selbstvertrauen: „Schauen Sie mal auf das Datum darunter, Herr Kommissar. Das Foto stammt vom vorigen Jahr; da habe ich zu Anfang noch zahlreiche preiswerte Rosenkränze und Kreuze angeboten. Ich musste ja irgendwie Kunden gewinnen. Und in Paderborn macht man das am besten erst mal mit preiswerten Devotionalien. Tut mir leid, daran habe ich nicht mehr gedacht! Aber so was habe ich nicht mehr im Angebot!"

„Ja, natürlich", brummte Grund, „ich verstehe. Aber vielleicht wissen Sie noch, woher Sie die Rosenkränze bezogen haben?"

Arcanus lächelte verbindlich: „Ich müsste nachsehen in meinen Akten. Die habe ich nicht alle hier im Geschäft. Das meiste liegt zuhause. Aber ich vermute mal, es war so eine Alten-, Behinderten- oder Klosterwerkstatt, wie gesagt." Sein jesuitisches Kaufmannslächeln wollte nicht enden.

„Vielleicht könnten Sie doch mal nachschauen, ob Sie noch irgendetwas hier haben oder im Computer, das wäre sehr freundlich", insistierte Grund.

„Vermutlich nicht, Herr Kommissar." Arcanus schüttelte sacht den Kopf und machte keine Anstalten, der Bitte nachzukommen. Grunds bemüht höfliche Miene wurde unwirsch.

Arcanus zuckte leicht mit der Schulter, „also gut. Ich sehe mal nach. Aber wenn ich hier nichts finde, dann müssen Sie sich gedulden. Ich will heute Abend gern zuhause nachschauen und teile es Ihnen dann morgen mit!"

„Danke", sagte Grund trocken und schaute dem Antiquitätenhändler missmutig nach, wie der in sein Büro hinüberging.

Roman wandte sich zum Biedermeierschränkchen mit dem Bonsai, den Arcanus gerade beschnitten hatte. Er fuhr mit den Fingerspitzen über das Lackkästchen mit den zierlichen Gärtnerutensilien. Dann drehte er die Pflanzschale, um den kleinen Baum von allen Seiten zu betrachten. Dabei entdeckte er unversehens einen goldgeränderten ovalen Aufkleber mit einem erhaben gedruckten grün-rosa Schriftzug. Noch bevor Roman Grund darauf aufmerksam machen konnte, rief Arcanus aus dem Büro herüber, „es tut mir wirklich leid. Die Ordner des ersten Geschäftsjahres sind nicht hier. Ich sagte ja schon, bei mir zuhaus! Kann sein, dass auch was beim Steuerberater liegt!"

„Das habe ich mir gedacht", erwiderte Grund, doch so schnell gab er nicht nach, „vielleicht aber haben Sie was im Computer!"

„Oh, den muss ich erst hochfahren", bedauerte Arcanus, „das könnte einen Augenblick dauern! Ist nicht das neueste Modell!"

Das gehörte zu den ersten Dingen, die Grund gelernt hatte: sich nicht abwimmeln zu lassen, wenn er auf einer Spur war. „Ich möchte Sie wirklich bitten, da auch noch einmal nachzuschauen, sein Sie doch so freundlich", sagte er diesmal mit Nachdruck in der Stimme. Arcanus zuckte mit der Schulter und stellte den Computer an.

Roman hatte eine zweite Bonsaischale entdeckt: in einem Seitenfenster prangte auf der Marmorbank ein Ahornwäldchen, wie er es heute Morgen schon einmal gesehen hatte. Etwas kleiner, nur sechs oder sieben Bäume, aber viel besser gepflegt als bei Kubin. Die Pflanzen trugen noch all ihre herbstroten Blätter. Die Morgensonne fiel auf den Hain und das Laub strahlte prächtig. Vorsichtig verschob Roman die Schale und entdeckte auf der Rückseite den gleichen Aufkleber wie auf der anderen.

„Ach, sieh mal an", hörte Roman Grund rufen, „ist das nicht die Madonna, über die wir uns gestern unterhalten hatten?" Der Kommissar trat einen Schritt ins Büro und wies auf den Schreibtisch, wo die Holzfigur abgestellt und mit einem Tuch nachlässig abgedeckt worden war; das blaue Mariengewand lugte darunter hervor. Er zog das schwarze Leinen weg. „Ja, das ist sie", sagte Grund und der ironische Ton seiner Stimme weckte Romans Neugierde. Er kam ins Büro herüber.

Arcanus sah vom Computer, in den er gerade sein Passwort eingeben wollte, auf: „Ja, das ist die Madonna, mal sehen, was ich mit ihr mache", er schlug, offensichtlich bemüht, einen Plauderton an. „Ich hab' einen Freundschaftspreis bezahlt, wissen Sie ..."

„Ach, einen Freundschaftspreis?" Grund spielte den Erstaunten, „sagten Sie gestern nicht, sie sei keine 500 Euro wert?"

„Das ist sie wirklich nicht", erwiderte Arcanus und eine Spur Ungehaltensein lag in seiner Stimme.

Grund ließ nicht locker und fragte ganz direkt: „Wenn die Madonna wirklich nicht viel wert ist, warum haben Sie dann einen so großzügigen Freundschaftspreis gemacht und Thorsten Kubin dafür 5000 Euro bezahlt?"

Arcanus ließ die Hände von der Computertastatur herabsinken und schaute Grund verblüfft an. Er brauchte einen Augenblick, bis er seine Gelassenheit wiederfand.

„Was soll ich Ihnen sagen, Herr Kommissar? Herr Kubin braucht das Geld. Er ist in einer schwierigen persönlichen Situation. Er hat mir einiges angedeutet. Ich dachte, da muss man doch helfen ..." Das klang nach christlicher Anteilnahme und deshalb zog wohl das dazugehörige oberflächliche Lächeln in Arcanus' Gesicht zurück.

„Christlich oder nicht, Sie sind doch auch Geschäftsmann. Da machen Sie ja einen Riesenverlust." Grunds Ton wurde schärfer: „Kann es sein, dass die Madonna doch mehr wert ist und Sie ein bisschen was drehen wollen, Herr Arcanus? Solche Praktiken sind mir nicht unbekannt!"

Roman staunte, wie entschieden Thomas Grund auch klingen konnte. Arcanus antworte nicht sofort und verschaffte sich erneut Bedenkzeit, indem er sein Passwort eintippte und gleich daran ging, im Internet eine Seite aufzurufen.

Roman beobachtete geistesgegenwärtig, wie die Zeigefinger des Antiquars die Tasten niederdrückten. Er merkte sich blitzschnell das Passwort.

Arcanus hatte sich wieder gefangen. Er scrollte auf einer Internetseite und sagte, ohne vom Bildschirm aufzublicken: „Ich kann Ihnen beweisen, dass diese Madonna wirklich kaum etwas wert ist. Hier ist sie aufgeführt zu einer Ausstellung vor drei Jahren in Lippstadt", und er wies auf den Monitor.

Westfälische Bauernkunst, stand dort unter einem Foto der Figur zu lesen. *Madonnen des späten 16. Jahrhunderts nachempfunden. Geschaffen vom Herrgottschnitzer Wilhelm Langeland in Menden um 1820. Leichte Altersspuren, Nennwert ca. 350 Euro.*

„Also", sagte Arcanus mit sich selbst zufrieden. „Der Wert ist gewiss nicht in den letzten drei Jahren gestiegen! Das wissen auch alle Sammler. Ich mache dabei gar keinen Gewinn!"

„Dann interessiert mich aber umso mehr, weshalb Sie Thorsten Kubin dafür 5000 Euro gegeben haben?"

„Das, lieber Herr Kommissar, ist doch meine Sache. Ich bin ja nicht nur, wie Sie wissen, Antiquitätenhändler und Kunsthistoriker. Ich bin auch ein Geistlicher", und er ließ das Wort genüsslich im Munde zerfließen. „Und über manches, muss ich schweigen!"

„Naja", sagte Grund verärgert, „wenn Sie mir jetzt keine Antwort geben wollen, dann vielleicht morgen. Ich bestelle Sie hiermit offiziell zur Vernehmung um zehn ins Präsidium. Dann können Sie mir auch gleich die Unterlagen zu diesen Rosenkränzen mitbringen!"

„Ich werde Ihnen morgen auch nichts anderes zu Herrn Kubin sagen können, Herr Grund." Zum ersten Mal nannte Arcanus den Namen des Kommissars. Er schaltete seinen Computer aus. „Aber bitte, wenn Sie es wünschen ... Ich bin morgen um zehn bei Ihnen!"

„Ich nehme Sie beim Wort", sagte Grund verärgert und deutete Roman mit einer Kopfbewegung an, dass er gehen wollte. „Bemühen Sie sich nicht, Herr Arcanus, wir finden allein raus!"

Der Antiquitätenhändler folgte ihnen erst, als die Glocke über der Tür wieder zu spielen begann. Er blieb hinter dem Schaufenster stehen und sah dem davonfahrenden Wagen nach.

„Das ist aber 'ne merkwürdige Figur", wunderte sich Roman.

„Kein Wunder, ein Jesuit. Ich muss mich näher nach ihm erkundigen. Weiß der Geier, was der zu verbergen hat ...", sagte Grund hart.

„Der hat mehr zu verbergen als du glaubst", bestätigte ihn Roman.

„Aha", fragte Grund und blickte ihn neugierig von der Seite an. „Wie meinst du das?" Er musste lächeln, Roman legte sich richtig ins Zeug. Das gefiel ihm an dem jungen Mann nur noch mehr.

„Der hatte nicht nur Kontakt zu Thorsten Kubin", erklärte Roman. „Hast du nicht die Bonsais bemerkt? Auf den Rückseiten der Schalen stand der Name des Gärtners, bei dem er sie gekauft hat", und Roman zog ein ovales Klebeschild von der Innenseite seiner Handfläche. Der Schriftzug, hellgrün auf rosafarbenem Grund, lautete *Blumen und Deko Feinschmidt.*

Bußdienst

Felix Rubik quälte sich im dunklen Zimmer aus der Horizontalen auf die Bettkante. Er hatte kaum schlafen können, war ein paar Mal kurz eingenickt, doch immer wieder hoch geschreckt. Zu viele Bilder verfolgten ihn, ob er nun schlief und verworren träumte oder döste und absank, unterging in seinen Erinnerungen. Die kamen in den Nächten angekrochen oder überfielen ihn wie Wegelagerer, aber seit einem halben Jahr wurde es immer schlimmer, seit seine Mutter mit dem Freiherrn von Uebelkamp als Repräsentanten der *Reconquista Dei* – dieser Vereinigung gehörte der Kasten jetzt - ausgemacht hatte, dass der Kongress hier stattfinden sollte. Seitdem brauten sich immer mehr Bilder in seinem Kopf zusammen und Töne und Gerüche: der wildlederne Geruch der Zigarren, die flüsternde Stimme des Paters im Beichtstuhl, an den Tagen, nachdem er in dessen Schlafzimmer seinen Bußdienst abgeleistet hatte.

Ja, Bußdienst nannte es der Pater. Das war ein Begriff, mit dem Felix leben konnte, der es erträglich machte, was dort im Bett, auf dem Sofa oder unter der Dusche geschah; ein katholischer Junge musste zuweilen im Namen des Herrn auch etwas ertragen. Aber bevor der Pater sich seinem *Unterleib widmete*, wie er nur diese einigermaßen sauberen Worte für das alles gefunden hatte im Laufe der Jahre, vorher also, war der so väterlich, sprach mit ihm vom Fußball, sogar von Kinofilmen. Ein paarmal hatten sie sich in der Stadt getroffen und waren ins *Residenztheater* gegangen. Dazu allerdings hatte der Pater, was er sonst nie tat, seinen Stehkragen abgelegt und ein C&A Hemd mit Krawatte angezogen. Es war im Spätherbst, sie besuchten die 18.00 Uhr Vorstellung, da dämmerte es bereits und um diese Zeit war das Kino nicht so gut besucht wie nachmittags oder abends. Deshalb lief man so schnell keinem Bekannten über den Weg. Er hatte mit dem Pater *Star Wars* angesehen, den zweiten Teil, das wusste er noch ganz genau. Und einmal sogar eine Folge von *Nightmare on Elm Street*. Die fand der Pater scheußlich, er konnte die blutigen Morde nicht ertragen und wandte sich jedes mal ab, wenn jemand auf der Leinwand abgeschlachtet wurde – immer in seine Richtung und er spürte den Raucheratem auf seinem Gesicht und an seinem Ohr. Wie gut, dass die Splattermorde mit all ihrem Blut ihn ablenkten und zum Lachen brachten.

Sie saßen stets in der letzten Reihe, direkt unter der Vorführkabine. Die Loge war zu diesen Zeiten nur schwach besetzt und niemand sah, wie der Pater ihm den Arm um die Schultern legte. Er kicherte, wenn der Pater erschrak oder sich gruselte. Aber manchmal war ihm ganz klar, dass der übertrieb, nur um näher an ihn heranrücken zu können.

Einmal, als sie fast alleine im Kino waren, nur im Parkett saßen ein paar Teenager, verirrte sich die Hand des Paters wie unabsichtlich zwischen seine Beine, ausgerechnet bei einer Liebesszene. Eine dieser pubertären Sexszenen in den Teeniehorrorfilmen, auf die mit tödlicher Sicherheit der Angriff des Killers folgte. Er hatte schnell herausbekommen, nach zwei, drei Filmen dieser Art, dass nur die überlebten, die keusch blieben. Das hätte seiner Mutter doch gefallen müssen; aber um Gottes Willen, er durfte ihr nicht sagen, dass er sich solche Filme gern und oft ansah, schon gar nicht mit dem Pater. All diese Horrorstreifen hielt sie für Einfallstore des Satans. Sie hatte auch ein Buch geschrieben über die Gefahr von Fantasycomics und Romanen. Besonders aufs Korn genommen hatte sie darin die Bücher von *Ann Rice* über den Vampir *Lestat*. Nicht nur, dass die Autorin einer Sekte, den Mormonen, angehörte, schon das ein untrügliches Zeichen für deren verderbte Phantasie, sie machte aus dem charismatischen blutsaugenden Antichristen auch noch einen bisexuellen Verführer par exellence. *Ann Rice* habe mit ihrer weltweit erfolgreichen Romanserie über den Vampir *Lestat* Vorschub für den Satanismus geleistet, schrieb seine Mutter in einem Warnpamphlet. Bei einer Audienz im Vatikan hatte sie sogar ihre Kampfschrift dem Heiligen Vater überreicht, der sich lobend bei ihr bedankte. Sie behauptete, er habe ihr zugeraunt, dass früher einmal solche unchristlichen Machwerke wie die von *Ann Rice* und anderen Fantasyautoren auf die Liste der indizierten Bücher gesetzt worden wären – aber er sei ja nun nicht mehr Glaubenspräfekt und könne darauf wenig Einfluss nehmen.

Felix hockte in der frühmorgendlichen Dunkelheit seines Zimmers. Er mochte die Nachttischlampe nicht einschalten. Ihr gelbes Licht war schmerzhaft und störte ihn in seinen Gedanken. In diesem Licht wurde alles so ordinär.

Ins Kino war er seit damals nicht mehr gegangen. Dabei war das auch schön gewesen. Mit dem Pater an seiner Seite, der ihm an der Kasse beim Bezahlen die Hand auf die Schulter legte, war es so, als gingen Vater und Sohn gemeinsam einen Film ansehen. Aber das *Residenztheater* am Marienplatz, jenem zentralen Platz im Zentrum mit der Mariensäule, vor der abends und nachts die ewigen Grabkerzen brannten – die hatten einen Flammenschutz und konnten deshalb weder vom Wind ausgeblasen noch vom Regen gelöscht werden – das *Residenztheater* also, war seit jenen Tagen für ihn tabu. Er vermied sogar, den Platz zu überqueren, genauso wie er vermied, den Flur der einstigen Wohnungen der Patres entlang zu laufen. Es gab so viele Plätze in der Stadt, denen er auswich, vor denen er zurückschrak: selbst einige Bänke im Dom gehörten dazu. Das waren die, auf denen die Schüler gesessen hatten mit den Patres, wenn sie ein Hochamt besuchten. Sie hatten feste Plätze. Darauf konnte er sich, nachdem er aus dem Schwarzwald zurückgekehrt war, nicht mehr setzen und er verbarg sich in einer der letzten Bänke im Hauptschiff weit weg vom Hochaltar.

Selbst den Weg, den er mit dem Pater vom Kino zum Parkhaus gegangen war, wo dessen Wagen stand, konnte er seit damals, seit zwanzig Jahren, nach seiner Zeit im Institut von Kirstin Möve, nicht mehr nehmen.

Ein Gang durch die Stadt glich einem Hindernislauf. Überall gab es Orte der einstigen Gemeinsamkeiten. Wie er es aushielt durch den Kasten zu gehen – ob früher als Hausmeister oder jetzt als Geschäftsführer - das war ihm nicht klar. Denn jeden Gang war auch der Pater gegangen. Jeden Raum hatte der Pater betreten, die Klassenräume, die Konferenzzimmer, selbst die Küche und vor allem die Schlafsäle und später die Einzelzimmer der Schüler, die älter waren als fünfzehn ... Aber das war ja nun alles umgebaut und verändert worden. Doch wenn er in die Aula musste, die längst einen anderen Anstrich hatte und eine bequemere Bestuhlung, dann war es ihm, als seien die Wände immer noch taubengrau gekälkt und die Sitzreihen und Borde davor noch immer aus Birkenholz, in das Generationen von Schülern ihre Sprüche und Obszönitäten eingeritzt hatten. Als Hausmeister hatte er begonnen, das zotige Gekrakel wegzuschleifen, aber was nutzte es, es kam immer wieder Neues dazu. Er war erleichtert, als beim Umbau beschlossen wurde, die alte Schulaula in einen gediegenen Hörsaal umzuwandeln, mit aufsteigenden Sitzreihen, die *Flötotto* eigens für den Raum gestaltet hatte und mit hellem Parkettboden. Der Raum wurde anders ...

Rubik drückte den Knopf des auf sechs Uhr gestellten Weckers. Es war erst fünf; aber der brauchte nicht mehr zu läuten. Die Herbstkälte kroch ihm durch den Schlafanzug auf die Haut. Er heizte sein Schlafzimmer nie; selbst als in den letzten Wintern wochenlang Schnee lag bei minus zehn Grad oder noch weniger, er drehte die Heizung nicht an über Nacht.

Kalte Nächte, da konnte er wenigstens schlafen. Kalt musste das Bett sein. Er hasste Daunen, in denen er versank wie in den verschwitzten Oberbetten des Paters, wenn er vor ihm auf dem Bauch lag. Ein Steppbett tat es auch. Und wenn es ihm zu warm wurde, dann drehte er es mitten in der Nacht um, denn die Außenseite war kühl. Am liebsten hätte er den kühlen Satin der Steppdecke auf der nackten Haut gespürt. Aber niemals, niemals wäre er ohne Schlafanzug ins Bett gegangen. Nackt wie damals, niemals! Seine Mutter schenkte ihm doch die Frotteeanzüge. Dunkelblau und grau, schwarz und grau, beige und grau. Uni, feine Muster: Paisley oder kleinkariert. Die musste er doch auftragen. Er hatte sich noch nie selbst einen Schlafanzug oder Pyjama gekauft.

Am liebsten hätte er jetzt einen Schluck aus der Flasche *Glenfiddich* genommen, die er gestern Abend im Nachtschränkchen verborgen hatte. Er hatte sie unter dem Jackett vom Wohnzimmer herübergeschmuggelt an der Tür zum Gästezimmer vorbei, da schlief seine Mutter, und mit schlechtem Gewissen auf seiner Bettkante hockend etliche Gläser getrunken. Und für den Fall, dass sie in sein Zimmer käme, man wusste ja nie, hatte er die Flasche gleich im Schrank verborgen und das Glas dazu.

Seine Mutter klopfte nie an. Schon damals nicht, zuhause, wenn er in den Ferien zuhause war. Wie der Pater, auch der klopfte nie an, wenn er die Vier-Bett-Zimmer der Unterstufe betrat, aber der kam natürlich nur so lange er sicher sein konnte, dass kein anderer Schüler mit im Zimmer war. Meist drückte er die Klinke ganz sacht, schlüpfte lautlos herein und genoss das Erschrecken.

Einmal, er war schon sechzehn und dachte, er hätte doch das Recht auf ein bisschen Privatheit, hatte Felix seine Mutter zaghaft gebeten, sie möchte doch anklopfen. Da baute sie sich vor ihm auf und hielt ihm eine Standpauke. *Sie* sei doch wohl in Ermangelung des Vaters die Herrin im Hause. Es sei *ihre* Wohnung, *sie* zahlte die Miete – und außerdem war er *ihr* Sohn. Längst nicht volljährig. Wie er nur auf so einen Gedanken kommen könne, dass sie in ihrem eigenen Hause, bei ihrem eigenen Sohn anklopfen müsse. Er habe doch wohl keine Geheimnisse vor ihr? Und sie ließ eine Kunstpause und fragte noch einmal mit einem streng fixierenden Blick: du hast doch wohl keine Geheimnisse vor mir? Die Frage klang wie eine Forderung. Die war so bedeutend wie das erste Gebot: du sollst keine Geheimnisse vor deiner Mutter haben. Darauf durfte es keine andere Antwort geben als NEIN, natürlich hab ich keine Geheimnisse vor dir! Dann stülpte sich das schlechte Gewissen wie ein atemraubender Plastikbeutel über sein Gesicht und er lief rot an. Ach, was hatte er alles verschwiegen, die Kinobesuche, die Fußballfernsehabende in der Wohnung des Paters, die ersten Zigaretten, die er dort rauchen durfte, und das andere sowieso ... Ihn quälte das schlechte Gewissen, nicht nur wegen der Dinge, die dort in der Wohnung geschehen waren. Er schämte sich auch, dass er seine Mutter belog und ihr die Wahrheit verschwieg. Aber er wusste doch so genau, er durfte den Pater nicht verraten, er durfte der Mutter nicht das erzählen, was sie auf keinen Fall hören wollte und fürchtete. Er hatte ein Gespür dafür bekommen, welche Fragen er mit JA und mit NEIN beantworten musste; es war ein Klang in ihrer Stimme, der ihm signalisierte: wasch mir den Pelz, aber mach mich nicht nass. Mach mich nicht nass, mein Junge. Mein Junge!

Der *Glenfiddich* im Nachtschrank; nein, das ging jetzt nicht. Das konnte er nicht riskieren, um fünf Uhr morgens. Heute würden die letzten Kongressteilnehmer eintreffen. Am Abend war Audienz beim Erzbischof in Paderborn und danach der Eröffnungsvortrag von Monsignore. Und dann würde seine Mutter als Präsidentin mit dem Freiherrn von Uebelkamp einen Empfang geben. Es war soviel zu arrangieren und zu beachten, heute mussten noch Weinlieferungen und das Büffet eintreffen – also egal, dass er jetzt schon wach war. Diese eine Stunde hätte ihm nicht mehr viel Schlaf gebracht. Schlaf war ja sowieso immer eine Quälerei, seit vielen Jahren schon: Träume von Federbetten, Kinobesuchen, strengen Exerzitien im Schwarzwald gegen die Sünde der Lust - und dann immer hinein geschleudert werden ins Aufwachen, da konnte er dankbar sein, dass er nicht weiter träumte. Aber nun setzte die Grübelei ein über die Träume, über die Erinnerungen und über seine Mutter, wie er sie enttäuschen würde, wenn sie die Wahrheit erführe.

Also kein Schlaf mehr heute Morgen. Jetzt musste er durchhalten, das ganze Wochenende über auf die schäbigen Reste von Schlaf verzichten. Vielleicht hatte er Glück und konnte etwas dösen in den kommenden Nächten, aber auch mehr nicht. Seinen sowieso dürren Schlaf würde er frühestens wieder am Montag zurückbekommen, wenn die letzten Gäste des Kongresses abgereist waren und Ruhe einkehrte im Haus.

Das war doch jetzt sein Haus. Er war der Chef von angemieteten Köchen und Küchenhilfen, der Boss von Putzfrauen und Gärtnern. Er konnte die Räume verteilen für die Dozenten und Besucher der Veranstaltungen. Die ehemaligen Zimmer des Paters belegte er nie. Sonst hätte er womöglich hineingehen müssen und nach dem Rechten sehen. Das konnte Mielke tun oder jede Putzfrau auch. Das war unbetretbares Terrain, vermintes Gelände. Tretminen überall! Er fühlte sich doch sowieso schon invalide, als hätte er auf so eine Mine getreten und Gliedmaßen und Beweglichkeit dabei verloren. Wer weiß, was ihm noch abgesprengt würde, wenn er die einstige Wohnung des Paters betrat. Er war lahm geworden, bewegungsbehindert, steif.

Felix Rubik stemmte sich von der Bettkante hoch. Sein Körper war nach der letzten Nacht noch schwerer als am Tag zuvor. Er hatte sich durch den gestrigen Tag gehangelt mit müden Gliedern und hängenden Armen und Schmerzen in den Gelenken. Warum schmerzten die Gelenke so sehr? Dem Arzt war es ein Rätsel. Er war ja noch keine vierzig; und trotz des Sports, den er noch immer intensiv betrieb – Laufen, Laufen, Laufen – Dauerläufe, Waldläufe, Halbmarathon, aber nur für sich, nie im Wettbewerb – die Gelenke waren schon in Ordnung. Keine Abnutzung, keine Gicht, kein Rheuma, keine Ablagerungen und doch schmerzten sie und behinderten seine Bewegungen. Er wirkte stets ungelenk; tanzen hätte er nie können. Dabei liebte er Filme mit *Fred Astaire*. Den hatte er an einem verregneten Sonntagnachmittag im ZDF entdeckt. Um irgendwie vom Brüten abzukommen, hatte er sich *Top Hat* angeschaut. Ein Uraltmusical in Schwarzweiß; fast hätte er zu Anfang umgeschaltet – aber dann trat dieser magere Schlacks auf, mit dem schmalen, ja hässlichen, länglichen Gesicht und dem dünnen Tenor. Aber wie dem der Frack stand! So ein altmodisches Ding, aber er stand ihm, als wäre er für ihn erfunden worden. Und dann machte der ein paar Schritte nach rechts und ein paar Schritte nach links und eine Drehung, als hätte noch nie ein Mensch zuvor ein paar Schritte nach rechts, nach links und so eine Drehung gemacht. Wie war das alles so leicht, wie konnte ein Körper soviel Freude am Tanz haben, er selbst wuchtete sich, schob sich, drängte sich, quälte seinen massigen Körper durch den Sport, damit er müde wurde. Aber *Astaire* schien nicht müde zu werden, der schwitzte nicht mal, der war elegant, nicht schön, aber so sicher in jeder Geste, bei jedem Lächeln, der kriegte immer die schönsten Frauen. Die erbarmten sich seiner nicht, obwohl er doch eigentlich klein und dürr war, mit viel zu großen Händen und zu großer Nase, die liebten den, der hatte etwas, das man heute kaum mehr kannte, der hatte Charme. Den konnte man lieben. Er hatte sogar irgendwo gelesen, dass *Astaire* seine ganze lange, lebenslange Film- und Tanzkarriere hindurch, ein Toupet getragen hatte, weil er kahl war wie eine Fledermaus. Aber all das war egal. Der kriegte die Frauen.

Verdammich, morgens um fünf steh ich am Fenster und denke an *Fred Astaire*. Er versuchte mit nackten Füßen drei Steppschritte zu machen, aber natürlich gelang ihm das nicht. Seine Sohlen klatschten bloß obszön auf dem Holzboden.

Um Gottes Willen, er durfte doch seine Mutter nicht wecken. Die schlief nebenan im Gästezimmer. Das war ihm schon zuhause schwergefallen, Wand an Wand mit ihr zu schlafen. Manchmal kam sie nachts an sein Bett. Er stellte sich schlafend. Sie beobachtete im dürren Licht der Flurlampe, das durch den Türspalt fiel, wie er atmete, schlafend atmete, das dachte sie. Aber er war ja wach und wusste genau, dass ihre Augen auf ihm lagen. Er hatte immer Angst, dass sie ihn wecken würde wie früher, als er kleiner war. Kaum, dass sein Vater sie verlassen hatte, er war acht und verstand nicht, was geschehen war, kam sie bald jeden Abend in sein Zimmer, bevor sie zu Bett ging, selbst schon im Nachthemd, weckte ihn und umarmte ihn und hielt ihn, den Schläfrigen, ganz fest. Ihm fielen dabei oft die Augen wieder zu. Er roch ihr *Mouson Uralt Lavendel*, das mochte er und mochte es auch nicht. Das war das Parfüm seiner Mutter, sicher, aber es lag, war es bloß der Name oder doch der Duft, eine Ahnung von Moder darin, von uralt eben, so wie die alten Gesangbücher und Bibeln in ihrer Bibliothek, ein Geruch von Kirche und Krypta, von Sonntagsmesse und Eucharistie. Der Vater hatte das Parfum nie gemocht, konnte er sich erinnern. Sie tupfte das *Uralt Lavendel* immer noch einmal auf, bevor sie zu Bett ging. Dann hielt sie ihn an ihre Brust gedrückt, bis er wieder halb stehend, halb in ihren Armen liegend, eingenickt war. Und während er sich wieder in den Schlaf verlor, spürte er noch ihren Arm um seine Schultern, der hielt ihn fest, so fest und ihre andere Hand lag auf seinen Pobacken. Die hatte sie im Griff, seine kleinen, weichen Kinderpobacken. Irgendwann wusste er gar nicht mehr, war es sein Po oder gehörte der ihr. Sie atmete so heftig an seinem Hals, als wollte sie ihn einatmen. Konnte sie ihn einatmen, in sich einsaugen, in ihre Lungen – so als sollte er wieder hinein in sie, woher er doch gekommen war. Dass sie ihn einsog, das fürchtete er. Er hatte einmal ein Märchen erzählt bekommen von einem Oger, der Kindern drohte, die nicht fromm waren, sie aufzuessen oder wenigstens so schwer einzuatmen, dass er sie durch die Nase in seine Brust hereinsog. Das machte ihm Angst.

Nachdem seine Mutter genug an ihm geatmet hatte, seinen Schlafgeruch, seinen Jungsgeruch in sich aufgenommen hatte, legte sie ihn wieder ins Bett und er schrak dabei erneut aus seinem dünnen Kinderschlaf auf.

Nichts, es ist nichts, mein Kind, ich wollte doch nur sehen, ob du unter der Decke liegst, da kannst du doch nicht atmen. Und sie legte seine Hände *auf* die Decke und küsste ihn auf die Stirn. Ein Mutterkuss - und dann ein anderer auf den Mund. Deine Mutter hat dich lieb, mein Kind, sagte sie stets. Das *Mouson Uralt Lavendel* drang ihm in die Nase. Sie nahm es noch heute. Er roch es noch heute, auch wenn sie nicht da war. Er war überzeugt, dass man Erinnerungen auch riechen kann.

Er schob die Gardine zur Seite und blickte hinunter auf den Parkplatz. Der war fast vollständig besetzt. Drüben im Küchentrakt wurde das Licht eingeschaltet. Die Küchenhilfen begannen ihren Frühdienst. Sie würden Brötchen aufbacken und das Frühstücksbüfett vorbereiten. Dafür hatte er gesorgt, dass es ein edles Büfett gab, nicht wie sonst in den katholischen Tagungshäusern mit *Aldi*-Käse und Wurst und zwei Sorten Marmelade aus Weckgläsern eines Nonnenklosters. Nein, diese falsche katholische Bescheidenheit war jetzt unangebracht. Die *Reconquista* investierte für geistliche Würdenträger und die bedeutenden Kämpfer für die Wahrheit der Catholica, die sollten doch nicht darben. Es gab bei solchen Gelegenheiten ein Frühstück wie im *Steigenberger*. Das Jugendherbergsniveau war den Laien, den Lehrer- und Küsterseminaren vorbehalten.

Da drüben holten sie jetzt den kanadischen Wildlachs aus dem

Kühlschrank, machten sich daran, Nürnberger Würstchen zu braten, frische Obstsalate zuzubereiten und Cerealien von Schweizer Herstellern in Porzellan von *Villeroy & Boch* zu schütten. Man konnte doch diesen Gästen nicht das Stapelgeschirr aus dem *Metro*-Großmarkt zumuten. Selbst Kaffee und Tee kamen direkt von Firmen aus der Hamburger Speicherstadt. Sonst tat es auch *Tchibo*-Kaffee und *Meßmer*-Beuteltee.

Am liebsten wollte er jetzt duschen. Er hätte schon in der Nacht, als er um eins zurückkam, duschen sollen. Das musste alles fort von seinem Körper, der klebrige Schweiß, der Schmutz, den die Regentropfen auf seiner blanken Stirn und im Gesicht hinterlassen hatten. Diesen feinen Schmutz aus den Wolken und seine Unruhe hätte er wegspülen müssen. Nicht bloß in dieser Nacht, er war ja schon seit Wochen unruhig, seit er wusste, dass der Kongress hier stattfinden würde. Was er abends unter der Dusche vom Körper wischte, das war am Morgen nach den vom Dösen und Hochschrecken zerfurchten Nächten wieder da: der Schweiß und die Erinnerung.

In den ersten Wochen im Frühjahr, als die Vorbereitungen losgingen, hatte der *Glenfiddich* noch geholfen, aber jetzt längst seine Wirkung verloren. Jetzt trank er ihn nur noch aus Gewohnheit und um einen anderen Geschmack im Mund zu haben. Immer stieß es ihm auf, immer war das bitter vom Magen her und sauer und eklig. Diese widerlichen Gedankenblitze daran, was er in den Mund hatte nehmen müssen und wie der Pater lachte, wenn er würgte beim Schlucken. Den Leib des Herrn darfst du doch auch nicht ausspucken, Junge! Also nahm er sich zusammen: denn wenn es etwas gab, das er verabscheute, dann zu kotzen. Einmal hatte er als achtjähriger den Fisch nicht vertragen, den seine Mutter immer freitags briet. Sie zwang ihn, den mit Senfsoße zu essen. Er wusste nicht, was ekliger war, der Fisch oder der Löwensenf. Es kam ihm hoch und er schaffte es nicht mehr zur Toilette. Da kotzte er mitten im Zimmer stehend, sank auf die Knie und der letzte Schwall schoss über die *Carrera*-Acht, die er noch vom Vater geschenkt bekommen hatte. Wie sie das denn sauber machen solle, heischte ihn seine Mutter an, sie könne doch nicht die ganze eingetrocknete Brühe aus den Führungsritzen für die Autos kratzen.

Nachdem sie ihm den Mund gewaschen hatte, lag er im Bett von Scham überwölbt, zur Wand gedreht und hörte wie sie – die Hände in

Gummihandschuhen - die Bauteile der Rennbahn demontierte, in einen Kasten schmiss und in den Keller trug, wo der bis zur nächsten Sperrmüllabfuhr vor sich hingammelte. Ein feiner saurer Geruch drang immer daraus hervor, wenn er sich in den Keller schlich; aber er traute sich noch nicht einmal, die Kiste zu öffnen, geschweige denn, wieder in sein Zimmer zu tragen. Der Geruch hinderte ihn, der Geruch.

Auf der Abiturfeier hatte er zum ersten Mal mehr getrunken als er vertrug, die anderen ja auch. Die Nacht danach verbrachte er auf dem Klo hockend, am geöffneten Fenster; es war eine kalte Mainacht, fast frostig noch. Aber die Kälte tat gut; in dieser Nacht lernte er die Kälte und ihren Segen kennen. Er atmete in Stößen die kalte Luft ein, damit sie das kalt blockierte, was vom Magen warm wieder hinauf wollte. Es war ein Kampf wie der von Gut und Böse. Als müsse er gegen den Teufel kämpfen und ihm wieder und wieder befehlen, aus seinem Körper zu verschwinden, aber bloß nicht mit Magensäure und Schwefel nach oben, durch den Hals, aus dem Mund.

Es geschieht dir nur recht, beschimpfte ihn seine Mutter. Das wird dir eine Lehre sein, nicht mehr zu trinken. Sie wusste nicht, dass er sich vornahm, nie wieder zu kotzen und alles immer bei sich zu behalten und dass er sich auch vornahm, sich abzuhärten gegen solche Ekelanfälle mit Whisky, *Glenfiddich* oder *Tullamore Dew*. An die feineren Marken traute er sich nicht heran. Das war doch nichts für ihn ... die mittlere Preislage war die seine.

Das Saufen machte auch fettige Haut, das Duschen zwei Mal am Tag half da. Aber jetzt ging es noch nicht, er hätte seine Mutter geweckt.

Selbst in den paar Stunden Halbschlaf, die hinter ihm lagen, war sein Gesicht wieder fettig geworden. Er rieb mit den Fingern über die hohe Stirn und spürte das Fett auf der Kopfhaut. Wie eklig. Es gab Tage, da duschte er sogar in der Mittagspause. Auf dem Regal im Bad standen Clearasil-Produkte: Dusch- und Gesichtsgel und die antiseptischen Feuchttücher hatte er sogar in einer Box im Auto; Waschlotion im Spender auf dem Waschbecken. Die Handtücher wurden täglich gewechselt – wie gut, dass er sie in den Reinigungsdienst des Kastens geben konnte. Da unten in der Waschküche, wo zu seiner Schulzeit noch der große Kessel eingemauert war. Beim Umbau hatte man ihn weggerissen; er war seit den Sechzigern sowieso nicht mehr in Gebrauch gewesen. Seit damals gab es eine Batterie Waschmaschinen im Keller. Pater Wunibald kümmerte sich um die Wäsche, der Dummkopf aus Winterberg, dafür taugte der gerade. Der liebte es, mit seinen groben Händen in den schmutzigen Unterhosen der Unterstufenschüler herum zu graben. Manchmal roch er auch daran, wenn er Flecken auf dem Feinripp entdeckte.

Felix rieb die Handflächen aneinander – zumindest konnte er die Finger waschen, das machte keinen Lärm. Leise verließ er sein Schlafzimmer und ging ins Bad hinüber. Wie oft er seine Hände wusch ... Viel zu oft. Selbst die milde Lotion konnte deshalb nicht verhindern, dass sie wund wurden und rot anliefen. Aber er musste sich doch waschen. Es gab keinen Unterschied zwischen Reinlichkeit und Frömmigkeit. Seit er zwölf war und den Pater besuchte, hatte er Angst nach dem abendlichen Händewaschen und dem Zähneputzen – und auch das betrieb er so vehement, bis das Zahnfleisch blutete – noch irgendetwas anzufassen: nicht die Türklinke und nicht einmal den kleinen Ausschaltknopf der Nachttischlampe. Überall konnte noch Schmutz, konnten noch Bakterien sein. Er zog den Ärmel des Frotteeschlafanzuges über seine Hand, um den Schalter zu drücken – und die Klinke der Tür berührte er mit dem Ellenbogen.

Ah, jetzt hatte er zu lange eine wunde Stelle gerieben, die riss auf und ein feines Rinnsal Blut rann ins weiße Waschbecken. Rot und Weiß – die Unschuld des Herrn und der Gottesmutter und das Blut der Sühne.

Er trocknete sich die Hände ab und tupfte die blutende Stelle mit einem weichen Tissuetuch nach. Dann cremte er sich die Hände ein mit einer parfumlosen Lotion. Wie gut, dass es so etwas gab, das roch nach gar nichts. Nicht nach *Mouson Uralt Lavendel* oder *Old Spice*, die ihm immer durch die Nase spukten. Ein paar Tropfen der Creme waren aus der Tube auf die Schlafanzugjacke gespritzt. Aus, aus, die musste weg von seinem Körper, die Jacke, und in den Wäschekorb hinter der Tür.

Als er seinen Bademantel vom Haken nahm, ganz weiß, nur mit braunen Borten, sah er sich selbst aus dem Augenwinkel halbnackt im Spiegel: das Laufen half nicht, das gab bloß sehnige Beine. Er hatte doch mal Muskeln gehabt, wo waren die jetzt? Diese Brust war ja fast weiblich, so weich, viel zu viel Fett, keine Konturen, keine Taille, eine gerade Linie von den Achseln hinab bis auf die Hüften. Und dann dieses Haargekräusel um die Brustwarzen und den Bauchnabel, wie obszön sich das fortsetzte bis zum Hosenbund und tiefer. Das war erst spät gesprossen, mit fünfzehn, zuvor war er ganz haarlos und glatt gewesen.

Kriegst du etwa Haare auf dem Bauch, fragte der Pater eines Abends irritiert, als er mit der Hand den Oberkörper des Jungen streichelte und zuckte zurück. Du wirst wohl ein Mann, und der wischte sich die Hand an der Soutane ab, als seien diese ersten Zeichen Mannwerdens eklig. Felix besorgte sich Enthaarungscreme, aber die brannte und es sprossen rote Pusteln und Pickel, dort wo die Haare weggeätzt waren. Der Pater beschwerte sich darüber.

Was für ein schäbiger Körper, das hatte sich nie ausgewachsen, das Ungeschlachte mit dem miesen Haarwuchs. Er konnte sich nie lange ansehen im Spiegel und schlüpfte in den Frotteemantel, ein Weihnachtsgeschenk seiner Mutter.

Er ging hinüber in die Küche und goss Wasser in die Kaffeemaschine. Das Kaffeepulver schaufelte er aus der Dose in den Filter, der Kaffee musste stark sein, damit er den Tag durchstand nach zwei wachen Nächten. Bitter musste der Kaffee sein, schwarz, so schwarz und bitter, dass er die Zunge versengte. Dann wurde er richtig wach und würde es auch bleiben.

Auf den Geschmack gab er wenig, eigentlich war es ja der exotische Geruch, der ihn einnahm für Kaffee: Panama, Costa Rica, Kolumbien, Urwaldplantagen, grün in allen Abstufungen und dazwischen die roten Beeren des Kaffees und die Palmwedel, die Schlingpflanzen, die Orchideen, die an Stämmen schmarotzten. Tausenderlei Blüten, die hingen in Rispen, Dolden und Kätzchen, erstrahlten als Bälle und Kelche, Insekten umschwirren und tauchen ab in die Bromelien, diese röhrenförmigen Pflanzen, in denen kleinste blaue und grüne giftige Frösche leben und Laich ausbringen und das Geflatter der Kolibris und Gezirp der Nektarvögel und das Gekreisch und die Farbenpaletten der Papageien. Das hatte er alles aus Bildbänden, Sehnsuchtsbüchern - so bunt und schillernd und überwältigend, so anders, so wuchernd, so warm und nackt und gottlos, das lebt einfach für sich hin und ist prächtig und frisst einander und liebt und zeugt und pflanzt sich fort und ist da.

In dem Dschungel, dem überwältigenden Durcheinander, öffnet einer die Küchentür. Die knöcherne Hand liegt auf der Klinke, die knöcherne Hand mit der zähen Haut zieht die Tür zu. Mit einem Mal sind die Farben ausgelöscht und alles ergießt sich ins Schwarz der Soutane. Der Pater tritt zum Tisch und streicht ihm übers Haar wie früher.

„So seidenfeines Haar, so dünn, so blond. Und was für ein ebenmäßiges Knabengesicht. Keine Pausbacken", der greift sich das Kinn und hält es fest in der Hand und hebt das Gesicht an: „Sieh mal an, deine slawischen Wangen und die Augen. Du hast ja blaue Augen, Kind." Und der Pater küsst ihm die Stirn und küsst ihm den Wangenknochen und küsst ihn auf den Mund. Der Pater riecht so nah an seiner Nase nach Tabak und nach Moschus, das ist Moschus, hat der ihm erklärt, als er ihm den weißen Steingutflacon schenkte mit dem Windjammer darauf. Aus einer Moschusochsendrüse, fern, fern im Himalaya, da leben die Zotteltiere. Der Pater schlingt die Arme um ihn, das ist der Moschus nicht unter der Achsel, das ist der alte Schweiß, die Soutane ist lange nicht gewaschen worden. Ach, Wäsche, vanitas vanitatum, raunt ihm der Pater ins Ohr. Die ganze Eitelkeit hingegeben für die Gesichter der Knaben. Aber werd du mir nicht eitel, weil ich dir Komplimente zuflüstere. Es gibt noch andere wie dich. Doch jetzt hab ich *dich* im Arm. Ihr jungen Menschen riecht nach Leben hinter den Ohren, an euren Handgelenken, und da aus dem Hemdausschnitt und tiefer auch. Der küsst ihm die Stellen vom Brustbein hinauf bis zum Hals. Da wird dir die Stimme bald versengt, flüstert der Pater, da im Hals, die bricht dir, dann wirst du ein Mann, dann werde ich dich ziehen lassen müssen. Er erschrickt: nicht ziehen lassen, ich will bleiben. Wohin soll ich denn sonst?

„Felix, Felix, wach auf", seine Mutter berührte ihn an der Schulter. Er war am Küchentisch auf seinen Armen eingeschlafen.

„Es ist schon nach sieben. Du musst dich um das Frühstück kümmern ..." Sie stand hinter ihm in ihrem blassrosa Morgenmantel. In dem hingen der Duft von *Mouson* und japanischem Minzöl. In den letzten Tagen hatte die Anspannung zugenommen, der Kongress, das aufwühlende Erlebnis in Frankreich, und gestern Abend die unerhörte Demonstration der militanten Schwulen. Ein Kopfschmerz, der ihre Schläfen unter Druck setzte, hinderte sie am Einschlafen. Das japanische Minzöl half dagegen, was sollte sie mit Aspirin, sie hatte doch einen Sohn. Früher musste Felix ihr das Öl auf der Stirn und an den Schläfen einmassieren, die Kinderhände waren so weich, ein wenig ungelenk, aber es waren die Hände ihres Sohnes, sie griff sich diese Hände und hielt sie fest und drückte sie gegen ihr Gesicht.

Aber gestern Abend war er nicht aufzufinden gewesen, um ihr zu helfen! Dieser Sohn, der war aus ihr gekommen, der folgte ihr nach, der musste so werden wie sie. Was für eine schöne Vorstellung. Wenn sie zu Gott ging, dann würde ihr Leben in ihrem Sohn fortgesetzt werden.

Das glaubte sie seit damals, als ihr Mann sie verlassen hatte, ganz fest; dass aber dazu soviel mütterlicher Wille gehören würde, so viele Verweise auf den himmlischen Vater und *dessen* Willen, das hätte sie nicht gedacht. Dabei waren doch Gottes und ihr Wille eins. Der Sohn machte es ihr schwer, der war so anders als sie gehofft hatte. Das hatte sie schon früh befürchtet, dass er anders werden würde. Der musste beobachtet werden, gehalten, umklammert. Seine Patschhände festzuhalten, die noch überzogen waren von dem feinen kühlenden Film des japanischen Minzöls, gab ihr die Gewissheit, dass sie es schaffen würde, ihn so zu gestalten, wie sie und wie Gott es wollten.

„Entschuldige, ich bin wohl eingenickt." Felix erhob sich und holte eine Tasse aus dem Küchenschrank, um seiner Mutter einen Kaffee einzuschenken. „Ich geh schnell duschen und dann hinunter, um zu schauen, dass sie ja das Frühstückbüffet richtig aufbauen!"

„Felix!"

Er drehte sich wie ein Rekrut auf der Stelle zurück in die Küche, „Ja, was ist?"

„Lass das mal mit dem Frühstück ..." sagte seine Mutter trotz der frühen Stunde mit energischer Stimme. „Das werden die Frauen da unten schon hinkriegen. Und wenn alle Stricke reißen, dann kann ich mich auch noch darum kümmern. Du sagst mir jetzt erst mal, wo du gestern Abend gewesen bist!"

Felix war ertappt. Was sollte er sagen? Er entschloss sich für die Wahrheit, aber auch die kam nur kleinlaut heraus: „es wurde mir zu viel! Seit Wochen schon muss ich mich um tausend Kleinigkeiten kümmern. Ich brauchte mal Luft und bin ein wenig rausgefahren!"

„Und das hättest du mir nicht sagen können?", fragte Maria Rubik unnachsichtig. „Du hast doch sicher mitbekommen, was passiert ist! Diese wildgewordene Homobande hätte beinahe das ganze Haus gekapert!"

Felix zuckte hilflos mit den Schultern. „Ich denke, Mielke hat das doch gut geregelt. Die Polizei hat sie abgeholt!"

„Glücklicherweise. Und Markus Gerber kriegte sogar einige spektakuläre Bilder, die beweisen, wie radikal die Homolobby inzwischen ist. Das kann uns nur nützen! Aber es geht nicht, dass du dich so einfach aus dem Staub machst, ohne mir was zu sagen!"

Mit gesenktem Kopf beteuerte Felix, dass so etwas nicht wieder vorkommen würde. Das erinnerte ihn an den Wutausbruch seiner Mutter, als sie gelbe Flecken in der Bettwäsche entdeckt hatte und ihm auf die Finger schlagen wollte. Aber der Ekel überkam sie. Diese Finger, die solch schmutzige Dinge machten - Selbstbefleckung nannte sie das - die wollte sie nicht berühren und sei es auch nur mit einem ordentlichen Hieb. Sie konfiszierte den Toilettenschlüssel, damit er sich dort nicht einschließen konnte und platzte von da an immer mal wieder ins Bad, wenn er in der Wanne saß, vorgeblich um eine Haarbürste oder ein Handtuch zu holen. Auch verlangte sie, dass er die Hände des Nachts immer über der Bettdecke behielt ... Erst Tage später war sie fähig, wieder mit ihm zu sprechen, so sehr ekelte sie sich vor ihm.

„Ach, ich will mich jetzt nicht weiter mit dir über gestern streiten", es lag ihr noch etwas auf dem Herzen. „Setz dich noch mal!"

Er folgte ihrer Aufforderung.

„Es gibt Wichtigeres!" Maria ‚Rubik erließ eine Order: „Du nimmst euren Firmentransporter und fährst zum Flughafen!"

„Soll ich noch jemanden abholen?", fragte Felix geflissentlich. „Ich dachte, heute kämen nur noch ein paar Nachzügler, aber mit dem Wagen!"

„Ja, du sollst jemanden abholen", sagte Maria Rubik bestimmt. „Wir konnten es nicht publik machen. Es sollte noch unter der Hand bleiben. Du holst Urs Hay ab!"

Felix Rubik konnte sein Erstaunen nicht verbergen.

„Urs Hay, der Jesuit aus der Schweiz?"

„Ja. Urs Hay", wiederholte sie und schärfte ihrem Sohn dann ein: „Er muss ganz unauffällig herkommen. Man vermutet ja, dass er der Erfinder von *crux.com* ist. Könnte sein, dass die Homolobby auf ihn aufmerksam geworden wäre, wenn wir ihn auf die veröffentlichte Referentenliste gesetzt hätten!" Sie schlug plötzlich mit der Faust auf den Tisch. „So weit ist es also schon gekommen, wenn man seine Meinung sagen will in diesem Land. Wir müssen ihn konspirativ zu uns holen ..."

Felix Rubik packte den Tischrand mit beiden Händen und klammerte sich ans Holz, während seine Mutter weiter redete: „Er wird nicht öffentlich sprechen, sondern nur in einem geschlossenen Zirkel. Die *Reconquista* hat für ihn verschiedene Projekte finanziert. Er wird uns die Bilanz vorstellen."

„Bilanz?" Felix verstand nicht.

„Jawohl, die Bilanz!", wiederholte seine Mutter. „Er hat eine genaue Liste von Homosexuellen, Pädophilen, Genderisten und anderen Abartigen in hohen politischen Ämtern zusammengestellt. Auf Landes- und auf Bundesebene. Auch in den Reihen der Modernisten in der Kirche selbst. Geheimdossiers über ihr Privatleben. Ich sollte es dir eigentlich nicht sagen – aber du schweigst, ist das klar?" Sie blickte ihren Sohn streng an und legte mahnend den Zeigefinger auf die Lippen.

„Geheime Dossiers? Wofür geheime Dossiers?", wollte Felix verwundert wissen.

Maria Rubik wurde unwirsch: „Die können ganz nützlich sein, wenn man politisch etwas durchdrücken will. Zum Beispiel: wenn sie die Abtreibung noch weiter legalisieren wollen oder diese Homo-Eheöffnung durchsetzen. Wir haben ja leider nicht die Macht der Straße wie in Frankreich. Das muss sich noch ändern, wird sich ändern ... Aber fürs erste kann man sie mit ihrem abartigen Sexualleben unter Druck setzen! Besonders die Linken und die Grünen, alles pädophile Schwule, aber selbst in der CDU gibt es genug, die man zur Raison bringen muss."

Felix Rubik ließ die Tischkante nicht los, presste so fest, dass das Blut aus den Fingerspitzen wich. Er schaute seine Mutter erschrocken an. Soviel Kalkül hatte er ihr nicht zugetraut.

„Guck nicht so", heischte sie ihren Sohn an. „Man muss Mittel und Wege finden, wenn man an den Rand gedrängt wird. Wenn Christen verfolgt werden, und das werden sie in diesem Lande, dann darf man sich auch nicht scheuen, Mittel der Untergrundarbeit zu nutzen. Und überhaupt – das macht die Kirche schon immer. Die *Reconquista*, der Freiherr von Uebelkamp und Urs Hay, sind jetzt eben mal aktiv geworden, statt immer bloß zu warten, ob ihnen durch Zufall etwas zugespielt würde. Wir haben Profile vieler Parlamentarier und auch von Leuten aus der Wirtschaft und in den Medien. Gerade die sind ja durchseucht von Glaubensgegnern und Perversen aus der Homolobby."

Felix blieb sprachlos.

„Also, kein Wort, hörst du?", ermahnte Maria Rubik ihren Sohn noch einmal. „Und du sprichst Pater Hay auch nicht an auf diese Sachen! Du weißt von nichts, du holst ihn nur ab, ist das klar? Du bist nur sein Chauffeur, mein Sohn!"

Er nickte gehorsam.

„Und jetzt ab, zügig", scheuchte sie ihren Sohn. „Um neun Uhr landet die Maschine aus Zürich! Und danke für den Kaffee, den kann ich jetzt brauchen, das wird ein anstrengender Tag."

Felix erhob sich wortlos und ging zum Bad hinüber, um zu duschen.

Eine Stunde später erreichte er den Flughafen Paderborn. Bevor er losgefahren war, hatte er sich noch einmal ein Foto von Hay aus dem Internet angesehen. Es war bald zwanzig Jahre her, dass er ihm im Schwarzwald begegnet war. Ein Mann schwer zu definierenden Alters damals schon. Er hatte sich wenig verändert: war er jetzt Ende fünfzig? Das schwarze Haar hatte er in die Stirn gekämmt; es war wie mit dem Lineal kurz oberhalb der ersten Querfalte abgeschnitten; eine mittelalterliche Mönchsfrisur. Damals hatte er sogar eine Tonsur gehabt. Fast schwarze Augen, strenge Furchen neben der Nase und ein ganz schmaler Mund. Ein jesuitischer Mund, so nannte seine Mutter das. Ein ernster Mund, der wohl selten lächelte, der nie einen Witz erzählte, um durch unmotiviertes, herausrutschendes Lachen den Herrn nicht zu beleidigen. Auch der Bart war wohl schwarz; ein dunkler Hauch auf Wangen und Kinn ließ das vermuten. Offenbar konnte er sich noch so scharf rasieren, da spross ihm gleich der Bart nach. Um den Hals spannte ein sehr enger Kragen, der nicht viel Bewegung ermöglichte, und den Träger zwang, den Kopf ganz gerade zu halten.

Hays Gesicht war unverwechselbar in seiner asketischen Strenge. Felix stellte sich vor, dass der Heilige Aloysius, dessen Statue er in den Keller geschafft hatte beim Umbau des Kastens, als Mann reiferer Jahre so hätte aussehen können. Der Knabe lächelte wohl noch und war in jener Darstellung blond – aber Aloysius, der Spanier, wäre bestimmt pechschwarz gewesen. Außerdem hieß es in seinen Lebensbeschreibungen, dass er Lachen und leichtfertiges Geschwätz vermied. Nein, der echte Aloysius musste bereits als Junge einen strengen Gesichtsausdruck gehabt haben. Und wäre er nicht so früh gestorben, er hätte bestimmt ausgesehen wie Urs Hay. Jedenfalls ging die Phantasie mit Felix Rubik in diese Richtung durch. Er musste so denken, denn der blonde Aloysius an der Pforte sah doch zu sehr nach seinen Klassenkameraden aus. Er selbst hatte ein wenig von ihm, bevor er in die Pubertät gekommen war, dann begann er hässlich zu werden. Gregor, Sean O'Donnell, Thorsten Kubin, Hartmut ten Brinken, Thomas Grund sie alle waren hübsche Kinder gewesen und wuchsen zu attraktiven jungen Männern heran. Sie alle ähnelten der Statue: weich und blond mit dreizehn und vierzehn Jahren. Sie konnten lächeln und hatten erwartungsvolle Augen wie der Heilige. Und deshalb musste die Figur in den Keller.

Baked Beans und Jelly

Die Sonne stand im herbstlichen Zenith als Grund und Teckel hinter der Aabrücke am Stadtrand von Münster abbogen auf die Landstraße, die zum Parkplatz an der Uferpromenade führte. Monika Wiebe und Wehsal hatten schon am frühen Morgen in der ganzen Region herum telefoniert, um herauszubekommen, wo sich Hartmut ten Brinken aufhielt. Bei den Einwohnermeldeämtern der Nachbarstädte waren sie erfolglos geblieben; aber nachdem sie auf die Listen und Dateien von Sozialämtern und Staatsanwaltschaften zugegriffen hatten, fanden sie heraus, dass er bereits mehrfach als Obdachloser aufgegriffen worden war. Sein Bewegungsmuster zeigte: er zog zwischen Paderborn, Münster, Osnabrück und Hannover hin und her. In einigen der Obdachlosenasyle war er bekannt – schließlich berichtete ein Sozialarbeiter aus Münster, dass er ten Brinken noch vor zwei Tagen gesehen hätte. Dessen Kumpels hielten sich noch in der Schlafstätte auf und sie erzählten dem Sozialarbeiter freimütig von ihrem Streit und dass ten Brinken trotz der herbstlichen Kälte die Nacht wohl unter der Brücke an der Aa verbracht habe, ihrem Stammplatz in Münster, wie sie auch, in den letzten Tagen, bis es ihnen zu kalt geworden war. Monika hatte die Koordinaten der Brücke Grund aufs Handy geschickt.

Vom Parkplatz an der Bundesstraße aus konnten Grund und Teckel, als sie aus dem Wagen stiegen über die Taxushecken hinweg die Brücke in hundert Metern Entfernung ausmachen. Das Uferstück darunter lag im Schatten – schwer, darin etwas zu erkennen. Um die Mittagsstunde war es menschenleer; wer wollte auch am Wochentag bei dieser kühlen Temperatur hier spazieren gehen. Grund und Teckel kletterten den matschigen Trampelpfad zum Ufer hinunter und stapften bis zu der ausgebrannten Öltonne. Daneben lag ein Haufen Unrat, Lumpen, leere Bierdosen und Weinflaschen, einige Waschmaschinenkartons, die wohl in den ersten kalten Nächten die Obdachlosen vor dem scharfen Wind geschützt hatten. Doch nun waren die Kartons längst vom Dauerregen der letzten Tage durchweicht und nicht mehr brauchbar. Mit den Füßen schoben Grund und Teckel die matschigen Pappen beiseite. Darunter fanden sie einen einzelnen durchnässten Schlafsack. Es sah nicht so aus, als hätte jemand die vergangene Nacht darin verbracht.

„Pech", brummte Grund. Er kickte mit dem Fuß eine Konservendose fort und blickte ihr nach, wie sie scheppernd bis zum Uferrand taumelte und knapp vorm Fall ins Wasser liegen blieb. Dann stutzte er, als er den Aufdruck entzifferte.

„Moment, es klingt verrückt, aber die könnte von Hartmut stammen." Er bückte sich und hob die Dose auf. Ein türkis-grünes Etikett mit einer schwarzen Raute: *Heinz Baked Beans.*

„Wie kommst du denn darauf, dass ausgerechnet diese Dose von ten Brinken ist?", fragte ihn Roman, „das Ding könnte doch von wer weiß wem stammen!"

Grund schüttelte den Kopf und lugte in die Büchse hinein. „Die Reste sind noch nicht ganz eingetrocknet. Die ist erst gestern geöffnet worden. *Baked Beans* - Hartmut war völlig verrückt nach dem Zeugs. Nach all diesen britischen Sachen. Sean brachte sie ihm von zuhause mit. Seine Mutter holte das immer im britischen Supermarkt auf dem Armygelände. Ein normaler Penner würde diese teuren Marken bestimmt nicht kaufen, *Heinz Baked Beans* und *Jelly*, weißt du, was *Jelly* ist?"

Roman schüttelte den Kopf.

„Britische Götterspeise. Nicht bloß Pulver mit künstlichem Geschmack von *Dr. Oetker*. Tausend Sorten, Erdbeer, Brombeer, Zitrone, bunte Geleewürfel, die man in Wasser auflöst." Grund lachte. „Das Zeug gab es immer, wenn er Geburtstag hatte. Damit konnte ihm seine Mutter eine besondere Freude machen. Was das Essen anging, war er selbst mit fünfzehn noch ein Kindergartenkind." Er wiegte lächelnd den Kopf. „Und dann war er ganz scharf auf *Digestives*, das sind Haferkekse, steinhart und krümelig, die man in den Tee tunken kann. Es gibt auch eine Version mit dicker Vollmilchschokolade. Und später entwickelte er eine Leidenschaft für Hochlandwhisky. Ein richtiger Suffkopp, noch vorm Abi. Er sah ja schon aus wie zwanzig, zweiundzwanzig, als er siebzehn war und keiner stellte deshalb Fragen nach seinem Alter, wenn er in dem einzigen Spirituosenladen, den es damals gab in Paderborn, am Dom, die exquisitesten Marken kaufte. Ein bisschen habe ich mir von ihm abgeguckt, was den Brandy angeht. Der konnte die seltensten Sorten am Geschmack todsicher unterscheiden." Grund wurde fast heiter. Dann warf er die Blechdose wieder auf den Beton unter der Brücke, sie schepperte. Unter dem Brückenbogen hallte es nach.

„Aber er ist ja offenbar abgerutscht. Wie Monika in Erfahrung gebracht hat, lebt er schon seit Jahren auf der Straße. Mann, Mann, Mann ... der hatte ein Superabitur, ohne Probleme hätte der Medizin studieren können. Kein Numerus Clausus schreckte den. Fast ein Universalgenie. Er war der beste des Jahrgangs ...", Grund wurde immer leiser, „aber es wundert mich nicht, dass er unter den Brücken gelandet ist. Hätte mir auch passieren können. Der ist auch nicht damit fertig geworden, ich wette!"

Roman legte ihm die Hand auf die Schulter. Das tat Grund gut. Er konnte sich nicht entsinnen, dass ihn jemand je so unbefangen berührt hatte. Aber hätte er es früher denn zugelassen?

Romans Hand wanderte von der Schulter auf die Wange. Für einen Augenblick schmiegte sich Grund in diese Berührung, aber dann wandte er sich zum Gehen.

„Schade", sagte Roman leise und spöttisch, „du fühlst dich gut an!"

Grund machte ein wohliges Geräusch, blickte erst Roman entschuldigend an und dann auf die Öltonne und den Müllhaufen.

„Nix zu machen, hier. Wir sind zu spät. Wer weiß, wo Hartmut sich herumtreibt. Aber ich glaube, das hat auch sein Gutes: wenn wir es schon so schwer haben, selbst mit unseren Möglichkeiten ihn zu finden, wie sollte es dann dem Mörder glücken. Also dann, zurück nach Paderborn. Auf der Liste haben wir noch einen, den wir besuchen müssen!"

Sie vergruben die Hände in den Manteltaschen und schlenderten in Richtung Parkplatz. Roman blieb plötzlich neben einer Bank stehen und bückte sich. „Sieh mal, was da liegt, ein silberner Flachmann."

„Ach komm, Silber?", nuschelte Grund.

„Ja, da kenn ich mich ein bisschen aus seit der Sache mit dem Rosenkranz. Das ist Sterlingsilber." Roman schraubte den Stöpsel ab und roch am Ausguss. „Also, wenn mich nicht alles täuscht, dann ist das Whisky und zwar von der besseren Sorte", er hielt Grund den wie einen Diskus geformten Flachmann unter die Nase.

Der Kommissar schnupperte: „Du hast recht. Wenn's nicht so ein teurer Taschenflacon wäre, der bestimmt nicht einem Obdachlosen gehört, dann würde ich sagen, vielleicht ist Hartmut ten Brinken doch hier gewesen! Whisky, in einem Flachmann aus schottischem Sterlingsilber, das würde zu ihm passen."

Roman Teckel war schon ein paar suchende Schritte weiter zur Hecke hinüber gegangen. Abrupt blieb er stehen und starrte auf den Boden.

„Er *ist* hier", sagte Roman stockend und wies auf zwei nackte Füße, die durch die schon fast entlaubte Hecke zu erkennen waren: schmutzige Klumpen, verätzt und blutig dunkelrot und schwarz verkohlt. Hartmut ten Brinken lag hinter der Hecke auf dem Bauch, der Mantel ausgebreitet wie eine Decke über ihm. Ein Schuss hatte sein Auge getroffen, ein blutiger Krater unter der Stirn und dann beim Austritt ein klaffendes Loch in den hinteren Schädel gesprengt. Hirnmasse schmierte zwischen braunen Blättern auf dem Waldboden. Roman drehte sich weg und presste die Hand vor den Mund. Er würgte und kämpfte damit, sich nicht übergeben zu müssen.

„Bleib hinter der Hecke", rief Grund routiniert. „Schau nicht weiter hin." Er zog sein Handy aus der Brusttasche und wählte die Nummer der Münsteraner Mordkommission. Kurz und professionell erläuterte er, wen er hier ermordet vorgefunden hatte und was er an Hintergründen wusste. In zwanzig Minuten würden die Kollegen eintreffen.

Erst als er fertig telefoniert hatte, sah er sich nach Roman um. Der kauerte auf der Bank vor der Hecke, presste noch immer die Hand gegen den Mund und wehrte sich gegen das Würgen. Jetzt musste Grund Roman den Arm um die Schultern legen.

„Meine Güte", hauchte Roman, „ich hab so was noch nie gesehen!"

„Ich habe mich auch nicht daran gewöhnt. Aber nicht jeder Tote sieht so böse aus", sagte Grund leise. Zaghaft streichelte er Romans Nacken.

„Wir müssen warten, bis die Kollegen da sind. Tut mir leid, dass du das sehen musstest."

„Ich hab ja von der Polizei in Köln erzählt bekommen, was der Kerl Sean angetan hat, dass das so ein grausamer Anblick ist ... das habe ich mir nicht vorstellen können", flüsterte Roman.

Grund nickte bloß. Was sollte er sagen, zu beschwichtigen gab es nichts. So blieben sie wortlos nebeneinander sitzen, bis die Geräusche des Wagenkonvois der Polizei vom Parkplatz herübergeweht wurden. Der erste Wagen hielt an der Hecke, ein Uniformierter sprang mit einem Schlüssel heraus und hebelte den Pylon aus, der Autos daran hinderte, auf die Promenade zu fahren. Dann bog ein Einsatzwagen nach dem anderen auf den Kiesweg in Richtung der Bank, auf der Grund und Teckel warteten. Jetzt erst zog Grund seinen Arm von Romans Schulter und erhob sich.

Rasch war der Tatort abgesperrt. Die Kollegen von der KTU begannen mit ihrer Routine: Maße nehmen, die Suche nach der Patronenhülse, erster Augenschein durch den Pathologen. Roman blieb auf der Bank sitzen. Grund erklärte dem Teamchef, wie sie den Toten entdeckt und weshalb sie ten Brinken gesucht hatten.

Einer der Beamten durchforschte die Taschen des Ermordeten und tütete ein, was er fand. „Scheint ein frommer Katholik gewesen zu sein", sagte der Kollege, wandte sich zu seinem Chef und Grund um und hielt ihnen einen Rosenkranz entgegen: Silber mit Amethysten.

„Nein, der war nicht fromm", Grund schüttelte den Kopf. „Das ist eines der Markenzeichen des Täters, er hat auch bei den anderen Toten Rosenkränze hinterlassen."

Roman Teckel, der den Wortwechsel mitbekommen hatte, erhob sich von der Bank und zog aus der Jackettasche seinen Rosenkranz. Es fiel ihm schwer, den Toten anzusehen, aber er trat hinter der Hecke hervor und zeigte dem Münsteraner Kommissar die Gebetskette zum Vergleich. Es genügte ein Blick, um festzustellen, dass es die gleiche Machart war.

Grund platzte heraus: „Ich lass mich jetzt nicht mehr für dumm verkaufen. Jetzt werden wir Arcanus zur Rede stellen. Er muss uns sagen,

woher er die Rosenkränze hat und wieso die bei drei Toten auftauchen!"
Er wandte sich an die Kollegen der Mordkommission: „Ich lasse euch so
schnell es geht, alle Unterlagen mailen. Aber wir müssen jetzt sofort
zurück nach Paderborn", und er wies auf einen Kollegen von der KTU,
der gerade die am Tatort gefundenen Beweisstücke eintütete, „... wegen
dieser Rosenkränze!"

Bevor sie losfuhren, rief Grund Monika Wiebe an. Sie sollte die wenigen
Erkenntnisse, die sie hatten, nach Münster mailen, vor allem aber herausfinden, ob irgendetwas zu Arcanus im System wäre, und sei es bloß ein
Strafmandat wegen Falschparkens. Es dauerte nur wenige Minuten, sie
waren bereits auf der Autobahn, bis Monika sich zurück meldete. Über
den Antiquitätenhändler gab es keine polizeilichen Unterlagen.

Roman hatte bis dahin nur wenig gesprochen, der Anblick des Toten ging ihm nicht aus dem Kopf, aber jetzt gewann seine Journalisten-
neugier wieder die Oberhand.

„Na, dann woll'n wir doch mal sehen, was *ich* über diesen Typen
rauskriegen kann", sagte er grimmig und zog sein Tablet hervor. Grund
warf ihm beim Fahren einen anerkennenden Seitenblick zu; wie froh er
war, dass Roman neben ihm saß und nicht etwa Wehsal mit seinen zyni-
schen Sprüchen. Dem musste man obendrein manchmal die einfachsten
Dinge haarklein erklären und das Recherchieren von Fakten war auch
nicht seine Sache. Aber Romans Suche war schnell erfolgreich: er spei-
cherte etliche URL ab.

„Und", fragte Grund, „ gibt's noch mehr als die Internetseite von
seinem Antiquitätenladen?"

„Aber sicher", antwortete Roman, „... eine Menge. Der Typ ist doch
Theologieprofessor. Nicht unbekannt in diesen Kreisen. So einer steht
doch im *kathwiki*!"

Grund verzog das Gesicht. *„Kathwiki*? Was soll das jetzt wieder
sein?"

Roman kicherte, etwas Leichtigkeit kehrte in seine Stimme zurück:
„Kathwiki ist so was wie *wikipedia* für Katholiken. Nur fromme Quellen!
Arcanus hatte eine Professur im Paderborner Priesterseminar. Für Mo-
raltheologie ausgerechnet, naja, papsttreuer Jesuit eben", er lachte wieder.
„Dutzende von Veröffentlichungen. Aber damit will ich dich jetzt nicht

langweilen. Vor ein paar Jahren hat er als Professor aufgehört und ist für kurze Zeit in die Verwaltung des Jesuitenklosters bei Paderborn zurückgekehrt. Genaueres über seine Aufgaben find ich auf *kathwiki* nicht!"

„Dann war er also auch auf dem Kasten. Davon hat er mir nichts erzählt", sagte Grund aufgebracht.

„Ich habe hier noch was aus eurer Regionalzeitung: offenbar ist das Internat in die finanzielle Bredouille gekommen. Angeblich, weil es nicht mehr genügend Schüler gab", fasste Roman den Artikel zusammen.

„Das weiß ich", pflichtete ihm Grund bei. „Die Schule rentierte sich nicht mehr, ist zugemacht und verkauft worden an so eine erzreaktionäre Bruderschaft!"

„Die *Reconquista Die.*" Roman konnte seine Augen nicht vom Tablet lassen; mit sich steigerndem Eifer suchte und fand er immer neue Quellen. „Scheint so, dass Arcanus damals die Verhandlungen geführt hat."

Er rief weitere Seiten auf. „Es ist um ganz schöne Summen gegangen bei dem Verkauf der Schule und dem Grundstück. Dazu kommen noch die vielen Kunstwerke, die Arcanus verscherbelt hat, mehr als 20 Millionen Euro."

„Na, da kann er aber mal locker 5000 für eine mieses Marienbild rüber wachsen lassen, oder?", empörte sich Grund.

Roman stieß ein sarkastisches Lachen aus: „Hier, eine Dokumentationsseite von Missbrauchsopfern. Da hatten wohl einige vor, das Kloster zu verklagen; das ist aber nicht öffentlich geworden, denn das hat nicht geklappt. Die raffinierten Brüder haben rechtzeitig den Erlös vom Verkauf der Schule in Schweizer Kanälen versickern lassen, eben weil sie Schadenersatzklagen von Missbrauchsopfern gefürchtet haben. Nichts mehr zu holen. Die haben sogar die letzten alten Patres der Schule in einem kleinen Konvent, eine Art Altersheim, im Sauerland entsorgt, heißt es hier jedenfalls. "

Roman jonglierte in unglaublichem Tempo weiter mit zahlreichen Seiten. „Ach, guck mal an. Natürlich hat das Generalvikariat in Paderborn nicht nur beim Verkauf der Schule geholfen. Der Konvent im Sauerland wird auch finanziell unterstützt, weil dort nur noch arme, alte Rentnermönche und pensionierte Gemeindepriester leben. Der Paderborner Erzbischof hat sich für den reibungslosen Verlauf dieser ...", Roman schnalzte spöttisch mit der Zunge, „... *Transaktionen* höchstpersönlich eingesetzt! Das sieht so aus, als hätten die das Geld vorsichtshalber vor den Forderungen von Missbrauchsopfern in Sicherheit gebracht. Diese Bande, gerissen wie die Mafia!"

„Wo findest du denn solche Sachen?", fragte Grund.

„Na, auf einigen *kath.watch*-Seiten, man muss diesen Verein beobachten!"

„So was hatte ich nicht auf dem Schirm", kommentierte Grund bewundernd Romans Gründlichkeit,

„Aber", Roman hob erheitert den Zeigefinger, der eben noch auf dem Monitor herumgesaust war: „... da gibt's auch einiges ausgerechnet auf meiner Lieblingsseite zu entdecken. Man muss den Dreck von *crux.com* nur filtern oder ins Gegenteil verkehren, dann wird ein Schuh draus! Pass auf, das hier ist interessant. Arcanus muss wohl den Mist aufräumen, den seine Mitbrüder hinterlassen haben. Die Schmierfinken von *crux.com* loben ihn, dass er zwar das Vermögen in Sicherheit gebracht hat, aber verdammen ihn auch gleich wieder, weil er eine Art Fonds eingerichtet hat, aus dem er eventuellen Opfern wenigstens die 5000 Euro zukommen lassen wollte, die die Kirche als Schadensersatz bei Missbrauchsfällen vorgeschlagen hat. Der Orden jedenfalls hat knallhart behauptet, er sei nicht zu Schadenersatz verpflichtet, den müssten die Täter selber leisten, wenn sie denn verurteilt würden. Aber es hat bis heute keine Verurteilungen gegeben! Darüber haben die Hetzer auf *crux.com* sogar gejubelt ... die Opfer sollten dankbar sein, wenn man für sie betet! Das ist die christliche Nächstenliebe!"

„Hast du eben 5000 Euro gesagt?", unterbrach ihn Grund.

„Naja sicher, das lumpige Taschengeld zahlt die Kirche ja mal gerade ..." Roman begriff plötzlich, worauf Grund hinauswollte.

„Das ist genau die Summe, die Arcanus Thorsten Kubin für seine Madonna gezahlt hat. Der Kerl robbt sich mit solchen Angeboten an seine Opfer ran. Diese 5000 Euro sind bestimmt nur für die Kontaktaufnahme da! So schleimt der sich freundlich ein, kundschaftet sie aus und sucht nach der besten Gelegenheit, den Mantel des Schweigens auszubreiten! Der Kerl ist ja so was wie ein Cleaner!"

Grund warf Roman einen anerkennenden Blick zu: „Du kennst dich aus, was? Solche Cleaner gibt's tatsächlich bei der russischen und italienischen Mafia. Das ist keine Krimierfindung. Ist ja eher so, dass die Mafia genauso strukturiert ist wie der Jesuitenorden. Absoluter Gehorsam ist das Allerwichtigste. Da gibt's kein Pardon, die gehen wirklich über Leichen. Die Killer hinterlassen stets Signaturen, so wie Maler ihre Bilder signieren. Die Rosenkränze sind wohl auch solche Signaturen, diesmal eben christliche. Bei all den Schweinereien um den Kasten, wundert mich gar nichts mehr! Der Bande traue ich alles zu! Vielleicht ist Arcanus tatsächlich so ein jesuitischer Cleaner!"

Der Nachmittag wurde mit einem Mal hell. Die Autobahn war leer, deshalb konnte Grund aufs Gas treten. In der Ferne zeichneten sich taubengrau nach Norden die Konturen des Teutoburger Waldes und nach Süden die der Egge ab.

Sie erreichten den westlichen Rand der Mulde, in der die Stadt lag, und wie immer erblickte man als erstes den klotzigen Dom. Sein Grünspandach funkelte in diesem Licht türkis und kupfern. Rundherum ausgebreitet untertänig die Häuser der Stadt und die weniger wichtigen Kirchen, gotisch und barock. Rokoko gab es hier nicht. Das Hochstift war Diaspora, umzingelt von protestantischen Städten und Kreisen. Hier musste man glaubensstrenger sein als in anderen katholischen Orten. Die Stadt hatte deshalb keine verspielten Züge, selbst die modernen Bauten, ein paar Hochhäuser, wenn man denn zehn oder zwölfstöckige Wohnburgen Hochhäuser nennen darf, die Zweckbauten der Verwaltung und die Hochschule, alles gewöhnliche Architektur, nichts Schiefes, nichts Schräges, nichts Ausgefallenes – alles gerade ausgerichtet, unprätentiös, ohne Individualität: katholische Kirchen, Kuben und Kästen.

„Diesen Arcanus werden wir jetzt in die Zange nehmen", brummte Grund entschlossen und fuhr mit quietschenden Bremsen von der Autobahn ab. Roman hielt sich am Armaturenbrett fest. „Na, du bist in Fahrt", staunte er. „In jeder Hinsicht, Thomas. Bis eben habe ich mich neben dir richtig sicher gefühlt, aber wie du hier in die Kurve gegangen bist ... Jetzt willst du's wissen, oder?"

„Ich lass mich doch von dem Kerl nicht mehr für dumm verkaufen. Ausweichen, Pfaffengewäsch, nicht mehr mit mir!"

„Mit uns", pflichtete ihm Roman lakonisch bei.

Thomas Grund sagte nichts, sondern schaute seinen Beifahrer lächelnd an. Konnte das so schnell entstehen, dieses Einverständnis, diese Gemeinsamkeit?! Keine Zeit darüber nachzudenken, was da an Zuneigung dämmerte.

Der Kommissar bremste vor dem Antiquitätenladen, der Kies auf dem Parkplatz knirschte. Grund und Roman sprangen aus dem Wagen und hechteten zur Eingangstür. Da hing ein Schild: Wegen Todesfall geschlossen!

„Das ist ja die Höhe", platzte Roman heraus, „wegen Todesfall geschlossen! Zynischer geht's ja wohl nicht mehr!", und er klopfte wütend, aber vergeblich gegen das Glas.

„Der Kerl ist abgehauen nach unserem Besuch heute Morgen, darauf kannst du Gift nehmen", sagte Grund zornig. Er holte sein Handy hervor und rief Monika an, die sollte sich darum kümmern, dass nach Arcanus gefahndet wurde.

Roman schirmte mit den Händen seine Augen ab und versuchte durch die Schaufenster, die schräge Nachmittagssonne machte sie zu blendenden Spiegeln, in den Laden zu schauen. Natürlich regte sich darin nichts. Wütend kickte er ein Steinchen mit dem Fuß um die Hausecke. Dort, im Schatten, spähte er durch ein zweites Fenster auf dessen Marmorbank der kleine Bonsai-Hain so verspielt seine rostrote Herbstidylle darbot.

Neben dem Fenster: der Hintereingang. Kein Eisentor, wie zu erwarten gewesen wäre, sondern noch immer eine schwere Eichentür, sicher so alt wie das frühere Bahngebäude selbst.

Schon drückte Roman die schmiedeeiserne Klinke und betastete das rostige Schloss. „Da müsste reinzukommen sein!", murmelte er und zog einen Bund Schlüssel aus der Tasche - probierte einige vergeblich - und dann einen Dietrich, der ebenfalls am Ring baumelte.

Grund hatte sein Telefongespräch beendet und lugte um die Hausecke. Seine Empörung war bloß gespielt: „Du willst doch da nicht einbrechen? Ich muss mich aber wundern, dass du einen Dietrich dabei hast."

„Manchmal ganz nützlich", grinste der junge Mann, „ich bin eben ein investigativer Journalist. Mit höflichen Interviewanfragen ist es da nicht immer getan! Man muss auch schon mal was riskieren!"

Er drückte die Klinke mit der Linken und mit dem Dietrich in der anderen Hand, stocherte er vorsichtig im Schloss herum. Das gab nach und Roman versetzte der Tür einen sachten Stoß. Sie sprang auf und gab den Weg frei ins verschattete Büro.

„Nennt man das nicht *Gefahr im Verzug*, wenn ein Polizist ohne richterliche Anordnung handeln muss?" Er lächelte Grund unverschämt an und lud ihn mit einer großzügigen Geste ein, das Geschäft zu betreten.

Grund spürte plötzlich eine unbändige Lust, diesen strahlend frechen jungen Mann zu küssen. Aber es bot sich ihm nicht die Gelegenheit, Roman eilte schon ins Hinterzimmer. Der Kommissar folgte ihm. Die Madonna stand noch auf dem gleichen Platz wie heute Morgen. Die Aktenordner waren wieder in die Regale zurückgestellt worden. Hier sah nichts nach überstürztem Aufbruch aus.

„Wo sollen wir anfangen?", fragte Roman. „Die Ordner? Meinst du, da finden wir was? Ich guck mal in den Computer!" und er stellte das Gerät an.

„Ohne Passwort wird das nichts", winkte Grund ab. „Da muss ein Fachmann von der KTU ran!"

Roman beugte sich über den Monitor vor, ganz nah an Thomas Grunds Gesicht heran, so nah, dass der ihm in die Augen blicken musste. „Passwörter sind meine leichteste Übung", brüstete er sich scherzhaft.

Diese verdammten Augen, dachte Grund und schon war der zweite Moment vorbei, in dem er Roman hätte küssen wollen. Der hockte sich voller Erwartung vor den Monitor und tippte das Passwort ein, das er Arcanus am Morgen abgeschaut hatte.

„Aloysius, mit Y", hauchte Roman ironisch. Der Zugriff war frei.

„Du hast ja erstaunliche Fähigkeiten", knurrte Grund bewundernd.

Roman winkte ab, „Quatsch, nur gute Augen! Ich hab dem Typ heut früh auf die Finger geguckt. Man weiß doch nie, ob man so ein Passwort mal braucht!"

Grund knuffte Roman am Oberarm. Der Tag war voll von Berührungen, Gesten und Blicken, die ihm bisher völlig unwahrscheinlich erschienen.

Roman rieb sich die Hände. „Welchen Ordner öffnen wir denn als ersten? Wie wär's mit diesem: Adressen von Ehemaligen? Damit sind doch bestimmt nicht die jesuitischen Mitbrüder gemeint, oder?"

Grund beugte sich hinter Roman vor, um besser auf dem Monitor lesen zu können. Sein Gesicht spiegelte sich darin ganz nah neben dem des jungen Mannes, fast berührten sie einander. Hin und her gerissen war er zwischen dieser aufregenden Anziehung und der Neugier auf das, was der Ordner enthielt.

„Verdammmich", stieß er nach den ersten Zeilen aus, „das sind die Namen und Adressen von mindestens zwanzig Jungs aus meiner Zeit am Kasten!"

„Da ist auch Sean vermerkt", und Roman wies auf einen längeren Eintrag. „Lehnt Entschädigungssumme ab", las er laut die Bemerkung hinter der Adresse und dann einen Datumseintrag. „Das ist nur wenige Tage vor seinem Tod gewesen. Jetzt erinnere ich mich." Roman wandte sich niedergedrückt zu Grund um, „das ist an dem Tag gewesen, an dem Sean ziemlich sauer war. Ganz ungewöhnlich für ihn. Er hat mich sogar angeblufft, als ich fragte, welche Laus ihm denn über die Leber gelaufen sei. Er hat nur abgewinkt und was von alten Geschichten geraunzt. Ich hab das nicht weiter ernst genommen ..."

Grund legte ihm beruhigend die Hand auf die Schulter. „Er hat doch über seine Vergangenheit geschwiegen, wie hättest du erraten können, was geschehen war! Du musst dir keinen Vorwurf machen ..." Aber er konnte sich nicht lange damit aufhalten, Roman zu trösten, denn die weiteren Eintragungen auf der Liste erschütterten ihn.

„Da, da sind auch Gregors Adressen, vom Geschäft und privat", er las halblaut die Bemerkung, die Arcanus hinter Kleinschmidts Eintrag dazu gesetzt hatte: „Wechselt sich mit seinem Lebensgefährten bei der Fahrt zum Großmarkt täglich ab. Der kommt erst eine Stunde nach Öffnung des Ladens. Früher Morgen, beste Zeit, Kleinschmidt allein anzutreffen!"

Roman ergänzte mit einem zweiten Eintrag: „Kleinschmidt lehnt ebenfalls Entschädigung ab. Vielleicht Auftrag für mehrere Bonsais zu circa 5000 Euro. Kann er doch schlecht ablehnen! Neu eingerichteter Laden, kann lukrative Geschäfte gebrauchen!"

Grund schüttelte den Kopf: „... hat er ja wohl auch nicht abgelehnt, diesen Bonsai-Auftrag!" und las weiter: „Kubin, ten Brinken und noch so viele andere Namen ...!"

„Und da ist deiner." Roman wies mit dem Finger auf den Monitor: „Deine Hamburger Adresse und die von hier, fein säuberlich aufgelistet.

Zu dir wäre er wohl auch noch gekommen!"

„Dass sich der Täter auch mit mir beschäftigen würde, damit habe ich seit gestern Abend gerechnet!", sagte Grund kühl.

Roman scrollte die Liste hinab und überflog weitere Eintragungen. „Das sind noch gut ein Dutzend Namen. Der hat sich aber eine Menge vorgenommen", murmelte er und stoppte plötzlich: „Hier ist ein Eintrag für heute: nachmittags, Wunibert, Altenstift Marsberg mit Adresse und dann ...", Romans Stimme überschlug sich fast: „... 20.00 Uhr, Felix Rubik, Aloysius-Tagungshaus wg. Ankauf Heiligen-Statue!"

„Wunibert", rief Grund, „was hat der alte Wunibert, dieser verklemmte alte Bock aus dem Sauerland, damit zu tun?" Er schaute auf die Uhr. „Da ist er wohl jetzt in dem Altenstift! Steht da eine Rufnummer?", fragte er und riss schon den Hörer vom Telefonapparat auf dem Schreibtisch. Roman las sie ihm vor und Grund wählte hektisch; schon nach zwei Klingeltönen sprang ein Anrufbeantworter an: „Guten Tag. Sie rufen während unserer Rekreation und Gebetszeit an. Ab 17.00 Uhr ist unsere Pforte wieder besetzt. Bitte versuchen Sie es dann erneut!"

„Verdammt", Grund knallte den Hörer auf. „Es muss einer dahin ... und ich muss zum Kasten, Rubik vorwarnen!"

Roman sprang auf und rief: „Dann lass mich nach Marsberg fahren!"

„Du bist wohl nicht ganz gescheit", bluffte er den jungen Mann an. „Wer weiß, was passiert, wenn der Kerl noch da ist! Wir schicken die Ortspolizei!"

„Die kommt doch auch nicht rein, wenn da noch gebetet wird!" Roman sah auf seine Uhr. „Wenn ich jetzt losfahre, dann kann ich rechtzeitig da sein!"

Grund sah ihn nicht gerade überzeugt an. „Ich kann das nicht zulassen, wer weiß, was passiert!"

„Ach, komm", Roman berührte Grunds Gesicht mit der Hand, „es geht mich doch auch was an. Wir haben gar keine andere Wahl. Du musst jedenfalls im Kasten sein, bevor Arcanus da auftaucht!"

Eigentlich musste Grund dieser zärtlichen Geste und diesem Blick widerstehen. Aber er konnte es nicht – hier war ohnehin soviel Privates mit dem Fall verwoben, das ließ sich nicht mehr klar trennen.

Grund gab nach. „Also gut, fahr du in das Stift. Ich bring dich zu deinem Wagen!"

Sie machten sich nicht einmal die Mühe, den Computer auszustellen und die Ordner, die sie herausgezogen hatten, auf ihre Borde zurückzuschieben, schlugen bloß die schwere Holztür beim Hinauseilen wieder hinter sich zu und hechteten in Grunds Wagen.

Roman kramte im Aussteigen schon nach seinem Wagenschlüssel in der Jackentasche. Dann hielt er inne, beugte sich zu Grund hinab und fragte: „Meinst du, du schaffst es erst einmal allein, in deine alte Schule zu gehen?"

Grund blickte ihm zum ersten Mal bewusst in die Augen und nickte. „Das muss ich schaffen! Das werde ich schaffen", bekräftigte er. „Wenn nicht jetzt, wann sonst?"

Roman klopfte Grund sacht und bestätigend mit der Hand auf die Schulter und dann strich er ihm ermutigend mit seinem Handrücken über die Wange. Grund sagte nichts, denn das war für ihn überwältigend.

„Bis später, ich komm so schnell wie möglich nach!" Roman salutierte lässig und eilte zu seinem Wagen hinüber.

„Bis später", erwiderte Grund und rief ihm hinterher: „Du wirst das Tagungshaus auch finden?!"

„Na, hör mal", rief Roman zurück, während er seine Wagentür öffnete, „ich hab doch 'nen Navi!" Dann sprang er hinein und fuhr winkend los. Grund sah dem Wagen nach, bis der um die nächste Häuserecke verschwunden war.

Er ließ den Motor an, aber wartete einen Augenblick, bevor er selbst losfuhr. Zum Kasten also. Er hatte dieses Wort „Kasten" in den letzten zwei Tagen oft laut ausgesprochen, so viele Jahre hatte er das vermieden, jetzt fiel es ihm nicht mehr schwer. Kasten – ein harter Anlaut und ein ebenso hart ausgestoßener Vokal. So musste das sein. Es gab keine sentimentalen Erinnerungen an die Schule, den frommen Zuchtverein, diese Erziehungsanstalt für Knaben, brav, steinern, geometrisch, jesuitisch, katholisch, voll von Gebet, Weihrauch, Patres und Knaben, Collarhemden und Katechismus, Keuschheit und Zölibatsgeilheit.

Entschlossen trat er aufs Gas.

Wunibalds Rosenkränze

Der Eggemischwald funkelte in der späten Nachmittagssonne, ein westfälischer Indian Summer. Roman hatte dafür keinen Blick, er musste sich beherrschen, das Tempolimit einzuhalten, denn die vierspurige Bundesstraße verführte zum Rasen. Links und rechts die Stoppelfelder und zwischen sanften Hügeln immer mal wieder ein Dorf, schließlich ein Städtchen, das sich wahrscheinlich noch nicht lange so nennen durfte. Zu beiden Seiten der Hauptstraße große alte Fachwerkhöfe, dann der Ortskern mit Edeka-Supermarkt, Bäcker, Fleischer und dem Marktplatz, den die Kirche überragte: gewaltige Granitbrocken, an denen Efeu bis zum Satteldach empor kletterte, und der Turm gekrönt vom Wetterhahn.

Roman trat in die Bremsen, fast hätte er das Hinweisschild zum Altenstift übersehen. Mit kreischendem Getriebe bog er in eine schmale Landstraße. Da kamen noch die örtliche Grundschule, ein Kindergarten, eine Samenhandlung, ein winziger Baumarkt und dahinter schon wieder abgeerntete Getreidefelder und dazwischen der letzte Mais auf dem Grund. Die Straße wand sich in Serpentinen von der Hochfläche hinab und wurde enger und dunkler, denn zu beiden Seiten gab es dichte Fichtenwälder, aus deren Düsternis plötzlich ein Stoppzeichen aufleuchtete. Dann die Kreuzung. Ein gelbes Schild zum nächsten Ort und klein darunter der Hinweis zum Altersheim. Der Zufahrtsweg war nur nachlässig asphaltiert und führte um den Bauch eines Hügels hinauf. Kurz vor der Kuppe wurde der Wald lichter und endete schließlich. Roman fuhr direkt auf das wuchtige weiße Gebäude zu mit seiner trutzigen ebenso weiß gekälkten Mauer, die den ganzen Bau einfasste wie bei einem Gefängnis. Eine strenge Klosterwucht aus dem späten 19. Jahrhundert, zweckmäßig und streng, ohne Zierrat. Vor dem schwarzen Tor aus Stahlgitter lag der asphaltierte Parkplatz. Roman sprang aus dem Wagen und läutete. Es dauerte lange, bis aus der Gegensprechanlage eine sachte Stimme gedehnt und nicht sehr einladend fragte: „Guten Abend, hier spricht Pater Edinhard, was wünschen Sie?"

„Mein Name ist ...", er überlegte wie er am überzeugendsten und dringlichsten klang, um den Pförtner zu überrumpeln, „Roman Teckel. Es geht um eine wichtige polizeiliche Information. Ich muss unbedingt Pater Wunibert sprechen ...“

„Pater Wunibert? So ohne weiteres?" Die Stimme am anderen Ende klang beunruhigt. „Da müsste ich erst mal unseren Prior verständigen!"

„Tun Sie das bitte so schnell wie möglich", drängte Roman. „Es geht um einen Mordfall!" Ob es klug war, gleich mit der Tür ins Haus zu fallen? Wohl doch, denn der Pförtner drückte sofort den Türöffner und das Tor aus kaltgedrehten eisernen Kantstangen sprang auf. Roman hechtete den Plattenweg zwischen Beeten mit späten Astern hinauf zum Haupteingang, der ihm schon geöffnet wurde, bevor er die acht Stufen hinauf gesprungen war. In der Tür erwartete ihn ein älterer Pater mit weißem Haarkranz und ein wenig tatterig; der Türdienst schien für ihn wohl die am wenigsten beschwerliche Arbeit.

Roman trat ein und sah über die Schulter des Pförtners einen anderen auch schon älteren hageren Pater durch einen langen und grauen Gang heraneilen.

„Ich bin Pater Görges, der Leiter dieses Stiftes. Ich höre, Sie kommen in einer Polizeiangelegenheit und wollen Pater Wunibald sprechen? Wie soll ich das verstehen?"

Roman wollte sich gar nicht auf Diskussionen einlassen: „Ich muss Ihnen mit der Tür ins Haus fallen, jede Minute zählt", und er zog die Kette aus der Tasche: „Solche Rosenkränze stellen Sie hier doch her?", fragte er.

„Ja, sicherlich, Pater Wunibald fertigt so etwas in seiner kleinen Werkstatt", bestätigte der Prior verunsichert von Romans forschem Ton.

„Einige von seinen Rosenkränzen ..." Roman machte eine kurze Kunstpause, um den Schrecken der beiden Patres zu vergrößern, damit sie gar nicht auf den Gedanken kamen, nach seinem Ausweis zu fragen und hielt ihnen die silberne Kette unter die Nasen, „also, Rosenkränze wie dieser, sind in den letzten Tagen bei gleich drei Mordopfern gefunden worden!"

„Um Gottes Willen", der Prior machte eine abwehrende Handbewegung. „Pater Wunibald fertigt in der Tat solche und andere Rosenkränze, die dann an Devotionaliengeschäfte verkauft werden." Langsam dämmerten ihm die Ausmaße dieser Information, er wischte sich über die hohe Stirn und versuchte, sich zusammenzureißen. Er musste das Stift schützen und fragte deshalb mit Nachdruck: „Pater Wunibald ist ein alter Mann, was sollte er mit solchen Verbrechen zu tun haben? Er hat seit

Jahren das Kloster nicht verlassen. Ich muss schon bitten, Herr ...?"

„Mein Name ist Roman Teckel. Ich bin gekommen, weil uns Pater Wunibald vielleicht einen entscheidenden Hinweis geben könnte. Ich unterstütze Kommissar Thomas Grund aus Paderborn bei seinen Ermittlungen. Der Stand der Dinge ist so: vor vierzehn Tagen ist ein Mann", er mochte es gar nicht, seinen Freund Sean so belanglos einen *Mann* zu nennen, „in Köln grausam ermordet und verstümmelt worden. Vorgestern Nacht hat man einen Blumenhändler aus Paderborn auf die gleiche Art und Weise umgebracht. Und ich komme eben aus Münster, wo man eine weitere Leiche mit den gleichen Verstümmelungen gefunden hat."

Roman hielt den Rosenkranz dem Prior noch einmal ins Gesicht. „Und ich sagte es doch schon, allen Ermordeten hat man einen solchen Rosenkranz untergeschoben ... das gehört wohl zur Handschrift des Täters, wie wir das nennen." Er fand, der Zusatz klang nach Kriminalpolizei. Er musste soviel bluffen wie nur möglich, damit bloß niemand nach seinem Ausweis fragte.

„Aber diese Rosenkränze kann man doch in vielen Devotionalienhandlungen und Klosterläden kaufen", unterbrach der Prior den Redeschwall, den Roman über ihm ausgoss. Doch der ließ sich nicht beirren und redete weiter, bevor sein Gegenüber noch Luft holen konnte: „Ich muss wissen, an wen diese Rosenkränze geliefert wurden. Der Mörder hat offenbar eine größere Anzahl hier, direkt bei Pater Wunibald, gekauft!"

„Großer Gott", stöhnte der Pförtner, der die ganze Zeit mit fassungslosem Ausdruck das Gespräch verfolgt hatte. „Heute Nachmittag, kurz vor der Vesper, war Besuch für Wunibald da. Pater Arcanus, der Antiquitätenhändler, er kauft immer mal wieder Rosenkränze, die Wunibald anfertigt." Er schlug die Hände vors Gesicht.

„Sie wollen doch nicht sagen", der Prior blickte Roman entsetzt an, „dass Pater Wunibald etwas mit diesen Verbrechen zu tun hat? Wo ist er übrigens? Ich hab ihn bei der Vesper nicht gesehen!" Er wandte sich an den Pförtner, der mit der Schulter zuckte: „Ich auch nicht!"

„Das sieht Wunibert aber gar nicht ähnlich, dass er nicht zum Gebet erscheint!", meinte der Prior.

Roman schoss durch den Kopf, dass Arcanus hier wohl ein häufiger Besucher war. Wollte der den alten Pater umbringen, hätte er ohne Probleme das Kloster wieder verlassen können.

„Wo ist diese Werkstatt", rief er, „wir müssen nachsehen, was da passiert ist!"

Der Prior begriff noch immer nicht, wie ihm geschah, aber er fühlte sich alarmiert und lief Roman einen Flur voraus, hinkend mühte sich der Pförtner hinterher.

Nach zwei düsteren Gängen – nur kleine wie Bullaugen hoch in der Wand angebrachte Fenster ließen Licht durch bis auf den Boden – blieb der Prior nach Atem ringend vor einer schweren Eichentür stehen. Er klopfte und rief Wunibalds Namen. Keine Antwort. Roman drängte sich vor, öffnete die Tür mit Wucht und stürzte in die kleine Goldschmiedewerkstatt. Aus hohen Fenstern zum Innenhof fiel das Licht auf einen großen Arbeitstisch überladen mit Schachteln und Plastikkästchen für Schmucksteine, Kreuze und Ketten, mit Bunsenbrennern und filigranen Bohrern und Schleifmaschinen. Über die Aussparung im Tisch, wo der Lederlappen angebracht war, mit den man selbst feinsten Goldstaub auffing, hing der Pater nach vorn gebeugt auf seinen Armen.

„Um Gottes Willen", stöhnte der Prior auf und bedeckte vor Schreck den Mund mit der Hand. Durch die Finger murmelte er, „es ist ihm doch nichts angetan worden?"

Roman riss sich zusammen. Heute Morgen schon hatte er einen Toten in seinem Blut entdeckt. Jetzt musste er durchhalten und den Polizisten spielen. Mit der Linken bedeutete er dem Prior, er solle stehenbleiben, trat dann an den Tisch und streckte zögerlich die Rechte aus. Er berührte den alten, ziemlich beleibten Pater, der einen dunkelblauen Kittel trug, an der Schulter.

Der Mann grunzte und stützte sich mühsam mit beiden Armen an der Tischkante ab, bis er aufrecht saß, dann rieb er sich die Augen.

„Was ist denn los?", knarzte er ungehalten, suchte mit einer Hand zwischen den Goldschmiedewerkzeugen auf dem Tisch herum, bis er seine Brille fand und setzte sie auf. Jetzt erst erkannte er den Prior und mühte sich, seinen schweren Körper aus dem Sitz hochzubringen.

„Geht es Ihnen gut, Pater?", fragte der Prior.

„Ja, sicher", antwortete Wunibert und berappelte sich mühselig. „Ich muss eingeschlafen sein ... Es tut mir leid, ich habe wohl die Vesper verpasst!"

Der Prior winkte ab, „wir haben uns große Sorgen um Sie gemacht!"

189

„Sie hatten doch heute Nachmittag Besuch?", schnitt Roman dem Prior das Wort ab.

„Ja, das hatte ich allerdings." Wunibald blickte erst Roman an und dann den Prior. „Wer sind Sie überhaupt, was ist denn hier los?"

„Das ist ein Herr von der Kriminalpolizei aus Paderborn", erklärte der Prior unruhig. Roman konnte ein Grinsen kaum verbergen, er war wohl sehr überzeugend gewesen. „Es geht um fürchterliche Verbrechen ..."

Roman fiel dem Prior erneut ins Wort: „Man hat bei drei Mordopfern in Köln, Münster und Paderborn genau die Rosenkränze gefunden, die Sie hier herstellen!" Er zog erneut den silbernen Gebetsschmuck mit den Amethysten aus der Tasche.

Pater Wunibald glotzte die Eindringlinge in seiner Werkstatt begriffsstutzig an. „Ja, sicher, die mache ich schon seit einiger Zeit. Die Einzelteile kommen vom Guss aus einer Fabrik, ich bearbeite sie und setze sie zusammen. Da, da sind noch ein paar", er deutete auf einen Karton. „Das sind meine letzten, der Kunsthändler Arcanus hat heute noch mal welche mitgenommen!"

„Herr Arcanus war also bei Ihnen?", fragte Roman. „Kommt er öfter?"

„Na", brummte Wunibald, „in den letzten zwei Jahren, seit er das Geschäft aufgemacht hat, war er einige Male da und hat ein paar Sachen gekauft. Ich kenne ihn noch von früher. Er war ja eine Zeit lang Beichtvater im Aloysiusinternat!"

„Er war was?", fragte Roman.

„Beichtvater, junger Mann! Im letzten Jahr bevor das Aloysius-Internat geschlossen wurde. Ich hab dort Werkunterricht gegeben. Aber warum wollen Sie das wissen?"

Am Kopfende des Arbeitstisches rang der Prior hilflos die Hände, der Pförtner war neugierig in der Tür stehen geblieben. Roman achtete weder auf die beiden Patres noch auf die Frage Wunibalds. Er setzte dem dicken Pater gleich weiter zu.

„Wann ist Arcanus gegangen? Hat er eine Andeutung gemacht, wohin er heute noch will?"

„Er hatte es eilig, sonst haben wir uns immer noch ein wenig über das Internat unterhalten. Alte Zeiten, wissen Sie ... über die anderen

Lehrer und vor allem über die Schüler. Arcanus war ja nur noch im letzten Jahr, kurz vor Schluss, bei uns. Er hat mich immer ausgefragt, wollte immer viel über die Schüler wissen ... sogar die Namen, aber ich konnte mich wirklich nicht an alle erinnern. Nur an ein paar."

„An wen?", fragte Roman bestimmt, „auch an den Sohn eines irischen Soldaten vor mehr als fünfzehn Jahren? Haben Sie ihm auch von dem erzählt?"

„Ja, sicher. Der Vater war wohl ein guter Katholik als Ire und der Junge so ein Rotschopf. Der hieß Shane oder so, so was merkt man sich doch!"

„Sean hieß er", verbesserte ihn Roman, „Sean O'Donell!"

„Ja, genau, McDonell, so hieß der!"

„Und was ist mit Gregor Feinschmidt und Hartmut ten Brinken?" Roman ließ nicht locker.

„Kann schon sein, dass wir über die gesprochen haben. Dieser ten Brinken, der kam ja auch aus dem Münsterland, ist ein Münsterländer Name, ten Brinken!"

„Und über wen hat er noch was wissen wollen, Pater?", drängte Roman.

Der alte Mann ließ sich wieder auf seinen Hocker sinken. Er machte eine fahrige Bewegung mit der Rechten, „nicht so schnell, junger Mann. Nicht so schnell ..."

„Es ist lebenswichtig, Pater. Über wen noch?", setzte Roman Wunibald verärgert zu. Der machte eine hilflose Geste mit der Rechten.

„Heute Nachmittag, vorhin, als er da war, sprach er über Felix Rubik. Das war ein frommer Junge, der ist wohl heute Geschäftsführer oder so was in unserem ehemaligen Aloysiusinternat. Da haben die doch ein Tagungshaus draus gemacht!"

„Und, will er ihn aufsuchen oder was?" Roman wurde immer ungeduldiger.

„Jo, sicher", Wunibald reagierte genervt, „der wollte nachher noch dahin zu unserem Internat. Die Aloysiusstatue begutachten, hat er gesagt. Die hat da wohl ausgedient. Er will sie kaufen. Und deswegen fährt er heute Abend rüber!"

„Shit", entfuhr es Roman, ohne auf die zusammenzuckenden Patres Rücksicht zu nehmen; er holte sein Handy aus der Tasche und wählte

Grund an. Doch bereits nach drei Klingelzeichen meldete sich bloß die Mailbox.

„Thomas, wenn du das abhörst, pass auf. Arcanus ist auf dem Weg zum Kasten, wie wir vermutet haben. Gib auf dich Acht. Ich rufe gleich bei deinen Kollegen im Präsidium an! Und dann komme ich auch!"

Roman steckte das Handy wieder zurück.

„Es tut mir leid, dass ich hier soviel Unruhe stifte", Roman wandte sich zum Prior, „es könnte sein, dass der Verdächtige noch heute einen weiteren Mord begeht. Ich muss zu meinen Kollegen!" Er eilte zur Tür, aber Wunibald grantelte so laut, dass er stehen blieb und sich umsah.

„Mord", der alte Mönch erhob sich schnaufend von seinem Hocker. „Was reden Sie denn da für einen Quatsch. Arcanus und ein Mord? Der war doch mein Beichtvater damals." Er schlurfte kopfschüttelnd vom Arbeitstisch zu einem Schreibpult und klappte es auf. „Hier", sagte er mit Nachdruck und hielt ein Quittungsbuch hoch und ein Bündel Euroscheine.

„Diese 5000 Euro hat er mir für unser Stift hier gegeben. Ist ein anständiger Mensch, der Arcanus. Der hat doch nichts mit Morden zu tun", empörte er sich.

„Aber die Rosenkränze, die bei den Toten gefunden wurden, die hat er doch bei Ihnen gekauft?", fuhr ihm Roman in die Parade.

„Die hat er bei mir gekauft. Aber er war doch nicht der einzige. Hier, vor ihm war noch jemand da, vor vier Wochen, bitteschön, können Sie selbst nachlesen", und Wunibald hielt Roman das Quittungsbuch unter die Nase.

„Ein Dutzend Rosenkränze ... der wollte auch noch mehr, aber da hatte ich nicht mehr soviel. Der kommt bestimmt noch mal!"

Roman beugte sich über die Seiten. Es war etwas mühselig den Krakel des alten Paters zu entziffern ... aber dann war er sich sicher ....

Eine ansteckende Krankheit

Grund packte das Lenkrad fest wie selten. Es fiel ihm schwer, sich immer weiter zusammenzureißen und professionell zu bleiben. Zuviel war passiert seit gestern Abend, als Roman an seiner Tür geklingelt hatte. Er pfiff durch die Zähne! Der Fall, natürlich, hatte Wendungen genommen, die ihn selbst hineinrissen in einen Strudel aus Erinnerungen und Gegenwart. Aber das war ja nicht alles. Er hatte eine ganze Nacht neben einem Mann schlafend verbracht. Sie hatten nicht *miteinander* geschlafen. Das wäre noch zu viel gewesen und keiner von beiden hatte wohl daran gedacht.

Verdammt nochmal, er hatte daran gedacht, davon sogar geträumt: hingetuschte Bilder, jedes Mal kurz bevor er aufwachte. Natürlich war er einige Male aufgewacht, denn die alte Unruhe und Ängstlichkeit, nicht allein zu sein im eigenen Bett, war so schnell nicht gewichen. Sicher schlief da ein Unbekannter neben ihm. Aber nach allem, was sie einander in den Stunden zuvor erzählt hatten, spürte Thomas Grund, zum ersten Mal, dass er einem Mann vertrauen konnte, obwohl der noch ein Fremder war. Noch. Das konnte sich ändern. Konnte sich das wirklich ändern nach so vielen Jahren des grundsätzlichen, tief nistenden Misstrauens?

Im Licht der Straßenlaterne, das durchs Fenster fiel – er hatte die Vorhänge nicht zugezogen, so müde war er ins Bett gefallen – schaute er das Gesicht des Schlafenden an. Es war das erste Mal, dass er einen Schlafenden betrachtete, es war das erste Mal, dass er einen Schlafenden neben sich duldete. Er sah, wie sich dessen Brust hob und senkte, hörte den Atem, beobachtete wie die Augenlider ganz zart flackerten; offenbar träumte der junge Mann. Das konnte doch nicht wahr sein, dass jemand ihm so vertraute, ohne Angst neben ihm zu schlafen und auch noch zu träumen. Er hatte das immer für unmöglich gehalten, soviel Vertrauen im Bett, im Schlaf, in der Nacht. Wie konnte er sich da abwenden, herumdrehen und weiter schlafen. Das war ein Wunder. Er bettete seinen Kopf auf den angewinkelten Arm und betrachtete das schlafende und träumende Gesicht immer weiter und schlief endlich selbst darüber ein.

Hinter dem Ortsausgangsschild stieg die Straße steil an und führte dann auf den Kamm eines Eggeausläufers. An beiden Seiten längst abgeerntete und entlaubte Zwetschgenbäume, und dahinter in den Stoppelfeldern, die schon seit Jahren zur Landschaft gehörenden Windräder. Nach zwei Kilometern das große gelbe Schild mit den Hinweisen für die nächste Kreuzung – und dazu auf grünem Untergrund der Name *Tagungshaus St. Aloysius*.

Wie oft war er hier, als das Tagungshaus noch *Knabeninternat* hieß, im Sommer mit dem Fahrrad und im Winter mit dem Postbus abgebogen. Jetzt war es das erste Mal nach bald zwanzig Jahren. Er fuhr zu schnell; zu spät fiel ihm ein, dass damals kurz vor der Kreuzung ein Starenkasten lauerte. Der Blitzer stand noch immer hinter einem Forsythienbusch so gut verborgen, so dass er erst im letzten Moment und damit viel zu spät für die unvorsichtigen Fahrer zu entdecken war. Auch Grund bremste zu spät. Wie eine Messerschneide durchfuhr der grelle Blitz das Oktoberlicht. Jetzt war es egal, geblitzt oder nicht. Es gab Wichtigeres.

Hinter der Kreuzung führte die Landstraße einen Hügel hinauf. Zu beiden Seiten Mischwälder, gelb, umbra und rostrot; und auf dem Boden darunter ganze Wogen von Herbstlaub. Oben auf dem Hügelkamm wurde der Baumbestand lichter.

Auf der anderen Seite der abfallenden Hänge sah er sie nach so langer Zeit zum ersten Mal wieder: die mannshohe Gefängnismauer, die das Gelände nach Westen hin begrenzte. Er hielt für einen Moment bei der Einzweigung eines Feldwegs und blickte hinab: da lag der Kasten überflutet vom Tageslicht. Seine Erinnerungen daran waren grau gewesen: graue Mauern, graue Türme und eine graue barocke Kirche mit alten blassroten Ziegeln auf den Dächern. Das strahlte jetzt aber alles so neu, herausgeputzt, renoviert, sauber, durch die sich lichtenden Kronen der alten Kastanien rund um den ganzen Gebäudekomplex. Selbst der ehemalige Klostergarten, in dem die Schüler damals jäten und hacken mussten oder die Kieswege rechen – das nannte der Pater, bei dem sie Biologie hatten, Naturkundeunterricht, so vermied er die verhasste Evolutionstheorie – war neu gestaltet; es gab einen Durchbruch in der Mauer und dahinter konnte man statt der Rabatten mit Möhren- und Kohlrabi für die Internatsküche, bunte Beete mit Astern und Dahlien erkennen. Auch der Unterstand an der Postbus-Haltestelle war neu, gläsern, klar, transparent, nicht mehr aus Baumstämmen und im Stil einer Blockhütte. War denn hier alles geputzt, gewienert, gesäubert, renoviert?

Grund ballte die Faust um die Handbremse und spürte den metallenen Widerstand. Dann löste er sie und fuhr langsam die Straße hinab, die im weiten Bogen am ehemaligen Kloster vorbeiführte. Dabei verschoben sich die Gebäude in seinem Blick gegeneinander und es war ihm, als kämen unter dem neuen Putz und den neuen Dachpfannen der alte Mauerauftrag, die alten ausgeblichenen Ziegel zutage. Das *Tagungshaus*

St. Aloysius, wie es auf einem hellgrünen Schild in großen schwarzen Lettern mit goldenen Schatten zu lesen stand, war Camouflage. Das ehemalige Jesuitenkloster mochte jetzt, - was stand da noch auf dem Schild? - der *Reconquista Dei* gehören, doch je näher er kam, desto mehr erkannte er in allen Winkeln und Fugen und den dann doch nicht ganz verborgenen Rissen und Mauerspalten den alten Kasten.

Der wuchtete in der Landschaft; angeblich eine Zuflucht. Eine Benediktsregel verlangte, dass die Klöster nur einen Tagesmarsch voneinander entfernt gebaut werden sollten. So kamen die Mönche, waren sie auf Wanderschaft, am Abend immer unter Dach und Fach und in den Schutz einer Kongregation. Hier war weit und breit kein Dorf, Weiler oder Bauernhof, nur dieses ehemalige Kloster und Natur, fruchtbare Landschaft, die die Mönche zu nutzen wussten, seit alters her – ein paar Kilometer weiter im Umkreis einige Dörfer, die lange nach dem Aloysiuskloster gegründet worden waren. Erst hatten die Benediktiner – da war das Kloster noch nach dem Hl. Benedikt benannt - dieses Land für sich beansprucht, dann übernahmen die Jesuiten den Bau und nutzten ihn als abgelegene Kaderschmiede für ihre jungen Mönche; hier wurden sie durch nichts abgelenkt. Die paar abhängigen Bauern, die auf den Feldern des Klosters arbeiteten, boten keine Ansprache und ihre rasch verhärmten Töchter und Söhne, die von Kindheit an mitschuften mussten, damit das Kloster seinen Zins bekam, waren wirklich keine Ablenkung für junge geile Mönche. Einzig ein kleiner zierlicher Barockbau am anderen Ende des umzäunten Geländes bot exklusiv dem Abt Ablenkung. Nur dort gab es neben dem Haupteingang des Klosters eine Tür hinaus in die ländliche Freiheit. Zu Grunds Zeiten übte in dem einen Raum des Pavillons der Schülerchor oder er wurde zum Elternsprechtag genutzt. Einmal hatte ihn der Pater auf einem Spaziergang mit dahin genommen. Er zog den Schlüssel aus der Soutane und tat geheimnisvoll.

„In diesem Abtpavillon haben sich die Äbte, mein Junge, amüsiert. Das ging ja nicht im Haupthaus." Er schloss auf und zog Thomas an der Hand hinein, versicherte sich mit einem Blick nach draußen in die Runde, dass niemand sie beobachtet hatte und schloss dann die Tür wieder ab. Es roch muffig in dem großen Raum mit dem Backsteingewölbe und den hohen schmalen Fenstern. Die waren so hoch, dass man auf einen Stuhl steigen musste, um hinauszublicken auf die Hügel der Egge. Von außen hatte also niemand Einblick in diesen *locus amoenus*.

„Soviel Latein musst du schon verstehen", sagte der Pater und lachte.

„*Locus amoenus*, heißt was?"

„Ort der Liebe", antwortete Thomas sofort und tonlos.

„Stimmt", lobte der Pater spöttisch. „Ein wenig frivol, zugegeben. Frivol und bukolisch. Weißt du auch, was bukolisch ist?"

Thomas schüttelte den Kopf.

„Na, wirst es noch lernen", der Pater kicherte, „ein Wort aus vorchristlicher Zeit. Schäfchen, Ziegen und Hirtenknaben und der Oberhirte, schamlos und heidnisch. Obwohl, wir haben ja heute auch noch Hirten und die Schafe der Gemeinde. Aber damals, da waren sie in der Mittagshitze alle schläfrig und nackt, die Hirten und ihre Hüteknaben, auch die Helden der Sage, die Lehrer und ihre Schüler bei Erkundungen draußen in der Natur, ach, wir wollen darauf gar nicht näher eingehen, er ist eben zu verlockend, dieser pädagogische Eros. Aber davon weißt du auch noch nichts. Ein griechisches Laster", er feixte in sich hinein.

Der Pater ging zur einen Längswand hinüber, wo eine Holztäfelung bis zur Decke einen Nebenraum abtrennte und klappte sie wie eine Ziehharmonika auf. Dort befanden sich ein großes Bett und hinter einer wandgroßen Milchglasscheibe das Bad mit nachträglich eingebauter üppiger Wanne, alles in matten Marmorkacheln, deren Maserungen fast wie ein umlaufendes Mäandermuster aussahen. Eigens aus Carrara hergeschafft.

„Nicht gerade griechisch, dieser Marmor, aber immerhin. Das hat es natürlich noch nicht gegeben, als der Pavillon gebaut wurde. Aber der gehört seit ein paar Jahren dem Bistum Paderborn, mein lieber Junge. Wir haben ihn unserem verehrten Erzbischof geschenkt. Der wandert doch so gerne auf der Egge; und wenn er einmal Ruhe haben und allein sein will, dann kehrt er ein und übernachtet hier!"

Der Pater ließ sich auf der Bettkante nieder, klopfte sacht mit der flachen Hand auf die frisch aufgeschütteltn Kissen und bedeutete damit, der Junge möge sich neben ihn setzen.

„Die Kammer und das Bad sind immer bereit für den Besuch des Erzbischofs. Unser lieber Wunibald schüttelt jeden Tag die Betten auf, denn man weiß ja nie, ob der hohe Herr nicht mal unvermittelt auftaucht, um allein zu sein, mit wem auch immer", der Pater kicherte, als hätte er getrunken. „Wunibald bewundert den Erzbischof. Er schickt ihm jede Woche zwölf Eier von seinen Hühnern, diesem gackernden Viehzeug, das er dort hinterm Klostergarten hält. Und Weihnachten sogar eine Gans oder eine Ente. Aber leider hört er nie ein Dankeschön. Geschweige denn, Vergelt's Gott. Der Erzbischof nimmt's als Gabe Gottes. Dass Wunibald das Vieh füttern musste, schlachten und rupfen hat ihn nie interessiert. Der denkt sich, sehet die Vögel auf dem Felde ...“ fast schüttete der Pater sich aus vor Lachen. „Und dann kommt der Bischof zwei Mal im Jahr daher, bestaunt das Federvieh, lässt sich von Wunibald mit gekochten Eiern zum Frühstück bedienen und schläft hier. Ich finde das, gelinde gesagt, pikant!“

Er klopfte noch einmal auf die Matratze neben sich.

„Setz dich, mein Junge! Dann wollen wir also diesen schönen Pavillon zu unserem *locus amoenus* machen!“ Rotbäckig und erheitert setzte er hinzu: „Wer weiß, was mir heute an Lateinunterricht noch einfällt ...“

Grund drehte den Schlüssel, der Motor des Wagens verstummte. Vom neuen Parkplatz aus war der Pavillon nicht auszumachen. Er strich mit beiden Händen das Haar aus der Stirn.

Da sollte er nun wieder hinein. In dieses Klotzwerk aus Wesersandstein, aus dicken Mauern, braun und grau und staubigem Licht, das immer nur schräg durch die schmalen Fenster fiel. In diese Wucht aus Schule, Erziehung und Erinnerung, aus damals und jetzt immer noch.

Er konnte jedenfalls am späten Nachmittag immer davon, aber was war mit den vielen anderen, die ihre Tage und ihre Nächte hinter diesen Steinen und Mauern und hinter all der Frömmigkeit verbringen mussten. Es gab ja noch so viele andere neben ihm. Mehr als 150 Jahre hatte es hier Schüler gegeben, die waren damals noch weiter weg von allem, von der Stadt, sowieso fromm, von allem fern, was nicht von Beten und Gehorsam geprägt war. Was hatten die hier erlebt, in den Schwaden von Weihrauch und Waschküche und dem Echo der Stundengesänge, das über die Flure hallte? Plötzlich fiel Grund ein: der Pater war doch bestimmt nicht der einzige gewesen, der sich an Jungen heranmachte. *Er* war ja auch nicht der einzige Junge gewesen. Gerade deswegen musste er sich jetzt zusammenreißen, aussteigen und Felix Rubik warnen und dann zusehen, dass er den wahnsinnigen Mörder, der bestimmt aus dem Kloster kam, zu fassen kriegte.

Was für eine schöne wütende Wucht, mit der er die Wagentür zuschlug, die gefiel ihm. Was für ein kräftiger Schritt auf dem Kiesweg zum Haupteingang! Einen solchen Schritt hatte er schon seit Monaten nicht mehr draufgehabt. Wie frisch und klar es heute war, ganz anders als gestern, als es den ganzen Tag in Trübnis gegossen hatte. Was für eine frische Luft, die musste er sich in die Lungen holen. Mit so einem Atem konnte er aufrecht gehen. Er spürte sein Kreuz, aber nicht unangenehm; es war, als spürte er den Rücken wie einen angespannten, kräftigen Muskel kurz vor dem Sprung – und das setzte sich fort in den Hals, ha, er wuchs um zehn Zentimeter, vielleicht auch nur fünf, aber er wuchs und war ganz gerade, als er an der Freitreppe vor dem Haupteingang ankam.

Acht Jahre war er diese Treppe täglich hinauf und hinunter gelaufen. In den ersten Wochen unentschlossen beim Kommen und beim Gehen. Und später dann zögerlich am Morgen und erleichtert am späten Nachmittag. Er schlich hinauf und lief hinunter. Was war zu erwarten, wenn er kam und was war geschehen, wenn er ging?

Nein, diese Erinnerungen durften jetzt nicht aufblitzen. Er wollte sich für einen Augenblick auf dem steinernen Geländer abstützen, aber dann zog er seine ausgestreckte Hand zurück. Nein, diese Treppe musste er ohne Stütze gehen. Und das war möglich!

Der schmiedeeiserne Griff der schweren Eichentür lag kalt in seiner Hand wie damals jeden Tag, wenn er kam. Die Tür quietschte, immer noch wie damals, in den Angeln. Dahinter aber war das Entree hell, nicht wie damals, als bloß trübe Birnen ein Funzellicht warfen. Bloß der Aloysius in seiner Nische war damals erleuchtet.

Erleichtert stellte Grund fest, dass die Statue des Heiligen nicht mehr an ihrem angestammten Platz stand. Es wäre ihm schwergefallen, sich daran vorbei zu schleichen.

War das die Hand des Paters auf seiner Schulter? So wie der immer die Hand auf die Schulter der Jungen legte, wenn sie einen Augenblick andächtig vor dem heiligen, reinen, keuschen Knaben verbrachten. Der Heilige lächelte auf jeden hinab, der herkam, seine unkeuschen Gedanken und Taten zu bereuen. Die verschattete Nische mit dem einen Strahler bot dem Heiligen aus Gips eine Bühne, dem Heiligen ohne Geschlechtsteile, dem Heiligen der Knabenscham – der hatte niemals den Schwanz eines Paters in sich gespürt, aber wer wusste das wirklich? Wer wusste, weshalb der so keusch geworden war? War das tatsächlich eine Eingebung des Heiligen Geistes gewesen wie man ihnen als Schülern weisgemacht hatte oder war es der Schreck, das Entsetzen, die Abscheu vor den verschrumpelten, ungewaschenen Geschlechtsteilen frommer Priester oder Patres, die dem jungen Aloysius übers Haupt streichelten und deren Finger seinen Nacken erkundeten? Solche Gedankenfetzen waren Thomas Grund schon damals gekommen, als ihm die strenge Geteiltheit von Licht und Schatten auffiel, aber jetzt erst wagte er, sie zuende zu denken.

Heute gab es ein angenehmes, edles Lichtdesign im ganzen Foyer. Lampenbogen an den Wänden und der Decke, ein einladendes Licht, warm, ocker, siena, mediterran. Gegenüber dem Portal, in der Nische, wo einstmals die Aloysiusstatue gestanden hatte, war ein Plakat, das für den Kongress warb, angebracht. Es füllte die ganze hintere Wand aus.

Die einstige hölzerne Pförtnerloge mit den Schiebefensterchen war einem gläsernen Empfang gewichen, der aussah wie der eines Luxushotels. An der Rückwand hinter der Theke Dutzende von Fächern für Schlüssel und Post der Gäste des Tagungshauses. Auf dem Tresen Regale und Halter aus Plexiglas mit Broschüren und Prospekten und ein großer Pflanzkübel mit einem Ficus und bodendeckenden Fettgewächsen.

Ein beleibter Endfünfziger erhob sich von seinem Sitz am Schreibtisch hinter der Theke. Er trug einen gediegenen schwarzen Treviraanzug und anstelle eines Einstecktuches ein Schildchen mit seinem Namen angeheftet: *Eduard Mielke, Empfang.*

Grund fischte aus der Jackettasche seinen Dienstausweis und hielt ihn dem Mann entgegen.

„Ich bin Kommissar Grund und möchte gerne Ihren Geschäftsführer sprechen, Herrn Rubik!"

„Kommen Sie wegen der Demonstration von gestern Abend?", fragte der Portier geschäftig.

Grund wollte sich nicht auf ein Gespräch einlassen und wiederholte seine Forderung unwirsch: „Ich möchte Herrn Rubik sprechen! Sofort!"

Der Pförtner wies auf das Plakat in der Nische. „Sie sehen doch, heute Abend beginnt hier ein wichtiger Kongress. Herr Rubik ist für vieles verantwortlich und hat jetzt wirklich keine Zeit!"

Grund hatte sich vorgenommen, beherrscht zu bleiben. Aber das war ein törichter Vorsatz gewesen. Er haute mit der flachen Hand auf die Theke; der Schlag hallte durch den ganzen Vorraum.

„Verdammt noch mal, es geht hier nicht um irgendwelche Protestaktionen von gestern. Ich will Herrn Rubik in einer ernsten Angelegenheit sprechen. Wollen Sie ihn jetzt verständigen?"

Mielke zuckte zusammen. So etwas war ihm noch nie untergekommen. Er wählte Rubiks Mobiltelefon an und während er auf Antwort wartete, versuchte er kleinlaut den Kommissar zu beschwichtigen: „Unser Geschäftsführer hat schrecklich viel zu tun. In der Küche, in den Seminarräumen, und dann ist heut Abend auch noch ein Empfang nach dem Eröffnungsvortrag, sogar mit dem Erzbischof aus Paderborn!"

„Das ist mir vollkommen gleichgültig. Herr Rubik wird schon verstehen, weshalb ich ihn dringend sprechen muss!"

Felix Rubik meldete sich und Mielke schilderte ihm knapp, wer ihn dringendst zu sprechen wünsche. Dann legte der Portier den Hörer auf.

„Herr Rubik kommt gleich herunter. Er hat aber nicht viel Zeit, soll ich Ihnen sagen!"

Grund vergrub beide Hände in den Hosentaschen und verkniff sich eine Antwort. Er drehte sich weg von dem schleimigen Pförtner und las das Plakat zum Kongress: *Keuschheit und Familie – Wider die Homosexualisierung der Menschheit!*

„Widerlich", raunte er und stellte fest: wie die Faust, die nochmal auf das schon blaue Auge schlägt, passte das Plakat in jene Nische der geheuchelten Unschuld.

Die schwere Eingangstür wurde aufgeschoben. Ein älterer Mann, aristokratische Haltung, graumeliert, dunkelgrünes Wams, schwarzer Rohrstock mit Silberknauf und ein hagerer Pater in Soutane, das Haar wie mit dem Lineal gerade über der Stirn abgeschnitten – und tatsächlich, der hatte sogar eine Tonsur – traten heftig miteinander diskutierend ein.

„Wir haben da ein politisches Machtinstrument in der Hand. Der Einsatz dieser Akten muss sehr dosiert erfolgen", insistierte der distinguierte ältere Herr.

„Stimmt genau – und er will strategisch überlegt sein!", pflichtete der Pater mit militärischer Zackigkeit bei. „Ich hätte da schon ein paar Kandidaten, die wir mit dem Material konfrontieren können", er holte

Luft, um zu einer genaueren Erklärung anzusetzen, aber verstummte sofort, als er Grund, den Fremden, erblickte. Die beiden Männer schritten eilig auf die Empfangstheke zu, musterten den Wartenden dabei kurz und grußlos, ließen sich ihre Zimmerschlüssel geben und verschwanden dann im einstigen Kreuzgang in Richtung des Gästehauses.

Seit seinem Abitur hatte Grund jede Nähe zu einem Geistlichen oder Pater vermieden. Er verspannte sich, als der hagere Mann mit dem asketischen Gesicht und dem harten Mund an ihm vorüberging, aber blickte ihm lange und prüfend nach, als der im Zwielicht des Flures verschwand. Vom anderen Ende dieses Ganges eilte ein Schatten heran: ein großer Schatten, breite Schultern, ein ungelenker Schritt. Das musste Felix Rubik sein. Sein Gesicht war noch nicht zu erkennen, aber seine Statur war unverwechselbar. Die hatte er schon damals in der Oberstufe gehabt. Jetzt trat der Mann ins Licht: Rubik sah gesetzter aus als Grund es sich vorgestellt hatte. Der war doch höchstens ein, zwei Jahre älter als er, aber die hohe, kahle Stirn, die Furchen neben der Nase und graue Schatten ums schlecht rasierte Kinn machten ihn alt. Der Mann war nicht dick, aber wirkte trotz seiner Größe gedrungen und ungeschlacht.

„Herr Mielke sagt mir, Sie sind von der Polizei. Sie kommen wegen des Vorfalls von gestern Abend?"

„Nein, der kümmert mich herzlich wenig!" Grund zog noch einmal seinen Ausweis hervor und hielt ihn Rubik unter die Nase.

„Wie Sie sehen, bin ich von der Mordkommission!"

Rubiks anfänglich geschäftliche Art fiel von ihm ab. Er schaute den Kommissar durchdringend an. Als wolle er das Wort *Mordkommission* wegwischen, machte er eine fahrige Geste.

„Grund heißen Sie? Thomas Grund?"

„Allerdings. Wir kennen uns, von früher! Wir sind hier gemeinsam zur Schule gegangen. Ich glaube, Sie waren erst einen Jahrgang über mir und sind dann in meine Klasse gekommen!"

Ein säuerliches Lächeln huschte über Rubiks Gesicht. Er machte gluckernde Laute. „Jajaja, Ehrenrunde haben wir das genannt. Na, egal, ist vorbei", er schnaufte und musterte sein Gegenüber. „Aber das ist ja eine Sache! Thomas Grund, ja sicher. Ich kann mich genau erinnern!" Der Kommissar fühlte sich unbehaglich, so stier beäugt zu werden.

„Ich darf doch noch *Du* sagen?", fragte Rubik und ließ Grund gar keine Zeit zu antworten. „Aber sicher doch. Sicher sagen wir *Du*! Du bist Kommissar bei der Polizei. Hätt ich nicht gedacht!"

„Ja, so kommt das im Leben immer unverhofft!" Grund steckte beide Hände in die Hosentaschen, weil er fürchtete, Rubik würde ihm die Patschhand reichen.

„Aber wenn du nicht wegen der Demo von gestern kommst, wie mir unser Herr Mielke gesagt hat, weswegen kommst du dann?", fragte Rubik.

Grund senkte die Stimme und trat zwei Schritte weg von der Theke, hinter der Mielke ungeniert lauschte.

„Können wir das unter vier Augen besprechen?"

Rubik versuchte vergeblich ein Lachen zu unterdrücken und gluckerte: „Da kommst du nach über 15 Jahren hierher und dann so geheimnisvoll? Hab ich was ausgefressen?"

Grund schüttelte den Kopf. „Es geht allerdings um eine sehr ernste Angelegenheit" und er senkte die Stimme wieder, „du könntest in Gefahr sein! Ich komme, um dich zu warnen! "

Rubik wirkte trotz dieser Neuigkeit behaglich und fragte ironischskeptisch: „Wovor willst du mich warnen?"

„Das möchte ich lieber unter vier Augen besprechen", sagte Grund und deutete mit einer Kopfbewegung auf den neugierigen Pförtner. „Vielleicht in deiner Wohnung?"

Rubik huschte ein Lächeln über das Gesicht.

„Das ist ja ein Ding. Da besuchst du mich nach bald zwanzig Jahren ... und machst es sehr geheimnisvoll. Aber komm, ich habe etwas Zeit. Die Kongressteilnehmer fahren gleich alle nach Paderborn zum Erzbischof." Er ging ein paar Schritte voraus, wartete dann und blickte auffordernd zurück. Der Kommissar schloss sich ihm zögerlich an, denn er fürchtete, sie würden durch den Trakt gehen, in dem früher einmal die Wohnung des Paters gelegen hatte. Aber kurz bevor Rubik den Durchgang zum Flur erreichte, machte er eine scharfe Kehrtwende in die einstige Heiligennische.

„Komm doch bitte hierher, wir gehen außen herum, das geht rascher", und Rubik öffnete eine schwere Eisentür, die es damals noch nicht gegeben hatte. Grund blickte erleichtert vom Flur, der ihm Mühe bereitet hätte, nach draußen. Die Punktstrahler an der Vorderfront des Kastens leuchteten bereits seit ein paar Minuten gegen die heraufziehende Dämmerung an und warfen einen breiten Streifen Lichts an die Flanke des Gebäudes, wo eine der mächtigen Kastanien ihre letzten Blätter verlor.

„Ach, ich habe vergessen, dem Gärtner zu sagen, dass er das Laub wegharken soll. Aber ...", Rubik hielt die Tür auf und machte eine einladende Geste, „... es ist im Augenblick unglaublich viel zu tun. Das ist unser erster großer Kongress. Bisher gab's immer nur kleine Tagungen und Seminare. Statt Probelauf gleich der Sprung ins kalte Wasser. Wir spielen das alles zum ersten Mal durch. Da muss ich mich um so vieles kümmern."

Grund folgte ihm schweigend auf dem Weg um das Haus, an der Kirche vorüber, bis sie den einstigen Verwaltungstrakt erreicht hatten und vor der Hintertür stehen blieben. Früher gab es hier ein klobiges Eichentor, zweiflüglig; es war ersetzt worden durch eine Glastür. Rubik schloss sie auf und nachdem Grund eingetreten war, auch wieder ab.

„Das ist ja fast wie im Gefängnis, da schließen sie auch auf und hinter dir gleich wieder zu", bemerkte Grund.

„Als Kommissar wirst du sicher öfter Besuche im Gefängnis machen müssen", erwiderte Rubik, „aber solche Erfahrungen habe ich Gott sei Dank nicht!"

Grund konnte sich nicht verkneifen hinterher zu schieben: „... immer wenn ich im Untersuchungsgefängnis Verdächtige befragen muss, denke ich an den alten Kasten. Der Kasten von damals hatte viel Ähnlichkeit mit einem Gefängnis!"

Rubik antwortete demonstrativ nicht auf die Bemerkung, schritt Grund voran zum Fahrstuhl und drückte auf den Knopf. Während sie auf den gemächlich herab fahrenden Lift warteten, versuchte Rubik doch noch eine Erwiderung, aber er sah dabei Grund nicht ins Gesicht.

„Mag ja sein, dass du solche Erinnerungen hast. Es hat sich aber viel verändert, seit hier renoviert und umgebaut wurde. Es ist alles viel heller geworden!"

So ganz wollte Grund das nicht glauben, aber er verkniff sich, darauf zu antworten. Er starrte bloß in den immer finsterer werdenden Flur, an dessen einem Ende sie standen, das andere versank in der Dunkelheit des späten Nachmittags; bloß unmittelbar vor dem Lift spendete eine weiße Milchglaskuppel von der Decke ein mäßiges Licht.

„Das ist im Gefängnis aber anders." Grund deutete in den düsteren

Gang, „da gibt es keine unbeleuchteten Stellen. Vielleicht ist der Anstrich heller, draußen. Das mit dem Licht ist hier aber noch so wie früher. Weißt du noch, wie uns gepredigt wurde, Strom zu sparen im Winter? Da durfte doch keine Lampe brennen, wenn niemand im Raum war. Und die Zeitschaltuhren besonders auf den Fluren waren sehr knapp eingestellt ...“

„Dass du dich daran noch erinnern kannst“, wunderte sich Rubik. Die Türen des Aufzugs öffneten sich. „Aber, du hast recht, etwas geknausert mit dem Licht haben sie damals schon. Ich hab ja hier als Interner auch die Nächte verbracht. Wenn man da mal am Abend zum Klo wollte und aus seinem Zimmer schlüpfte, musste man sich sputen, damit das Licht nicht schon ausging, bevor man die Toiletten erreicht hatte.“ Er machte eine einladende Kopfbewegung und Grund trat in den Lift.

„Aber alles in allem, es war doch auch irgendwie heimelig an den langen Winterabenden, besonders wenn die Kerzen auf dem Adventskranz im Treppenhaus angezündet wurden.“ Rubik drückte den Knopf für den dritten Stock. Der Aufzug setzte sich bedächtig in Bewegung.

„Das fand ich noch schlimmer“, sagte Grund trocken, „denn dann brannten *nur* die Kerzen auf den Tannenzweigen. Mehr Licht gab es nicht. Ich war dann immer froh, dass ich abends nach Hause fahren konnte.“

Rubik kommentierte das nicht. Er steckte den Finger in den Kragen, den er nicht zugeknöpft hatte und nestelte am Krawattenknoten, der wurde ihm zu eng. Der schleichende Aufzug hielt endlich. Rubik schob sich an Grund vorbei auf den Flur mit einer fast tänzelnden Bewegung, die dann doch wieder tapsig wirkte.

„Ich wohn hier oben, ganz oben unterm Dach, über allem anderen, fast wie ein Adlerhorst. Früher war mein Zimmer ja im Parterre. Bitte ...“, er schloss seine Wohnungstür auf und ließ Grund den Vortritt.

„Magst du deinen Mantel ablegen?“

Neben der Garderobe: ein großes gerahmtes Foto der Aloysiusstatue. Grund spürte ein Unbehagen heraufziehen. Bloß keine Umstände machen. Er wollte so schnell wie möglich wieder fort.

„Es lohnt nicht, den Mantel auszuziehen, ich halte dich nicht lange auf!“

„Dann komm doch bitte ins Wohnzimmer.“ Rubik öffnete eine

Glastür und dimmte das Licht auf. Grunds Blick fiel sofort auf das Kruzifix an der Wand. Darunter auf einem Sideboard eine Altarkerze mit den Jahreszahlen, zwei Drittel abgebrannt. An der anderen Wand: Bücherregale mit theologischen Werken: Kirchengeschichte und Dogmatik. In einem Bord mehrere Jahrgänge der Zeitschrift *Theologisches*, die in Paderborn herausgegeben wurde, in ihren Schubern verstaut.

Rubik bemerkte, wie Grund seine Regale aufmerksam musterte. „Das sind so die Überreste eines Traumes. Ich wollte ja Priester werden. Vielleicht erinnerst du dich noch. Doch das hat sich leider ...", er suchte nach einem Wort, „... zerschlagen. Aber ich interessiere mich noch immer für Theologie!"

Am Regal hing ein antikes Weihrauchfässchen an seinen feingliedrigen Ketten. Der betäubende Geruch des Harzes hatte sich über viele Jahre darin festgesetzt und strömte noch immer heraus. Es roch wie in einer Kapelle. Ein Hauch von Alkohol, war das etwa Whisky?, legte sich schwach darüber. Grund zog die Brauen hoch: Na, dachte er ironisch, da erschnuppert der eine Alkoholiker den anderen! Aber gegen dieses Kapellengeschnüffel kann gar nichts anstinken!

Rubik versuchte gastlich zu sein: „Wenn du schon nicht den Mantel ausziehen willst, dann setz dich doch wenigstens. Vielleicht hast du ja soviel Zeit, mit mir einen Whisky zu trinken. Den kann ich dir doch anbieten, oder? Das ist doch nicht wirklich so wie in den Krimis, dass die Kommissare im Dienst nichts trinken?"

Grund schaute auf die Uhr. „Nein, das wird übertrieben. Und ich bin seit einer halben Stunde auch nicht mehr im Dienst." Er wollte eigentlich keinen Alkohol trinken, aber er spürte, trotz hellem Anstrich, Umbau und neuen Glastüren, wie sich die nicht wegrenovierte alte Atmosphäre des Kastens auf seine Haut legte, er wollte sie abwischen und rieb die Hände aneinander, als klebte ein Schmutzfilm an ihnen. Vielleicht half dagegen ein Glas, aber Whisky?!

„Du hast nicht zufällig einen Cognac?"

„Tut mir leid, ich bin Whiskytrinker", sagte Rubik und verließ den Raum in Richtung seines Schlafzimmers, „ich habe noch eine Flasche *Glenfiddich* nebenan", rief er vom Flur herüber. „Bin sofort wieder da!"

Auf dem Schreibtisch entdeckte Grund ein Foto von Rubiks Mutter, er hatte sie ein paarmal an Elternsprechtagen gesehen. Es musste ein

Bild aus jener Zeit sein; heute sah sie bestimmt noch älter aus. Schon damals wirkte sie älter als sie war, mit ihrem strengen kurzen Haarschnitt und dem schmalen Mund, dessen Winkel immer nach unten zeigten.

Neben dem Foto stapelten sich Ausgaben des *Rheinischen Merkur* und es gab eine kitschige kleine Nachbildung der Madonna aus Lourdes in einer Minihöhle, wie sie in katholischen Kindergärten gebastelt wurde. Rubik war offenbar noch frommer als damals; da schon hatte der keine Messe geschwänzt und war immer der erste, der sich zur Beichte anstellte.

„Was ist denn nun mit deiner Warnung", rief Rubik launig, der vom Schlafzimmer in die Küche gewechselt hatte, herüber. Grund hörte, wie er Gläser aus einem Schrank holte.

„Ich glaube, es ist besser, wenn du dich erst einmal hinsetzt. Was ich dir zu sagen habe, ist schon ein Hammer!" Grund war unsicher, ob er sich bei einem Quasipriester – denn den Eindruck machte Rubik auf ihn – so salopp ausdrücken durfte.

Der Mann in dem weiten Anzug über einem gestärkten weißen Hemd mit der dunkelblauen, gelockerten Krawatte kam zurück ins Wohnzimmer, stellte Flasche und Gläser auf den Tisch, schenkte ein und setzte sich mit erwartungsvollem Gesicht.

Grund trank, noch bevor ihm der andere zuprostete. Wie gut, dass er den Mantel anbehalten hatte, der Raum war nicht geheizt, aber dennoch kriegte er feuchte Hände, die Spuren auf dem Glas hinterließen.

„Also, Felix, ich sag's dir, ohne zu beschönigen: heute Morgen haben wir Hartmut ten Brinken ermordet hinter einer Hecke an der Aa in Münster gefunden."

Rubiks Augen weiteten sich. Er straffte seinen Oberkörper und überragte so selbst im Sitzen den Kommissar um einen ganzen Kopf. Aber er sagte nichts.

„Du kannst dich doch sicher noch an Hartmut erinnern?", fragte Grund. Rubik nickte bloß.

„Der ist leider abgerutscht", fuhr Grund fort. „Seit Jahren schon obdachlos. Wir haben uns gefragt, wer bringt bloß einen Penner um?"

„Andere Penner", ließ Rubik mit seltsamer Ungerührtheit in der Stimme hören. „Ich habe oft im Feierabendhaus in Paderborn ausgeholfen, wo Penner Unterschlupf finden. Da gibt's ganz schön harte Typen darunter!"

Grund schüttelte den Kopf. „Andere Penner waren es bestimmt nicht. Die hätten ihm wohl nicht die Füße mit Säure verätzt!"

Rubik trank ungerührt einen großen Schluck und schwieg.

„Das war aber nicht der erste Mord an einem Ehemaligen vom Kasten!", setzte Grund seinen Bericht fort.

Wieder trank Rubik einen Schluck und schenkte sich erneut ein. Weder schien ihn die Nachricht zu wundern, noch machte er Anstalten zu fragen, wer denn noch betroffen sei. Er trank abermals und hörte weiter zu.

„Vor vierzehn Tagen wurde in Köln Sean O'Donnell auf die gleiche Weise erschossen und verstümmelt. Man hat auch ihm die Füße versengt, allerdings mit einem Bügeleisen."

Rubik visierte Grund über sein Glas, das er in beiden Händen festhielt, an. „Mit einem Bügeleisen?", fragte er mit einem ironischen Unterton, als fände er das besonders pikant.

„Ja, mit einem Bügeleisen. Man hat es bei der Leiche gefunden. Und das gleiche ist gestern am frühen Morgen Gregor Feinschmidt in seinem Geschäft passiert! Du kannst dich doch noch an ihn erinnern?"

„Selbstverständlich, sehr gut", nickte Rubik. „An die anderen auch!" Jetzt blickte er Thomas Grund direkt ins Gesicht und fuhr fort: „Langsam verstehe ich, weshalb du gekommen bist. Du meinst, dass die Morde nicht zufällig die drei getroffen haben, sie waren ja immerhin Schüler hier, wie wir beide auch!"

„Ja, es war bestimmt nicht zufällig", pflichtete ihm Grund bei. „Die verbrannten und verätzten Füße ... das war keine sadistische Spielerei, naja, vielleicht hat der Täter das auch genossen, aber diese Verstümmelungen haben etwas zu bedeuten. Im verkohlten und verätzten Fleisch wurden Spuren von feinem weißen Sand gefunden. Das war eine Botschaft, die ich erst heute Morgen entschlüsseln konnte."

„Eine Botschaft?", fragte Rubik und beugte sich aufmerksam vor.

„Die Botschaft ist sozusagen ein blutig umgesetztes Zitat aus Dantes *Inferno*. Vielleicht erinnerst du dich, Felix, da müssen die Sodomiten auf glühendem Sand laufen, zur Strafe für ihre fleischlichen Sünden!"

„Allerdings, das haben wir ja im Religionsunterricht gelernt", nickte Rubik und fuhr ironisch fort, „die Sodomiten oder wie man heute klinischer sagt, die Homosexuellen, büßen so auf ewig ihre himmelschreienden

Sünden!" Abrupt wechselte er die Tonlage und setzte hart hinterher: „Dann waren die drei also homosexuell?"

„Nicht alle", Grund schüttelte den Kopf. „Hartmut war bestimmt nicht schwul. Meine Kollegen haben herausgefunden, dass er verheiratet war und eine Tochter hat."

„Naja, es gibt genügend Homosexuelle, die sich tarnen", sagte Rubik kühl.

„Das ist ja wohl heute nicht mehr nötig", meinte Grund und staunte über den aggressiven Unterton, den er hineinlegte. Rubiks kalte Erwiderungen irritierten ihn. Sein Gegenüber schien weniger entsetzt als er erwartet hatte.

„Willst du mir jetzt sagen, was das mit mir zu tun hat? Weshalb willst du *mich* warnen?", fragte Rubik konsterniert.

„Ich fürchte, du bist auch in Gefahr, Felix. Alle drei Toten waren wie wir beide Schüler hier!", antwortete Grund.

„Na, ich muss mir ja wohl keine Sorgen machen, ich bin nicht homosexuell", verkündete Rubik mit dem Brustton der Überzeugung. „Sonst wäre ich ja gar nicht auf die Idee gekommen, Priester zu werden", setzte er entrüstet hinzu.

Grund wollte sich nicht auf eine fruchtlose Diskussion einlassen, unbeirrt fuhr er fort: „Die Toten und uns beide verbindet noch mehr als bloß die Schule! Ich glaube, du und ich, Felix, wir stehen auch auf der Liste des Mörders, weil es noch eine andere Sache gibt, die uns verbindet mit dem Kasten. Und die kennt auch der Mörder und deshalb sind wir in Gefahr. Der Mörder hört nicht auf. Das ist ein Serienkiller!"

Rubik schwieg gelassen, jedenfalls wirkte er so und schenkte sich wortlos erneut ein. Dann merkte er, dass er Grund vergessen hatte und hielt ihm die Flasche hin. Grund schüttelte den Kopf. Rubik schraubte den Glenfiddich wieder sorgfältig zu, trank und sagte mit der gleichen Kühle wie eben: „Offenbar tötet der Mann - ich gehe mal davon aus, dass es ein Mann ist, oder? – nur Homosexuelle. Ich sag es noch mal, ich bin nicht homosexuell!"

Grund hob die Hand in einer Abwehrbewegung. „Ich glaube nicht, dass die Homosexualität der Hauptgrund ist. Es geht um etwas anderes: Die Toten, wir beide und Thorsten Kubin, den ich heute Morgen schon gewarnt habe – und der ist *auch* nicht schwul – und mehr als ein Dutzend andere, von denen ich jetzt weiß, wir alle haben eines gemeinsam: wir wurden hier im Kasten missbraucht von unserem Lehrer, Pater Benedikt!"

Jetzt hielt es Rubik, der bisher so gelassen gewirkt hatte, nicht mehr auf dem Sitz, er sprang auf und fuchtelte ungelenk mit seinen großen Händen.

„Das ist ja ... wie kommst du denn auf so was! Das ist ja, ja das ist ...", er verlor fast den Faden, „das ist einfach nicht wahr! Das ist ja eine himmelschreiende Lüge. Dies ist ein katholisches Internat gewesen, Thomas Grund. Da kommen solche Dinge nicht vor!"

„Und wie sie vorkommen", sagte Grund ruhig und entschlossen. „Ich weiß genau, dass auch du ein Liebling von Pater Benedikt warst, schon im Jahrgang vor uns, bevor du sitzengeblieben bist. Ich kann mich an alles erinnern, als wäre es gestern gewesen. Du warst im Grunde genauso ein Außenseiter wie Gregor, Sean, Thorsten, Hartmut und ich. Du warst sogar noch ein wenig mehr draußen als wir. Wir haben irgendwie zueinander gefunden. Vielleicht haben wir's geahnt oder gerochen. Wir haben es nie ausdrücklich einander erzählt. Aber es gab immer Andeutungen über das Betatschen, das Schnüffeln, die merkwürdigen plötzlichen Umarmungen ... wir fünf waren durch unsere Erlebnisse, die wir versuchten zu hüten und zu verschweigen, zu einer seltsamen Clique geworden. Vieles habe ich mir erst im Laufe der Jahre zusammenbasteln können. Du hast nicht zu uns dazu gehört, aber du hättest gern dazugehört, nicht wahr? Du hast uns geärgert, gehänselt, verpetzt. Wir haben uns über dich lustig gemacht. Viel später erst habe ich begriffen, dass du unsere Nähe gesucht hast, aber wir haben dich nicht reingelassen in unsere Clique. Weswegen hättest du wohl gerade unsere Freundschaft gesucht und unsere Nähe? Weil es dir genauso ergangen ist wie uns! Pater Benedikt hat dich und uns über lange Zeit missbraucht!"

„Das ist ja unerhört, Thomas Grund. Wie kannst du denn den Pater beschuldigen? Er war ein Freund meiner Mutter, er hat sich väterlich um mich gekümmert, ich bin mit ihm in Urlaub gefahren, wir sind ins Kino gegangen. Und überhaupt, wenn euch etwas in dieser Richtung passiert sein sollte, dann kann es nur an euch selbst gelegen haben. Die Schwulen, auch die jungen, besonders die, wollen ja alle mit hineinziehen in ihren Dreck. Die sind schon von jung auf nur geil auf andere Männer!"

„Nun mach aber mal halblang", Grund wurde laut. „Da werden Opfer von sexuellem Missbrauch ermordet. Und ich komme dich zu warnen und dir vorzuschlagen, dass wir einen Beamten zu deiner Sicherheit abstellen, bis wir den Mörder gefunden haben! Es geht hier um mehr als um deine billige Homophobie. Mensch, kapier doch, du bist in Gefahr!"

„Jetzt will ich *dir* aber mal was sagen", Rubiks Stimme kippte fast ins Hysterische: „Das ist ja ganz typisch, dass hier wieder gegen die Kirche gehetzt wird, das hat auch meine Mutter schon lange kommen sehen. Aber nicht mit mir!

Erstens: Mir wird nichts passieren, denn ich bin nicht homosexuell. Und dann, deine angeblichen Opfer des sogenannten Missbrauches sind selber Schuld. Diese ganze Lügendebatte um Missbräuche in der Kirche ist eine gezielte Kampagne der Homolobby. Ihr von der Polizei seid auch drauf reingefallen! Darum machen wir doch hier den Kongress, damit mal endlich klar wird, welchen politischen Einfluss die Schwulen jetzt schon haben. Gegen die freche Perversenbande muss entschieden gekämpft werden. Es gab und gibt keinen massenhaften Missbrauch durch Geistliche, im Gegenteil, wenn da etwas war, dann sind sie von den jungen Schwulen verführt worden. Die Schwulen haben doch teuflische Neigungen! Es ist eine ansteckende Krankheit!"

Rubik hielt sich nicht mehr zurück und wurde handgreiflich. Grund konnte sich gar nicht schnell genug wehren: Rubik sprang rabiat auf ihn zu und umklammerte ihn. Sie rangen auf dem Sofa und rollten zu Boden. Der schwere, ungeschlachte Mann hockte sich auf Grunds Brust und nahm ihm den Atem. Mit wütenden Faustschlägen ins Gesicht hieb er den Kommissar in eine tiefe Ohnmacht.

Das Grinsen des Hl. Aloysius

Kopfschmerz - das erste, was er spürte. Ein zupackender Schmerz, der seinen ganzen Schädel umklammerte. Dann kam das Hören zurück. Seinen eigenen Atem hörte er und das Schrillen seines Handys in der Jackentasche. Er konnte es nicht erreichen, sich nicht bewegen. Sein Oberkörper hing nach vorn. Er wollte sich aufrichten und dabei mit den Händen abstützen. Aber das gelang ihm nicht. Das Klingeln verstummte, als die Mailbox ansprang.

Mühsam öffnete Thomas Grund die Augen. Seine Arme waren festgebunden, die Hände zum Gebet ineinander gelegt. Ein eng geschnürter Strick sorgte dafür, dass er keinen Finger rühren konnte. Er war im Gebet auf einer Kirchenbank gefesselt. Arme, Oberkörper und Beine ans Holz gefesselt. Aufstehen unmöglich. Er versuchte sich umzusehen, soweit das die Stricke zuließen. Licht gaben nur zwei Altarkerzen, links und rechts aufgestellt vor einer kitschig-lieblichen Heiligenfigur. Das war die Statue des Heiligen Aloysius, die einmal in ihrer Nische an der Pforte des Kastens gestanden hatte – damals theatralisch beleuchtet mit zwei Spotlights. Vor dem Sockel stets eine Bodenvase mit Weidenkätzchen im Frühjahr, Gladiolen im Sommer und Tannengrün behängt mit Lametta und Strohsternen im Winter.

Er hatte das mildtätig verklärte Lächeln des Knaben schon damals nicht gemocht. Als er älter wurde, war ihm klar, so lächelte kein Vierzehnjähriger, so lächelte nur ein frivoler Klosterbruder, nachdem er mit einem Knaben geschlafen hatte. Die Mönche der bayrischen Klostermanufaktur, die diese heilige Geschmacklosigkeit en masse herstellten, kannten sich da wohl aus. Den bemalten Gips hatte er immer für Kitsch gehalten, verlogen und bigott – mochten die Patres auch noch so viel von der schönen Heiligkeit des reinen Knabenantlitzes schwärmen. Und hatte er nicht Recht gehabt, misstrauisch zu sein, wenn die Worte Knabe, Keuschheit und Heiligkeit in einem Atemzug von Patres gehaucht wurden?

Der heilige Aloysius war also von der Pforte in den Keller gewandert.

Es roch nach Heizöl und diesem sonderbaren Gemisch verstaubter Gardinen, alter Möbel und Schulbücher, die durch ungezählte Hände gegangen waren.

Langsam hatte er sich an das wenige Licht gewöhnt – und was er eben erst nur gerochen hatte, das konnte er nun nach und nach an den Wänden entdecken. Alte Schultrümmer: übereinander gestapelte Bänke, in die Generationen Obszönitäten gekratzt hatten, die Tischbeine, verrostete Eisenrohre. Ein zwei Meter breites Regal mit Lese- und Gesangbüchern: *Sursum Corda* und *Gotteslob*. Daran angelehnt die Metermaße und Winkel, mit denen die Patres die ersten Geometrieaufgaben an die Tafel gezeichnet hatten. Zusammengerollt in einer Ecke einige Karten und ein

Kartenständer. Daneben aufeinander gestapelt Wolldecken und die schweren, jetzt von Motten zerfressenen Vorhänge, die einmal an den Fenstern der Klassenzimmer gehangen hatten. Er hatte diesen filzigen Stoff gehasst, denn er bekam Gänsehaut, sobald er die Gardinen anfassen musste. Und immer traf es ihn, sie zuzuziehen, wenn ein Pater Dias oder einen Film vorführen wollte.

So hatte es hier schon vor über zwanzig Jahren ausgesehen. Er kannte den Keller genau. Hierhin konnte man sich schleichen, wenn man Ruhe haben wollte vor den Patres am Nachmittag, die selbst zur Rekreationszeit in ihren muffigen Soutanen um die Schüler herumschlichen, immer misstrauisch, sie könnten etwas Unerlaubtes oder gar Ungehöriges machen. Pater Wunibald aus dem Sauerland liebte dieses Wort und ließ es sich auf der Zunge zergehen. *Ungehöriges* – es war, als ersetze das Aussprechen des Wortes bereits die unanständigen, verbotenen Phantasien. Aber manchmal konnte auch Wunibald nicht an sich halten: ein Interner hatte einmal erzählt, wie er den Pater mit dem derben bäuerlichen Gesicht beobachtet hatte, als der in der Waschküche an der Unterwäsche von Sextanern herumschnüffelte. Ins Gesicht hatte er sich den Feinripp gepresst und tief eingeatmet. Sie hatten sich darüber halb totgelacht.

Hier unten konnte man sich solche Geschichten von den Patres erzählen. Hier hatten sie sich getroffen, Gregor, Hartmut, Thorsten, Sean und er selbst. Drei von ihnen waren jetzt tot. Hier hatten sie ihre ersten Zigaretten geraucht. Hier klagten sie über die Grausamkeiten und die Hinterlist der Patres, die sie auf Schritt und Tritt überwachten. Aber es gab eine Grenze: niemals erzählten sie, was in Pater Benedikts Zelle geschah, dazu reichte ihr Mut nicht. Jetzt wusste Grund, warum ihm und den anderen der Mund wie versiegelt war: wer hätte ihnen geglaubt? Aber die Scham vor sich selbst war noch stärker als der Unglaube der Eltern, der Lehrer, der anderen Schüler. Der Zweifel an den Erwachsenen hatte dazu beigetragen, aber auch die eigentlich lächerlichen Belehrungen Wunibalds: man solle sich zwar *da unten* waschen, aber man solle das schnell machen, damit man nicht in Versuchung käme, das seien die *unkeuschen Bereiche*. Sie lachten darüber. Was hätten sie sonst tun sollen, außer hilflos zu lachen. Gregor berichtete von den Kopfnüssen, die Pater Benedikt so gerne verteilte und wie ihn der Geruch anekelte, wenn der Pater ihn in den Schwitzkasten nahm, weiter aber nichts. Diese Umklammerungen galten als Zeichen der Anerkennung und Zuneigung: urplötzlich tauchte er auf dem Pausenhof, nach dem Mittagessen, im Refektorium oder in einem leeren Gang hinter den Jungen auf, hatte sich leise angeschlichen, legte seinem Auserwählten blitzschnell den Arm von hinten um den Hals, zog ihn dann an sich unter seine verschwitzte Achsel und tätschelte den Kopf des Jungen im Klammergriff.

Immer wieder war sie ihm in den letzten Tagen in die Nase gekrochen, diese Mischung von altem Schweiß und Old Spice unter der Achsel des Paters. Das schenkten seine Lieblingsschüler dem Pater Benedikt zum Geburts- und Namenstag. Er wünschte es sich: After Shave und Eau de Toilette. Vom Duschen hielt er nicht viel. Noch in seinem Noviziat in einem Schweizer Kloster, so berichtete er gerne, galt das als gefährlich unkeusch. Und obwohl er ein eigenes Badezimmer mit Dusche hatte, machte er wohl selten Gebrauch davon. Grund wurde nie die Erinnerung daran los, wie er über die Wanne gebeugt auf die Aufhängung des Duschkopfes starrte, wenn ihm der Pater genüsslich mit einem Waschlappen nachher das Hinterteil abwischte: er konnte die Spinnweben, die zwischen Duschkopf und Kacheln hingen, kaum zählen.

Danach geleitete der Pater die Internen, falls es bereits früher Abend war, entweder auf ihre Zimmer oder die Externen wie Thomas Grund zur Pforte. Waren die Gänge leer, blieben Pater und Junge für einen Augenblick vor der Statue des heiligen Aloysius stehen. Beide, Pater und Junge, bekreuzigten sich.

„Wir wollen den Heiligen anflehen, für uns um Vergebung zu bitten", raunte der Pater dann Thomas Grund ins Ohr.

„Gerade weil der heilige Aloysius so keusch war, wusste er um die Versuchungen, die die Jugend für uns bereithält. Er hat keinem Jungen in die Augen geblickt, keinem Mädchen, noch nicht einmal seiner Mutter, um nicht in Versuchung zu geraten. Aber an einem Ort wie diesem", seufzte der Pater dann regelmäßig, „wie soll man das durchhalten, nicht in eure schönen Augen zu blicken. Auch ein Pater ist nur ein Mensch! Und kein Heiliger! Aber es soll unser Geheimnis bleiben, so wertvoll wie das Geheimnis des Glaubens", und er legte den Finger auf seinen Mund. „Wir wollen es so halten wie bei der Beichte. Ich werde niemals von deinen Verfehlungen zu anderen sprechen. Und du wirst dieses Geheimnis genauso bewahren!"

Er tätschelte wie bei der Firmung die Wange des Jungen und schlug das Kreuz über ihm. Jedesmal hatte sich Thomas Grund nach dieser kurzen Ansprache schuldig gefühlt, den Pater in Versuchung gebracht zu haben, obwohl er sich als Zwölfjähriger nicht ganz klar darüber war, was Versuchung bedeutete. Etwas Grundschlechtes, das war allerdings gewiss. In seiner Anfangszeit auf dem Kasten verharrte er oft noch mit gesenktem Kopf eine Weile vor der Gipsfigur und in ihm stritten Scham und Schuldgefühl und die Hoffnung auf Vergebung. Er war so schlecht und schon so früh verdorben. Er konnte sich nicht erinnern, wie oft er mit gesenktem Kopf davon schlich.

Einmal aber blickte er der Heiligenfigur ins Gesicht wie nie zuvor: er entdeckte das schäbig-verklärte Lächeln aus Gips. Es war, als schaute ein Wissender grinsend auf den Sünder. Seitdem hielt es ihn nicht mehr vor dem Standbild. Sobald der Pater sein Kreuz geschlagen hatte, rannte Grund zum schweren Tor mit den schwarzen Eisengriffen. Nur hinaus, ob es auch regnete oder stürmte, die zweihundert Meter bis zur Bushaltestelle rannte er und drückte sich ins hölzerne Schutzhäuschen.

Da hingen auch damals schon die *C & A* Plakate mit jungen schönen Models in Spitzenwäsche oder Bikinis. Der Direktor hatte sich einmal bei der Werbefirma darüber beschwert, wurde gemunkelt. Für ein paar Wochen gab es dann *Marlboro*-Werbung. Aber schließlich lächelten dort auch wieder die *C & A* Mädchen mit knappen Röckchen, weit ausgeschnittenen T-Shirts und Blusen. Es erging eine Ermahnung an die Fahrschüler, das Schutzhäuschen nicht zu betreten und besser draußen auf den Bus zu warten.

Grund entfuhr ein Laut des Widerwillens und der Ohnmacht. Er rüttelte an den Fesseln und brachte die Kapellenbank zum Wanken. Beinahe wäre sie mit ihm nach vorne auf den staubigen Boden gestürzt. Schmutz und Staub spürte er auch unter den Zehen. Barfuß war er hier festgebunden in büßender Gebetshaltung. Seine Zehenspitzen berührten den kalten Boden. Die Wehrlosigkeit machte ihn wahnsinnig.

Es war nicht sinnvoll, um Hilfe zu rufen. Als er im Kasten eingetroffen war, machten sich die Teilnehmer des Kongresses gerade auf den Weg in die Stadt zum Empfang beim Erzbischof. Keiner da, der ihn hören würde. Felix Rubik war der Einzige, der im Gebäude geblieben war. Und den wollte er nicht herunterlocken. Je länger der glaubte, er sei noch benommen, umso mehr hatte Grund Zeit, sich auszudenken, wie er freikommen könnte. Aber Rubik ließ nicht lange auf sich warten.

Der Schlüssel kratzte im Schloss der Eisentür. Rubik öffnete sie nur einen schmalen Spalt und glitt hindurch. Thomas Grund verrenkte sich den Hals, um hinüber sehen zu können. In einer Hand trug der Geschäftsführer einen ovalen Farbeimer am Metallbügel. Es war der Eimer mit dem weißen Vogelsand, der nach Anis roch.

„Felix, was soll das denn? Sei doch vernünftig. Glaubst du denn, man würde mich nicht entdecken?", rief Grund.

„Man soll dich ja entdecken – das ist gerade der Sinn der Sache. Die Menschen sollen endlich kapieren, dass ihr eine Gefahr seid für die Religion und das Leben. Und jetzt halt deinen Mund, ich lass mich durch dein Gerede nicht einwickeln."

Rubik stellte den Eimer auf den Boden, der Metallgriff entglitt seiner Hand und machte ein dumpfes Geräusch, als er an die Plastikwand schlug.

„Was soll denn das alles, Felix? Früher oder später werden sie dich doch mit den Morden in Verbindung bringen."

„So Gott will", sagte Rubik gelassen und mühte sich, den Deckel vom Eimer zu lösen. „Bis dahin aber werde ich noch eine Menge von euch in die Hölle geschickt haben! Du, Gregor, Hartmut, Sean, ihr könnt jedenfalls euer gottloses Werk nicht mehr fortsetzen. Dafür habe ich gesorgt."

„Um Himmels Willen, Felix, was denn für ein Werk?"

Rubik ließ den Deckel fallen und schnellte zu Grund herum. Wut und Abscheu standen ihm ins Gesicht geschrieben: „Dass du dich nicht schämst, den Himmel anzurufen! *Du* bist es doch und deinesgleichen, die das Böse und den Schmutz verbreiten. Du und Gregor und die anderen, ihr habt doch Pater Benedikt verführt. Er ist euch doch verfallen, wie man dem Teufel verfällt! Ihr habt ihn hinabgezogen in eure schwulen Schweinereien."

„Du weißt ganz genau, dass sich Pater Benedikt jeden neuen Jahrgang anschaute und seine Lieblinge aussuchte", hielt ihm Grund entgegen.

„Ganz systematisch hat er sie herangezogen und sich vertraut gemacht. Mit Lob, kleinen Geschenken, guten Noten und verlogener Anerkennung. Wir sind alle auf ihn reingefallen mit unseren neun, zehn, elf Jahren!"

„Red doch keinen Unsinn", schnauzte Rubik zurück. „Ihr wart schon von Anfang an verdorben. Ihr kamt an die Schule und ich war abgeschrieben. Ihr hattet die neuen, hübschen Gesichter. Mit mir wollte er dann nichts mehr zu tun haben. Ihr habt ihn in Versuchung gebracht, euch konnte er nicht widerstehen."

„Das ist doch Unsinn", raunzte Grund zurück. „Du weißt ganz genau, wie er's getrieben hat ... was seine Methode war. Er hat sich an uns rangemacht als väterlicher Freund: Gregor, Sean und ich hatten nur noch unsere Mütter, weil unsere Väter so früh gestorben waren. Die Eltern der anderen waren geschieden und das war doch bei dir genau so. Der Kerl hat sich ganz bewusst Jungs ohne Väter ausgesucht. Verdammt nochmal, Felix, du hast es selbst erlebt!"

Felix Rubik stampfte vorwärts, holte aus und schlug Thomas Grund ins Gesicht. Ein rohes Klatschen, Grunds Kopf wurde vom Schlag herumgerissen.

Rubik traten die Tränen in die Augen. „Du darfst so was nicht sagen. Pater Benedikt hat sich um mich gekümmert wie ein Vater. Er hatte mich lieb! Das hat er mir immer wieder gesagt!"

„Ja, klar – das hat er uns anderen auch gesagt", parierte Grund. „Er hat Interesse geheuchelt für unsere Kinderprobleme ... er hat mit uns über Dinge gesprochen, über die wir mit unseren Müttern doch nie hätten reden wollen! Und irgendwann rutschte dabei seine Hand in unsere Hose ..."

„Hör auf", Rubik holte erneut aus, aber schluchzte dabei so heftig, dass es ihn schüttelte und er den Arm sinken ließ. „Ihr habt ihn mir weggenommen! Als ihr an den Kasten kamt, hat er sich bald nur noch für euch interessiert!"

„Wir waren Frischfleisch, Felix! Als wir unsere ersten Schamhaare kriegten, verlor er das Interesse! Das ist dir doch nicht anders gegangen. Als du in die Pubertät kamst, warst du weg vom Fenster. Du wurdest ihm zu alt. Wir konnten vom Glück sagen, dass er so schnell das Interesse verlor ..."

„Das ist eine gewaltige Lüge!" Rubik rüttelte an der Kirchenbank. Thomas Grund wurde hin und her geschüttelt und fürchtete, er fiele wegen seiner Fesseln, ohne sich abstützen zu können, mit dem Gesicht auf den Steinboden. Aber Rubik riss sich zusammen und umklammerte die Bank.

„Weißt du eigentlich, wie sehr meine Mutter Pater Benedikt dankbar war, dass er sich so um mich kümmerte?!", schnaubte Rubik. „Sie hat mir immer eingeschärft, wie dankbar ich ihm sein müsste. Ohne ihn hätte ich wahrscheinlich nicht mal die Mittelstufe geschafft. Sie hatte schon immer gefürchtet, dass ich ohne Vater verweichlichen würde. Mein Vater, das hat sie mir erzählt, war kein richtiger Mann, kein gottesfürchtiger Mann, und sie hat mir den Umgang mit ihm verboten. Ich sollte mich an Pater Benedikt halten, er sei eine Gnade des Herrn, hat sie immer gesagt. Aber eines Tages verlor er schlagartig das Interesse an mir. Wegen euch! Ich hab's doch gesehen, wie ihr bei ihm ein- und ausgegangen seid. Ich war ganz verzweifelt und hab was gemacht, das nicht richtig war. Und das Ergebnis: ich musste weg für Monate ..."

Grund nickte: „Ich kann mich erinnern, dass du von einem Tag auf den anderen nicht mehr in der Schule warst und erst im nächsten Schuljahr wieder aufgetaucht bist. Wir dachten schon, du wärest abgemeldet worden. Aber du bist sitzen geblieben und in unserer Klasse gelandet!"

Durch vorsichtige Bewegungen seiner Hände versuchte Grund die engen Schlaufen der Stricke zu lockern, aber das raue Garn schnitt ihm in die Gelenke.

Rubik wischte sich mit beiden Händen durchs Gesicht und atmete schwer. „Du willst mich hier in Gespräche verwickeln, was? Um mich abzulenken! Aber egal, wir haben Zeit genug. Die Leute vom Kongress sind frühestens in einer Stunde wieder da. Dann kann ich dir meinethalben auch erzählen, was passiert ist. Das wird nichts ändern, denn ich habe mein Kreuz auf mich genommen!"

Rubik senkte die Stimme und näherte sich dem Gefesselten; der spürte seinen Atem auf der Wange: „Durch Leiden, Thomas Grund, durch Leiden erwerben wir die Liebe des Herrn. Schmerzen sind der Kuss Jesu! Das hat Mutter Teresa gesagt, als ihre Patienten um Morphium bettelten. Doch Mutter Teresa hat ihrer Bettelei heroisch widerstanden und ihnen das Morphium nicht gegeben!"

Grund schwieg; ganz gleich, was er darauf erwidert hätte, er war sich sicher, es hätte Rubik nur noch zorniger gemacht. Der trat einen Schritt zurück und setzte seine Erzählung mit normaler Stimme fort:

„Pater Benedikt hat mich links liegenlassen. Nur ihr habt ihn noch interessiert. Wie oft bin ich zu ihm gegangen, um ihn zu bitten, sich mir wieder zuzuwenden. Er hat mich vor der Tür stehen lassen. Ich sei nun alt genug, ich würde erwachsen, hat er gesagt, es gäbe andere, um die er sich nun sorgen müsse. Kannst du meine Enttäuschung verstehen? Wie könntest du, da du und Gregor und die anderen ihn mir weggenommen habt. Irgendetwas musste ich falsch gemacht haben. Das konnte ich doch auch nicht meiner Mutter sagen, sie hatte mir so eingeschärft, ihn nicht zu enttäuschen. Aber wie hatte ich ihn enttäuscht, wie? Ich habe zum Heiligen Aloysius gebetet. Nichts ist geschehen. Pater Benedikt ließ ja noch nicht einmal mehr zu, dass ich bei ihm beichtete. Das war immer so innig gewesen und nun schickte er mich fort zu einem anderen Pater. Dabei war er zuvor im Beichtstuhl wie ein Vater gewesen. Nachsichtig und verständnisvoll. Und dass er mich dann nach der Beichte umarmte und mit auf sein Zimmer nahm, wie konnte ich es ihm abschlagen? Er hat immer gesagt, das was wir da taten, geschähe aus seiner übergroßen Liebe zu mir, der Herr hätte dafür Verständnis.

Aber dass er mich fallen ließ, das konnte ich nicht mehr aushalten – und dann hab' ich den Fehler gemacht, es doch zu beichten: eines Tages bei Pater Wunibald ist es aus mir herausgeplatzt. Es war nicht richtig, es war doch unser Geheimnis, ein Geheimnis zwischen Pater Benedikt und mir. Dass ich versucht habe, ihn zu verraten, schlug gleich gegen mich. Wunibald sprang aus dem Beichtstuhl, hat mich mit seiner groben Hand am Arm gepackt und in die kleine Seitenkapelle gezerrt."

Rubiks Ton schwoll wieder an. „Wie ich einen Pater solcher Taten beschuldigen könnte, hat er mich angeschnauzt, es hallte durch die Kapelle. Aber sie war Gott sei Dank leer, keiner hat es gehört. Wie ich mich erdreisten könnte, einen geistlichen Herrn derart in meinen Schmutz zu ziehen. Es wäre wohl eher umgekehrt gewesen, nicht Benedikt hätte mich angefasst, sondern ich hätte versucht, ihn zu verführen mit meinen lüsternen dreizehn Pubertätsjahren, hat Wunibald mich angezischt. Ich wäre ins verderbliche Alter gekommen, er hätte ja auch in meinen Unterhosen Flecken gefunden, da sei ihm alles klar gewesen! In mir stecke eine tiefsitzende Neigung zur Sünde, hat er gesagt. Eine himmelschreiende Sünde sei das – und dann auch noch einen Priester und Ordensmann anzuklagen.

Ich wollte wohl ihn, der doch immer von Keuschheit und Reinheit gepredigt hätte, ebenfalls in Versuchung bringen durch so eine Beichte. Das sei keine Beichte, sondern ein diabolischer Akt der Versuchung. Aber da sei ich bei ihm an den Falschen geraten, da hätte ich mich aber geschnitten. Ihn würde Gott vor dem Schmutz des Unterleibs bewahren, hat er gezischt. Jawohl, Schmutz des Unterleibs, hat er gesagt. Ich würde womöglich mit den dreckigsten Phantasien in meinem Kopf an mir herumspielen. Früher hätte man noch den Mut gehabt, den Jungen damit Angst einzujagen, dass das zu Schwindsucht und Blödheit führen würde. Und wenn man sie erwischte, dass die das Laster der Onanie betrieben, hätte es Tracht gesetzt. Am liebsten würde er mich ordentlich verprügeln oder mit einer Haselgerte meine Finger so versengen, dass ich mich nicht mehr anfassen könnte. Aber das sei ja nun verpönt. Wenn man heute mit Prügeln, die ihm als Kind auch nicht geschadet hätten, für das Seelenheil sorgen wollte, dann machte man sich womöglich strafbar. Aber das sei nun das Ergebnis: ich wäre vom Teufel versucht, hat er mich angeschnauzt. Frühzeitig verlottert. Ich solle mal bedenken, was ich damit meiner Mutter antäte, die doch eine prominente katholische Autorin ist, wenn da etwas rauskäme, das schade ihrem Ruf. Und wie das erst Pater Benedikt schaden würde! Und vor allem dem Internat und dem Orden! Nicht auszudenken!"

Rubik atmete tief durch und wurde wieder stiller. „Wunibald befahl mir zu schweigen und zu beten, jeden Tag. Ich sollte Gott und die Jungfrau anflehen, mir zu helfen. Er würde alles tun, damit meinem Treiben ein Riegel vorgeschoben werde. Er hat gleich den Regens verständigt, der hat meine Mutter angerufen und die holte mich einen Tag später ab und brachte mich in den Schwarzwald."

Wieder machte Rubik eine Pause. Trübselig schaute er Grund ins Gesicht. „Die ganze Fahrt hat meine Mutter kein Wort mit mir geredet, mich noch nicht mal mehr berührt, als wäre ich ein Aussätziger. Nur einmal hat sie gesagt, sie ekelte sich vor mir. Dann hat sie nur noch Kommandos gegeben: pack deine Sachen, steig ein in den Wagen, steig aus. Ich habe nicht gewagt, den Mund aufzumachen. Du hättest ihren Blick sehen sollen, so schwarz.

Fünf Stunden hat sie geschwiegen auf der Fahrt. Nur einmal, als wir auf den Zufahrtsweg zum Institut von Kirstin Möve einbogen, schaute sie auf das Schild am Eingang des Geländes und hielt für einen Moment an. *Weg-des-Herrn-Institut* las sie laut, blickte mich mit tieftraurigen Augen an und sagte, den wirst du jetzt gehen, den Weg des Herrn, damit du nicht wirst wie dein Vater. Und dann hat sie mich abgeliefert, wortlos und ohne Gruß fuhr sie wieder ab."

„Kirstin Möve? Die nimmt doch am Kongress teil als eine der Hauptrednerinnen", sagte Grund tonlos. Roman hatte ihm am Morgen auf der Fahrt nach Münster von der berüchtigten Schwulenheilerin erzählt.

Rubik lachte jämmerlich. „Ja, ich bin einer ihrer größten Erfolge. Sie hat mich den Weg des Herrn gewiesen. Das war nicht leicht. Aber dafür hat sie ja die Klinik eingerichtet, für die schweren Fälle. Wir brauchen wieder gesunde junge Männer wie in meiner Jugendzeit", Rubik imitierte den Tonfall einer empörten alten Frau. „Vor dem Krieg, da gab es so was Weiches nicht, hat sie mir erklärt am ersten Tag, als ich in ihrem Büro antreten musste. Du kriegst als erstes einen gescheiten Haarschnitt, diese langen Haare sind doch weibisch! Und dann sehen wir deine Sachen durch; das ganze modische Zeugs muss weg. Trägst du eine Halskette, Ringe oder gar einen Ohrring? – nein, natürlich nicht, das hatte mir Mutter sowieso verboten. Sie wäre ausgerastet, hätte ich mir ein Ohrloch stechen lassen wie so viele von euch.

So einen weibischen Kram dulden wir hier nicht, hat mir die Möve eingeschärft. Und mit linken Zeitungen, Fernsehen oder Kino ist auch Schluss – bis zum Ende der Behandlung verlasst ihr das Institut nicht. Ihr müsst erst mal wieder an einen ordentlichen Tagesablauf gewöhnt werden, der mit einem Gebet beginnt und mit einem Gebet endet!"

Matt fuhr Rubik fort: „Ich konnte ihr nicht sagen, dass ich sowieso mit meiner Mutter jeden Tag beten musste, wenn ich zuhause war. Im Kasten war's ja nicht anders. Aber egal, ich durfte sowieso nur noch sprechen, wenn die Möve es erlaubte oder einer der Erzieher.

Du bist krank, hat sie gesagt. Das ist ansteckend. Wenn einer TB hat, dann muss er auch in Quarantäne, damit er geheilt wird. Und er hat, in Gottes Namen, die Behandlung zu akzeptieren! Die Gemeinschaft muss vor ihm geschützt werden, so wie die Gesellschaft vor euch geschützt werden muss. TB macht die Menschen krank und eure Homosexualität macht die Menschen krank!

Also habe ich gebetet, vor dem Bild der Jungfrau Maria, tagaus, tag-ein, es war das einzige Bild in meinem Zimmer. Nicht mal einen Jesus am Kreuz gab es zu sehen – denn, so sagte Möve, wir Sodomiten würden sogar Lüsternheit empfinden an dem unschuldigen Leiden des Körpers Jesu. Sie nannte uns viel lieber Sodomiten als homosexuell, weil das ein alttestamentarisches, biblisches Wort war. Und weil es unsere Bösartig-keit viel besser beschrieb als der klinische Ausdruck.

So würden wir viel besser verstehen, sagte sie, dass wir Menschen zweiter Klasse seien, unreif und nicht so wie die anderen, die Normalen. Das müsse uns klar sein, das sei auch keine Diskriminierung." Die greise Stimmlage, mit der Rubik die alte Frau nachgeahmt hatte, verschmolz mit seiner Stimme: „Was nicht gleich ist, darf auch nicht gleich behandelt werden. Suum cuique, nannte sie das! Das ist christlich!"

Er ließ sich ächzend, als schmerzten ihn die Gelenke, auf dem ovalen Farbeimer nieder und erzählte langsam weiter, so als sähe er jedes Bild, das er beschrieb, ganz deutlich vor seinen Augen. „Wir mussten einzeln und in Badehosen duschen, damit wir niemals auf dumme Gedanken kamen. Beten sollten wir den ganzen Tag. Um Vergebung habe ich gebetet und darum, dass sie mich auf den rechten Weg führen mögen im Institut. Da waren noch viele andere Jungen, von ihren Eltern hergeschickt, damit ihnen die Sünde, das Schwulsein, ausgetrieben wurde. Wir sollten lernen, das wegzudrücken, das Unaussprechliche.

Jeder hatte ein Zimmer für sich, das war der einzige Luxus. Klar, in Gemeinschaftszimmern hätten wir womöglich Schweinereien getrieben oder schlimme Pläne geschmiedet. Im Zimmer war man allein mit sich und mit dem Herrn. Aber sonst gab es keine Stunde, in der ich wirklich allein war. Immer war man unter Aufsicht, morgens weckten einen die Schwestern eines nahegelegenen Benediktinerinnenklosters; die kochten, putzten und kümmerten sich um unsere Wäsche. Dann gab es religiöse Unterweisungen von einem Priester über die himmelschreienden Sünden der Sodomie und der Unkeuschheit. Zu Anfang haben wir manchmal noch gelacht, aber je mehr der Priester erzählte von den fürchterlichen Strafen im Jenseits oder der Einsamkeit im Alter, wenn wir weiter beim Laster blieben, oder von den scheußlichen Geschlechtskrankheiten, der Syphilis oder AIDS oder dem Darmkrebs, den wir kriegen würden wegen der ganzen Hinterladerei, desto mehr begannen wir uns zu fürchten.

Es gab stundenlange therapeutische Sitzungen bei Kirstin Möve. Sie war als Therapeutin schon seit vierzig Jahren auf Homosexualität spezialisiert. Dafür hat sie sogar das Bundesverdienstkreuz gekriegt! Zugehört hat sie uns nicht, wir sollten auch nichts reden. Das wären sowieso alles nur Entschuldigungen. *Sie* hat uns gepredigt, was für eine Gefahr die Schwulen für Ehe und Familie darstellten, für die natürliche Lebensweise, die uns Gott in Liebe vorgeschrieben hat – eine Gefahr auch für die Kirche und den Staat. Denn wie könnte die Kirche keusch bleiben, wie sollte sich eine Gesellschaft fortpflanzen nach Gottes Willen, wenn alle dem Laster der Sodomie verfielen?

Wir sollten wieder richtige Männer werden und mussten deshalb Sport treiben, Boxen meistens, bis wir blaue Flecken, gebrochene Nasen und aufgeplatzte Lippen hatten. Das war männlich! Ringen war verboten, das ist klar! Und schließlich, damit wir niemals rauskamen, in einer Schreinerei Handarbeit lernen oder im Garten unter Aufsicht arbeiten. Radio, Fernsehen oder Zeitungen gab es nicht, nur die Bibel und Märtyrergeschichten als Lesestoff. Am Abend fiel ich todmüde ins Bett, es gab gar keine Zeit mehr, an etwas anderes zu denken als daran, wie wir uns von unseren Sünden befreien konnten.

Nachts mussten wir die Hände auf der Decke lassen. Das wurde kontrolliert – unsere Zimmer hatten keine Schlüssel. Immer mal wieder schaute eine Schwester herein, und weckte uns, wenn die Hände im Schlaf unters Bett gerutscht waren. Sie kontrollierten unsere Pyjamas und die Unterwäsche nach Flecken. Wenn sie etwas fanden, gab es eine Meldung. Wer erwischt wurde, der kriegte am nächsten Tag kein Essen. Das Fasten sollte uns lehren, enthaltsam zu leben, uns aufzusparen für das erste Mal in der Ehe. Masturbation ist noch immer eine Sünde, Thomas! Und umso schlimmer, wenn sie zwei Männer gemeinsam begehen ..." Rubik stockte der Atem; er rang nach Luft.

„Mein Gott, das habe ich doch nicht wissen können, Felix", sagte Grund leise. Verdammt noch mal, ausgerechnet dieser Kerl tat ihm leid. „Ich hätte nicht gedacht, dass es solche Umerziehungslager wirklich gibt!"

Rubik fasste sich wieder. „Umerziehungslager? Das können auch nur Ungläubige sagen. Wir wurden da wieder auf den Weg des Herrn gebracht", seine Stimme klang nicht überzeugt. Aber er fand wieder ins Fahrwasser und erzählte aufs Neue. Unbeirrt sprach er weiter, es musste alles heraus, was er so lange für sich behalten hatte.

„Natürlich haben einige Jungs versucht, abzuhauen. Sie wurden meistens schon am nächsten Tag von der Polizei wieder zurückgebracht. Die Polizisten glaubten, das Institut sei ein katholisches Heim für Schwererziehbare aus asozialen Familien.

Wer zurückgebracht wurde, den steckte Möve in eine Isolierzelle, da konnte man randalieren wie man wollte, bis man erschöpft auf einer Matratze eingeschlafen ist. Die Zelle haben sie uns gleich zu Anfang gezeigt. Manchen hat sie sofort Eindruck gemacht. Mir auch. Ich hab's mir zu Herzen genommen. Ich wollte da nicht hinein.

Nur einmal hat es einer geschafft, nicht erwischt zu werden. Man erzählte uns, er sei wohl per Anhalter nach Holland. Dort ist er ganz abgerutscht und auf den Strich gegangen, haben sie behauptet. Das war das Gegenteil von allem, das Gott für uns bestimmt hatte. Familienväter sollten wir werden oder wenn wir uns völlig bekehrten und Gottes Ruf hörten, vielleicht sogar etwas Besseres, nämlich Priester oder Ordensleute. Dann wären wir vor den Versuchungen gefeit. Ja, so haben sie geredet, etwas altmodisch, sicher, aber es gibt keine modernen Wörter für den Willen des Herrn und seine Wahrheit. Verstehst du das, Thomas Grund?" Rubik sprang auf, packte den Kommissar am Kragen und schüttelte ihn. Ein Laut, halb Keuchen, halb Greinen entfuhr dem Mann, dann ließ er Grund wieder los, drehte sich weg und erzählte getrieben weiter.

„In den Monaten dort, fiel es mir anfangs schwer, mich dem Willen des Herrn zu unterwerfen. Aber meine Mutter hatte schon immer gesagt, es sei ein leichtes Joch, der Wille des Herrn!" Rubik breitete die Arme aus wie Jesus am Kreuz. „Ist das nicht ein schönes, biblisches Bild? Ein leichtes Joch?"

Grund wagte nicht mehr, den Monolog zu unterbrechen. Rubik hatte sich in seine Erzählung regelrecht eingesponnen.

„Nur im Joch des Herrn, das doch in Wirklichkeit Liebe ist, wird man frei! Wir sollten uns in die Keuschheit schicken, später einmal als Priester vielleicht oder eben als Ehemänner und Väter. Frauen sollten wir uns in Liebe zuwenden, den Höhenweg der Liebe mit ihnen beschreiten und uns von den Niederungen der tierischen Sexualität, die uns unfrei macht, endlich abwenden. Als Männer stünde uns nur die Liebe zu Frauen zu, haben wir dort gelernt.

Aber es gab außer Kirstin Möve keine Frauen im Institut; die Nonnen zählten ja nicht, die haben ja kein Geschlecht. Einmal sind zwei Jungen durchgedreht, die schlichen sich nachts in die Kapelle und onanierten vor dem Marienstandbild. Stell dir diese Entweihung vor! Die ganze Kapelle musste gereinigt und neu geweiht werden. Was mit denen geschehen ist, weiß ich nicht genau. Es hieß, die hätte man in die Schweiz geschickt, höher in die Berge hinauf, um ihnen dort den Satan auszutreiben. In Graubünden hätte ein Pater, der einmal im Institut einen Vortrag gehalten hatte, Urs Hay hieß er, eine noch strengere Einrichtung. Dahin kamen diejenigen, die als unheilbar galten!

Hay hat uns bei seinem Besuch erzählt von Exorzismen, die er an sodomitischen Besessenen durchgeführt hatte, er hatte sie züchtigen müssen mit Ruten und Peitschen und eisigen Bädern, um sie zur Raison zu bringen. Kannst du dir vorstellen, welche Angst uns das gemacht hat? Ein Exorzismus ist etwas Furchtbares. Wer wollte das über sich ergehen lassen? Das hat uns diszipliniert!

Hay hat uns auch erzählt, was in der Hölle mit uns geschähe, wenn wir nicht umkehren würden: barfuß müssten wir laufen auf glühendem Sand."

„Deshalb hast du die Füße verbrannt und verätzt und mit Sand bestreut", flüsterte Grund.

„Ja! Deshalb! Die sollten schon hier spüren, was sie in der Hölle erwartet!" Rubik griff eine Handvoll Sand aus dem Eimer und streute sie über Thomas Grunds Füße. Die Körner rannen die Sohlen hinab, zwischen die Zehen und auf den Boden. Der Anisgeruch stieg ihm in die Nase.

Rubik zischte in Grunds Nacken: „jetzt wirst du sühnen, Thomas, dass du Pater Benedikt verführt hast zu deinen Schweinereien. *Ich* habe gesühnt, Thomas Grund, nicht nur im Schwarzwald, wo man mir beibrachte, unter Schmerzen, wie verderbt ich von Kindheit an war als Sohn eines Vaters, der ebenso dreckig und verkommen gewesen ist. Man hat mir gesagt, dass *er* sich von meiner Mutter getrennt hat, weil er lieber mit einem Mann Unzucht treiben wollte, mit ihm zusammen leben wollte, als Verhöhnung der heiligen christlichen Ehe und Familie. Und dann ist er, wie der gerechte Herr es vorgesehen hat, abgekratzt an AIDS. Abgemagert, Lungenentzündung, Flecken überall - wie die Pest, hat man mir erzählt. Und das war das Ergebnis seiner *Liebe!* Das einzig Gute war, dass er meine Mutter nicht anstecken konnte, weil die keusch war seit meiner Geburt!"

Und dann fauchte Rubik: „Das ist eure Kultur des Todes, Thomas Grund! Eure schwule Kultur der Verderbnis und des Todes!"

Mit kaltem Ernst sprach er nach einem Moment weiter: „Und nun kommt ihr und wollt auch noch heiraten und die Ehe beschmutzen und alles niederreißen, was gottgefällig, gut und richtig ist im Leben der Menschen. Das kann man doch nicht mehr dulden. Es hat lange gebraucht, bis ich wusste, was dagegen zu tun ist.

Mein Weg dahin hat angefangen, als ich aus dem Institut hierher ins Internat zurückgekehrt bin. Ich habe Pater Benedikt um Verzeihung gebeten, dass ich so schlecht über ihn gedacht und dass ich ihn in Versuchung geführt habe. Er hat mir verziehen und mir noch einmal das Gesicht gestreichelt. Geweint hat er, stell dir vor, ich habe ihn zu Tränen gerührt. Bald darauf ist er weggegangen, in die Schweiz.

Ich habe mein Abitur gemacht, aber auf dem Priesterseminar wollten sie mich nicht haben. Meine *tiefsitzenden Tendenzen*, hat es geheißen, erlaubten nicht, dass ich Priester würde. Kirstin Möve hatte ein Gutachten geschrieben, das von meiner Aufnahme abriet.

Beinah wäre ich da zusammengebrochen, aber ich hab auch das noch auf mich genommen. Meine Verfehlungen mussten eben gesühnt werden, und dafür bin ich dem Herrn dankbar. Er hat mir gezeigt, wie sein Weg für mich, der im Schwarzwald begonnen hatte, aussehen sollte. Ich musste dort bleiben, wo ich schuldig geworden war."

Wieder stockte Rubik in seiner Rede für Augenblicke und sprach dann mit einer verzweifelten Zärtlichkeit weiter.

„Ich bin an den Ort meiner Schuld zurückgekehrt. Ich wurde Hausmeister im Internat. Damals habe ich hier in meiner Hausmeisterloge gesessen, jeden Tag, und sah die jungen Schüler vorüberziehen, morgens, mittags und abends. Zwanzig Jahre lang: die wurden immer freier, schöner, blonder, vorlauter, trugen immer schickere Klamotten. Kümmerten sich nicht mehr um Gebetszeiten und die Gebote des Herrn.

Ich erhitzte die Milch für die Unterstufe in meiner Loge, fegte den Kreuzgang und die Flure mit dem grünen Bohnerwachs, kehrte im Herbst die Blätter im Klostergarten und schippte im Winter den Schnee vor der

Schule als Sühnedienst, und dabei sah ich die jungen Schüler, jung wie ich auch einmal gewesen war, die wurden immer frecher, gottvergessener. Die einen trieben sich mit Mädchen herum, andere trugen selbstbewusst einen Ring im rechten Ohr, im rechten! Die entglitten den Patres und dem Herrn. Da musste ich doch was unternehmen. Und als ich die Internetseite von Urs Hay entdeckte, habe ich Kontakt mit ihm aufgenommen."

„*Crux.com*", flüsterte Thomas Grund.

„Ja, *crux.com*! Da hatte ich endlich Freunde gefunden. Urs Hay ließ mich bald sogar Artikel schreiben."

„Ob das so clever war, deine eigenen Morde zu kommentieren", rutschte es Thomas Grund heraus.

Rubik winkte ab. „Ein Diener des Herrn muss nicht clever sein, sondern geradlinig, Thomas! Mir wurde schnell klar, dass Schreiben nicht mehr genügte. Ich musste versuchen, das, was damals geschehen war, in Ordnung zu bringen."

„Seltsame Art, Ordnung zu schaffen", murmelte Grund. „Und welches Zeichen sollten die Rosenkränze setzen, die du so dezent hinterlassen hast?"

„Was hätte eindrucksvoller von der Ordnung des Herrn zeugen können? Jeder tote Schwule ist wie eine Kreuzwegstation, wie ein Vaterunser im Rosenkranz", Rubik steigerte sich in seine Mystik hinein: „ Blut, vergossen für den Herrn!", rief er erregt mit rot glühendem Gesicht.

Grund versuchte ihn zu beruhigen. „Felix, das ist ja ganz grauenhaft, was du mir da erzählst. Ich weiß nicht, ob man dir helfen kann. Aber man kann es doch wenigstens probieren!"

Sarkastisch schaute Rubik den Gefesselten an. „Niemand muss mir helfen. Der Herr hat mich auf den rechten Weg gebracht. Das ist nicht leicht, Thomas Grund. Ich bin vor mir selbst erschrocken. Aber der Herr ist nicht nur ein Gott der Liebe. Er muss als Vater seine Kinder auch strafen. Und ich bin sein Instrument. Das ist doch eine Gnade, die entschädigt mich für alle Schmerzen und für die Scham. Und jetzt halt dein Maul. Ich will nichts mehr hören", er schlug Grund wieder ins Gesicht, links und rechts. Die Oberlippe platzte auf, er spürte den Kupfergeschmack im Mund. Das Blut rann Grund übers Kinn und tropfte ihm auf die gefesselten Hände.

Rubik holte aus der Jackentasche das braune Säurefläschchen heraus. „Dass ich mir soviel Mühe gemacht habe mit den Bügeleisen. Die Säure brennt viel besser in die Sohlen", murmelte er, während er noch einmal Sand über Thomas Grunds Füße rieseln ließ. Er beobachtete wie die Körner zwischen seinen Fingern hinab rannen. Seine Handflächen waren schweißnass und sie klebten in den Falten der Handfläche. Aber er machte sich nicht die Mühe, sie wegzuwischen, sondern zog den Stöpsel aus dem Glas. Dann postierte er sich hinter den festgeschnürten Füßen. Grund zerrte vergeblich an den Fesseln, versuchte seine Beine zu bewegen oder sich herumzudrehen. Er sah nur noch den Schatten Rubiks, der im Licht der unruhigen Kerzenflammen über den Boden flackerte. Der erste Topfen Säure fiel auf den Ballen. Das Brennen fraß scharf und unerbittlich ins Fleisch, Grund schrie vor Schmerz.

In seinem Schrei ein dumpfer Schlag, Gipssplitter schossen um die Bank, Rubik brach zusammen, das Fläschchen fiel ihm aus der Hand. Spritzer der Säure trafen einen Bücherstapel und zischten beim Aufprall. Vor Grunds gefesselte Knie rutschte das abgesplitterte Grinsen des heiligen Aloysius.

Mein Name ist Thomas Grund

Roman Teckel warf die Füße des Hl. Gipsaloysius, die er noch in den Händen hielt, auf den Boden und stürzte zu Thomas Grund hinüber, um ihn von den Fesseln zu befreien. Grund glaubte, kotzen zu müssen. Er kriegte kein Wort raus, nur ein Würgen. Auch Roman stieß einen tierischen Laut aus, aber einen der Erleichterung: „Oach, verdammt, das war knapp! Geht's dir gut? Kannst du dich aufrichten?"

Grund nickte. Er versuchte aufzutreten, aber zuckte zusammen, „Scheiße, der Fuß brennt wie Feuer. Der Kerl hat mir Säure drauf geschüttet."

Roman berührte Grunds Fuß, um nach der Wunde zu sehen, aber der grunzte schmerzhaft und wehrte ihn ab, „Nimm den Strick und fessele ihm die Hände auf dem Rücken. Der kann gleich wieder aufwachen und dann dreht der durch."

Roman nickte und war mit drei Schritten beim ohnmächtigen Rubik, um ihm die Hände zu binden. Grund zog sich an einem der Kerzenständer in die Höhe. Mühselig humpelnd versuchte er, nicht mit der verletzten Seite des Fußes aufzutreten. „Und schau in seiner Tasche nach, da muss er den Kellerschlüssel haben."

Roman zog ein Schlüsselbund aus Rubiks Jackettasche. Der gefesselte Mann erwachte mit Grummeln und Grunzen aus der Bewusstlosigkeit. Noch war er benommen und wusste nicht, was ihm geschehen war.

„Raus hier", rief Grund, „der ist hier sicher, wenn wir abschließen. Und bitte hilf mir, ich kann allein nicht gehen!"

Roman stützte ihn unter der Schulter. Noch nie hatte sich Grund so an einen anderen Körper gelehnt. Er war immer gewohnt gewesen, allein zu gehen; jetzt fühlte er sich unbeholfen, aber schon nach drei Schritten funktionierte dieses gemeinsame Gehen auf dreieinhalb Füßen. Er konnte nicht mit dem ganzen Ballen abrollen und humpelte über den Rist. Roman öffnete die schwere Eisentür und stützte ihn hinaus auf den Kellerflur.

Angeschlagen rappelte sich Felix Rubik in die Hocke; weiter kam er nicht wegen seiner gefesselten Hände. Blut rann ihm von der aufgeplatzten Kopfhaut über die hohe Stirn und die Schläfen und verteilte sich in feinen Rinnsalen übers Gesicht. Er stöhnte und legte den Kopf zur Seite; eine Leidensmiene. Aber es waren offenbar nicht die Schmerzen der Wunde und der Gehirnerschütterung, die sein Gesicht so verzerrten. Vergeblich versuchte er den Strick um die Handgelenke loszuwerden. Er hatte versagt, er hatte sich auf ein Gespräch mit Thomas Grund eingelassen, er hatte nachgegeben, dem Gesäusel nachgegeben, mit dem der Schwule ihn einwickeln wollte. Das war sein Versagen.

„Ich hab's versucht", murmelte er. „Ich hab's versucht. Aber ich bin zu schwach. Ihr seid die Sendboten des Todes!", rief er den beiden nach. „Der Heilige Vater hat recht gehabt, man darf euch nicht nachgeben!" Er entdeckte die Scherben des Heiligen Aloysius zu seinen Füßen. „Ihr benutzt sogar das Heilige und Keusche, das Unschuldige, um eure Kultur des Todes zu verbreiten!" Er mühte sich in Richtung der geöffneten Tür zu spucken, in der Grund und Teckel zu ihm zurückblickten, doch sein Mund war zu trocken, er bekam nicht genug Speichel zusammen und brachte nur ein ekliges Geräusch von Schleim und Luft hervor.

„Schließ ab! Schließ die Tür ab!", verlangte Grund mit Nachdruck und drängte sich eng an Romans Seite, als gehörte er dahin. Diese Nähe zweier Männer sollte Felix Rubik sehen, bevor sie ihn einsperrten. Roman zog Thomas Grund auf den Kellerflur und warf die Eisentür mit Schwung zu. Sie knallte dumpf in ihren Rahmen. Dann schloss er sie ab.

„Verdammt noch mal, ich dachte, es wäre Schluss. Das war wirklich im letzten Augenblick." Grund blickte Roman an dessen Schulter gelehnt von unten ins Gesicht. „Aber wie kommst du eigentlich hierher?"

„Na, ich wollte doch sowieso nachkommen, erinnerst du dich nicht mehr? Ich hab mich ziemlich dreist in das Altersheim reingelogen, damit ich so schnell wie möglich diesen Wunibald zu packen kriegte. Übrigens ein ziemlicher Trottel, du hast nicht untertrieben. Arcanus ist aber schon vor mir dagewesen und war längst weg. Ich wollte gerade wieder gehen, da hat Wunibald mir sein Auftragsbuch für Rosenkränze gezeigt. Nicht nur Arcanus hat bei ihm welche gekauft. Auch Felix Rubik und zwar eine Woche bevor Sean umgebracht wurde! Ich hab sofort versucht, dich zu erreichen, um dich zu warnen, aber du bist nicht ans Handy gegangen. Da war doch klar, dass was aus dem Ruder gelaufen sein musste und ich bin hinter dir hergerast!"

„Das war aber verdammt leichtsinnig."

„Ach, Quatsch, ich hab deine Kollegen von unterwegs verständigt, die müssen gleich da sein. Alles erledigt. Deine Monika war übrigens sehr besorgt um dich ..."

Grund schnaufte verlegen. „Monika, ja, die ist schwer in Ordnung! Aber wie bist du darauf gekommen, im Keller nach mir zu suchen?"

„Der blöde Pförtner wollte mich abwimmeln", erklärte Roman. „Er behauptete, er könne niemanden zu Rubik lassen, er hätte Besuch. Das konntest ja nur du sein. Ich hab ihm zugesetzt, bis er ihn anrief, aber der Kerl hat sich nicht gemeldet, weder in seiner Wohnung, noch auf seinem Handy. Du warst auch nicht erreichbar, also hab' ich mir gedacht, der packt die Gelegenheit beim Schopf: du erscheinst unvermittelt, das war doch wie ein Geschenk für ihn. Etwas Intuition war dabei, zugegeben: wenn er dich auch beseitigen wollte, dann konnte er es überall tun oder genau da, wo ihr euch sicher gefühlt habt: im Heizungskeller. Ich hab diesen Pförtner am Kragen gepackt und mir den Weg beschreiben lassen. Der hat schnell nachgegeben – und als ich zum Treppenhaus lief, hörte ich, wie der die Polizei angerufen hat. Der konnte ja nicht wissen, dass sie schon anrückt!"

„Weißt du eigentlich, wie gefährlich das war, allein hier runterzu-
kommen?", unterbrach Grund Romans Bericht. „Der Mann ist doch
unberechenbar!"

Roman drehte den Kopf zur der schweren Eisentür, die er gerade
abgeschlossen hatte, und erst jetzt ging ein leichtes Zittern durch seinen
Körper, das sich auf Grund übertrug.

„Ja, ich glaube, ich bin nicht sehr vernünftig gewesen, was?", gab er
zu und fing sich gleich wieder und er flüsterte verschmitzt. „Aber es war,
ich weiß gar nicht wie: aufregend war's. Ich kann dir gar nicht sagen, wie
viel Wut in einem ist, wenn man auf so einen Kerl draufschlägt!" Roman
lachte und obwohl Grund mit der falschen Fussseite auftrat und ein
scharfer Schmerz ihm das Gesicht verzerrte, musste auch er lachen.

„Ich dacht schon, das war's und bin aus allen Wolken gefallen, als
mir plötzlich die Scherben des Heiligen vor die Füße klatschten. Du bist
irre! Und jetzt will ich hier raus, an die Luft!", und er zog sich mit der
Rechten am Geländer hoch, während ihn Roman stützte.

Als sie von der Kellertreppe in den Parterregang einbogen, drang ge-
schäftiger Lärm herüber. Die Kongressteilnehmer kehrten zurück von der
Audienz beim Erzbischof in Paderborn. Besucher zur Eröffnungsveran-
staltung drängten sich auf den Fluren des Kastens. Mitglieder der *Reconquista Dei,* Anhänger von Maria Rubik, Bewunderer Kirstin Möves,
Studenten des Priesterseminars aus Paderborn, Gemeinde- und Jugend-
gruppen aus der Gegend trafen ein, um einen Grundsatzvortrag des
Monsignore Capriz zu hören.

Grund und Roman erreichten den Flur, an dem einmal die Wohnungen der Patres gelegen hatten. Da war die Tür, die eichene Tür, durch
die Grund so oft geschritten und wieder auf den Gang geschoben worden
war. Für einen Augenblick hielt er inne im Hinken an Romans Arm,
dann trat er mit der ganzen Sohle des verletzten Fußes auf. Er verzog das
Gesicht, die Wunde zwischen den Zehen und am Ballen brannte noch
immer, aber er spürte den kühlen, gebohnerten Boden an der Haut. Er
würde wieder stehen können auf dem versengten Fuß. Da würde eine
Narbe bleiben, eine rote Narbe verwachsenen Gewebes, die würde sich
nicht verbergen lassen. Aber er war sich sicher, er würde weiter gehen
können.

Am anderen Ende des Ganges eilte Thomas Grund und Roman Teckel aus dem Zwielicht der trüben Kuppellampen Maria Rubik an der Spitze eines ganzen Trosses entgegen. Sie geleitete den Monsignore durch die immer größer werdende Menge der Wartenden zur Aula. An dessen Seite schritt der Paderborner Erzbischof. Manche der Besucher applaudierten. Capriz grüßte feudal, als wäre er eine Exzellenz wie der Mann neben ihm. Hinter diesem Dreigespann ein Tross der *Reconquista*, angeführt vom Freiherr von Uebelkamp, nebst Urs Hay und Kirstin Möve.

Thomas Grund lehnte sich erneut an Roman und suchte dessen Hand, als er den Monsignore erblickte. Ein siebzigjähriger Mann, schmal, stolz und aufrecht, mit eisgrauem Vollbart und den Kopf eine Idee zu steil erhoben, um noch katholisch demütig zu wirken. Genauso wie vor zwanzig Jahren, älter zwar, aber nicht wirklich anders. Der Monsignore taxierte die Umstehenden genau und lächelte den einen oder anderen an, der ihm applaudierte. Ein Lächeln, das weniger Dank bedeutete als Zustimmung. Es hieß: ganz recht, man soll mir applaudieren. Das steht mir zu.

Grund sagte nichts, aber beobachtete mit strengem Blick das Defilée des Monsignore in die Aula. Er ließ die Augen nicht von ihm. Die Ehrengäste folgten Maria Rubik, dem Erzbischof und Capriz hinunter zur ersten Reihe vor der Bühne. Man ließ sich nieder und gleich darauf erlosch das Schwätzen der Besucher. Durch die offenen Türen des überfüllten Saales drang Maria Rubiks Stimme aus den Lautsprechern. Sie begrüßte die Anwesenden und stellte Monsignore Adolph Capriz als Eröffnungsredner vor. Der trat ans Pult und dankte ihr für die Einladung und die wichtige Aufgabe, wie er sagte, einen Grundsatzvortrag über die Bedrohung der christlichen Zivilisation durch die Homosexuellen halten zu dürfen. Hier sei er ja nun unter Gleichgesinnten und brauche kein Blatt vor den Mund zu nehmen: „... denn Ehrlichkeit und Wahrheit – das ist doch ein und dasselbe!", begann er seine Rede.

„Lass uns vors Haus gehen", bat Roman genervt. „Deine Kollegen kommen gleich und dann wirst du erst mal verarztet!"

Thomas Grund schüttelte den Kopf und drückte Romans Hand fester. „Ich will das hören, was da gesagt wird! Du etwa nicht? Deshalb bist du doch eigentlich gekommen!"

„Ist jetzt aber nicht mehr so wichtig", entgegnete Roman und bemühte sich, Grund nach draußen zu ziehen. Der wehrte sich.

„Oh doch, nichts ist wichtiger." Grund löste sich von Romans Hand und hinkte allein einige Schritte in Richtung Aulatür.

„Das ist nur widerliche Hetze gegen Schwule", sagte Roman angeekelt, „das müssen wir uns jetzt nicht antun!"

„Ich will das aber hören", bestand Grund. Roman gab nach und wollte ihn wieder bei der Hand fassen, um ihn weiter abzustützen.

„Lass, da will ich ganz allein reingehen!" Grund schüttelte Romans helfende Hand erneut ab. „Ich *will* hören, was der Kerl da zu sagen hat!"

Unmittelbar neben der Tür, in der hintersten Reihe, waren noch einige Plätze frei, ansonsten war die Aula zum Bersten voll: alle Klappsitze besetzt und selbst auf den Treppen hinunter zur Bühne mit dem Rednerpult, hockten junge Leute aus den umliegenden Gemeinden. Hergeschickt vom Ortspfarrer und begleitet von den Diakonen.

Aus den Lautsprechern erscholl voll selbstbewusster Überzeugungskraft die durchaus freundliche, aber auch feste Stimme des Monsignore Capriz. Nachdem er Veranstalter und Gäste begrüßt hatte, ließ er seinen Blick mit beredtem Schweigen über das Auditorium schweifen. Er lächelte und zwar so, dass sich mancher angeblickt und jeder angesprochen fühlen sollte.

„Ich sehe zu meiner Freude viele junge Menschen hier. Ich bin froh, dass ihr gekommen seid, um euch anzuhören, was ich euch an Wahrheit zu sagen habe. Das entspricht nicht dem sogenannten Mainstream der allumfassenden Toleranz. Der Begriff Toleranz wird inflationär gebraucht. Wer wie die Kirche und ihre Diener", und er legte in einer wohl einstudierten Geste der Bescheidenheit, unter einem leichten Absenken des Kopfes, die Hand auf die Brust, „wer also wie ich, dazu berufen ist, die Wahrheit der Kirche, also die Wahrheit Gottes, zu verkünden, der muss bestimmten Entwicklungen unserer Gesellschaft intolerant gegenüber stehen! Die Wahrheit der Kirche und des Herrn ist nicht verhandelbar!"

Aus der ersten Reihe erscholl vereinzelter Applaus. Maria Rubik, Kirstin Möve und Urs Hay klatschen heftig, so heftig, dass sich andere bemüßigt fühlten, sich ihnen anzuschließen.

„Wir sind hier zusammengekommen", fuhr Capriz fort, „um gründlich zu warnen vor dem Genderismus, einer Wahnidee und Irrlehre, die inzwischen sogar von der UNO befördert wird. Es geht dabei um die Aufhebung der natürlichen und gottgewollten Geschlechterordnung.

Wer die aufhebt, der zerstört die Hierarchie des Göttlichen.

Männer und Frauen sind nicht gleich, sie haben vom Herrn ganz unterschiedliche Aufgaben in der Schöpfungsordnung zugewiesen bekommen. Jahrhunderte haben sich die Menschen daran gehalten. Aber nun machen sie sich in maßloser Selbstüberschätzung daran, diese ewige Ordnung zu verändern. Es geht schon längst nicht mehr um so etwas Albernes, wie die Männer dazu zu zwingen, Hausfrauenarbeit zu tun oder Frauen dazu zu verleiten, sich in männliche Bereiche einzumischen. Der Feminismus hat schon ein beträchtliches Zerstörungswerk getan. Der Genderismus setzt dem die Krone auf.

Was Gott im Himmel, das ist der Vater in der Familie. Aber man hat die Rolle des Vaters als Herr der Familie aufgeweicht, die Rolle der Frau als Helferin des Mannes, wie es in der Schöpfungsgeschichte geschrieben steht, unverhältnismäßig überschätzt. Es geht nicht mehr nur darum, dass Frauen Männerkleider tragen dürfen oder Männer sich zurückziehen sollen aus ihren führenden Stellungen in Kirche, Wirtschaft und Politik für die Frauen. Es droht etwas viel Entscheidenderes als der Umsturz aller Hierarchien zwischen den Geschlechtern:

Nun setzt der Satan zur Endschlacht an. Dass der Satan tatsächlich eine Macht ist, die Macht, die dahinter steckt, ist nicht zu bezweifeln.

Zu seinen Stoßtruppen bei diesem Zerstörungswerk des Christentums und der westlichen Zivilisation gehören - die Homosexuellen. Eigentlich nur eine bedauernswerte Minderheit der Gestörten und Verwirrten ... meinen viele irrtümlich und menschenfreundlich. Aber die internationale Homolobby als Werkzeug des Satans gewinnt an gesellschaftlicher Macht seit dem Sündenfall der französischen Revolution vor über 200 Jahren.

In allen Kulturen waren Homosexuelle stets als lasterhaft und als sündig angesehen worden, todsündig, will ich sagen - schon das Alte Testament nennt sie todeswürdig! Denn sie sind Sendboten der Kultur des Todes!

Aber damals schon, das haben viele vergessen, gleich mit der Revolution in Frankreich, werden alle Gesetze der Kirche und der Staaten, die die Sexualität der Menschen zu Recht zügeln und regeln, aufgehoben. Dem Umsturz der weltlichen Ordnungen geht immer der Verlust der Sexualmoral voraus: ob in der französischen, der russischen oder der 68er

Revolution. Erst werden die Sittengesetze zerstört und dann die christliche Ordnung.

Und so wagen sich die Homosexuellen, deren Ziel die totale Homosexualisierung der Gesellschaft ist, immer mehr aus dem Zwielicht. Anfangs kaum spürbar, aber jetzt ganz offen und mit perversem Stolz zeigen sie sich, nicht bloß bei obszönen Umzügen, sondern überall in den Medien, der Kultur, sogar in der Wirtschaft und Politik. Sie sind bis in die höchsten Kreise gedrungen, sind sogar Professoren und Minister! Es scheint, als sei bloß noch die katholische Kirche die letzte Instanz, die vor den Homosexuellen warnt!

Aber was wollen sie, wenn sie nach gleichen Rechten schreien? Nichts anderes als die Sexualisierung, die Homosexualisierung! Die Etablierung ihrer widernatürlichen und damit todbringenden Sexualität, die nicht auf die Weitergabe des Lebens ausgerichtet ist, sondern auf die pure Lust! Das ist gegen Gottes Willen.

Sie können keine Kinder zeugen und in die Welt setzen. Und nur dafür hat uns Gott die Sexualität geschenkt: Kinder ins Leben zu bringen. Doch das können Homosexuelle nicht. Also ist ihre Sexualität sündhaft – und zu dieser Sünde wollen sie alle verleiten. Dann fiele ihre Abnormalität, durch Unterdrückung der Normalen, nicht mehr als abnormal auf!"

Bei einigen der jungen Besucher auf den Rängen machte sich Unmut breit. Sie tuschelten und raunten. Ein junger Mann rief in den Saal, offenbar überrascht von seiner eigenen Courage: „Homosexualität ist angeboren, sie ist also natürlich. Daran ist nichts Böses!"

„Oh, haben wir da einen Verteidiger der Unzucht?", hielt ihm Capriz maliziös entgegen. „Jawohl, ich benutze dieses angeblich altmodische Wort Unzucht noch. Ganz abgesehen davon, mein lieber Freund", setzte er gönnerhaft hinzu, „wir sind als Mann und Frau von Gott auf die Welt geschickt worden. Wir sind füreinander geschaffen. *Das* ist angeboren. Alles andere ist eine bewusste Wahl des Falschen und Sündigen, ein sich Wenden gegen Gott. Ich will sogar noch konzedieren, dass es einige gibt, die dazu verführt worden sind, angesteckt wurden, wie bei einer Krankheit.

Lasst euch also nicht sagen, Homosexuelle könnten nicht anders. Es ist eine Krankheit. Eine gefährliche, die die Menschen anstecken und vernichten kann. Aber der Mensch ist ja frei, den richtigen Weg zu wählen. Dafür hat Gott gesorgt, dass wir aus freiem Willen seinem Weg folgen können. Man kann nämlich auch von der Homosexualität geheilt werden", Capriz hob die Schulter, „man muss es nur wollen! Wozu man verführt wird – und man wird zur Homosexualität durch schlechtes Beispiel, Pornographie und Gottlosigkeit verführt, durch gleichmacherische Ideologien wie den Genderismus - wozu man also verführt wird, davon kann man sich auch lossagen. Es gibt Heilung. Hier, in der ersten Reihe, sitzt eine gute Freundin, die ihr ganzes Leben der Heilung der Homosexuellen gewidmet hat. Sie hat mit ihren Forschungen bewiesen, dass Homosexuelle unglückliche Menschen sind, die unter ihrer Veranlagung leiden, die zu Depressionen und Selbstmord neigen und früher sterben als die normale Bevölkerung. Meine gute Freundin Kirstin Möve hat ihr Lebenswerk dem Kampf gegen die Homosexualität gewidmet, die heute die Kirche, das Christentum und die westliche Zivilisation ebenso bedroht wie der Mohammedanismus!"

Wieder tuschelten einige junge Leute in der Mitte der Aula empört; sie mokierten sich über den altmodischen Begriff.

Capriz focht das nicht an, er war gerade erst in Fahrt gekommen: „Die Situation ist nun so, dass die Homolobby es inzwischen soweit gebracht hat, dass selbst an den Schulen Homosexualismus im Sexualkundeunterricht gelehrt werden muss! So rekrutieren sie ihren sexuellen Nachschub! Im Übrigen ist der gesamte Sexualkundeunterricht, wie meine Freundin Kirstin Möve nachgewiesen hat, eine scheußliche Einmischung des Staates in die elterliche Erziehungsgewalt, eine Zwangssexualisierung schon kleiner Kinder ... Niemand muss aufgeklärt werden. Das gottgegebene Natürliche wird sich von selbst entwickeln!"

Begeistert über soviel Beachtung ihrer Schriften, applaudierte jetzt Kirstin Möve als erste – und wieder steckte sie damit ihre Nachbarn und schließlich die ganze Aula an.

„Im Sexualkundeunterricht wird behauptet, die verschiedenen Arten von Sexualität, Hetero-, Homo- und Transsexualität – auch so eine neumodische Erfindung – seien gleichwertig. Das ist doch wohl die Höhe; sie sind nicht gleich und damit gleichwertig."

Wieder gab es einen anschwellenden Applaus als Zustimmung. Capriz lächelte zufrieden. Als er fortfuhr, wusste er, dass er die Menge im Griff hatte.

„In unserer einzig richtigen Moral steht an erster Stelle die Keuschheit als Ideal für alle - wie sie vorbildlich Priester und Ordensmänner vorleben. Dann kommt die Ehe von Mann und Frau, die mit Kindern zur Familie wird, so wie es die katholische Kirche im Katechismus verlangt! Danach kommt nur noch die Sünde – das ist die Rangfolge!

Inzwischen sind wir übel verroht! Im Sexualkundeunterricht wird den Kindern beigebracht, der Mensch dürfe seine Triebe ausleben. Dem müssen wir gläubigen Christen widersprechen: wir sind doch keine Tiere, die ihre Triebe nicht regulieren können. Wir sind Geschöpfe Gottes und können und müssen uns beherrschen. Nur deshalb läuft die Schöpfung auf uns zu!

Noch einmal muss ich eine meiner großen Freundinnen zitieren, Maria Rubik, die dort vorne sitzt und der wir diesen so notwendigen Kongress verdanken", und er wies gönnerhaft in die erste Zuhörerreihe. „Maria Rubik sagt: erst die regulierte Sexualität macht Kultur möglich und damit den christlichen Staat und eine strebsame Gesellschaft in Furcht vor Gott. Denn wir müssen Gott nicht nur ehren, sondern auch fürchten. Er kann, und das zu Recht, auch ein strafender Vater sein, einer, der seine Geschöpfe besonders liebt und deshalb auch gerechterweise straft, wenn sie gegen seine Gebote verstoßen. Ich bin fest davon überzeugt, dass Unglücke, zum Beispiel bei diesen unappetitlichen Schwulenparaden, wo Männer als Frauen verkleidet mit Glitter und Flitter ihre Widernatur auch noch feiern, dass also Unglücke, etwa Massenpaniken, bei denen sie sich gegenseitig zu Tode trampeln, ein Zeichen für den Unwillen Gottes sind. Nicht umsonst hat Gott auch den Hurrikan Kathrina nach New Orleans geschickt, gerade als dort eine Unzahl von Homosexuellen einfiel, um dieses", er brachte das Wort nur mit Mühe über die Lippen, „heidnische *Schwulenfest* Mardi Gras zu feiern. Aber leider Gottes, viele besinnen sich nicht, selbst wenn sie Zeuge solcher Zeichen des Herrn werden. Sie sind eben ihren bösen sexuellen Trieben erlegen – und alle Sexualität, die nicht der Weitergabe des Lebens dient, ist böse und der Urgrund der Kultur des Todes. Ein Werk des Satans.

Und diese verderbten, bösen Menschen wollen andere mit hinunter ziehen in ihren homosexuellen Schmutz und so die gesamte Gesellschaft in ihrem Gefüge gefährden.

Lasst euch nicht von diesen Relativierern der Wahrheit, den Dikta-

236

toren des Relativismus, einflüstern, Homosexualität sei genauso normal wie die Liebe zu einer Frau. Sie ist es nicht. Homosexuelle sind nicht genauso Liebende wie die normalen Menschen. Sie können nicht genauso lieben, ihr Verlangen ist nicht auf das gegenteilige Geschlecht gerichtet, sondern auf das eigene. Das ist ein Mangel an Zuwendung.

Homosexualität bedeutet keine Gemeinschaft zweier aufeinander zu geschaffener Geschlechter, sie dient nur der Selbstbefriedigung. Eine Sünde, noch immer, da hat die Kirche ihre Meinung ganz und gar nicht geändert!

Ja, noch mehr, die homosexuelle Betätigung ist nicht bloß Sünde, sie führt auch ganz konkret zu Krankheit und Tod.

Ich will sie gar nicht großartig ausmalen, jene Ekligkeiten. Nur diese kurzen Hinweise mögen genügen: von einem mir befreundeten Proktologen weiß ich, dass die meisten Homosexuellen über vierzig an Verdauungsstörungen und Darmkrankheiten leiden. Sie infizieren sich häufiger als die normale Bevölkerung mit Geschlechtskrankheiten.

Und über AIDS muss ich ja kaum weiter reden. Verbreitet durch Homosexuelle hat diese fürchterliche Seuche erst in der westlichen Welt, dann auch in Afrika Millionen Opfer gefordert. Und da kommen dann die Zyniker von der AIDS- und Homolobby und verteilen Kondome, anstatt einen anderen, keuschen Lebensweg zu fördern, der einzig hilft gegen AIDS. Da kann man nur froh sein, dass vor allem in Afrika mutige Regierungen sagen, nein, das machen wir nicht mehr mit, diese westliche Unsitte der Homosexualität soll nicht in unser Land getragen werden. Dort wird Homosexualität wieder verboten und mit schweren Strafen belegt; so vernünftig war man bei uns ja auch einmal!

Mit großer Dankbarkeit blicke ich nach Osten, dahin, wo einmal der Kommunismus gegen das Christentum gewütet hat. Es ist ein Wunder, dass dort das Christentum erstarkt und dass vor allem die orthodoxe Schwester-Kirche die Wahrheit über die Gefahren der Homosexualität schonungslos ausspricht. Diesem Einsatz haben wir die neue Gesetzgebung gegen Homopropaganda in Russland zu verdanken. Auf diese Weise meldet sich Russland wieder in den Reihen der christlich-zivilisierten Länder zurück.

Gegen diese Politik der Gefahrenabwehr läuft die dekadente westliche Homolobby natürlich Sturm – sie stürzt die immer gottloseren

Staaten ins sexuelle Chaos. In Russland dagegen, das sich gegen die falsche westliche Liberalität wehrt, hat man erkannt, dass ein Land nur erstarken kann, wenn seine Bürger nach dem Willen des Herrn leben in Keuschheit und mit echter Liebe und gezügelter Sexualität, wenn es sein muss, auch vom Staat im Strafrecht vorgeschrieben.

Ein Verbot der Homopropaganda wie in Russland ist staatliche Notwehr; und wenn der Staat wieder richtig durchgreift gegen Homosexuelle, den Genozid der Abtreibung, Kuppelei, Prostitution, Pornographie und Blasphemie und das alles mit schweren Strafen belegt, dann kann man den Sittenverfall und den Verfall der Familien noch aufhalten!"

Eine kleine Gruppe junger Leute, alle kaum älter als zwanzig, erhob sich demonstrativ und drängte durch die Sitzreihen und die Treppe hinauf zum Ausgang. Sie waren offensichtlich angewidert von dem, was sie gehört hatten, aber sie schwiegen, denn ihre Pfarrer, Religionslehrer und Diakone mussten sie ja noch nach Hause fahren.

„Ihr seid in der Minderheit", rief Capriz ihnen hinterher. „Lasst euch sagen, dass ihr im Irrtum seid!"

Jetzt applaudierte als erster Markus Gerber, der auf der Bühne neben einer der drei Kameras stand, die über den Saal verteilt den Vortrag für PetrusSAT aufzeichneten. Er hatte erst vor kurzem eine wöchentliche Kommentarsendung ins Programm gehoben, in der er modernistische Entwicklungen in der Gesellschaft geißelte. Sie trug den Titel: „Ihr seid im Irrtum ..." In den Applaus des geschmeichelten Journalisten fiel die Prominentenreihe ganz vorne sofort ein und wieder schwoll der zustimmende Beifall von unten die Sitzreihen hinauf.

Monsignore Capriz bat mit einem Handzeichen um Ruhe, er war noch nicht am Ende seines Vortrages.

„Homosexuelle haben es weit getrieben. Davon wird in zahlreichen Vorträgen und Diskussionen in den nächsten drei Tagen hier noch die Rede sein. Nach der Entkriminalisierung der Homosexualität, kamen der Feminismus, die Pornographie, massenhafte Prostitution, Abtreibung und Pädophilie. Und jetzt, da man im Westen sogar die Homoehe und homosexuelle Adoption einführen und mithilfe sogenannter Antidiskriminierungsgesetze, die Stimmen der Wahrheit unterdrücken will, kommt auch noch Christenverfolgung dazu! Homosexualität soll ein Menschenrecht sein! Sagen sie! Ja, wo kommen wir denn da hin? Die sogenannten

Menschenrechte - auch ein Geschwür der französischen Revolution - zielten schon immer darauf, die Herrschaft Gottes zu bezweifeln und zu beenden. Mit den Worten Pius IX. aus dem *Syllabus Errorum* : sie sind eine Irrlehre! Ein Irrsinn, sage ich!

Es kann auch ein Zuviel an Menschenrechten geben! Aber damit sich niemand beschwert, konzediere ich: es gibt ein Menschenrecht auch für Homosexuelle! Natürlich!"

Ein erstaunt-verwundertes Raunen ging durch den Saal.

„Aber gegen dieses Menschenrecht stemmt sich die Homolobby! Es ist das Menschenrecht auf Heilung, auf Umkehr vom falschen Lebensweg.

Sie sind ja nicht alle böse, aber so verstockt, dass sie gar nicht merken, wie sie der Teufel verführt hat. Lasst euch nicht einreden, es gäbe keinen Teufel. Selbstverständlich gibt es den Teufel - und er trägt das Gesicht eines Homosexuellen, der die Menschen verführt mit seinem Geschwätz von der Selbstbestimmung des Geschlechtes und der Sexualität. Die größte Leistung Satans ist: uns glauben zu machen, er existiere nicht!

„Homosexuelle wollen", Capriz blickte in die Reihen, in denen inzwischen völlig verwirrte Teenager aus den Gemeinden saßen und er blickte besonders streng auf die Priesteramtskandidaten, „Homosexuelle wollen, meine lieben jungen Freunde, besonders euch junge Menschen, verfügbar machen für ihre widernatürlichen Triebe: euch und noch viel Jüngere. Sie wollen die Kinder verfügbar machen für ihre sexuellen Verbrechen und Sünden! Homosexuelle bedrohen die Kirche, leider auch den Klerus, wie der angebliche Missbrauchsskandal gezeigt hat, der von Homosexuellen angestiftet und aufgebauscht wurde! Homosexuelle bedrohen den Glauben, die Familie, die ganze Menschheit und die Liebe Gottes!"

Ohne Rücksicht auf die Schmerzen in seinem Fuß erhob sich Grund und trat einen gewichtigen Schritt nach dem anderen mit seinen nackten Füßen auf. Er stieg die Stufen des Hörsaals hinunter, langsam, Schritt für Schritt, bewusst und gerade. Er musste nicht einmal hinken, auch wenn die Fußsohle brannte. Capriz war so sehr mit seiner Tirade beschäftigt gewesen, dass er jetzt erst bemerkte, wie jemand auf ihn zuschritt. Irritiert wandte er sich Grund zu.

„Haben Sie eine Frage, mein Freund?" Er musterte den näher

Kommenden und erblickte verwundert dessen nackte Füße. Grund roch plötzlich wieder den Mundgeruch des Zigarrenrauchers und das schmierige Aroma von *Old Spice* – tatsächlich, Capriz nahm noch immer dieses Aftershave, das nach Altherrenurin und Tabak stank.

„Monsignore", Grund sprach so kräftig, dass der ganze Saal es hören musste und baute sich vor Capriz auf. Er spürte seine nackten Füße fest auf dem Parkettboden und die winzigen Sandkörner zwischen den Zehen.

„Mein Name ist Thomas Grund. Ich weiß nicht, ob Sie sich überhaupt an mich erinnern?! Als Sie noch der kleine Pater Benedikt waren und noch nicht der strahlende Monsignore Adolph Capriz, da habe ich Ihnen den Schwanz geblasen und Sie haben mir in den Mund gespritzt und ich sollte das im Namen des Herrn wie eine Kommunion empfangen und schlucken und schweigen. Ich und andere haben manches schlucken müssen in diesem Haus. Sie haben mich gefickt, bis mir der Hintern wehtat und blutete und Sie haben Felix Rubik gefickt und vergiftet mit Ihren Lügen von der Liebe des Herrn. Und deshalb liegt der unten im Heizungskeller mit einer Wunde im Schädel! Die handelte er sich heute Abend ein, als er mich umbringen wollte. Aber sein Gehirn in diesem Schädel, das haben *Sie* kaputt gemacht, als Sie ihn gefickt und belogen haben und dem Hass seiner Mutter und ihrer Bagage ausgeliefert haben. Die sitzt da unten!"

Ohne den Blick von Capriz abzuwenden, wies Thomas Grund mit der Hand auf die erste Reihe.

„Sie haben mir, ihm und vielen anderen das Leben kaputt gemacht im Namen Ihres Herrn."

Er holte aus und verpasste Capriz einen mächtigen Schlag mit der flachen Hand ins Gesicht. Das klatschte, wuchtete und hallte von den Wänden der Aula wider.

Plötzlich drang von draußen der Sirenenlärm der Polizeiwagen herein. Sprachlos hatte das Publikum bis eben den Vorgang verfolgt, jetzt erhoben sich einige unter Lauten der Verwunderung und Ausrufen des Schreckens von den Sitzen und eilten dem Ausgang zu. Das verwirrt-empörte Raunen und Gemurmel steigerte sich. Maria Rubik in der ersten Reihe sprang auf, um Capriz zu Hilfe zu eilen. Der Erzbischof blickte sich erschrocken und hilflos um. Markus Gerber gab seinen Kameraleuten Zeichen, sie mögen soviel mitdrehen, wie möglich.

Grund wandte sich von Capriz ab und stieg die Stufen wieder hinauf, gerade und aufrecht. Die Zuhörer, die bereits hinausdrängten, scheuten zurück und machten ihm Platz.

Roman, der noch immer am Ausgang stand, streckte Grund schon von weitem die Hand entgegen. Grund ergriff sie und zog den jungen Mann an sich und küsste ihn, nicht lange, nicht spektakulär, es war ein Durchbruch zur Nähe.

Schmerzender Fuß oder nicht, Grund brauchte nicht mehr gestützt zu werden, aber er drückte Romans Hand ganz fest und demonstrativ und verließ so den Saal, den Aufruhr und den Kasten.

Nachspiel I

Auf dem Vorplatz hasteten Kamerateams und Fotojournalisten der zwei lokalen Zeitungen an Grund und Teckel vorbei auf das Eingangstor zu.

„Woher kommen die denn?", fragte Grund überrascht.

Roman grinste. „Na, die hab ich gleich nach deinen Kollegen verständigt. Ich bin eben doch auch so ein lästiger Pressemann!"

Durch das Getümmel der Journalisten und der davoneilenden Besucher drängten Monika Wiebe und Wehsal heran.

„Was machst du denn für Alleingänge?", empörte sich Monika, aber wechselte sofort den Ton, als sie entdeckte, dass Grund an Romans Arm humpelte: „Bist du verletzt?"

„Nicht so dramatisch", wehrte der Kommissar ab. „Erst mal das Wichtigste: Roman, gib meinem Kollegen den Kellerschlüssel!"

Während Wehsal den Schlüsselbund in die Hand gedrückt bekam, erklärte Grund dem Kriminalassistenten mit gesenkter Stimme, das sollten die Presseleute nicht mitbekommen, wo er Rubik finden würde. Er trug Wehsal auch auf, Rubik aus dem Nebengebäude gleich auf den hinteren Parkplatz zu führen, wohin er einen Wagen schicken sollte. Dort herrschte kein Aufruhr und der Verhaftete konnte ohne Aufsehen erst einmal in ein Krankenhaus transportiert werden. Der Kriminalassistent schnappte sich zwei Kollegen und verschwand mit ihnen um den Kasten herum, unbemerkt von der Pressemeute und den noch immer aus dem Haupttor strömenden Menschen.

„Willst du mir jetzt mal erklären, was hier überhaupt los ist?", fragte Monika aufgebracht.

„Der Kongress platzt", feixte Roman, „und Thomas ist schuld!"

Monika blickte den Journalisten neugierig an, sie wunderte sich, dass ein fremder junger Mann ihren Chef mit dem Vornamen nannte.

„Und wer sind Sie, wenn ich fragen darf?"

„Das", sagte Grund stolz, „ist Roman Teckel. Den habe ich gestern beinahe aus der Wohnung geworfen und heute hat er rausgekriegt, wer Gregor Feinschmidt und die anderen ermordet hat!"

„Na, ein bisschen hast du ja auch dazu beigetragen", sagte Roman mit gespielter Großzügigkeit. „Du bist schließlich der Kommissar!"

„Sie sind das? Sie haben mich angerufen?" Monika musterte den jungen Mann, auf dessen Arm sich Grund stützte. Die Vertrautheit der beiden ließ sie staunen.

„Und er hat mir auch noch das Leben gerettet", sagte Grund trocken.

„Was soll denn das jetzt wieder heißen? Kannst du dich mal genauer ausdrücken?", empörte sich die Kriminalassistentin.

„Gleich, gleich, Monika. Könnten wir vielleicht zum Wagen gehen? Ich kriege kalte Füße!" Grund klang erschöpft. Monika wollte ihn unter dem anderen Arm greifen, aber nur Roman durfte ihn zum Dienstwagen führen. Dort sank Grund in den Beifahrersitz nieder und streckte seinen Fuß heraus, damit Monika, die gleich den Verbandkasten aus dem Kofferraum holte, ihn versorgen konnte. Sie desinfizierte die Wunde, legte Mull auf und umwickelte den Fuß mit einer Binde.

„Wir fahren gleich auch ins Krankenhaus, das muss sich noch ein Arzt genauer ansehen!", sagte sie.

„Von wegen Krankenhaus, so schlimm wird's schon nicht sein", brummte Grund. Mit Absicht zog Monika die Binde plötzlich so stramm, dass er aufstöhnte. „Soso, nicht so schlimm, was? Wollt ihr jetzt endlich berichten, was passiert ist?"

Grund erklärte in kurzen Sätzen, was vorgefallen war und schickte Monika dann hinter Wehsal her. In der offenen Wagentür hockend schaute er sich die noch immer aus dem Kasten strömenden Menschen an.

„Du musst natürlich mitkommen aufs Präsidium, um deine Aussage zu machen", sagte er, ohne dabei Roman, der sich neben ihm an das Auto lehnte, anzusehen.

„Muss das alles noch heute sein?", fragte der. „Du musst erst mal zum Arzt!"

„Ja, okay", gab Grund nach. „Irgendeine Brandsalbe wäre nicht schlecht. Tut doch ziemlich mies weh! Den ganzen Protokollquatsch können wir auch morgen früh machen!"

„Dann muss ich ja noch eine Nacht in Paderborn verbringen", seufzte Roman ironisch. „Ob das Hotel wohl mein vorbestelltes Zimmer für heute freigehalten hat? Immerhin habe ich mich noch nicht gemeldet!"

Grund wagte nicht, zu Roman aufzublicken. Noch immer beobachtete er die verwirrten Menschen, die über das Gelände irrten und sich nach und nach doch auf dem Weg zum Parkplatz einfanden. Hier und da hatten sich Grüppchen gebildet, die bestürzt und aufgeregt diskutierten.

„Willst du wirklich ins Hotel?" Grund musste sich gewaltig anstrengen, damit er die Frage herausbrachte, selbst nach dem übermütigen Kuss von vorhin, der ihm jetzt schon wieder peinlich wurde.

„Nicht unbedingt", auch Roman blickte den Kommissar nicht an und tat so, als betrachte er die herumwuselnden Menschen.

„Hättest du was dagegen, wenn ich das Bett bei dir noch mal benutze?"

Grund schüttelte den Kopf. „Nein, natürlich nicht!" und freute sich unbändig, als er Romans Hand auf seiner Schulter spürte. Plötzlich wurde aus der zärtlichen Berührung ein harter Griff. „Autsch", beschwerte sich Grund, aber noch bevor er etwas sagen konnte, wies Roman in Richtung des Parkplatzes. Auf dem Kiesweg stolperte zögerlich und bestürzt der Antiquitätenhändler Arcanus auf sie zu. Grund erhob sich mit Romans Hilfe.

„Was ist denn hier los?", fragte Arcanus entgeistert und deutete auf die Menschen und die Polizeiwagen.

„Für den Vortrag von Monsignore Capriz kommen Sie zu spät", stellte Grund fest.

Arcanus blieb vor ihm stehen und winkte ab. „Ich bin doch nicht deswegen hier. Ich will zum Geschäftsführer, Felix Rubik!"

„So was haben wir uns gedacht", sagte Grund und blickte Roman mit einem einvernehmlichen Lächeln an, „nicht wahr?"

Roman nickte.

„Wollten Sie ihm etwa auch eine Statue abkaufen und teuer bezahlen?", fragte Grund.

„Ja, tatsächlich, ich komme, um mir eine Aloysiusstatue anzusehen!", erklärte Arcanus.

Roman konnte den ironischen Unterton nicht verkneifen: „... da haben Sie aber Pech, der Heilige ist etwas zerschlagen!"

„Zerschlagen?", wiederholte Arcanus.

„In tausend Stücke, wie man so sagt", erläuterte Grund mit dem gleichen ironischen Unterton. Wieder blickten er und Roman einander an und schmunzelten.

Arcanus blickte unverständig von den beiden Männern weg und wies auf den Menschenaufruhr: „Was ist denn hier bloß vorgefallen? Die Leute rennen ja herum wie die aufgescheuchten Hühner. Und dann das Polizeiaufgebot ...Wo ist denn Herr Rubik bloß?"

Grund rieb sich mit dem Handrücken über die Augen und wies dann in Richtung der Straße. „Rubik, der ist Ihnen bestimmt entgegen gekommen, in einem Krankenwagen!"

„Ja, um Gottes Willen. Ist ein Unglück geschehen? Stehen deshalb so viele Polizeiwagen hier?"

Grund nickte. „Ein Unglück, naja, wenn Sie's so nennen wollen, Herr Arcanus. Hier hätte es fast einen Mord gegeben. Es war nicht der erste, wie Sie wissen! Felix Rubik hat schon drei Männer umgebracht und bei mir wäre es ihm beinahe auch gelungen, wenn ich nicht Hilfe gehabt hätte", er griff wieder nach Romans Hand. Es war ihm jetzt völlig egal, ob Arcanus oder seine Polizeikollegen das mitbekamen. Mit fester Stimme fuhr er den Antiquitätenhändler an: „Und jetzt, Herr Arcanus, sagen Sie mir, was Sie damit zu tun haben!"

Entgeistert blickte ihn der Kunsthändler an. „Was soll ich damit zu tun haben? Mit Morden, die Felix Rubik begangen hat?"

Roman zog den Rosenkranz aus der Tasche. Die Kette um die Finger gewickelt, wedelte er mit dem Kreuz vor Arcanus' Gesicht. „Diesen Rosenkranz kennen Sie ja", sagte er, „den haben wir Ihnen schon gezeigt. Solche Rosenkränze hat Rubik bei den Toten hinterlassen. Er hat sie genau wie Sie von Pater Wunibald aus dem Altenheim geholt ..."

„Ach, diese Rosenkränze", fiel Arcanus Grund unwirsch ins Wort,

„die hab' ich dem alten Trottel doch nur abgekauft, um ihn ein wenig zu beruhigen!"

„Weshalb war er denn aufgeregt?", wollte Grund wissen und gab gleich die Antwort selbst: „Wahrscheinlich, weil sie von ihm noch mehr abgeholt haben als die Rosenkränze, nicht wahr? Sie wollten wissen, wer denn noch im Kasten von Pater Benedikt und vielleicht anderen missbraucht worden ist! Ist doch so!"

„Genau diese Informationen hat sich auch Rubik da abgeholt", setzte Roman hinzu.

„Was ist nun, Herr Arcanus, haben wir recht?" Grund wurde unleidlich, da Arcanus abwehrend grimassierte und zu lange nach einer Antwort suchte.

„Was soll ich Ihnen denn sagen ...", druckste er herum, taumelte auf das Auto und stützte sich am Kühler ab. Der Mann rang nach Luft und fasste sich an die Brust.

„Kommen Sie, setzen Sie sich dahin", Grund spürte zwar den Schmerz in seinem versengten Fuß und das feuchte Gras unter den Sohlen, aber er trat mit einem festen Schritt auf Arcanus zu und schob ihn auf den Autositz. Der Schmerz war ihm jetzt gleichgültig, er wollte auch den Rest der Wahrheit wissen.

Arcanus hockte schwer im Polster, die Schultern nach vorn gebeugt, der Kopf hing ihm auf die Brust, er war nicht mehr so stabil und demonstrativ aufrecht wie in den Tagen zuvor. Die Ellenbogen stützte er auf seine Knie und barg sein Gesicht in den Händen.

Ja, der Mann sah elend aus, aber Grund fuhr ihn ungeduldig an: „Wollen Sie mir jetzt endlich sagen, was Sie mit den Morden zu tun haben?"

Arcanus wagte nicht, sein Gesicht aufzublicken. „Nichts hab ich zu tun mit den Morden ...", sagte er tonlos. „Jedenfalls nicht so, wie Sie es als Polizist denken müssen ...!"

„Feinsinnige Unterscheidung", kommentierte Roman, was er für weinerliches Selbstmitleid hielt.

„Dass Sie die Rosenkränze bei den Leichen nicht abgelegt haben, ist uns jetzt auch klar, seit wir wissen, wer der andere Käufer bei Pater Wunibald war ... Aber die Rosenkränze und Wunibald haben Rubik und Sie doch gemeinsam! Von ihm haben Sie doch beide die Namen der

Jungen, die Adolph Capriz missbraucht hat? Der ehemalige Pater Benedikt, der sich dort drüben", und Grund wies auf einige erleuchtete Fenster im ehemaligen Trakt der Mönche, „jetzt bei seinem richtigen Namen Monsignore Capriz nennt und sich dort drüben im Kasten versteckt?!"

Endlich hob Arcanus mühsam seinen Kopf und blickte Grund und Roman Teckel an. Sein Gesicht verzog sich zu einer Grimasse aus Entsetzen und Scham. „Ich kann es Ihnen nicht sagen! Beim besten Willen nicht!"

Grund beugte sich vor und tippte mit dem Finger auf Arcanus' Jesuitennadel am Revers. „Ich verstehe", sagte er verächtlich. „Sie sind ja auch Priester, nicht wahr? Beichtgeheimnis, oder was?"

„Nicht einmal das darf ich Ihnen sagen", raunte Arcanus.

„Dreckiger Kadavergehorsam, was?", fuhr Grund den Jesuiten an. „Sie haben mir doch selbst erzählt, dass Sie Beichtvater waren für die Patres vom Kasten. Da haben Sie alles gehört, oder? Wunibald hat Ihnen doch bestimmt seine muffigen Gelüste gestanden! Wie er an den Unterhosen schnüffelte, wie er ihnen einen Klaps auf den Po gegeben hat, oder gern einmal die Jungs in den Schwitzkasten nahm. Glücklicherweise hat er nicht genug Traute gehabt, so weit zu gehen wie Benedikt-Capriz."

Arcanus biss sich auf die Lippen und starrte auf den Boden. „Machen Sie's mir doch nicht so schwer", bettelte er Grund an. „Ich kann Ihnen nicht sagen, was ich in der Beichte gehört habe!"

Roman Teckel war nahe daran, etwas Bösartiges auszustoßen, aber Grund deutete ihm mit einer Geste an, sich zurückzuhalten.

„Sie Ärmster, Sie haben wohl gelitten, als Sie sich anhören mussten, wie Capriz uns gefickt hat?", fragte Grund wütend. Arcanus wand sich auf dem Polster, er suchte vergeblich nach einer Erwiderung und schwieg.

„Können Sie sich überhaupt vorstellen, wie es uns ergangen ist, was wir tatsächlich durchgemacht haben? Das ist was anderes als die Seelenpein eines alten verklemmten Priesters. Die Fickereien waren nicht das Schlimmste, sondern der Zynismus, die Bigotterie und dass man sich niemandem anvertrauen konnte, dass man all das mit sich herumtragen musste für so viele Jahre!"

„Aber Sie müssen doch verstehen, das Beichtgeheimnis. Ich kann es doch nicht brechen", jammerte Arcanus.

Grund lachte hart und bitter. „Haben Sie doch gerade! Aber keine

Sorge, Sie würden nicht mehr dafür belangt werden, dass Sie geschwiegen haben!" Er spie er die Worte aus wie einen ätzenden Schleim: „Alles verjährt!"

Arcanus begann zu schluchzen. Roman Teckel konnte das jesuitische Selbstmitleid kaum fassen. „Was haben Sie denn eigentlich nach so vielen Jahren von den Missbrauchsopfern gewollt? Weshalb haben Sie sie aufgesucht?"

Arcanus wischte sich mit der Hand durchs Gesicht: „Nachdem Wunibald mir seine Schweinereien gebeichtet hatte, war mir klar, dass es auch noch anderes geben müsste. Wenn er auch ein wenig einfältig ist, der Alte hat doch mehr mitgekriegt als ich zuerst dachte. Er hat mir nach und nach gebeichtet, was Capriz getrieben hat und mit wem. Ich hab das doch mit mir herumtragen müssen. Und als dann vor ein paar Jahren der Riesenskandal aufflog und klar wurde, was in den Schulen tatsächlich passiert ist, da verlangte man von mir auch noch das Vermögen des Aloysius-Internates in Sicherheit zu bringen, weil man Schadenersatzforderungen fürchtete. Trotzdem wollte ich doch irgendwas tun ... aber wusste anfangs nicht was. Und als jetzt aufkam, dass die Bistümer nur ganz wenigen Missbrauchsopfern diese 5000 Euro zukommen ließen, da hab ich gedacht, vielleicht könnte ich ..."

Aus Grund brachen Ekel und Lachen gleichzeitig heraus, so als ob Kotzen und Lachen eins wären. Aber er beherrschte sich rasch wieder, er kotzte nicht und das Lachen blieb übrig.

„5000 Euro", stieß er aus. „Und die konnten Sie nicht einfach überreichen, das wäre ja ein Schuldeingeständnis gewesen, was? Da mussten Sie abenteuerliche Geschichten erfinden, Madonnen abkaufen, die nichts wert waren, oder Bonsaischalen besorgen lassen, damit Sie Ihre 5000 Euro loswurden für die Verbrechen, die ein anderer begangen hat?"

„Ich hab doch nur versucht, etwas wieder gutzumachen, ich habe nicht mit dem leben können, was ich gehört habe. Ich konnte das noch nicht einmal im Orden selbst anzeigen, ich musste doch schweigen ..." Arcanus' Gestammel versiegte für Momente und er verbarg sein Gesicht wieder in den Händen.

„Es hat doch Jahre gebraucht, bis ich endlich die Namen hatte und die Adressen. O'Donnell war der erste, den ich aufgesucht habe, ihm gegenüber bin ich noch ganz ehrlich gewesen. Er hat mich aus seinem

Lokal gejagt ... und jetzt sagen Sie mir, er sei ermordet worden und die andern auch. Ich war doch gestern noch bei ten Brinken in Münster, da hat er doch noch gelebt. Auch der hat mich fortgejagt ..." Jetzt hob er den Kopf wieder an und blickte flehentlich auf. Thomas Grund beugte sich vor, griff Arcanus beim Revers und zog ihn unsanft aus dem Autositz hoch.

„Es reicht", sagte er trocken. „Es steht mir wirklich bis hier", und er machte eine Geste zur Kehle. Arcanus hielt sich an der Autotür fest. „Wenn Sie nur irgendetwas gesagt hätten, wäre Rubik jetzt bestimmt nicht durchgedreht", und er stieß ein heiseres, „Herr Arcanus!" nach. „Und der da", er wies wieder auf die erleuchten Fenster, „der sich da hinter den Gardinen versteckt, der wäre heute Abend gar nicht hier und hätte nicht sein Gift versprüht."

Thomas Grund blickte Arcanus in die tränenden Augen. „Gehen Sie, Arcanus, hauen Sie ab! Keiner kann Ihnen was anhaben. Sie sind aus dem Schneider!" Er wankte und Roman fing ihn auf. Arcanus tappte wie gescholtener Hund einige Schritte nach vorn, wandte sich um, als ob er ein Wort der Zuwendung erwartete, merkte, wie vergeblich das war und schleppte sich dann mit eingezogenen Schultern und hängendem Kopf davon.

„Verdammt", Thomas Grund spürte auf einmal wieder seinen schmerzenden Fuß, „das brennt ja wie der Teufel. Und nass sind die Füße auch noch! Und ich friere hier nur im Hemd!"

Roman sprang ihm zur Seite und stützte ihn. „Bring mich nach Hause", sagte Grund.

„In meinem oder in deinem Wagen?" fragte Roman.

„In deinem", sagte Grund.

Nachspiel II

Während der ganze Saal in Aufregung versetzt worden war und bereits einige Zuhörer empört dem Ausgang zustrebten, starrte Kirstin Möve entsetzt auf die Bühne der Aula. Ein barfüßiger und hinkender Kerl im Hemd hatte gerade Monsignore Capriz geohrfeigt. Das war kein Klaps gewesen, sondern ein ordentlicher Schlag, der dem Geistlichen den Kopf herumgerissen hatte. Kirstin Möve hing das Klatschen noch im Ohr - das Geraune der Menge blendete sie aus - denn über dem Echo des Schlages hörte sie den Namen ihres einstigen Erfolgspatienten: Felix Rubik. Mit dem hatte sie sich doch gestern noch unterhalten. Freundlich und bescheiden war er gewesen. Wortkarg allerdings, eben ein etwas unbeholfener Mann. Und jetzt behauptete dieser barfüßige und diabolisch hinkende Kerl, Rubik sei ein Mörder und der Monsignore, das Vorbild ihrer Bewegung, habe ihn und andere missbraucht! Sie umklammerte die Seitenlehnen ihres Sitzes, um sich aufzurichten. Aber es gelang ihr nicht, sie sank wieder zurück aufs Polster.

Neben ihr sah erschüttert der Erzbischof die bleiche alte Frau um Fassung ringen. „Kann ich Ihnen helfen?", fragte er und legte seine Bischofsringhand auf ihren Arm.

„Das ist, Exzellenz, das ist ein Skandal. Das ist eine Inszenierung der Homo-Lobby!" Kirstin Möve schnappte nach Luft.

Der barfüßige Mann wandte sich vom Monsignore ab und stieg die Treppe zum Ausgang hinauf. Niemand hinderte ihn zu gehen. Er hinkte wie der Teufel, vor dem der Monsignore Capriz eben noch in seiner Rede gewarnt hatte.

Freiherr von Uebelkamp und Urs Hay eilten die drei Stufen zum Rednerpult hinauf und kümmerten sich um den völlig perplexen Capriz. Sie erachteten es für richtig, ihn gleich aus dem Saal zu führen, denn man konnte ja nicht wissen, ob noch mehr schwule Provokateure im Publikum saßen.

Maria Rubik hielt nichts mehr auf ihrem Sitz, sie drängte die Treppe hinauf. „Felix, Feeelix, wo bist du?", schrie sie, „lassen Sie mich durch", und stieß Menschen grob beiseite, „lassen Sie mich durch, ich muss zu meinem Sohn!"

„Sollen wir einen Arzt rufen?", fragte erschrocken der Erzbischof Kirstin Möve, denn sie war merkwürdig bleich geworden und kurzatmig.

„Es geht schon, Exzellenz, es geht schon", sie rang noch immer um Luft, aber hatte bereits wieder genug, um hervorzustoßen: „... dass die Homosexuellen so etwas wagen würden! Das ist ja Terror wie zur Zeit der Baader-Meinhof-Bande!"

Der Erzbischof tätschelte die Hand der aufgebrachten alten Frau. „Wissen Sie noch, wovor Sie vor Jahren gewarnt haben, Exzellenz?"

Die Exzellenz sah Kirstin Möve hilflos an und schätzte, dass ihre für ihn zusammenhanglose Frage, der Verwirrung über die brutale Szene eben und dem Chaos, das sich daraus entwickelte, zuzurechnen war.

„Sie haben gesagt", erklärte Kirstin Möve, „dass die Aufhebung der traditionellen Vater- und Mutterrolle die Menschen verwirrt und zu Verbrechen verleitet. Wissen Sie noch? Sie haben gesagt, es sei fast verständlich, dass Väter unzüchtige Gefühle gegenüber ihren eigenen Kindern entwickeln würden, wenn sie, statt der Mütter, Aufgaben übernähmen wie das Wickeln oder Baden. Immer diesen zarten kleinen Körpern ausgesetzt, dann würde sich doch die Lust bemerkbar machen. Sehen Sie – das ist das Ergebnis: Homoprovokateure, die Ordensmänner und verdiente Monsignores des sexuellen Missbrauches beschuldigen. Das zeigt mir, dass ich einen richtigen Kampf führe", es kam wieder Kraft in sie, die Blässe wich einer Hochröte. Sie richtete sich auf, ohne die Hilfe des Erzbischofs, stand kerzengerade wie eine Turnerin, die zum Sprung ansetzt und rief Uebelkamp, Hay und Capriz hinterher: „Das war eine Provokation, lassen Sie sich nicht beirren, meine Herren, kommen Sie zurück!"

Die drei Flüchtenden ließen sich davon aber nicht aufhalten, sondern verschwanden rasch über den Flur zum Wohntrakt, wo sie meinten, sich in Capriz' Zimmer verschanzen zu müssen.

„Feiglinge", murmelte Kirstin Möve. Dann wandte sie sich dem bereits halb geleerten Saal zu: „Das war eine Guerillaaktion der Homolobby! Bleiben Sie da! Lassen Sie sich von den Verbrechern nicht vertreiben. Hier bleiben!", schrie sie im Befehlston. Aber niemand hörte mehr auf sie. „Hier bleiben! Der Vortrag wird fortgesetzt!" Sie ballte die Hand in Höhe des Oberschenkels, wollte die Faust heben und schütteln, aber ein plötzlicher Schmerz zwang sie, die Hand auf die Seite zu pressen. Das vor einem halben Jahr neu eingesetzte Hüftgelenk machte wieder Schwierigkeiten. Dagegen halfen nur hoch dosierte Schmerztabletten. Aber es war niemand da, der diese Tabletten aus ihrem Zimmer holen würde. Sie konnte nur noch regungslos dastehen und warten, bis der bohrende Schmerz in ihren alten Knochen nachließ.

Mit dem aufgelösten Besucherstrom wurde Maria Rubik, die einen Verantwortlichen unter den Polizeibeamten suchte, vor die Tür gespült.

Roman Teckels heranstürmende Kollegen erkannten sie gleich.

„Lassen Sie mich", Maria Rubik schlug auf das erste ihr entgegen gehaltene Mikrofon ein, „ich habe Ihnen nichts zu sagen!" Und sie starrte einem abfahrenden Polizeiwagen nach, in dem sie Felix vermutete.

„Aber es ist doch Ihr Sohn, der wegen Mordes festgenommen wurde. Er wollte im göttlichen Auftrag Homosexuelle ausrotten! Was sagen Sie dazu?", bellte sie ein Reporter an.

Maria Rubik schnappte mühselig nach Luft. Sie war von Journalisten eingekreist. Der Teufel, jawohl, der Teufel wusste, woher die so schnell aufgetaucht waren. Es hatte keinen Sinn, sich mit Gewalt aus der Umzingelung zu befreien, es wäre ihr nicht gelungen. Sie musste sich stellen.

„Ich will Ihnen mal was sagen", sie straffte sich und schaute in die erstbeste Kamera. „Das sind alles Gerüchte der intoleranten Homolobby. Schon seit Wochen versuchen militante Homosexuelle diesen Kongress zu torpedieren. Ihre Intoleranz ist ungeheuerlich! Man wird doch noch etwas gegen Homosexuelle sagen dürfen. Aber diese Leute beschneiden unsere Meinungsfreiheit, ja noch mehr, sie lancieren erfundene Geschichten. Sie wollen die gesamte Gesellschaft homosexualisieren. Sie bedrohen mit ihrer Intoleranz die Freiheit, die Familie und unser Land, das untergehen wird, wenn es weiter solche sexuellen Abartigkeiten gibt!"

„Frau Rubik, hier wäre heute Abend beinahe ein Mord passiert. Und in den letzten Tagen sind mehrere Männer auf brutale Weise umgebracht worden!", herrschte sie einer der Reporter an.

„Brutal? Brutal ist die Homolobby, sie will die gesamte Gesellschaft sexualisieren, um sich Zugang zu Kindern zu verschaffen. Homolobby und Pädophile, alles das Gleiche. Wir versuchen hier ein Zeichen gegen die Kultur des Todes zu setzen. Die Homosexuellen sind Sendboten des Todes ..." sie steigerte sich in ein hysterisches Gekreisch.

Unter den Journalisten machte sich Heiterkeit breit und die Gewissheit, dass hier vor laufender Kamera eine öffentliche Selbstentblößung stattfand. Ein Scoop sondergleichen.

Markus Gerber, der sich im Schatten des Pressepulks herangeschlichen hatte, packte Maria Rubik an den Armen. Er zog die empörte und aufgelöste Frau die Treppe hinauf und verschwand mit ihr hinter der schweren Eichentür des Kastens. Blitzschnell schloss Pförtner Mielke von

innen ab und die nachstürzenden Fernsehjournalisten in der ersten Reihe
wurden von denen dahinter vor die Pforte gerammt. Kameras, Mikros
und Gesichter machten Bekanntschaft mit dem harten Holz.

Nachspiel III

Adolph Capriz blätterte nur flüchtig in den Dossiers über den Kriminal-
beamten und den Journalisten, die Urs Hay ihm kurz vorm Abflug zuge-
steckt hatte. Dann legte er die Hefter auf den unbesetzten Platz neben
sich. Hay hatte sich über Nacht Mühe gegeben, aus dem Internet alles zu
fischen, was über die beiden in Erfahrung zu bringen war und gegen sie
eingesetzt werden konnte.

Doch Monsignore interessierte etwas anderes weitaus mehr. Er
konnte seine Augen nicht von dem Blondschopf lassen, der auf der anderen Seite des Ganges saß und sich in ein dickes Buch vertieft hatte. Der
Junge war ihm schon im Wartesaal des Flughafens aufgefallen. Er mochte
nicht älter sein als zwölf, dreizehn und glich der Statue des Hl. Aloysius
im Detail: ein blonder Schwung Haar, der hell und asch wie bei einem
Engel, bis auf die Schultern fiel. Ein Gesicht, nicht mehr kindlich, aber
noch immer vormännlich und zart, noch ohne Flaum auf der Oberlippe
und am Kinn. Und ganz offene Augen, und die Hände, nicht mehr
patschig, aber noch ganz weich mit schmalen Fingern. Die Gestalt - einen
Moment bevor die Pubertät sie unproportional verzerrte. Ah, und noch
kein Haar auf den nackten Unterarmen. Solchen Knaben hatte er immer
segnend übers Haupt gestrichen, damals ... Er musste sie segnen, sie
brauchten doch seinen Segen für ihren Lebensweg in die immer ungläubi-
ger werdende Welt. Das war es, was er ihnen mitgeben konnte, seine
zärtliche Zuwendung und seinen Segen. Daran konnte nichts Verbotenes
sein, und er hatte ja auch immer wieder seinem Herrn gebeichtet, wie ihn
die Zärtlichkeit für diese jungen Geschöpfe überkam. Und wie *sie* es
waren, die ihn schwach machten. Ja, es ging eigentlich von ihnen aus. Er
war sich sicher, dass *sie* ihn in Versuchung brachten und dass er dieser
Versuchung mit reiner Liebe begegnete, ganz gewiss; und er war ja auch
nicht irgendwer, er war Pater und Priester, Monsignore, das zeichnete ihn
aus vor den gewöhnlichen Menschen. Seine Zuneigung war eine besonde-

re, sein Herz entflammte für die Engelsgleichheit. Die zu spüren, dazu gehörte schon eine Berufung, der er sein ganzes Leben gewidmet hatte. Vielleicht konnte er dazu verhelfen, dass der eine oder andere ebenfalls seine Berufung für die Kirche und den Herrn entdeckte.

Er würde sich keinesfalls von einem atheistischen Schmierfinken und einem alkoholkranken Kriminalkommissar in seiner stolzen Zuwendung für diese Knaben beirren lassen. Sollten sie doch ihre Schmutzkampagne lostreten. Sein Gewissen war rein.

Schon einmal, vor zwanzig Jahren, hatten der Ordensobere, die Diözese und vor allem die *Reconquista* ihre Hände schützend über ihn gehalten, hatten ihn, bevor etwas über die Verhältnisse am Kasten herausgekommen wäre, aus allen möglichen Schusslinien genommen und in die Schweiz versetzt. Das wäre noch nicht einmal nötig gewesen, wie er bald darauf erfuhr, denn Kirstin Möve hatte den jungen Rubik ja zum Schweigen gebracht und niemand verdächtigte damals ihn, den Pater, der schmutzigen Dinge, die der Knabe beinahe verbreitet hätte. Der Junge hatte sich bei ihm entschuldigt und der Kontakt zur dankbaren Mutter war auch nie abgerissen.

Ob es ein Fehler gewesen war, zu dem Kongress endlich wieder nach Deutschland einzureisen? Wer hätte ahnen können, dass Rubik so aus dem Ruder laufen würde.

Was den Monsignore selbst betraf, waren die Dinge verjährt und keine Polizei der Welt konnte ihn daran hindern, wieder in die Schweiz zurückzukehren. Dort würde er sich beurlauben lassen als Leiter des Seminars und sich für eine Weile, bis der Trubel in Deutschland abgeklungen war, zu Exerzitien in ein Kloster zurückziehen. Auf das Geschrei der Kirchenfeinde würde man dort nicht hören, solange er sich zurückhielt. Er konnte eben nie tiefer fallen als in die ausgestreckten Hände des Herrn.

Die Mutter saß neben ihrem Sohn und blätterte in einer Illustrierten.

Es war wohl nicht angebracht, den Schopf des Jungen zu berühren. Auf keinen Fall durfte er sich hinüberbeugen und ihm zu nahe kommen. Er musste sich beherrschen. Dies sollte nur eine Begegnung bleiben, er würde dem Knaben zulächeln und vielleicht, wenn sie nach der Landung das Flugzeug verließen, wie zufällig dessen Arm streifen und den Duft des

Jungen einatmen.

Phantasien hin oder her, jetzt im Moment, auf diesem Flugzeugsitz, war es so schwer, die Augen von dem Jungen zu wenden. Er musste etwas sagen, damit das nicht auffiel. Und so beugte er sich vor, sah den Jungen unverwandt an und sprach mit dessen Mutter. Da er vorhin ein Gespräch zwischen ihr und ihrem Sohn nicht hatte überhören können – eigentlich, gestand er sich ein, hatte er sie belauscht - wusste er, der Akzent hatte sie verraten, dass die beiden aus der französischen Schweiz kamen.

„Madame", sagte er auf französisch, „ich muss Ihren Sohn immer ansehen, denn er gleicht einer Figur des heiligen Aloysius, wie sie einmal an der Pforte eines Knabeninternates stand, an dem ich Lehrer war!"

Die Mutter blickte über den Rand ihrer Illustrierten und kräuselte die Lippen; er ließ sie nicht zu Wort kommen.

„Manchmal belohnt uns der Herr mit Anblicken von Heiligkeit und Schönheit auch im wirklichen Leben. Ihr Sohn ist ein solcher Anblick!"

Er beugte sich noch weiter vor und streckte die Hand aus, beinahe hätte er nun doch den Jungen berührt, der zuckte blitzschnell zurück. Capriz hatte erwartet, dass der Junge errötete, doch er zog seine Bubenstirn in Falten und hielt sein Buch wie einen Schild vor seine Brust.

„Ach, Monsieur", sagte die Mutter lächelnd. „Sie sind ein katholischer Geistlicher, nicht wahr?" Sie musterte seinen schwarzen Anzug und den weißen Stehkragen. „Ich stamme aus einer Hugenottenfamilie. Ich kenne mich nicht aus mit Ihren katholischen Heiligen. Und wir haben längst den Glauben unserer Vorfahren abgelegt. Meinen Sohn habe ich ganz ohne den christlichen Hokuspokus erzogen. Er ist auch so sehr gut geraten, oder Francois?"

Der Junge blickte Capriz unbefangen ins Gesicht. „Ich gehe auf ein naturwissenschaftliches Gymnasium in Grenoble, da gibt es keinen Religionsunterricht. Für Heilige und Legenden interessiere ich mich nicht. Ich glaube ja auch nicht mehr an *Pere Noel* oder den Osterhasen oder Rotkäppchen. *Das* finde ich handfester", sagte er mit einem erstaunlichen Selbstbewusstsein, wie es Capriz bei seinen Schülern nie untergekommen war. Er war verblüfft und ein wenig entrüstet.

Der Junge hielt ihm sein Buch so entgegen, dass der Monsignore den Titel lesen konnte: Richard Dawkins, Die Schöpfungslüge. Dawkins, dieser vulgäratheistische Evolutionstheoretiker, der die grandiose katholische Wahrheit von Gottes Schöpfung für Blödsinn hielt!

„Das wird wahrscheinlich auf Ihrer Schule nicht gelesen werden", lachte der Junge keck.

„Nein", sagte Capriz nur knapp, „nein" und schüttelte den Kopf.

Den Rest des Fluges verbrachte er in einem seltsamen Zustand, so als ob ihn plötzlich ein Kater nach einer durchzechten Nacht mit den billigen Weinen seiner Studienzeit überfallen hätte. Er schaute nicht mehr über den Gang zu dem Jungen hinüber, sondern starrte bis zur Landung perplex aus dem Fenster in den offenen Himmel.

Thomas Grund und Roman Teckel kehren wieder, um gemeinsam den nächsten Fall zu lösen: „Tödliche Oase."

Was geschieht wirklich in dem Kinderheim, in das fromme Eltern ihre Söhne zu Reparationstherapien schicken?

Marc Weiherhof

Der Pakt

ISBN print
987-3-86361-467-6

200 Seiten

Auch als E-book

Das instabile Kartenhaus aus Geld, Macht und Ansehen bricht über dem Kopf von Xaver McJohnson zusammen, als sein Vater auf grausamste Art und Weise getötet wird. Die Beweise, die dieser über eine geheime Organisation (PAWS) gesammelt hat, sind – im wahrsten Sinne des Wortes – tödlich. Die Entscheidungsträger von PAWS wollen nicht, dass die Informationen an die Öffentlichkeit gelangen und starten eine schonungslose Verfolgungsjagd, die Xaver an den Rand seiner Kräfte und seiner Gesundheit treibt.

Der junge, ahnungslose Mann fühlt sich anfangs einsam und verloren. Doch ein Bodyguard und ein FBI-Spezialagent helfen ihm auf seinem beschwerlichen Weg und wollen die Verbrecher überführen. Xaver entwickelt Gefühle für beide Männer, weiß aber nicht, dass einer von ihnen ein falsches Spiel treibt. Bald muss er sich zwischen einem der beiden entscheiden.

Wird Xaver McJohnson rechtzeitig erkennen, wer sein wahrer Verbündeter ist? Kann er sich gegen den mächtigen Geheimpakt durchsetzen?

www.himmelstuermer.de

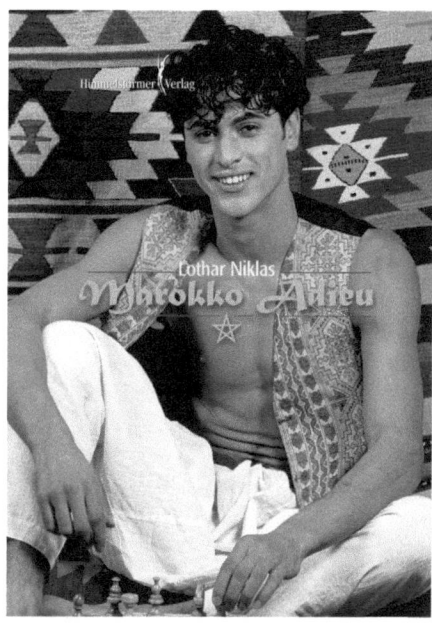

Lothar Niklas

Marokko Adieu

ISBN print
987-3-86361-446-2

200 Seiten

Auch als E-book

Nach sechs Jahren in Marokko wird Machmud – ein Deutscher, der zur besseren Integration diesen Namen angenommen hatte – zum Opfer einer brutalen polizeilichen Willküraktion, in deren Verlauf sich sein Freund Tijani das Leben nimmt. Zur Vertuschung der Ereignisse soll er nach Europa abgeschoben werden, daher machen sich zwei Inspektoren mit ihm in einem Überlandbus auf die Reise nach Norden.
Ein Psychothriller von oft kaum noch zu ertragender Spannung und Dramatik – immer wieder unterbrochen von Rückblicken auf erotische und sexuelle Abenteuer, die man sich nicht ausdenken kann, sondern die man *erlebt* haben muss.

www.himmelstuermer.de

Andy Claus

Narziss II –
Zehn Jahre danach

ISBN print
987-3-86361-443-0

360 Seiten

Auch als E-book

Auch in der Fortsetzung von „Narziss – Verbrannte Erde" geht es spannend weiter: Nicolas von Sydow ist inzwischen 42 Jahre alt. Er hat die letzten zehn Jahre an der Seite eines Drogenbosses in Italien verbracht. Ein Leben, das seinen narzisstischen Charakter nicht zum Besseren geformt hat. Er ist zur Zeitbombe geworden, in seiner Emotionslosigkeit gefährlicher als jemals zuvor.
Wieder einmal muss er fliehen und kommt so zurück nach Deutschland, wo er sich ein Leben nach seinen Vorstellungen aufbaut. Dabei opfert er wie gewöhnlich seine Mitmenschen dem ihm eigenen Egoismus, benutzt sie als Mittel zum Zweck, um seine Ziele zu erreichen. Seine Vorgehensweise hat sich nicht geändert, noch immer ist er ein Meister darin, andere zu manipulieren und für seinen Vorteil zu benutzen. Aber Nico trifft auch auf Menschen aus seiner Vergangenheit und begreift zu spät, dass diese für ihn nicht mehr manipulierbar sind.
Und schließlich gibt es da noch den vierundzwanzigjährigen Florian, ein attraktives Model, den er einfach nicht in den Griff bekommt. Den widerspenstigen Florian zu zähmen, weckt Nicos Ehrgeiz und am Ende steht die Frage, wer nun wen beherrscht und warum.

www.himmelstuermer.de

Akira Arenth

Alpharüden
liebt man nicht

ISBN print
987-3-86361-470-6

360 Seiten

Auch als E-book

Ein katholisches Eliteinternat Ende der 80ger.
Als abgeschobener Bastard fristet Mordred bereits sein ganzes Leben hinter den
Mauern von St. Freienstädt. Sein Alltag ist eintönig und einsam, weil alle ihn meiden. In der Oberstufe platzt plötzlich der selbstbewusste Adonis Jack in sein Leben und bringt alles durcheinander.
Leider entwickeln sich die Dinge jedoch nicht wie geplant und Jack sieht sich in seiner Rolle als Alphatier gezwungen, seine Gefühle zu verleugnen. Schlimmer noch; er versteckt sie hinter Gewalt und Herzlosigkeit, zwingt Mordred zu Gangbangs, demütigt ihn vor Anderen und schlägt ihn, wenn er nicht pariert.
Als Mordred und Jack durch einen weiteren Schicksalsschlag getrennt werden und ins Jugendgefängnis kommen, spüren sie jedoch, wie tief ihre Gefühle füreinander wirklich gehen.
Jedes ihrer Schicksale entwickelt sich rasend schnell, Liebe und Hass verschwimmen, Intrigen und Sex regieren den Alltag und irgendwann eskaliert die Situation.

www.himmelstuermer.de

Uwe Strauß

In Feindesland

ISBN print
987-3-86361-476-8

194 Seiten

Auch als E-book

Der Süden Afrikas in den Jahren 1914 bis 1920; die Armeen des Deutschen Reichs und der Südafrikanischen Allianz prallen aufeinander. Doch neben den Kriegsopfern gibt es auch mehrere mysteriöse Todesfälle und einen entschlossenen Pionier, der sie versucht aufzudecken.
Inmitten des Krieges entdecken zwei junge Soldaten ihre Liebe zueinander. Was müssen sie tun und durchleben, um zusammen sein zu können? Und wer ist bereit, ihre verbotene Liebe vor der Entdeckung zu schützen?

Die Besonderheit des Romans liegt in der Art der Annäherung Hasslers an seine Verdächtigen, dem Strudel von Ereignissen, in den er dadurch gerät und in seiner Entwicklung zu jemandem, der seine eigenen, subjektiv richtigen Handlungen aus der Sicht der Gegenseite als erschreckend wahrnimmt. Zudem erfährt er von der Liebe Jeroens zu einem anderen jungen Mann. So begibt er sich nicht nur territorial, sondern auch gedanklich in „Feindesland". Zudem verkehren sich die offensichtlichen Lösungen mehrfach und spektakulär je nach Sichtweise.

www.himmelstuermer.de

MIX

Papier | Fördert
gute Waldnutzung

FSC® C083411

Zeitfracht Medien GmbH
Ferdinand-Jühlke-Straße 7
99095 Erfurt, Deutschland
produktsicherheit@kolibri360.de